Michel Lejoyeux est professeur de médecine à l'université Paris-VII, chef du service de psychiatrie et d'addictologie à l'hôpital Bichat (AP-HP) et Maison Blanche. Il a publié, en collaboration avec Jean Adès, de nombreux ouvrages, dont *La Fièvre des achats, le syndrome des achats compulsifs* et *Encore plus! Sexe, travail, argent*. Il est également l'auteur d'un livre sur les excès de soins médicaux : *Vaincre sa peur de la maladie*, et plus récemment d'*Addictologie*.

DU MÊME AUTEUR

Les conduites alcooliques et leurs traitements
(en collaboration avec Jean Adès)
Doin, 1996
et Les Empêcheurs de tourner en rond, 2002

La Fièvre des achats
Le syndrome des achats compulsifs
(en collaboration avec Jean Adès)
Les Empêcheurs de tourner en rond, 1999

Encore plus !
Sexe, travail, argent
(en collaboration avec Jean Adès)
Odile Jacob, 2001

Vaincre sa peur de la maladie
Éditions de la Martinière, 2002
et « Pocket », n° 11893

Alcoolisme et psychiatrie
Donnes actuelles et perspectives
(dir. en collaboration avec Jean Adès)
Masson, 2003

Le Nouveau Malade imaginaire
L'utopie du bonheur parfait
Hachettes littéraires, 2004

Overdose d'info
Guérir des névroses médiatiques
Seuil, 2006

Addictologie
Masson, 2008

Michel Lejoyeux

DU PLAISIR À LA DÉPENDANCE

Nouvelles addictions, nouvelles thérapies...

BIEN-ÊTRE

Éditions de La Martinière

TEXTE INTÉGRAL

ISBN 978-2-7578-1143-6
(ISBN 978-2-84675-223-7, 1re publication)

Et si nous choisissions d'être libres ?

Il est un peu paradoxal de parler de liberté quand on reçoit, comme moi, chaque jour des femmes et des hommes qui l'ont perdue. Les patients qui viennent me voir à l'hôpital sont le plus souvent des dépendants de l'alcool ou du tabac. D'autres sont dépendants de leur stress, de leur pessimisme ou de leur besoin de tout maîtriser. Ils cherchent, en groupe ou en face à face, des moyens de se sevrer et de changer de vie, d'habitude ou de croyance. Je crois pourtant que leurs expériences, leurs itinéraires, les histoires qu'ils me racontent, montrent des chemins insoupçonnés vers la liberté. Ils me donnent des leçons qui peuvent s'appliquer à bien d'autres domaines que l'alcool ou la cigarette. Ils ont autant et souvent plus à nous apprendre que les philosophes ou les révolutionnaires apôtres de la liberté.

Ils illustrent les deux visages de l'esclavage moderne. Le premier est la dépendance par surconsommation. Certains ont besoin d'ivresses, de coups de foudre à répétition, de réussites professionnelles en cascade et de jackpots au casino. Ils courent après le nouveau vêtement, le nouveau sport ou l'exploit qui comblera leur sensation de manque. Le second est constitué par les esclaves de l'ascétisme, du pessimisme et du besoin de maîtrise. Ils paraissent plus raisonnables mais souffrent tout autant. Ils s'examinent, se protègent et rangent leur vie ou leur esprit. Ils sont victimes d'une application excessive du principe de précaution. Leurs drogues sont la médecine, les assurances, les guides de bien-être et les différents régimes censés leur apporter un état de santé parfait.

Qu'ils soient drogués de l'excès ou de l'ascèse, les dépendants modernes parcourent, tous, trois étapes identiques. Ils ont dû tout d'abord se regarder en face. Il n'est pas toujours facile de pousser la porte d'un service de psychiatrie ou de prendre rendez-vous chez un spécialiste de l'alcool ou du tabac. Ils ont ensuite dû accepter de changer. Ils ont fait un inventaire de leurs pensées, leurs comportements et leurs croyances et ils les ont modifiés. Ils ont enfin trouvé les moyens de ne pas retomber dans une nouvelle dépendance après être sortis de la première. Leurs témoignages nourrissent ce livre. Ils me donnent le courage et l'envie de l'écrire. Leurs vies illustrent les différents visages de la liberté retrouvée. Ils ont été capables de livrer un combat contre eux-mêmes et d'apprendre, selon la nature de leur dépendance, la modération ou l'insouciance. Ils nous apprennent à ne pas croire au destin et à la fatalité des habitudes. Il n'est pas de meilleur maître en liberté qu'un dépendant guéri.

La pression de la société qui tend à nous rendre tous dépendants me donne aussi envie de dénoncer un système d'addiction généralisée. La relation de dépendance à la technologie, au sport ou à l'argent est largement encouragée par la société qui incite au « toujours plus ». La norme moderne est dans l'excès. Le bon consommateur est dépensier et toujours dans le rouge. Il faut, pour être dans le coup, aller jusqu'au bout de ses possibilités, vivre à fond, repousser les limites, être le plus riche, le plus beau ou le plus fort, ne pas faire son âge et vivre au-dessus de ses moyens. Les buffets du

Club Méditerranée des années 1970 étaient en avance sur leur temps ! Ils invitaient à manger autant que l'on pouvait, et même plus si possible. Le défi de l'hyperconsommation s'est étendu. Nous devons, pour être normaux, dépasser nos limites dans le travail, le sport et même les loisirs.

Les fournisseurs d'Internet nous présentent leurs forfaits comme des drogues : ils invitent à passer toutes nos journées sur le réseau. Ils montrent des publicités dans lesquelles un internaute s'est usé les doigts en essayant d'épuiser son forfait. Leur client modèle est un champion de la connexion. On est fier de lui. Il est allé jusqu'au bout. Le sportif de rêve est lui aussi un drogué : il dépasse ses limites et accumule prise de risque et performance. Qu'importe s'il se dope pour relever de nouveaux défis. Le salarié idéal ne se contente pas de travailler : il s'abîme dans l'effort et frôle le *burn-out*, recherchant à tout prix la réussite. Tant pis si, lui aussi, doit se doper pour tenir son rythme inhumain.

L'amour « vrai » ne saurait être qu'addictif, c'est-à-dire explosif et fusionnel. L'exploration de ses limites et de celles de son partenaire est une obligation, une preuve de « savoir-aimer ». Celui qui ne harcèle pas son partenaire est un tiède : il ne connaît rien à la vraie passion. Qui n'est pas jaloux est indifférent : il passe à côté de l'amour digne de ce nom, fait de drames, de ruptures, de mensonges, de pleurs et de réconciliations. Il faut recevoir ou donner chaque jour sa dose de tragédie conjugale si l'on veut gagner ses galons d'amant.

Le médecin n'échappe pas à la logique de l'addiction et de la consommation. Il n'est plus seulement celui qui soigne quand on est malade. Il doit être consulté en permanence. Il vous fortifie et stimule vos capacités physiques et psychiques. Il guérit aussi du temps qui passe et il vous garde éternellement jeune. Il oriente nos investissements vers la psychanalyse ou la méditation transcendantale pour faire fructifier notre capital de bonne santé ou de bonne humeur.

Même nos enfants sont investis comme des drogues. Ceux qui n'en ont pas vivent les affres du manque. Ils pensent sans cesse aux enfants qu'ils auraient pu avoir. Ceux qui en ont ne sont pas non plus à l'abri du sevrage. Ils voient partir leurs adolescents devenus adultes. La névrose du siècle est bien celle de la dépendance. Et si nous décidions de la surmonter ? Et si nous décidions d'être libres ?

PREMIÈRE PARTIE

Les secrets de Marilyn

On a tous en nous quelque chose de Marilyn

Les histoires de femmes dépendantes, séduisantes et marquées par le destin, ne nous laissent jamais indifférents. Elles nous font apprécier encore davantage la liberté qu'elles n'ont jamais pu connaître. Nous aimons Marilyn pour ses films, son image, sa présence bien sûr et aussi pour ses faiblesses. Elle nous séduit parce qu'elle réussit et nous console par ses échecs. Elle reste la femme que tous les hommes auraient eu envie d'inviter à dîner et à laquelle toutes les femmes ont voulu un jour ressembler. En quoi son histoire nous apprend-elle la liberté ? Quels secrets nous révèle-t-elle ? Elle nous montre à quel point la dépendance avance masquée. Les vrais drogués ne sont pas les caricatures que la société nous propose. Le delirium de Gervaise, l'héroïne du roman de Zola, a marqué les esprits des lecteurs des siècles passés. Il n'a que peu de points communs avec les abus d'alcool d'aujourd'hui. Les drogués de la cocaïne ne sont pas les bandits sautillants et hurlants que nous montrent les films noirs comme *Scarface* sous les traits d'Al Pacino. L'image de Marilyn nous le rappelle. On peut perdre sa liberté tout en gardant sa dignité et son élégance. On peut souffrir de dépendance sans rien en laisser transparaître. En voyant Marilyn dans *Sept ans de réflexion* ou *Certains l'aiment chaud*, nous pourrions presque oublier – comme elle avait elle-même essayé de le faire – sa dépendance, son obsession de l'alcool, du tabac, des amours, des enfants et des somnifères.

Les dépendances sont cachées

Marilyn avait tout fait pour cacher sa dépendance. Elle pouvait parler de ses échecs d'actrice ou de femme mal mariée. Elle s'épanchait sur ses peines de cœur et disait qu'une actrice se sent toujours nue face à ceux qui l'aiment ou la repoussent. Elle racontait comment on avait cousu sur elle, presque à même la peau, la robe du soir dans laquelle elle a chanté « Happy Birthday Mister President » à John Fitzgerald Kennedy. Mais elle ne parlait pas d'alcool... peut-être même pas à ses psychiatres. Il faut dire qu'à l'époque, les psychiatres considéraient l'ivresse comme un simple symptôme sans vraie importance. Le dogme consistait à ne pas s'attaquer directement aux dépendances. Le psychanalyste le plus orthodoxe attendait la demande de son patient. Et tant qu'on ne lui demandait pas d'aide, il ne s'embarrassait pas de cette question qui lui paraissait en dehors de son champ d'intervention. Un pacte de déni tacite liait les psychothérapeutes et leurs patients. Les premiers ne soignaient pas un comportement qui n'appartenait pas aux « bonnes » névroses dont ils étaient experts. Les autres n'en parlaient pas. Ils pouvaient continuer à être dépendants sans interrompre leur psychothérapie.

Les dépendants de l'alcool ou du tabac qui viennent me consulter font un peu comme Marilyn. Ils ne me disent pas tout de suite à quel point ils ont perdu leur liberté. Ils me parlent longuement de leur mariage qui bat de l'aile, de leurs enfants imprévisibles, de leur métier qui les ennuie ou les fatigue. Il leur faut du temps pour accepter de reconnaître leurs véritables chaînes et commencer à en parler... Ils sont souvent étonnés quand j'aborde avec eux ces questions. Ils avaient l'habitude du pacte du silence et de honte entourant ces questions.

Les biographes de Marilyn se disputent sur les causes de sa mort mais bien peu parlent de sa liberté perdue et de ses dépendances. Ils confrontent sans fin sur Internet leurs explications et leurs lubies. Certains sont sûrs que Marilyn a été victime d'un complot lié à son amour des Kennedy. L'intrigue sentimentale, à les croire, rejoint le roman noir. Jugez plutôt. La jeune femme de 36 ans retrouvée nue et sans vie le 5 août 1962 à son domicile de Brentwood en Californie aurait été tuée par le FBI ou la CIA. Norman Mailer, un écrivain autant amoureux de la star que de la théorie du complot, va encore plus loin. Il fait de sa mort un assassinat politique maquillé en suicide. À travers elle, ses assassins visaient le clan Kennedy. Ils devaient, selon Norman Mailer, éliminer ensuite Martin Luther King et toute une liste de personnalités américaines « gênantes ».

D'autres fanatiques de la star accusent son psychiatre, le Dr Ralph Greenson, de l'avoir tuée en lui prescrivant de trop fortes doses de sédatifs. Il aurait été dépassé par les capacités de séduction de Marilyn. Il aurait abandonné la neutralité qui sied à un thérapeute et serait devenu son ami, presque son amant. Il lui aurait prescrit avec trop de complaisance les calmants qu'elle lui demandait jusqu'au jour fatal où il aurait exagéré les doses. Praticien hors norme, Ralph Greenson injectait effectivement à Marilyn des cocktails à base de barbituriques ou de chloral. Mettre en cause le psychiatre de Marilyn permet une fois encore de ne pas parler de dépendance. Si Marilyn se droguait, c'était malgré elle et sur prescription médicale. C'était, comme disaient les humoristes à propos d'un coureur cycliste accusé de dopage, « à l'insu de son plein gré ». On oublie cependant un peu vite qu'elle n'avait pas attendu son psychiatre pour commencer à boire. Elle cherchait seule l'alcool, les sédatifs ou les stimulants qui comblaient son sentiment de manque.

La thèse du suicide de Marilyn reste l'explication la plus officielle de sa mort. Elle est moins romanesque que le complot politique ou la passion du psychiatre pour sa patiente mais elle élude toujours la question de la dépendance. Dans la nuit du samedi 4 au dimanche 5 août 1962, Marilyn aurait décidé d'en finir parce qu'elle était déprimée. Elle avait d'ailleurs toutes les raisons de l'être. Elle venait d'être licenciée par le producteur de *Something's Got to Give*, son dernier film dirigé par George Cukor. Le studio ne tolérait plus ses absences et ses retards. Même son partenaire, Dean Martin, familier de l'alcool et des dépendances, commençait à se lasser. Elle se sentait seule, au bord de la faillite professionnelle.

Cette image d'une Marilyn déprimée, harcelée par ses agents et les journalistes, gomme une autre image plus taboue encore, celle de ses nuits chargées d'alcool et de calmants. Ou plutôt la dépression explique et justifie la dépendance. L'alcool et la drogue peuvent alors être compris comme un mal nécessaire. Ils ne sont pas des toxiques dont elle ne pouvait se passer, mais des traitements dont elle avait vraiment besoin. Sous prétexte de faire de la psychologie, les historiens escamotent une fois de plus la dépendance. Ils nous exposent toutes les raisons qui ont poussé Marilyn à boire, sauf la seule qui était la vraie. Elle est insupportable parce que trop simple. Marilyn avait perdu la liberté de ne pas boire. Elle était victime d'une obligation physique et psychologique qui n'avait plus besoin de motifs ou d'événements pour s'intensifier. Les hommes ou les femmes dépendants ne boivent pas tout le temps à cause de leur tristesse ou de leur fatigue. Ils sont plutôt tristes parce qu'ils boivent trop. Nous verrons au fil du livre bien des expériences et des enquêtes confirmant cette observation.

Pourtant l'idée de la dépendance provoquée par une vie malheureuse a la vie dure. Les patients me la présentent régulièrement quand ils viennent me voir. Ils me font comprendre à quel point leur existence ne leur permet pas d'autre attitude que la dépendance. Ils veulent retarder le moment où je vais leur proposer de changer leurs croyances ou leur relation à l'alcool ou au tabac. J'ai l'habitude que les drogués du travail, du jeu ou des achats se présentent d'abord comme déprimés ou épuisés. Ils m'expliquent que leur addiction est le meilleur des antidépresseurs. Ils fuient le vrai motif pour lequel ils consultent. Ils me demandent comment retrouver la forme en continuant à boire ou fumer. Quand je leur parle de sevrage, de la possibilité de moins travailler ou de moins jouer, ils me trouvent imprudent : « Dans l'état de fatigue où je suis, je n'aurai jamais le courage d'arrêter. C'est tout le plaisir qui me reste. » Le chemin que nous parcourons ensemble leur apprend que l'alcool, Internet ou la fièvre des dépenses ne leur sert pas vraiment d'antidépresseur. Seule la réappropriation de leur liberté les aide à sortir durablement de leur morosité et de leur fatigue. Ils devront en faire l'expérience eux-mêmes pour l'accepter. Ils pratiqueront des exercices de liberté pour s'habituer à l'idée que le changement ne peut leur faire que du bien.

Tout est bon pour se droguer

Avec quoi Marilyn se droguait-elle ? Avec tout ce qu'elle essayait. Elle consommait et mélangeait à l'occasion l'alcool, les barbituriques et le chloral, un dérivé de l'opium utilisé comme somnifère. Elle était aussi une *love addict*, vivant dans un besoin permanent de coups de foudre et de nouvelles histoires d'amour. Elle vivait toutes ses relations amoureuses ou professionnelles sur le mode de la dépendance. Elle ne pouvait jamais rompre complètement ou simplement une histoire sentimentale. Elle a entretenu avec son deuxième mari, le joueur de base-ball Joe DiMaggio, une expérience étonnante de dépendance. Elle l'a rencontré dix ans avant sa mort. Elle s'est mariée avec lui, puis le couple s'est déchiré. Ils ont divorcé neuf mois après leur mariage. Peu après son divorce, Marilyn a repris contact avec Joe DiMaggio. En 1962, elle a renoué avec lui, évoquant la possibilité d'un remariage. Entre-temps, elle n'avait pas rompu le contact avec DiMaggio. Elle l'appelait à l'aide pour la sortir des hôpitaux psychiatriques où sa dépendance l'avait conduite.

Elle faisait de Lee et Paula Strasberg, ses professeurs de théâtre, des directeurs de conscience. Elle leur demandait de l'accompagner partout et ne répondait pas à un journaliste sans vérifier qu'ils étaient d'accord avec ce qu'elle allait dire. Les psychiatres étaient également utilisés comme des drogues. Son dernier psychiatre, Ralph Greenson, a probablement été le plus envahissant. Médecin personnel de Marilyn depuis 1960, il tenait une place qui n'avait plus grand-chose à voir avec celle d'un psychothérapeute. Marilyn lui demandait conseil pour tout. Elle le laissait régenter sa vie, choisir ses amis et les membres de sa famille qu'elle devait continuer à rencontrer. « Ralph Greenson et Marilyn, écrit Michel Schneider dans *Marilyn dernières séances*, avaient été pris dans la folie passionnelle d'une psychanalyse sortie de ses limites. » L'auteur ajoute : « Ralph Greenson entra avec l'actrice dans une de ces attractions fatales auxquelles les intellectuels se livrent avec un abandon d'autant plus grand qu'ils croient rester les maîtres du jeu. »

Les autres psychiatres que Marilyn avait rencontrés avant le Dr Greenson étaient eux aussi devenus des amis ou des gourous. Elle avait transformé la relation de soins en une relation de dépendance. Aucun d'entre eux n'a pu lui apprendre la liberté. L'histoire a retenu le nom de la psychanalyste Margaret Hohenberg. Elle lui avait été conseillée par son professeur de théâtre Lee Strasberg. Le Dr Hohenberg recevait Marilyn cinq fois par semaine à New York. Elle finit par dépasser son rôle de psychothérapeute. Elle lui donnait des avis « médicaux » sur ses rôles et ses coiffures. Puis Marilyn trouva le Dr Kris, un autre psychiatre new-yorkais. À chaque rencontre avec un nouveau psychothérapeute, Marilyn nouait une nouvelle idylle. Elle faisait de son analyste un maître à penser ou un maître à vivre. Elle s'attachait à lui autant qu'à l'alcool ou aux drogues. Seule Anna Freud, la fille de Sigmund, n'a pas été traitée sur ce mode de dépendance. Marilyn l'a consultée uniquement lors de quelques séances à Londres. Elle n'a probablement pas eu le temps de s'enchaîner à elle.

Marilyn était également dépendante de son image. La perfection de son corps l'obsédait. Elle alternait les périodes de régime avec des moments où elle ne pouvait plus contrôler son poids et son appétit. Elle se droguait avec le travail, usant de l'épuisement comme d'une ivresse. Elle ne pouvait pas se passer de travailler. Tout éloignement des plateaux provoquait des sensations de manque comme en connaissent les toxicomanes en mal d'héroïne. Elle craignait d'être mise à l'écart par son public ou les réalisateurs. Elle s'effondrait devant ce qui lui apparaissait comme un abandon ou un manque de confiance. Elle acceptait des séances de photos de plus en plus « déshabillées » par peur de manquer un rendez-vous avec son public. Elle craignait tant d'être oubliée qu'elle se sentait obligée de s'exposer en permanence.

Marilyn, enfin, était obsédée par son désir d'enfant. Elle ressentait son statut de femme sans enfants comme un échec auquel elle pensait sans cesse. Sa vie sans enfants lui apparaissait là encore comme un manque, un état de sevrage permanent. Elle se jetait pendant les tournages avec autant d'avidité sur les enfants que sur l'alcool. Elle jouait à la maman avec les petits figurants. Elle essayait de croire, le temps d'une scène, qu'elle était leur vraie mère.

LE TESTAMENT DE MARILYN

En 1956, Marilyn écrit son testament. Il suffit de lire pour se faire une idée de ses principales dépendances :

– 20 000 dollars à sa psychanalyste, le Dr Hohenberg ;

– 25 000 dollars à ses professeurs de théâtre, Lee et Paula Strasberg, fondateurs de l'Actors Studio ;

– quelques dollars à son avocat pour faire écrire sur sa tombe : « Marilyn Monroe, blonde » ;

– tout le reste ou presque pour payer les soins et les hospitalisations de sa mère, qu'elle disait être déjà morte à tous ses proches.

Une droguée moderne

Les spécialistes du cinéma savent à quel point Marilyn était moderne dans sa manière de jouer. Sa dépendance était aussi très en avance sur son époque. Marilyn n'était ni la femme d'un seul homme ni la femme d'une seule passion. Elle changeait d'objet de dépendance au gré des occasions qui se présentaient à elle. Reconnaître la dépendance de Marilyn peut aujourd'hui encore nous aider à vivre libres. Le complexe de Marilyn est devenu un modèle ou plutôt un anti-modèle de liberté. Nous sommes bien obligés d'accepter que nous ressemblons de plus en plus à Marilyn dans notre relation à l'amour, à notre corps ou à nos enfants.

Les patients que je rencontre dans ma consultation de psychiatrie me racontent la manière dont l'argent, le travail, Internet, le sport ou le sexe est devenu le centre de leur vie. Ils ont fait d'un comportement banal au quotidien une drogue qui les domine. Ils sont en proie à un désir irrépressible et incontrôlable qui leur fait manquer leurs obligations familiales ou professionnelles. Le drogué des soldes quitte son travail pour aller faire des courses, et l'accro du téléphone portable ne résiste pas à l'envie de vérifier s'il n'a pas un nouveau message. L'autre caractère de l'addiction est le manque. Tous les degrés peuvent se voir entre les grands délires de l'alcoolique privé de vin et l'impression d'être « coupé du monde » que ressent celui qui doit se passer de son ordinateur pendant les vacances.

Les anxieux d'aujourd'hui ressemblent à Marilyn dans leur besoin de remplacer une drogue par une autre. Ils essaient de fuir leurs peurs grâce à un nouveau médicament, un nouvel amour, un régime ou un sport qui leur provoque des sen sations fortes. Je les reçois parfois à la fin d'un long parcours. Ils ont pu connaître la cocaïne, l'alcool ou le haschich. Les plus timides se sont réfugiés dans le travail ou Internet. Leur vie est une suite d'accrochages et de sevrages, de rechutes et de substitutions. « Je m'interdis le Coca-Cola, me dit l'un d'eux. Je suis sûr que si je commençais à en boire, je ne pourrais plus m'en passer… »

Le complexe de Marilyn concerne les hommes et les femmes

Les hommes restent majoritaires dans les cafés. Les alcooliques atteints de cirrhose du foie sont plus souvent des hommes que des femmes. Mais les jeunes femmes ont depuis peu découvert une nouvelle relation à l'alcool. Elles boivent maintenant comme des hommes. Les adolescentes fument autant que les garçons. Entrées dans la vie active, elles arrosent leurs déjeuners d'affaires et font la fête autour d'un verre. Comme les hommes, elles boivent davantage quand le stress professionnel augmente. Les cadres japonaises se dopent à l'alcool quand les cadences imposées flambent. Les cadres françaises n'en sont pas loin quand elles tentent de concilier réussite professionnelle et familiale. Elles ont tendance à plus fumer que les hommes et elles renoncent moins au tabac une fois qu'elles sont devenues dépendantes. Elles essaient aussi le haschich et les autres drogues interdites par la loi.

Dans le même temps, les hommes volent aux femmes certaines dépendances qui leur paraissaient réservées. Ils s'adonnent aux régimes et à la chirurgie esthétique. Ils surveillent de plus en plus près leur poids, leur teint et leur alimentation. Ils entretiennent avec leurs enfants une relation de nouveau père « poule ». Ils rêvent de congé paternel d'éducation et d'années sabbatiques consacrées à leurs enfants. Les achats en excès, enfin, ne sont plus l'apanage des madame Bovary et autres cigales en mal de vêtements nouveaux. Les hommes trouvent avec Internet des sites marchands à leur image. Ils achètent à l'autre bout du monde des objets encombrants ou des gadgets technologiques. Ils adhèrent aux sites d'enchères en ligne et se lèvent au milieu de la nuit pour connaître le prix d'un violon d'époque. Ils cherchent de bonnes affaires et des occasions exceptionnelles. Ils échangent entre hommes branchés des adresses de site « de confiance ». L'un de mes amis achète sur Internet des bateaux sue lesquels il ne navigue jamais mais qui lui donnent l'illusion d'être libre…

Une passion qui se mondialise

Marilyn ne buvait pas comme ses parents. Elle croyait s'affranchir des interdits de sa famille en plongeant dans le gin. La dépendance moderne est moins une affaire de tradition que de ruptures et de modes. Il est bien loin le temps où l'on buvait de l'alcool de père en fils comme de bons Français fiers de leurs traditions. Les publicités pour la bière des années 1980 nous font sourire. Elles nous montrent des grands-pères au visage vultueux initiant leurs petits-enfants aux bienfaits de la bière. La culture du vin de table et de la baguette perd du terrain, n'en déplaise aux nostalgiques. Les habitudes vis-à-vis de l'alcool ne sont plus le socle d'une identité sur lequel se construit la société. L'alcool n'est plus le compagnon obligatoire de toutes les fêtes et de tous les repas. Les adolescents français rejettent massivement le vin de leurs parents. Mais ils ne sont pas devenus abstinents pour autant. Ils veulent boire à l'américaine, de la bière et des alcools forts. Ils suivent aussi la mode pour les autres drogues. Ils essaient les nouvelles substances qu'on leur offre.

La culture, comme l'addiction, se mondialise. Nous ne pouvons qu'accompagner les mouvements d'opinion et les modes du monde qui nous font collectionner les *tamagotchis* puis essayer les régimes euphorisants. Internet donne, à qui manquerait d'idées, des exemples de nouvelles dépendances. Des confréries virtuelles se forment en quelques jours. Elles partagent une même passion pour une série télévisée, élevée au rang d'objet « culte ». Les partisans d'*Harry Potter*, du tango ou des oméga-3 se comprennent sans se parler. Les acteurs, les sportifs et les créateurs de vêtements font aussi l'objet de passions collectives. Ils passent en quelques jours du statut d'inconnu à celui d'idole. Quelque temps plus tard, le goût et la mode changent, les replongeant dans l'anonymat. J'observe chez mes enfants la montée et la chute rapides des passions et des idoles. Je vois apparaître puis disparaître les posters des murs de leur chambre. Les cotes des passions modernes fluctuent encore plus vite que les cours de la Bourse.

Ce qui a tué Marilyn

Nous ne saurons jamais qui a tué Marilyn. Nous ressemblerons longtemps à l'agent de *Twin Peaks*, le feuilleton délirant de David Lynch, qui se demande en permanence : « Qui a tué Marilyn ? » Libre à vous de croire à l'assassinat politique, à l'histoire sentimentale impliquant les Kennedy ou à un mauvais coup des services secrets. Le vrai meurtrier de Marilyn est l'ignorance. L'actrice était atteinte d'une maladie grave, potentiellement mortelle, mais méconnue de tous : la dépendance. Marilyn mourait à petit feu de ne pouvoir être libre face à ses amours, ses angoisses et ses drogues. Et personne ne l'a vraiment aidée, ni ses psychiatres ni ses proches.

Il faut dire qu'à l'époque, les signes de la dépendance n'étaient pas connus. Elle n'avait pas rejoint le champ de la médecine. Les livres médicaux des années 1960 ne savaient que faire de l'alcool, des drogues. Ils parlaient encore moins des addictions à un comportement ou à une croyance. On était libre, à cette époque, si l'on était fort et si l'on pouvait maîtriser à coups de volonté ses pulsions et ses passions. Et si vous buviez trop, jouiez trop d'argent ou dépensiez trop, aucun médecin ni aucun psychothérapeute n'aurait pris la peine de vous aider. Les vrais médecins ne gaspillaient pas leur temps à vous parler de liberté. Ils ne recevaient les fumeurs qu'une fois ceux-ci atteints d'une vraie maladie, un cancer ou une bronchite. Ils regardaient évoluer les cirrhoses du foie en s'efforçant d'oublier que l'alcool en était la cause. Le mot « alcoolisme » existait – il avait été inventé par un certain Magnus Huss en 1849 pour remplacer le terme « ivrognerie » fort peu élégant

– mais le concept de dépendance n'était, lui, pas encore connu. Si Marilyn prenait dix fois la dose prescrite de somnifères, c'était sans doute parce qu'elle avait le sommeil trop léger ! Si elle aimait tant les amphétamines, n'était-ce pas un signe de surmenage professionnel ?

Les psychanalystes ne regardaient pas davantage la dépendance ou la liberté comme relevant de leur compétence. Freud lui-même usait de la cocaïne sans vraiment la considérer comme une drogue. La dépendance n'appartenait à aucun des trois grands centres d'intérêt de la psychanalyse, la névrose, la psychose ou la perversion. Les toxiques ou les comportements dangereux ne pouvaient être que des symptômes masquant une autre souffrance, plus noble et plus intéressante.

Ni un vice ni un manque de volonté

Il a donc fallu bien du temps pour que la dépendance soit reconnue comme une maladie. Au XVIIIe siècle, seuls quelques psychologues mal compris à l'époque avaient suggéré que le fait de boire en excès ou de se droguer ne s'expliquait pas par un manque de volonté. Ils s'opposaient aux moralistes qui voyaient encore toute ivresse comme un péché ou une habitude honteuse. « Aucun homme, expliquaient nos psychologues contemporains, n'est devenu un ivrogne du jour au lendemain. » Benjamin Rush, au XVIIIe siècle, s'insurgeait contre la prohibition de l'alcool qui n'évite pas les dépendances : « Le problème, expliquait-il, vient de celui qui boit et non de la bouteille. »

Le temps leur a donné raison. La dépendance est maintenant reconnue comme une maladie à part entière. Les nouveaux drogués veulent être traités comme des victimes. Ils dénoncent les dangers de l'alcool et du tabac. Les plus organisés font des procès aux producteurs de tabac. Ils les accusent de leur avoir provoqué un cancer. Vous avez peut-être aussi entendu parler de joueurs pathologiques qui se retournent contre la Française des jeux ou la direction des casinos en leur reprochant de les avoir ruinés. Nous avons compris que la dépendance nous menace et menace nos enfants. Nous acceptons l'idée qu'une vie heureuse est une vie libre.

Les anciens dépendants restent les plus méfiants. Ils ne veulent pas prendre des médicaments de peur de ne plus pouvoir s'en passer. Quand ils vont bien, ils redoutent des drogues moins « dures » que celles qui agissent directement sur le cerveau. Ils ont peur de la télévision qui pourrait les hypnotiser, leur faire perdre leurs loisirs ou leur sens critique. Ils mettent en garde contre les jeux de rôle et les jeux en réseau qui détruisent toute identité personnelle. Les dépendants du chocolat ou de l'amour se liguent pour s'encourager. Ils mettent en place des groupes d'entraide où ils partagent leurs expériences malheureuses.

Ils stimulent les chercheurs et réclament aux sociologues des soutiens pour se libérer de l'Internet ou de la dépendance affective. Ils veulent savoir quel gène met en danger leur liberté. Et les chercheurs commencent à leur répondre. Les gènes codants pour les récepteurs à la dopamine ne sont pas les mêmes chez les dépendants de l'alcool, du jeu ou des achats que chez ceux qui ne boivent pas. D'autres gènes diminuent le risque d'addiction. Ils modulent notre capacité à attendre et notre besoin d'expériences nouvelles ou de sensations fortes.

Les chercheurs s'intéressent de près aux zones les plus profondes de notre cerveau. Ils donnent à ces nouveaux territoires intimes des noms poétiques. Les régions qui contrôlent notre liberté s'appellent système limbique, *striatum*, noyaux gris centraux et zone de récompense cérébrale. Tout se passe comme si les dépendants étaient trop avides de satisfactions immédiates et moins sensibles à la satiété.

La liberté comme la dépendance n'est donc pas seulement une affaire de volonté. Elle impose que nous soyons conscients de nos faiblesses potentielles et du pouvoir des drogues modernes. L'homme heureux ou l'homme libre court sur un fil. Il sait qu'il peut tomber dans la dépendance, mais s'il reste en équilibre, c'est qu'il bouge, il évolue. Il est capable de changer d'amis ou de certitudes et de s'adapter aux événements. Il est aussi sauvé par la conscience de sa fragilité. Il sait les dangers tout proches mais il a décidé d'être libre, malgré ses faiblesses ou même grâce à elles. Encore faut-il connaître les formes modernes de la dépendance. Les chapitres qui suivent vont vous y aider.

D'OÙ VIENT LE MOT « ADDICTION » ?

« Addiction » ne vient pas de l'anglais mais d'une expression latine, employée dans l'ancien français juridique : *ad dicere*. Le mot désigne en droit la contrainte par corps de celui qui, ne pouvant s'acquitter de sa dette, est mis par le juge à la disposition du plaignant. L'origine du mot montre bien que l'addiction est une relation de maîtrise imposée de l'extérieur.

Pourquoi l'histoire de Marilyn nous séduit-elle encore tant ?

> Nous sommes libres de tout, sauf de ne pas être libres.
>
> Jean-Paul SARTRE.

> Augmenter les désirs jusqu'à l'insoutenable, tout en rendant leur réalisation de plus en plus inaccessible, tel est le principe unique sur lequel reposait la société occidentale.
>
> Michel HOUELLEBECQ, *La Possibilité d'une île*.

Les personnalités préférées des Français sont celles qui les séduisent ou celles qui les apitoient. Nous aimons les hommes ou les femmes qui nous charment par leur beauté ou leur talent et aussi ceux qui nous émeuvent par les épreuves qu'ils traversent. Quand une actrice peut être à la fois mal heureuse et belle, damnée et enviable, elle recueille tous les suffrages. Ce fut bien sûr le cas de Marilyn. Peu d'autres personnages publics ont depuis réalisé cette alchimie entre des sentiments opposés. La princesse Diana est peut-être la seule qui ait depuis réussi, bien malgré elle, à troubler les hommes et faire pleurer les femmes, à moins que ce ne soit l'inverse… Elle était, comme Marilyn, révoltée et dépendante, emprisonnée et à la recherche de sa liberté. Ses entraves étaient différentes de celles de Marilyn. Elle était enfermée dans la cour d'Angleterre et dans son malheur conjugal. Elle avait essayé de séduire le monde entier à défaut de pouvoir se supporter elle-même.

Nous entretenons vis-à-vis des dépendants célèbres une relation faite d'attirance et de répulsion. Leur audace nous impressionne. Nous envions leur capacité à vivre vite, à assumer leurs désirs et multiplier les expériences dangereuses. Nous les aimons à condition toutefois que leur dépendance n'altère pas leur élégance et ne compromette pas leur talent. De Coluche à Françoise Sagan, nos héros sont ceux qui ont perdu leur liberté face à l'alcool, à la drogue et aux sports à risque, tout en gardant leur créativité. Leur addiction prouve la force de leurs passions. Un homme comme Serge Gainsbourg capable de brûler un billet de 500 francs devant des caméras de télévision ne peut laisser personne indifférent. Nous sommes agacés mais nous imaginons aussi toutes les autres prouesses dont il est capable en public comme dans l'intimité… Quel amant doit-il être ? Quel compagnon plein de ressources et de fougue ! La gravité de son addiction est une promesse de puissance et d'audace.

Et dans le même temps, la dépendance nous inquiète. Elle nous fait encore plus peur dans la réalité qu'au cinéma. Nous nous écartons des hommes ou des femmes ivres. Nous les jugeons avant de les avoir écoutés. Ils menacent notre sécurité en refusant de s'inscrire dans le projet collectif de bonne santé physique et psychique. Le dealer qui pervertit les jeunes est l'image, souvent justifiée, du mal absolu. La drogue et les drogués mettent à mal les principes fondateurs de notre modernité : le principe de précaution, la recherche de l'ordre, de la sécurité et de la santé.

Pour être un « héros » moderne comme Marilyn, il est

acceptable d'être dépendant si l'on reste socialement présentable. Les artistes modérés, les tièdes, ceux qui ne boivent pas assez, n'inspirent pas confiance. Leur refus d'expériences nouvelles et d'ivresses doit bien cacher une faiblesse. Dans la suite de Marilyn, nombre de personnages publics, acteurs ou présentateurs de télévision, jouent de leur relation ambiguë à l'addiction et la liberté. Ils expliquent comment ils frôlent la dépendance sans y tomber. Ils se vantent d'avoir essayé puis dépassé la drogue. Ils sont tellement « libres dans leur tête » qu'ils ont pu mettre en danger pour un temps seulement leur santé et leur liberté. Ils essaient les drogues nouvelles, les sports à risque et les expériences extrêmes. Ils sont fiers de nous montrer qu'ils en reviennent en pleine forme. Ils se présentent ainsi comme ni trop ni pas assez sages. Leur dépendance et leur liberté tiennent lieu d'identité sociale. Leur élégance leur permet de nous raconter, sur le mode de la confidence, les risques qu'ils ont pris, les passions folles qu'ils ont connues et la manière dont ils ont transgressé la loi sans se faire prendre. À les croire, ils conjuguent tous les contraires. Ils sont à la fois autonomes, affranchis de toutes les contraintes et respectueux des règles puisque la société les adore. Ils pratiquent encore l'amour libre tout en restant fidèles à leur famille. Ils achètent les objets inutiles que montrent les magazines de mode mais ils ne se ruinent pas. Ils se débrouillent bien avec leur argent. Ils goûtent les plaisirs interdits sans s'y abandonner. Ils rentrent bien sûr au casino et en ressortent sans avoir dilapidé toutes leurs économies. Ils se décrivent comme capables tout autant de maîtrise que de prise de risque.

Cette image de l'homme ou de la femme tellement libre qu'il traverse toutes les dépendances est un mythe. Ce rôle n'est réservé qu'à quelques célébrités qui vendent ainsi leur image et en tirent une gloire personnelle. La plupart d'entre nous ne réussiront pas cette synthèse entre l'ordre et la sécurité. Nous devrons chercher de manière plus modeste à libérer nos existences des dépendances qui les entravent. Nous devrons aussi prendre nos distances par rapport à cette fausse croyance selon laquelle les plus libres sont ceux qui se sont le plus drogués ou qui ont pris le plus de risques.

Les pièges des messages paradoxaux : « Soyez libre et prudent ou alors soyez spontané ! »

Nous sommes fascinés par les excès de Marilyn. Nous sommes en plein paradoxe face à la liberté. Nous sommes tentés par la transgression et l'obéissance en même temps. Nous rêvons d'une vie d'artiste et d'une vie tranquille, de soirées folles et de moments calmes. Il est temps de repérer à quel point cette position paradoxale face à la dépendance nous empêche d'être libres. Comment rechercher des états aussi opposés que la retenue et la passion, la folie et le contrôle ? Nous sommes tétanisés face à une suite de consignes impossibles à appliquer tant elles sont contradictoires : « Soyez libres et prudents » ou encore « Devenez ambitieux, riches et raisonnables ». Vous cherchez un autre exemple de notre ambiguïté face à l'addiction et la liberté ? Écoutez une publicité pour un vin ou un alcool. Elle nous vante son goût, ses effets sur la santé et finit par nous inviter à ne pas en consommer ou alors pas trop. Laquelle des deux parties du message faut-il entendre ? Celle qui nous vante les bienfaits du vin ou celle qui nous alerte sur ses dangers ? Les publicitaires entretiennent le flou de manière délibérée. Le doute et l'ambiguïté profitent à leurs marques.

Un psychologue américain, Gregory Bateson, a montré les dangers de ces messages paradoxaux. Son terrain de recherche était éloigné de la liberté et des dépendances, mais ses conclusions s'appliquent bien aux paradoxes contemporains. Gregory Bateson a étudié le comportement des mères de Bali avec leurs jeunes enfants. Leur attitude est apprise de génération en génération. Elles croient bien faire alors qu'elles cultivent le paradoxe. Ces mères incitent leurs enfants à sourire. Elles leur parlent et les stimulent. Dès que leurs enfants leur répondent, les mères s'en détournent. Elles ne font pas attention aux réactions qu'elles ont suscitées. Les enfants essaient de communiquer dès leur naissance jusqu'à 3 ans, puis ils se troublent devant cette attitude qu'ils ne comprennent pas. Ils ne savent comment répondre aux attentes de leurs mères qui restent indifférentes dès lors qu'ils réagissent en souriant à leur demande. Ils font des crises de colère pour échapper à la situation. Ils s'angoissent et finissent par se replier sur eux-mêmes. Faute de pouvoir supporter le paradoxe, ils s'isolent et cessent de communiquer.

Nous ne savons pas choisir notre liberté

Nous ressemblons plus que nous ne le croyons aux enfants de Bali. Nous essayons en vain d'appliquer le principe de précaution et de cultiver en même temps notre goût de l'aventure. Les plus anxieux d'entre nous ont le plus de mal à s'y retrouver face à ces ordres contradictoires. Ils ne savent plus ce qu'ils doivent rechercher pour se conformer à la norme. Faut-il être sage ou être fou ou les deux à la fois ? Il est obligatoire de cultiver ses passions, du football à la musique baroque ou la musculation. Mais si nous parlons trop de nos marottes, nous inquiétons nos proches qui se demandent si nous ne sommes pas en train de devenir un peu addicts. Si nous rangeons notre bureau, nous sommes des maniaques de l'ordre. Si nous le laissons en friche, c'est que nous voulons cacher derrière le désordre des angoisses inavouables. Celui qui boit est suspect d'être un alcoolique en puissance. Celui qui ne boit pas se voit reprocher de passer à côté des plaisirs de la vie.

Je vois souvent des couples prisonniers de leurs envies paradoxales. Ils se veulent à la fois libres, indépendants et en fusion. Ils ne supportent ni la solitude ni la vie conjugale. Ils se quittent, se retrouvent et se quittent encore, prisonniers qu'ils sont de leurs désirs contradictoires.

Comment choisir sa liberté ? Faut-il ressembler à Marilyn, dans sa manière de jouer avec les limites, de brûler par les deux bouts son existence ou ses amours ? Vaut-il mieux ressembler au personnage du roman d'Alberto Moravia *Le Conformiste* qui applique sans discuter les consignes et suit le pouvoir en place ? Il ne veut pas se faire remarquer et décide, quelles que soient les circonstances, de se conformer à l'opinion générale. Comment trouver une voie médiane entre les deux et être vraiment libre ?

En temps de guerre, les seuls citoyens libres sont ceux qui résistent et n'appliquent une règle qu'après l'avoir discutée et critiquée. La France Libre était, dans les années 1940, celle qui refusait l'ordre injuste et avait pris les armes. Dans les temps plus apaisés, l'ambiguïté revient. Nous sommes livrés à nous-mêmes. Nous ne pouvons pas suivre l'appel d'un libérateur qui nous invite à la révolte. Dans un pays libre, dans un monde sans barreaux apparents, la liberté est une notion terriblement abstraite. Il faut d'ailleurs se méfier – nous en verrons bien des exemples – des gourous et des sectes qui nous promettent la liberté parfaite. Il vaut mieux regarder à deux fois le type de liberté qui nous est réservé si nous leur faisons confiance. Il est bien moins dangereux de construire notre propre version de la liberté. Elle nous ira mieux que les modèles du prêt-à-penser offerts par les spécialistes de l'esprit libre.

« Boire de l'eau ou de l'alcool ! »

Les politiques de santé publique ne nous aident guère à sortir du paradoxe entre dépendance et liberté. Certes, elles nous avertissent des dangers de l'alcool ou du tabac. Dans le même temps, d'autres spécialistes de la santé nous alertent des dangers de l'ascèse. Ils nous vantent les vertus du vin sur la santé. À les croire, ceux qui boivent de l'alcool vont mieux que ceux qui restent à l'eau. Sans le dire clairement, ils invitent à ne pas suivre complètement les règles sanitaires. Notre existence serait saine, c'est sûr, mais serait-elle épanouie ? Ne serait-elle pas dépendante du principe de précaution et de l'hygiénisme moderne qui contamine la pensée médicale comme la politique ? Les plus lucides arrivent à naviguer entre ces contraires. Les plus fragiles prennent tous les risques et ne prennent pas de plaisir. Ils ne savent pas s'ils doivent adorer Marilyn comme une icône de la modernité ou s'en défier du fait de ses névroses.

Notre société n'est pas la seule à hésiter sur la définition et l'usage de la liberté. Les philosophes grecs connaissaient un autre paradoxe. Ils étaient les champions de la liberté théorique. Ils la décrivaient, en parlaient dans de savants dialogues mais ne voulaient pas renoncer à leurs esclaves. Les Romains avaient, eux aussi, des esclaves ils avaient pourtant fait de la Liberté une déesse. Ils l'ont appelée Libertas. Ils ont bâti en son honneur, des autels et des statues. Tibère Gracchus lui avait consacré sur le mont Aventin un temple. La déesse de la Liberté était représentée par une femme vêtue de blanc, tenant un bonnet rouge de la main droite, et de la gauche un javelot ou une verge ressemblant à celle dont les maîtres frappaient leurs esclaves quand ils les affranchissaient. Le bonnet rappelait celui que l'on posait sur la tête de l'esclave rendu à la liberté. Pour renforcer l'image de liberté, les Romains ajoutaient parfois auprès d'elle un chat, réputé indocile et impossible à domestiquer.

« Une ordonnance de Voltaire »

Aux anxieux qui me demandent comment trouver le bon dosage de liberté entre sécurité et originalité, j'ai envie de faire une ordonnance de livres avant de les aider à se sevrer. Je pourrais leur prescrire un cachet de Voltaire le matin pour garder la forme, une cuillère de Diderot le soir et quelques miettes de Rousseau à croquer tout au long de la journée. Ouvrez donc l'*Encyclopédie* de Diderot et d'Alembert. À cette époque, la liberté était encore à conquérir. Vous apprendrez qu'elle réside dans le pouvoir qu'un être intelligent a de faire ce qu'il veut, conformément à sa propre détermination. Les philosophes des Lumières n'ont pas de doute quand il s'agit de défendre la liberté. Ils sont prêts à y sacrifier leur vie. Certains d'ailleurs l'ont fait. Ils nous apprennent que, sans liberté, les hommes seraient de purs automates.

Ils ressembleraient à une montre qui respecte les mouvements qu'a programmés l'horloger. L'homme libre refuse cette fatalité et cette prédestination. Il ne peut pas croire que tout est régi par des influences célestes. Il ne se fie pas au destin qui règle la disposition future des événements. « La liberté, dans l'homme, est la santé de l'âme », écrivait Voltaire, un autre grand libérateur, défenseur des victimes et des causes perdues. Tant pis si l'Histoire nous apprend que lui aussi s'enrichissait dans le trafic d'esclaves… Nous aurions espéré notre penseur national de la liberté plus intransigeant dans le domaine.

Ceux qui parlent le mieux de liberté sont ainsi ceux qui se battent pour la conquérir ou la retrouver. C'est vrai pour les tabagiques qui ont réussi à se passer de cigarettes. C'est aussi vrai pour les révolutionnaires de 1789 ou de la Commune. La monarchie absolue leur a donné des envies de liberté. Le temps des despotes précède le temps des cerises. Les serrures, disait Montaigne, attirent les voleurs. Les contraintes extérieures nous poussent à la libération. Comment ne pas rêver de liberté dans un pays asservi ? Les écrivains de la Résistance ont su eux aussi chanter la liberté pour entretenir l'espoir du pays occupé. Souvenez-vous du *Chant des partisans*, des poèmes d'Aragon, de « Liberté, j'écris ton nom » de Paul Éluard.

QUAND PAUL VALÉRY SE MÉFIAIT DU MOT « LIBERTÉ »

Paul Valéry confiait à ses carnets ses réflexions intimes et publiques. Il revient souvent sur la question de la liberté et se méfie de ce mot, qu'il juge trop mal défini :

« C'est un de ces détestables mots qui ont plus de valeur que de sens ; qui chantent plus qu'ils ne parlent; qui demandent plus qu'ils ne répondent; de ces mots qui ont fait tous les métiers, et desquels la mémoire est barbouillée de théologie, de Métaphysique, de Morale et de Politique; mots très bons pour la controverse, la dialectique, l'éloquence; aussi propres aux analyses illusoires et aux subtilités infinies qu'aux fins de phrases qui déchaînent le tonnerre. » Paul Valéry, *Regards sur le monde actuel*, p. 49.

« La Politique nous parle aussi de *liberté*. Elle parut d'abord n'attacher à ce terme qu'une signification juridique. Pendant des siècles, presque toute société organisée comprenait deux catégories d'individus : les uns étaient des esclaves; les autres étaient dits "libres". Plus tard la liberté devint un idéal, un mythe, un ferment, un mot plein de promesses, gros de menaces. Je me trouve bien en peine de me rendre nette et précise l'idée de liberté politique. Je suppose qu'elle signifie que je ne dois obéissance qu'à la loi, cette loi étant censée émaner de tous et faite dans l'intérêt de tous. » Paul Valéry, *Regards sur le monde actuel*, p. 63-65.

L'anti-modèle de Marilyn

L'image de Marilyn peut aussi nous aider à nous libérer à condition d'accepter d'en saisir les paradoxes. Elle a tant cherché une liberté absolue qu'elle n'a pas pris le temps de reconnaître et de surmonter ses vraies dépendances face à l'alcool, à l'ambition et au besoin d'amour. Son amour absolu de la liberté – libre face aux hommes, face aux studios et au destin – ne lui a pas permis d'être libre dans sa vie quotidienne et finalement d'être heureuse. Elle a, de plus, trop fait confiance à ceux qui voulaient lui offrir une liberté et une identité qui n'était pas vraiment la sienne. Elle a, enfin, trop tenté de concilier les extrêmes, essayant, sans y parvenir, d'être une star prête à toutes les expériences et une femme libre et heureuse. Elle avait trop peur de ne pas être assez libre pour le devenir vraiment.

Son histoire nous apprend que la libération ne peut venir que d'un travail sur soi et d'un changement d'habitudes, de croyances ou d'idées. La liberté n'est pas seulement une grande et belle idée qui s'écrit avec une lettre majuscule au fronton des mairies. Nous ne trouvons notre liberté personnelle qu'après une suite de petites victoires sur nous-mêmes. Nous nous sevrons jour après jour de notre passé trop envahissant, de nos angoisses et de nos manies. Nous verrons comment des règles et des exercices peuvent aider à avancer sur ce chemin.

DEUXIÈME PARTIE

Les nouvelles addictions

Quelles sont les dix dépendances modernes qui menacent le plus notre liberté ?

> L'ambition, l'avarice, l'amour, la haine
> Tiennent comme un forçat son esprit à sa chaîne.
>
> Nicolas Boileau, *Satires*.

Au début des études de médecine, nous apprenions l'examen clinique. Il fallait palper chaque organe et analyser chaque fonction du corps. Les meilleurs étudiants étaient les plus méticuleux. Ils dressaient un inventaire de signes le plus complet possible. Les bons médecins sont toujours ceux qui prennent le temps de connaître la manière dont fonctionnent le corps et l'esprit de ceux qu'ils espèrent soigner. L'examen clinique reste la base de la vraie médecine, celle qui n'a pas perdu l'échelle humaine. Nous pourrions aujourd'hui ajouter à l'examen clinique classique un examen de nos dépendances et de nos libertés. Les médecins ont bien appris qu'ils devaient, à chaque consultation, savoir ce que leurs patients boivent et fument. Ils pourraient poser quelques questions de plus et compléter l'inventaire des dépendances modernes. J'essaie de pratiquer ce bilan de liberté chez ceux qui viennent me consulter. Nous passons en revue les grands domaines de l'existence à la recherche de manies, d'habitudes gênantes et d'excès.

Nous recherchons ensemble les dépendances les plus fréquentes, des plus classiques aux dernières venues. Je commence l'examen de la liberté par la relation aux drogues légales et illégales. Toute substance qui stimule notre cerveau ou notre plaisir peut nous faire perdre notre liberté. La liberté est menacée dans bien d'autres domaines. Chaque mouvement de mode, chaque passion contemporaine peut aussi se transformer, chez ceux qui y sont prédisposés, en une addiction.

LES DIX DÉPENDANCES MODERNES

- Les drogues : l'alcool, le tabac et les autres.
- L'amour.
- Les enfants.
- Le travail.
- L'argent.
- Les soins et l'image du corps.
- La nourriture.
- Le sport.
- Internet et les nouvelles technologies.
- Le pessimisme, le stress et la superstition.

« On peut, écrivait le sociologue de la dépendance Albert Memmi, être prisonnier du tabac, de l'alcool, d'un médicament, mais aussi d'une institution (voyez la Sécurité sociale et ses prises en charge), d'un amant, d'un enfant, de l'hôpital, d'une entreprise, d'une équipe de football, d'un système de valeurs, profanes ou religieuses, d'une divinité ou d'une patrie. À travers la diversité de ces dépendances, les mécanismes fondamentaux sont les mêmes. » Le complexe de Marilyn montre, à qui veut bien l'appréhender dans ce sens, le chemin de la libération personnelle. Regardez la liste qui suit des dix dépendances modernes. Aucune d'elles n'était vraiment étrangère à la malheureuse actrice. Peut-être certaines d'entre elles vous concernent-elles aussi ou concernent-elles un de vos proches.

Les drogues : l'alcool, le tabac et les autres

Même si la notion de dépendance se généralise, il reste des différences entre les dépendances avec ou sans drogues. Peu de situations altèrent autant la liberté que l'obligation de consommer chaque jour du tabac ou de l'alcool pour éviter le manque. Le sevrage d'Internet ou d'amour ne provoque pas d'accès de delirium comme l'arrêt brutal de l'alcool chez un dépendant.

L'alcool

Marilyn était avant tout dépendante de l'alcool. Elle en prenait le soir pour s'endormir et le matin pour se donner du courage. Comme elle ne supportait pas les alcools forts, elle diluait son gin dans du café. La légende raconte aussi qu'elle laissait du champagne au frais chez ses psychanalystes pour arroser la fin de chaque séance. Marilyn buvait sans se reconnaître comme dépendante. Aujourd'hui encore, la menace de l'alcool n'est pas vraiment prise au sérieux. Il n'est pas facile de comparer un bon vin à une drogue. Qui oserait montrer les points communs existant entre les amateurs de bière et les toxicomanes « classiqucs » ? L'alcool, banalisé, reste la drogue anodine. Elle est celle que nous sommes le plus nombreux à consommer. Son usage est autorisé et même encouragé au nom de la défense du patrimoine viticole national ! Rappelez-vous le sketch de Coluche où un père insultait les « beatniks » qui fument du haschich et terminait en affirmant que « le pinard ça devrait être obli gatoire pour les jeunes ». Ce texte date des années 1980. La situation a changé depuis. Les jeunes utilisent maintenant l'alcool comme un moyen d'accès à des ivresses légales et peu onéreuses. Les femmes en prennent presque autant que les hommes. Les dépendances modernes à l'alcool se cachent derrière des prétextes professionnels (alcoolisation d'affaires) ou sociaux (alcoolisme mondain). Notre relation à l'alcool ressemble de plus en plus à celle des pays anglo-saxons. Nous buvons en fin de semaine ou à l'occasion de fêtes. Bien que méconnue, une dépendance à éclipses est en train d'apparaître. Elle est aussi dangereuse que celle des clients réguliers du café.

LES QUATRE PROPOSITIONS DU QUESTIONNAIRE DETA

Ce questionnaire est le plus utilisé pour faire le point au sujet de l'alcool. Il suffit de répondre le plus « sincèrement » possible aux quatre questions qui suivent :

1. Avez-vous déjà ressenti le besoin de **D**iminuer votre consommation de boissons alcooliques ?
2. Votre **E**ntourage vous a-t-il déjà fait des remarques au sujet de votre consommation ?
3. Avez-vous déjà eu l'impression que vous buviez **T**rop ?
4. Avez-vous déjà eu besoin d'**A**lcool dès le matin pour vous sentir en forme ?

Chaque réponse positive vaut un point. Une relation difficile avec l'alcool est possible à partir d'un score égal à 1. Elle est plus que probable si votre score est supérieur à deux.

Le tabac

Ceux qui ont arrêté le savent, ceux qui continuent de fumer feignent de l'ignorer : le tabac provoque bel et bien des syndromes de dépendance. Il est probablement la drogue qui induit les plus fortes pertes de liberté. Il stimule les zones de récompense cérébrale. Il éveille et apaise à la fois. Ses effets positifs deviennent vite indispensables à celui qui y goûte. Certains rusent en imaginant qu'ils vont pouvoir diminuer progressivement leur nombre de cigarettes pour se sevrer. D'autres adoptent les cigares ou le tabac à rouler. Les tabacologues ne nous laissent plus d'espoir : on est à risque de dépendance dès la première cigarette – surtout si on la trouve agréable – et l'on expose sa santé dès que l'on commence à fumer.

Le haschich et les autres drogues

Le haschich a accompagné de grands mouvements culturels et musicaux. Il en a gardé une réputation de substance branchée, stimulant la créativité. Les libertaires, les anarchistes refaisaient le monde en se passant un joint. Le haschich stimulait leurs utopies et leurs créations. La réalité de la dépendance est aujourd'hui connue différemment. Le haschich, malgré toute la sympathie qu'il suscite, n'est pas une drogue aussi douce qu'on l'avait cru. Il entraîne une perte de contrôle et peut rendre dépendant. Le haschich peut aussi altérer le fonctionnement du cerveau par des mécanismes qui commencent à être mieux connus. Il induit des syndromes de manque chez les plus gros consommateurs. D'autres substances, incontestablement de l'ordre des drogues dures, telles que l'héroïne et la cocaïne provoquent aussi des addictions qui font perdre toute liberté.

Les médicaments détournés de leur usage

Les ordonnances de Marilyn sont entrées dans l'Histoire. Elle mélangeait des antalgiques, des barbituriques et des dérivés de l'opium. Elle prenait ses médicaments comme des drogues et des remèdes, pour se soigner et s'abrutir à la fois. Les Français sont aujourd'hui encore des champions de la consommation de médicaments. Certains les recherchent pour leurs effets de réduction de l'angoisse ou parce qu'ils aident à s'endormir. D'autres surconsomment des médicaments parce qu'ils croient renforcer leur capital santé en vidant leur pharmacie. Ils consultent plusieurs médecins et mélangent les ordonnances. Ils s'intoxiquent en toute bonne conscience avec des molécules dans lesquelles ils ont confiance. Il leur faut bien du temps pour apprendre que « les antibiotiques, c'est pas automatique » et que les anxiolytiques ou les somnifères, ce n'est pas non plus automatique !

L'amour

L'amour est – et c'est heureux – la plus grande affaire de notre vie. Un film ou un roman sans histoire d'amour nous ennuie. Les derniers vrais secrets concernent la vie sexuelle. La révélation des amours cachées dope les ventes des magazines. Nous sommes en quête de conseils pour aimer mieux, plus librement, avec plus de passion et sans jalousie. Nous avons besoin d'amour à tout âge. Le nourrisson s'installe dans l'existence grâce à l'amour de ses parents. Il vit ce que les psychanalystes appellent le narcissisme normal ou obligatoire.

Ce narcissisme normal est, pour les psychiatres français Valérie Sabran et André Féline, « la quantité d'amour que chacun doit éprouver vis-à-vis de lui-même ». Le narcissisme heureux est un investissement de soi-même qui permet de se sentir bien dans sa peau. Il permet à l'enfant de constituer son identité. Il permet à l'adulte d'avoir une juste estime de soi, de croire en sa possibilité d'être aimé et en la possibilité d'aimer.

Les narcissiques malheureux gardent à l'âge adulte l'avidité des nourrissons. Ils ressemblent trop à Narcisse, le héros de la mythologie. Selon la légende, à Thespies, en Béotie, vivait en effet un garçon, fils du fleuve Céphise et de la nymphe Liriopé. Sa beauté extraordinaire le fit aimer de nombreux jeunes gens et jeunes filles. Mais il les méprisait tous à cause de son orgueil. Son dédain a provoqué le suicide de la nymphe Écho qui était amoureuse de lui. Le dieu Amour s'est ensuite vengé de lui. Dans une partie de chasse, Narcisse assoiffé s'est arrêté devant une fontaine. Au moment de boire, il a vu sa propre image dans l'eau et il est tombé amoureux de son reflet. Il se consuma de chagrin parce qu'il ne pouvait atteindre l'objet de son amour et se tua en se jetant dans la source. À la place de son corps, on trouva une fleur appelée Narcisse.

L'amour nous fait parfois perdre la tête et la liberté. Le pauvre Narcisse s'est noyé par amour de lui-même. D'autres perdent leur liberté par excès de passion pour un homme ou une femme. Les dépendances à l'amour prennent différentes formes. La dépendance peut porter sur la sexualité, le besoin de nouveaux partenaires ou le besoin de maîtriser la vie et les pensées de son compagnon ou sa compagne.

L'addiction sexuelle

Quand les comportements sexuels se répètent plusieurs fois par jour, avec tous les partenaires possibles, il est moins question de séduction que de dépendance. Les dépendants de la sexualité sont des Dom Juans tristes. Cette addiction conduit des hommes et des femmes à multiplier les relations sexuelles par peur du manque. Georges Simenon racontait qu'il avait eu besoin dans sa vie de plusieurs milliers de femmes pour assouvir son obsession du sexe. Une journée normale comprenait au moins trois femmes différentes à mettre dans son lit. Ces comportements sont assez rares. Quelques cliniques, hors de France, expérimentent la désintoxication sexuelle. De rares médicaments se proposent de calmer les ardeurs excessives des drogués de l'amour. Les rumeurs venues d'Hollywood désignent certaines stars comme des addicts sexuels. L'acteur Michael Douglas avait raconté dans les années 1990 son séjour dans une clinique spécialisée de l'Arizona où il avait reçu un traitement de choc pour apprendre à maîtriser ses désirs. Sa deuxième femme, Catherine Zeta-Jones, ne devait pas avoir complètement confiance dans les effets du traitement car elle avait exigé un contrat prénuptial dans lequel son futur mari s'engageait à lui payer 1,7 million de dollars à chaque infidélité conjugale reconnue.

La dépendance affective

Certains d'entre nous ne peuvent aimer sans être esclaves. Ils transforment toute passion en un calvaire pour eux-mêmes et ceux qui les aiment. Ils connaissent moins le plaisir de la présence que le manque de l'absence. Les amours de Marilyn se sont établies sur ce mode. Elle tyrannisait et finissait par quitter les hommes auxquels elle s'attachait. Cette dépendance affective troublait aussi ses psychanalystes qui n'étaient jamais très loin de tomber amoureux d'elle ! Son dernier psychanalyste la recevait chez lui, lui proposait de dormir à son domicile après les séances et accourait à son chevet quand elle le lui demandait. « Marilyn, écrit Michel Schneider dans *Marilyn dernières séances*, avait un vide au cœur qu'elle calmait avec des hommes ou des femmes pour se donner la force de marcher jusqu'au matin. »

La jalousie

La jalousie est une autre forme de dépendance amoureuse. Celui qui en souffre rêve d'un état de maîtrise complète de son partenaire. Pour son plus grand malheur, il n'atteint jamais cette toute-puissance sur l'autre. Vous vous souvenez de *L'École des femmes* de Molière. Arnolphe choisit une ingénue qu'il veut modeler et garder entièrement pour lui. Il la cloître, l'éduque et la fait surveiller. Ses efforts ne ser viront à rien. Agnès trouvera un amoureux, et Arnolphe rejoindra la grande foule des jaloux trompés. Le jaloux est aussi dépendant de son besoin de preuves d'amour et de sa suspicion. Il sait que son appétit de transparence l'isole. Il ne peut pourtant s'empêcher de surveiller son conjoint et de s'imaginer des rivaux imaginaires. Le mari – ou la femme – est investi comme une drogue. Toute faille dans le contrôle du partenaire provoque des réactions de terreur et d'agressivité qui s'apparentent au sevrage. La dépendance de l'un bride la liberté de l'autre.

La dépendance au coup de foudre

Voilà une autre addiction bien embarrassante ! Il n'est pas commode de n'aimer que les amours naissantes, les premiers rendez-vous. Les *love addicts* dépendants de la nouveauté préfèrent quitter plutôt qu'être quittés. Ils acceptent un dîner et ne donnent pas suite aux rencontres suivantes. Ils se donnent sans avoir le courage de s'engager. Ils séduisent sans s'impliquer dans une relation plus durable. Ils se croient libres et indépendants, alors qu'ils sont dépendants du changement. Ils sont obligés de multiplier les passades par besoin d'une relation toujours neuve et par peur de la routine. Le manque et l'insatisfaction sont leur quotidien. Ils en souffrent quand une histoire se termine. Ils en souffrent aussi quand elle dure… Seuls les débuts leur plaisent vraiment, les moments où l'on se découvre, s'approche et se jauge. Nous verrons comment une psychologue américaine répondant au doux nom de Susan Peabody peut vous désintoxiquer de l'addiction au coup de foudre.

MARCEL PROUST ET LA DÉPENDANCE AMOUREUSE : QUELQUES PHRASES SUR LA LIBERTÉ PERDUE À CAUSE DE L'AMOUR

« [L'amour est] un engrenage dans lequel on ne peut plus ni ne pas aimer, ni être aimé. »
« Ce n'est pas l'effet du hasard si les êtres intellectuels et sensibles se donnent toujours à des femmes insensibles et inférieures, et tiennent cependant à elles, au point que la preuve qu'ils ne sont pas aimés ne les guérit nullement de tout sacrifier à conserver près d'eux une telle femme. »
« Il en est de ces terribles commotions que nous donnent l'amour malheureux, le départ, la mort

d'une amante, comme de ces attaques de paralysie qui nous foudroient d'abord, mais après lesquelles les muscles tendent peu à peu à reprendre leur élasticité, leur énergie vitale. »

Les enfants

Dans la vie courante et en consultation, les adultes qui ne me parlent pas de leurs amours me parlent de leurs enfants. Les plus raisonnables perdent leur sang-froid quand il s'agit de choisir une crèche, une école ou une université. Ils redoutent la moindre erreur et ne pardonnent pas aux enseignants ce qui pourrait troubler le développement ou la réussite de leur progéniture. La dépendance entre les générations crée un duo infernal entre des enfants rois et des parents devenus esclaves de leur peur de mal faire. Les plus allergiques à la psychologie s'achètent les œuvres complètes de Françoise Dolto. Ils s'y plongent avec bien du courage ! Ils n'y comprennent pas toujours grand-chose mais n'osent pas interrompre une lecture qui pourrait servir à leurs rejetons. Une jeune femme m'a raconté la manière dont ses parents sont tombés dans la dépendance le jour de sa naissance. « Mon père et ma mère étaient des révolutionnaires. À ma naissance, mon père a rangé ses livres de Trotski et de Wilhelm Reich. Il a presque appris par cœur les derniers ouvrages de Bruno Bettelheim. J'ai le souvenir d'un exemplaire de *Comment être des parents acceptables* trônant sur la table du salon. Persuadés que tout se jouait dans mon développement avant 5 ans, mes parents ont tenté de créer pour moi un univers protecteur idéal, sans stress ni conflit. Ils s'étaient préparés à répondre aux questions que je n'avais pas encore posées sur la sexualité ou la contraception. Ils surveillaient mon éveil affectif et intellectuel. Ils voulaient savoir à quel stade de mon développement j'en étais. Ce n'est qu'à la sortie de l'adolescence que j'ai pu leur dire que j'avais moins besoin de psychologie que de liberté. »

Le besoin d'enfant

La dépendance s'exprime d'abord dans le besoin d'enfant. Ceux qui n'ont pas d'enfants ou en veulent un de plus éprouvent une obsession qui n'est pas loin de l'envie irrépressible du toxicomane. Et une fois que les enfants sont là, la relation de dépendance prospère. La moindre séparation crée des angoisses qui tiennent vraiment du sevrage. Même l'accouchement s'apparente pour certaines mères ou certains pères à une forme de séparation qui les laisse désemparés, déçus d'avoir distendu le couple parfait qu'ils formaient avec leur fœtus. Ils ne supportent pas non plus l'adolescence et le moment où leur enfant décide de vivre seul. Ils se livrent au chantage ou cèdent aux caprices pour ne pas les voir partir. Les parents ont besoin d'apprendre les bienfaits du « lâcher-prise ». Le psychiatre Marcel Rufo l'a justement écrit dans un de ses derniers livres *Tout ce que vous ne devriez pas savoir de la sexualité de vos enfants*. Il y a bien d'autres domaines où les parents doivent apprendre à sortir du lien de dépendance, à ne pas tout savoir ni tout maîtriser. Il est possible et souhaitable d'initier ses enfants à l'indépendance et d'apprendre à ne pas dépendre d'eux non plus. Nous verrons quelques exemples et exercices de cette « anti-psychologie » parentale.

La dépendance aux amis

Les amis sont à l'origine d'une forme encore plus raffinée de dépendance. Par peur de l'intimité, certaines familles ne se déplacent qu'en groupe. Seules la tribu, la grande tablée ou la foule d'une fête les rassurent. Rappelez-vous les films de Claude Sautet, *Mado* et surtout *Vincent, François, Paul et les autres*. La maison de campagne et les parties de football permettent de ne pas penser à soi ou à son couple. Michel Piccoli passe la balle à Yves Montand. Il se fâche. Il triche. Il noie ses angoisses dans la boue d'un terrain détrempé. Le temps d'une discussion où l'on refait le monde, il s'abstrait de sa propre existence. Les adolescents sont en train d'inventer d'autres communautés amicales. La dépendance se modernise. Internet crée de nouveaux liens, et les messa geries de nouvelles dépendances. Les jeunes branchés voyagent avec des amis virtuels dans le temps et l'espace. Ils adoptent des identités imaginaires et changent de rôle dans des villes qui n'existent pas. Ils usent de la drogue de l'amitié pour fuir un monde réel qui ne leur plaît guère et pour s'empêcher de penser seuls. Ils ne tapent pas dans un ballon comme les quinquagénaires de Claude Sautet mais sur les touches de leur clavier ou de leur téléphone portable.

Le travail

Notre ambiguïté face à la liberté culmine quand on aborde le travail. Nous devons jouir de nos loisirs, ne pas apparaître – quelle faute de goût ! – obsédés par notre travail ou notre carrière. Et il nous faut aussi être et rester au sommet de la performance. L'exercice de la liberté tient de la voltige. Ceux qui ne réussissent pas à concilier ces objectifs contra dictoires deviennent dépendants de leurs horaires de travail, de leur ambition ou des différents coachs et conseillers que leur propose leur entreprise.

Les travailleurs compulsifs

La psychologie américaine a inventé un mot mêlant travail et alcoolisme, le *workaholism*. Il s'applique à ceux qui se noient dans le travail comme dans l'alcool. Cette dépendance a dépassé depuis longtemps l'image caricaturale des ouvriers japonais, les *karoshis*, qui meurent au travail. Le workaholisme décrit le travailleur acharné et solitaire qui ne supporte pas de déléguer la moindre tâche. Il a besoin de se sentir indispensable, est le dernier à quitter son bureau et passe ses soirées devant son ordinateur. Il ressent un malaise qui tient du sevrage pendant ses vacances, souffre de la névrose du dimanche et d'une allergie à l'été, et il se plonge dans les heures supplémentaires par plaisir ! Il est loin de se considérer comme un drogué, tant l'objet de sa dépendance est socialement valorisé. Il ne comprendrait pas qu'on lui reproche d'être trop productif et de faire ses trente-cinq heures de travail trois fois par semaine. Personnellement, je ne me sens pas très éloigné de cette dépendance quand je me rends compte que je passe du temps à écrire sur la liberté, le soir après avoir reçu toute la journée des dépendants en consultation.

L'ambition

L'ambition est une dépendance à l'idée de la réussite plus qu'à la réussite elle-même. Elle ravage la vie quotidienne comme les autres dépendances. Elle peut conduire au dopage ou au workaholisme. Elle crée surtout une éternelle insatisfaction. L'ambitieux ne peut se contenter de ce qu'il a. Aucun succès ne rassasie son appétit de progression sociale. Il souffre de son besoin de gloire et fait souffrir sa famille qu'il sacrifie à sa carrière. Il finit par ennuyer ses proches en racontant sa vie professionnelle comme une campagne présidentielle permanente. Il est intarissable sur les subtilités de son entreprise, son profil de carrière et ses frustrations. Il pourrait trouver dans le duc de Saint-Simon un digne précurseur. Lui aussi passait sa vie à se construire un destin de gloire. Il fut, on le sait, bien mal récompensé. La seule phrase de Louis XIV que l'Histoire ait gardée à propos de Saint-Simon est le jour où le souverain lui a dit : « Taisez-vous, Saint-Simon. » Décidément, les ambitieux n'ont que rarement la chance de réussir !

LES MORALISTES CRITIQUENT L'AMBITION
ET LA DÉPENDANCE AU POUVOIR

L'ambition dépasse de loin le champ de la psychologie. Les moralistes français en ont montré les dangers sur la liberté et les limites sur l'existence. En voici quelques exemples. Ils nous montrent, si l'on en doutait encore, que les vielles recettes de liberté ne sont pas les moins efficaces.
« Le sage guérit de l'ambition par l'ambition même », La Bruyère.
« L'ambition ardente exile les plaisirs dès la jeunesse pour gouverner seule », Vauvenargues.

« Les hommes ont de grandes prétentions et de petits projets », Vauvenargues.
« L'esclave n'a qu'un maître ; l'ambitieux en a autant qu'il y a de gens utiles à sa fortune », La Bruyère.
« Un homme n'est pas malheureux parce qu'il a de l'ambition mais parce qu'il en est dévoré », Montesquieu.
« Le danger du succès c'est qu'il fait oublier l'effroyable injustice du monde », Jules Renard.

Le coaching envahissant

Les coachs promettent de gérer votre stress et d'augmenter vos performances. Ils séduisent les entreprises qui y voient un moyen d'améliorer leur productivité. Ils attirent aussi les salariés dépassés par leurs charges de travail et les exigences de rentabilité. Leurs stratégies d'organisation ne sont pas à rejeter en bloc. Les plus efficaces des coachs vous apprennent à vous sortir seuls des embûches que place devant vous votre métier. Les plus envahissants menacent votre liberté. Ils prennent, sans le dire, une part de plus en plus importante à votre vie personnelle et professionnelle. Ils dirigent vos choix et bientôt votre conscience. Ils ne s'arrêtent plus de coacher. Ils coachent vos amours et vos loisirs.

Marilyn dévorait autant les coaches que les psycho thérapeutes. Elle avait appris son métier de comédienne à l'Actors Studio. Cette école de comédie américaine reposait sur la connaissance de soi comme préalable à tout travail d'acteur. Marilyn suivait les explications de Lee Strasberg, le directeur de l'Actors Studio, invitant les acteurs à intério riser leurs rôles pour mieux les jouer. Elle a aussi adhéré aux nombreux conseils qu'il donnait sur la manière de gérer ses émotions et d'investir le temps. Elle a commencé sa première analyse parce que Lee Strasberg lui demandait de « libérer son inconscient ». Comme elle n'a pu garder Lee Strasberg auprès d'elle, Marilyn a accaparé Paula Strasberg son épouse. Elle a fait de la dame en noir un coach personnel et professionnel. Elle avait besoin de la présence et des avis de Paula sur chacun de ses tournages. Les photographies la montrent souvent en arrière-plan, dans l'ombre, surveillant sa protégée. Paula finissait de grignoter le peu de liberté que lui laissaient ses drogues et sa psychanalyse…

L'argent

La sagesse populaire le dit. L'argent est le meilleur des serviteurs et le plus mauvais des maîtres. Le Talmud l'exprime autrement. À la question « Qui est riche ? », il répond : « Celui qui se contente de ce qu'il a. » Ceux qui n'ont pas fait la paix avec l'argent ont besoin d'acheter des objets inutiles, de boursicoter ou de jouer aux jeux de hasard. Une dernière forme de dépendance à l'argent est l'avarice. Elle est parfois aussi gênante que le besoin de flamber en permanence. Elle ne permet pas de jouir de son argent et nous fait préférer l'accumulation au plaisir.

Les acheteurs compulsifs

Ils se shootent aux soldes et aux grandes marques. Ils dépensent leur argent dans des objets dont ils n'ont pas besoin. Ils surestiment le pouvoir des vêtements. Ils ont l'illusion que ce qu'ils achètent va changer leur vie ou le regard que leurs proches portent sur eux. « Quand je mets une cravate de marque, me dit un de ces acheteurs compulsifs, je suis sûr que tout le monde s'en aperçoit. Je reprends confiance en moi. » Les objets, dès qu'ils les déballent, les déçoivent. Ils se sentent obligés d'en acheter d'autres et le cycle recommence. Ils échangent et rapportent souvent leurs vêtements. Condamnés parfois à la pauvreté par leurs dépenses, ils espèrent rendre leur existence brillante en cédant aux marques que leur vante la publicité. Les émissions de téléachat les tentent comme des alcools forts. Ils apprécient les nouveautés, les objets exceptionnels. Ils s'offrent des voitures de sport ou des folies d'électroménager. Ils se font des cadeaux ou gâtent un entourage qui préférerait une marque d'affection plus directe. Au palmarès des nouvelles dépendances, l'achat compulsif est de mieux en mieux reconnu. Il exerce une grave contrainte et peut ruiner aussi sûrement que le jeu pathologique. Je reçois de plus en plus souvent des hommes ou des femmes déprimés parce qu'ils dépensent trop. Ils sont pris dans un cercle vicieux entre consolation et consommation. Ils font les magasins pour chasser leurs idées noires et ils rentrent chez eux le moral en berne, encore plus accablés par les conséquences de leurs nouveaux achats inutiles.

La boursomanie

Les boursicoteurs compulsifs ne veulent pas d'objets mais des actions et un compte en banque bien garni. Ils ne sont rassurés que par la richesse et la réussite sociale. Ils se réveillent au milieu de la nuit pour connaître le cours de leur action préférée. Ils ressentent le manque quand ils ne peuvent suivre les fluctuations de la Bourse. Leur investissement est plus affectif qu'économique. Ils recherchent davantage le frisson que le bénéfice. Ils se fient plus à leur instinct qu'aux lois du marché. Ils agissent comme Marcel Proust qui choisissait les actions dont la couleur lui plaisait. Il les collectionnait comme de belles images. Les boursomanes d'aujourd'hui veulent des titres qui les font rêver même si les financiers les leur déconseillent. Parfois, la réalité satisfait leurs attentes. Ils gagnent un pactole et se rangent de la Bourse. Mais le plus souvent, l'argent qu'ils gagnent n'apaise pas leur addiction. Ils continuent à jouer pour ne pas manquer le prochain gros coup. Même quand ils ont gagné de l'argent, ils ne supportent pas d'en perdre un peu. La moindre chute des cours continue à les plonger dans la morosité. Les économistes professionnels regardent avec inquiétude ces boursicoteurs affectifs. Ils les appellent des *day traders* (« changeurs dans la journée ») parce qu'ils changent de stratégie chaque jour. Ils « spielent », ils misent sur des titres comme sur des numéros à la roulette et amplifient les variations des marchés déjà assez imprévisibles !

Les jeux d'argent

Le casino est une manière à peine moins noble que la Bourse de frôler la ruine et de tester le hasard. Les machines à sous et les casinos sont maintenant reconnus comme des drogues dures. La Mission interministérielle de lutte contre la drogue et les toxicomanies (MILDT) est une instance nationale chargée de comprendre et d'aider le traitement de toutes les dépendances. Elle a intégré le jeu pathologique dans les dépendances officielles. L'accès aux jeux d'argent reste contrôlé. Les jeunes gens en sont maintenus à distance. Seuls les majeurs ont le droit d'entrer au casino. La loi interdit, sauf exception ou dérogation bien sûr, l'installation de casinos en centre-ville. Les joueurs des capitales s'exilent vers les banlieues ou les villes d'eaux. L'addiction au besoin de jouer atteint ceux qui pensent maîtriser le sort ou savoir jouer mieux que les autres. Leur passion du jeu commence par un gros gain, un *big win*. Ils sont pris ensuite dans une spirale de répétition et d'inflation des enjeux. Ils se ruinent pour vérifier la justesse de leurs martingales ou leur talent de joueur. Ils finissent par jouer pour jouer, ayant abandonné tout espoir de gain. L'acteur français des années 1930 Jules Berry, à la fin de sa vie, n'acceptait un rôle que si le tournage du film se déroulait près d'un casino. Internet donne maintenant, quand les casinos sont fermés, des occasions nouvelles de frôler la ruine. Les sites de paris en ligne ne connaissent pas les limites imposées aux casinos.

Les psychanalystes pensent que les joueurs recherchent inconsciemment la ruine et ils ont besoin de se punir. De nouvelles explications suggèrent que les joueurs sont dépendants de l'excitation que provoquent chez eux les gains, ou les espoirs de gain. Des thérapies venues du Québec apprennent à résister à ce besoin de frisson qui conduit à la banqueroute.

Les soins et l'image du corps

Lorsque j'apprenais la médecine à la faculté, les enseignants nous décrivaient la consultation médicale avec de belles phrases. Un malade qui consulte un médecin, c'est une confiance qui rencontre une conscience. La consultation médicale apparaissait comme un « colloque singulier », une sorte de communion laïque. On venait confier au médecin ses symptômes, ses angoisses et ses péchés. Aujourd'hui, le médecin fournit un service et la santé se gère comme un capital. Les compagnies d'assurances calculent, selon notre âge, notre poids, notre sexe et nos antécédents, un score de bonne santé. Dès lors que la santé n'est plus seulement une absence de maladie et de douleurs, sa recherche donne lieu à des excès, voire à des dépendances.

L'abus de médecine

Une nouvelle génération d'hypocondriaques se soigne sur Internet. Elle fait provision de vitamines, de soins esthétiques et de thérapies en tout genre pour développer son bien-être et son calme. Les « cybercondriaques » recherchent la jeunesse éternelle et la beauté sans défaut. Ils peuvent aussi consulter de « vrais » médecins. Ils se traitent même quand ils vont bien. Ils ne croient pas les praticiens qui tentent de les rassurer et sont sûrs qu'ils leur cachent quelque chose de grave quand ils leur disent qu'ils sont en pleine forme. Leur besoin de soins répond à un amour immodéré de la médecine. Ils finissent par se mettre en danger à force d'excès et de médicaments. Entre deux soins, ils lisent des ouvrages de médecine ou suivent des émissions médicales. Il suffit qu'ils entendent parler d'une maladie pour trouver en eux tous les signes. Ils auront parfois la chance de con sulter un médecin généraliste qui saura les apaiser. Les moins heureux feront la fortune de praticiens peu scrupuleux. Imaginez le couple que forment un hypocondriaque, amateur compulsif de consultations et de soins, et un Knock qui veut soigner tous les maux même les plus imaginaires. C'est comme si un toxicomane recevait les visites à domicile d'un trafiquant de drogue !

La chirurgie esthétique à répétition

La dépendance porte ici sur l'obsession du corps parfait. Éternels insatisfaits, les drogués de la perfection corporelle multiplient les interventions chirurgicales comme autant de tentatives pour restaurer l'image défaillante qu'ils ont d'eux-mêmes. Entre deux interventions, ils s'imposent un régime censé les rapprocher du physique idéal. Ils ne sont rassurés que s'ils agissent sur leur corps, s'ils le modifient ou le maltraitent. Ils recherchent une jeunesse éternelle et craignent toujours de ne pas être assez séduisants. Embellir leur corps est pour eux la principale manière d'acquérir de la stabilité et de donner un sens à leur vie. Ils veulent accrocher tous les regards, le leur tout d'abord mais aussi celui des hommes et des femmes qu'ils croisent. « J'ai essayé, raconte Ralph Greenson, le psychanalyste de Marilyn cité par Michel Schneider, de lui dire que les femmes vraiment belles ne le sont pas tout le temps. À certains moments, sous certains angles, elles sont banales, laides. Elle n'a pas semblé comprendre ce que je disais. »

L'addiction à la psychothérapie

Certaines thérapies ne peuvent finir. Elles tiennent de la passion ou de la liaison fatale. Ceux qui s'y engagent prennent l'habitude de confier à leur psy leurs doutes et leurs accès de tristesse. Ils finissent par entretenir avec lui un lien de sujétion qui relève vraiment de la dépendance. Ils ont besoin de le joindre à tout moment et se demandent ce que leur psychothérapeute penserait de leurs gestes les plus banals. Le mois d'août, période rituelle de trêve analytique, est pour eux un calvaire. On peut évoquer encore Marilyn. Elle usait et abusait des

MA MÈRE OU MON PSYCHANALYSTE ?

Marc-Alain Ouaknin et Dory Rotnemer racontent cette histoire de psychanalyste dans leur *Bible de l'humour juif*. Elle peut, je crois, s'appliquer aux analystes de toute obédience et de toute religion. Un homme a été en analyse pendant dix ans, quatre fois par semaine. À la fin de la cure, son thérapeute lui annonce qu'il est guéri. Le patient est quand même angoissé. Il dit à son thérapeute qu'il est devenu dépendant de ces séances et qu'il ne peut arrêter aussi facilement que cela. L'analyste le rassure et lui dit qu'il pourra l'appeler aussi souvent qu'il le veut. Remarquons au passage que les analystes de Marilyn lui faisaient, eux aussi, ce genre de propositions. Quelques jours plus tard, le patient appelle son analyste à six heures du matin : « J'ai fait un cauchemar terrible. J'ai rêvé que vous étiez ma mère. Je me suis réveillé en sueur. Puis j'ai analysé mon rêve comme vous me l'avez appris depuis dix ans… Mais je n'ai pas réussi à me rendormir. Alors j'ai pris un petit déjeuner. Je me suis fait un café.
– Et vous appelez ça un vrai petit déjeuner ? répond l'analyste. »

thérapeutes et des thérapies. Michel Schneider voit en Marilyn une droguée du freudisme. À chaque nouvelle rencontre avec un thérapeute, elle bouleversait le cadre de soins et transformait la cure en histoire d'amour. Bien d'autres acteurs et réalisateurs ont après elle investi la psychothérapie sur un mode de dépendance. L'un des plus connu s'est Woody Allen. « Je suis en thérapie depuis quinze ans, disait-il. J'essaie encore un an et je vais à Lourdes. » La psychothérapie interminable n'est pas une fatalité. Les thérapeutes les plus prudents l'anticipent et l'évitent. Freud lui-même avait établi une liste de conseils destinés à l'usage des apprentis psychothérapeutes pour leur apprendre à terminer une analyse et ne pas induire de dépendance.

La nourriture

« Je dois manger assez pour ne pas être anorexique, faire un régime pour entrer dans mon maillot cet été et arroser mes crudités d'huile d'olive pour protéger mon cœur. J'essaie mais je n'y arrive pas tout le temps. Parfois, je craque sur le chocolat. » C'est ainsi qu'une patiente me résumait sa relation à l'alimentation. Sa situation n'est plus si excep tionnelle. Qui d'entre nous réussit à manger vraiment librement ? Comme pour l'argent ou le travail, la liberté relève d'un équilibre difficile à obtenir. Plus personne ne mange vraiment ce qu'il veut. Nous tentons tous de concilier nos désirs, les conseils des nutritionnistes et la recherche de ce qui nous apparaît comme notre poids de forme. La dépendance n'est jamais très loin de notre assiette. Elle prend des formes variées, de l'anorexie à la boulimie, sans oublier l'hygiénisme alimentaire qui nous fait choisir seulement ce qui est bon pour notre santé.

Le syndrome de l'accordéon

Les plus sensibles aux dépendances alimentaires souffrent du syndrome de l'accordéon. Ils se battent contre leur corps et comptent les calories. Ils font alterner les périodes de frénésie alimentaire avec des régimes anarchiques. Leur poids n'est jamais stable. Obsédés par la faim, ils tentent de résister aux plats qui leur font plaisir et ils succombent régulièrement à leur passion des salons de thé ou du pot-au-feu. Ils vivent dans le manque, la restriction ou la culpabilité d'avoir cédé à leur désir. L'anorexie est chez eux une forme de dépendance. Ils ne peuvent s'empêcher de maigrir. La boulimie est un autre aspect de la même dépendance. Les aides des nutritionnistes ne leur sont pas d'une grande utilité. Ils tirent plus de bénéfice à travailler sur les causes de leurs fringales et de leur peur du manque ou de l'obésité. Nous verrons quelques techniques psychothérapiques centrées sur le contrôle de l'alimentation et de la faim. Les anorexiques et les boulimiques qui viennent me voir passent beaucoup de temps à reprendre le contrôle de leur alimentation. Ils ne redeviennent vraiment libres qu'au moment où ils retrouvent le plaisir d'un bon repas sans angoisse ni faim en sortant de table.

Le chocolat

Parmi les drogues alimentaires les plus fortes figure le chocolat. Les spécialistes du cerveau nous expliquent comment le chocolat régule notre taux de sérotonine, nos humeurs et nos désirs. Le chocolat est riche en tryptophane, la molécule qui sert de précurseur à la sérotonine. Chez les animaux, les régimes sans tryptophane provoquent de graves dépressions en quelques jours. Au-delà de la biologie, les vrais accros du chocolat savent la puissance du désir qui les envahit quand ils voient passer une plaquette de chocolat noir. Dès qu'ils la commencent, ils doivent la finir. Ils cachent du chocolat partout, dans leurs tiroirs, leurs poches et leurs sacs. Mais peut-on vraiment les tenir pour des drogués ? Seuls les amateurs les plus forcenés de chocolat méritent le nom de dépendants. Ils en mangent des kilos et mettent leur santé en péril. Ils se regroupent en clubs qui font des sculptures en chocolat. Ils accompagnent souvent leur chocolat de litres de café, une boisson connue elle aussi pour ses propriétés addictives.

Le sport

Le sport est bon pour la santé de ceux qui n'en abusent pas. Les obsédés de l'exercice peuvent se mettre vraiment en danger par besoin de courir ou de faire de la gymnastique. Je vois parfois en consultation des drogués de l'exercice investissant l'activité physique comme une obligation absolue. Ils ont tous les âges. Les retraités qui ne veulent pas vieillir croisent les jeunes adultes qui espèrent rester en forme le plus longtemps possible. Le corps est le premier à souffrir. Il ne supporte pas le rythme imposé par ces gymnastes amateurs plus acharnés que des professionnels. L'esprit n'est pas en grande forme non plus. Le sport ne les détend pas. Ils le pratiquent dans l'angoisse, travaillés par la peur de ne pas s'être assez dépensés.

L'addiction à l'exercice

Les drogués du sport augmentent leur quantité de morphine cérébrale quand ils vont au bout d'eux-mêmes. Comme les alcoolo-dépendants qui boivent de plus en plus, ils élèvent le niveau des défis pour éprouver des sensations nouvelles. Il existe des maniaques d'un sport – du golf à l'haltérophilie – et des boulimiques qui épuisent plusieurs forfaits à la fois. Chez les plus fortunés, un coach ou un « maître à bouger » accompagne la fuite en avant dans l'exercice. Si les drogués de l'exercice se dépensent tant, c'est qu'ils y trouvent un plaisir qu'aucune autre activité ne leur procure. Ils éprouvent de véritables ivresses en épuisant leur énergie. Les marathoniens les plus compulsifs auraient envie de repartir pour un second tour de course. Tous les moyens sont bons pour se dépenser. Quand ils ne courent pas, ils tournent dans leur chambre. Je vois souvent passer dans la cour de l'hôpital de jeunes femmes anorexiques et droguées de l'exercice. Elles résistent aux traitements qui prétendent leur faire reprendre du poids. Elles marchent vite, en levant les jambes le plus haut possible. Elles font des moulinets avec leurs bras. Elles ont inventé un sport personnel qui a pour but de brûler à chaque geste le plus grand nombre de calories.

Les drogués de l'exercice sont en manque quand ils ne courent pas ou qu'une blessure les éloigne des stades. Ils cherchent l'effort physique parce qu'ils ne peuvent s'empêcher de bouger. Les psychologues du sport viennent en effet de découvrir une étrange dépendance. Un grand nombre de sportifs de haut niveau ne peuvent s'empêcher de bouger. Ils redoutent moins les séances d'entraînement que les repos obligés. Quand l'âge ou un accident les oblige à l'inaction, ils sont en manque. Ils comblent parfois le sevrage par de l'alcool ou de la drogue.

Pourquoi en font-ils tant ? Que cherchent-ils ? Que fuient-ils ? S'ils bougent, c'est parce qu'ils croient que leur santé sera d'autant plus solide qu'ils se seront bien dépensés. Ils ne font confiance qu'au corps musclé et malmené. À les voir tant se dépenser, on finirait par douter des bienfaits de l'exercice physique. Il est plus sain, à tout prendre, d'être trop sédentaire plutôt qu'en mouvement perpétuel.

La dépendance aux sports à risque est une autre forme d'addiction suscitée par le sport. L'enjeu n'est pas ici la recherche de l'épuisement, mais le jeu avec le danger. Celui qui cherche des risques se sent protégé quand il a passé une épreuve avec succès. On retrouve cette obsession du risque chez les parachutistes, les glisseurs de l'extrême et les adeptes du deltaplane. Entre deux séances d'entraînement, ils se font un petit plaisir en sautant à l'élastique.

Le dopage

Les sportifs professionnels ou les accros de l'exercice peuvent aussi devenir dépendants d'une vraie drogue pour augmenter leurs performances. Ils dépassent leurs limites et font appel aux ressources de la science pour augmenter leurs capacités. Une autre forme de dopage apparaît en dehors du sport. Elle concerne les cadres surmenés qui cherchent des fortifiants ou des stimulants divers pour être encore plus performants. Ils peuvent à cette occasion expérimenter des drogues dures, de la cocaïne aux amphétamines. J'ai reçu des cocaïnomanes qui avaient commencé par se doper avant de se droguer. Ils prenaient de la cocaïne pour gommer leur fatigue. L'addiction a fini par entraver leur liberté et leur puissance de travail.

Internet et les nouvelles technologies

Il n'aura pas fallu longtemps pour qu'Internet et les technologies qui en découlent soient utilisés comme des drogues. Ils sont conçus pour nous accompagner partout et s'immiscer dans les domaines les plus intimes de notre vie. Ils nous relient à nos proches, nous informent et nous font rêver. Certains en deviennent esclaves. Ils vous parlent des giga-octets de leur disque dur ou de leur vitesse de connexion à la manière dont les amateurs de voitures de sport parlaient des performances de leurs cylindrées. Ils aiment leur ordinateur, le gâtent et rangent son disque dur avant d'aller se coucher. Ils lui fêtent son anniversaire en lui offrant des fleurs ou une friandise trouvée sur Internet à son intention. Ils lui donnent un surnom affectueux et ne s'imagineraient pas vivre sans lui. L'écran de l'ordinateur est leur seule fenêtre ouverte sur le monde. Grâce à lui, ils accèdent au divertissement et à la culture.

L'internetomanie

Internet est une drogue socialement obligatoire. Ceux qui ne sont pas connectés sont sommés d'avoir mauvaise conscience. Ils affrontent les reproches de leur entourage branché depuis plusieurs années ou quelques heures, qui leur explique tout ce qu'ils manquent faute d'accès au réseau. Ceux qui sont connectés font tous le même constat : une fois qu'ils ont commencé à se servir d'un ordinateur, ils ne pouvaient plus s'en passer. Ils découvrent de nouveaux usages et en sont de plus en plus dépendants. Internet leur offre une impression (ou une illusion selon les cas) de toute- puissance et d'ubiquité. Il satisfait et même anticipe nos moindres désirs. Les amateurs de films en trouvent à volonté, et ceux qui cherchent de nouveaux amis s'intègrent en quelques clics à des communautés de blogueurs. Le virtuel, cependant, nous asservit en même temps qu'il nous sert. Sous prétexte de nous offrir de nouvelles expériences ou de nouveaux amis, il nous éloigne de la vie réelle. Les adolescents sont les premiers touchés par la « virtualisation » de l'existence.

Il n'est pas rare que des parents inquiets me demandent un avis ou une aide à propos d'un jeune rivé à son écran. Les plaintes sont presque toujours les mêmes : il ne leur parle plus, il délaisse ses études et ses amis. Il ne veut plus partir en vacances ni même sortir de chez lui. Aux États-Unis et maintenant en France, Internet est reconnu comme un vrai pourvoyeur de dépendance. Des programmes de libération progressive sont proposés à ceux qui ne peuvent s'en passer. Ces programmes, qui en douterait ? font quand même appel à Internet ! En entreprise, les premiers contacts avec la Toile sont plus encadrés. Les novices apprennent les principes du surf éthique et raisonnable. Combien d'entre nous – et je ne m'exclus pas du lot – regrettent de ne pas avoir appris à temps cette modération ?

L'information en ligne

À l'époque des journaux papier, nous nous contentions d'une dose d'horreur et d'inquiétude par jour. Nous avons maintenant besoin de connaître en direct l'état du monde. Nous lisions notre quotidien du matin ou du soir une seule fois par jour. Une nouvelle fraîche datait de quelques heures. L'unité de temps de l'actualité a changé avec les sites d'informations. Ces sites, en effet, rafraîchissent leurs dépêches en permanence, au risque de relayer des rumeurs ou des actualités non encore confirmées. Ils profiteront de la prochaine actualisation pour confirmer ou infirmer la première information. Les écrans d'ordinateur qui nous accompagnent toute la journée nous donnent ainsi en permanence des raisons de désespérer. Ils nous envoient des messages d'alerte climatique ou militaire et des images de tortures, de catastrophes ou de dictatures en pleine action. Depuis le 11 septembre 2001 et peut-être même avant, nous vivons l'oreille collée au transistor, un œil sur les sites de news de l'ordi nateur et avec une télévision qui n'est jamais très loin. Notre surconsommation d'informations nous plonge dans un état d'hébétude un peu dépressif, dans l'attente de la prochaine catastrophe. Nous finissons par nous connecter non plus pour nous informer, encore moins pour réfléchir sur le monde, mais par peur de manquer une nouvelle importante.

Nous croyons suivre l'actualité alors que c'est elle qui nous suit. C'est dans la peur du manque et dans le piège de l'urgence que se noue le lien aux nouvelles en ligne. Nous avons peur de ce que nous allons apprendre mais nous nous sentons obligés d'être les premiers à nous en alarmer. Il faut être le premier informé pour espérer être plus protégé que les autres. Les anxieux modernes qui viennent me consulter ne me parlent plus seulement de leur peur de la mort ou du cancer. Ils ont intégré dans leurs angoisses intimes les menaces de l'actualité. Ils ont peur du réchauffement climatique ou du choc des civilisations. Ils se plaignent du matraquage de l'information qui les rend dépendants de leur ordinateur et ils ont peur pourtant de rater une nouvelle importante. « Quelle rage a-t-on d'apprendre ce qu'on craint toujours de savoir ! », écrivait déjà Beaumarchais dans *Le Barbier de Séville*.

Les séries télé

La relation à la fiction change avec les séries télé. Nous les suivons sur le câble ou les téléchargeons sur la Toile. Bientôt, elles nous accompagneront sur un baladeur que nous porterons toujours sur nous, comme les alcooliques emportaient leur flasque de whisky. L'espace narratif est mis à mal par cette nouvelle fiction portée par les médias en ligne. Il n'y a plus, comme dans un roman ou un film, un début, un milieu ou une fin. Les séries sont interminables. Elles sont faites pour nous accompagner le plus longtemps possible. L'enjeu n'est pas une histoire que l'on suit mais des amis avec lesquels on communique. Nous nous identifions aux personnages principaux et nous retrouvons notre série comme d'autres leur cognac du soir. Les personnages entrent dans notre vie. Ils nous parlent sur le mode de la connivence. Ce sont des amis de la famille. Même s'ils sont un peu ennuyeux, nous continuons à les recevoir. Chaque série vise son public et entretient avec lui une relation particulière. Les femmes modernes se doivent de préférer *Desperate Housewives*, les jeunes aiment encore *Friends* et tous les autres suivent *Lost*. Le spectateur idéal est celui qui perd son sens critique et sa liberté en achetant toute une saison en DVD. Il sait qu'il va consacrer les vingt-quatre prochaines heures de sa vie à suivre l'avancée des terroristes sur la Maison-Blanche.

Le téléphone portable

Le téléphone, depuis qu'il est devenu portable, a changé de nature et d'usage. On ne l'utilise plus pour s'appeler. On le garde sur soi comme un lien qui rassure et surtout dont on ne peut se passer. Cette disponibilité permanente induit un manque dès que la communication s'interrompt. Qui n'a jamais ressenti ce sentiment inquiétant les jours où son portable est déchargé ou encore oublié au fond d'un tiroir ? Les motifs de cette addiction sont multiples. Certains ont besoin d'être rassurés en sachant proches d'eux ou joignables à tout moment ceux qu'ils aiment. D'autres assouvissent, grâce à leur téléphone, leur besoin de parler en permanence, d'eux en priorité et un peu des autres quand leur forfait n'est pas épuisé. Il nous faudra du temps pour mesurer les effets du téléphone portable sur la dynamique des couples et des familles. Comment garderons-nous avec nos amours, nos amis et nos enfants une relation sans dépendance en portant à notre ceinture un étrange instrument qui ne peut jamais se déconnecter ? L'usage du portable s'est vite généralisé. La liberté face à ce dernier reste à inventer.

Pessimisme, stress et superstition

Et si nous allions un peu plus loin dans la notion de dépendance ? Pourquoi ne pas essayer de considérer la morosité, l'angoisse et la superstition comme des drogues de l'esprit ? Les livres classiques sur l'addiction ne décrivent pas encore les déprimés comme des toxicomanes de la tristesse. L'expérience de mes consultations m'y incite pourtant. Je vois des dépendants de l'angoisse qui ne peuvent s'empêcher d'imaginer le pire ou de tout vérifier. Ils sont piégés par une idée, une croyance ou une manière de voir le monde autour d'eux. J'essaie de les aider en leur proposant un sevrage adapté à leur forme de dépendance. Ils retrouvent peu à peu une part de liberté en prenant des distances avec leurs idées tristes ou leurs fausses certitudes. Une fois devenus plus libres, ils se rendent compte à quel point ils étaient dépendants de leurs croyances et de leurs tournures d'esprit. Ils s'étaient habitués à leurs idées tristes et à leurs angoisses. Elles avaient empoisonné leur existence mais ils n'osaient pas en changer. Ils se sentaient obligés de repérer avant tout les aspects négatifs ou inquiétants d'une situation.

Nous sommes nombreux à être pris dans des schémas

de pensée négatifs que nous n'osons modifier. Nous ressentons une « phobie de l'interruption ». Nous préférons les angoisses que nous connaissons bien à de nouvelles croyances auxquelles nous devrions nous habituer. On peut malgré tout essayer de se libérer de ses croyances négatives comme on le fait de la drogue. Encore faut-il être capable de repérer les idées qui alimentent notre angoisse.

Le pessimisme

« Le soir, disait Marilyn à son analyste, les hommes de ma vie s'endorment avec Marilyn Monroe. Le matin, ils se réveillent avec moi. » Le pessimisme est une drogue, une tournure d'esprit dont on peut essayer de se libérer. Les pessimistes sont prisonniers de l'image qu'ils donnent à leur entourage et de leur vision du monde. Ils n'entendent que les arguments négatifs qui renforcent leur pessimisme. Ils pratiquent l'abstraction sélective et ne se souviennent que de leurs échecs ou de leurs erreurs. Ils traitent l'actualité à la manière d'un présentateur du journal télévisé. Ils ne voient que les trains qui arrivent en retard et oublient les moments agréables. Cet état d'esprit n'est pas une fatalité. On peut se sevrer de la morosité. Certaines croyances pessimistes peuvent être corrigées par des exercices psychologiques et mieux encore par des thérapies prolongées qui changent le regard que nous portons sur nous-mêmes et sur le monde. L'optimisme est un muscle de l'esprit qui peut s'entraîner !

Le stress

Les stressés sont aussi des drogués de l'angoisse. Ils se mentent ou nous mentent quand ils prétendent chercher le calme. Ils ont besoin de leur ration d'événements inquiétants chaque jour. Et s'ils ne les trouvent pas, ils se les inventent ou bien les anticipent. Ils relisent à l'infini ce qu'ils écrivent et finissent par trouver des fautes. Ils vérifient et corrigent leurs copies. Ils se noient dans le travail et acceptent des responsabilités ou des charges qu'ils savent ne pas pouvoir assumer. L'un de ces stressés chroniques m'a écrit quelques phrases résumant bien son état d'esprit : « Je suis stressé quand je reçois trop de messages sur ma boîte à lettres électronique. Je ne sais pas comment je vais pouvoir y répondre. Je suis encore plus stressé quand je ne reçois rien. J'ai l'impression qu'on m'oublie. »

La superstition

La superstition fige nos comportements banals en des rituels immuables. Elle nous fait croire au pouvoir de la répétition d'actes incantatoires. Les superstitieux dépendent de pratiques qu'ils parent de pouvoirs magiques et n'osent interrompre. Ils ne sont pas sûrs que leurs rituels les pro tègent mais ils ne veulent pas essayer de vivre sans leur secours. Ils ont besoin de croire en leurs manies même s'ils ne sont pas dupes de leurs limites. Ils avancent à tâtons, redoutant de transgresser les règles bien contraignantes qu'ils se sont eux-mêmes fixées. À la manière des joueurs pathologiques, ils ne se résolvent pas à croire au hasard. Ils espèrent qu'une prière personnelle, un porte-bonheur ou un vœu agira sur leur destin. Ils peuvent sortir de cette sujétion par dcs exercices de liberté. Ils reprennent progressivement le pouvoir sur leur vie en n'essayant plus d'en maîtriser les moindres événements. Ils apprennent les bienfaits du désordre, de l'improvisation et de l'humour. Ils piétinent quelques-uns de leurs rituels et acceptent les fluctuations du destin sans croire qu'ils peuvent les contrôler.

LA DÉPENDANCE AUX EXPLICATIONS PSYCHOLOGIQUES

Il y a une dépendance, note le sociologue François de Singly, aux explications psychologiques. L'individu, pourtant, ne se bâtit pas seulement dans l'introspection. Il se construit aussi dans sa vie quotidienne par ses essais et ses erreurs. Il s'organise également dans un contexte collectif et dans une société. Voilà un postulat que les tenants du tout-psychologique risquent d'avoir du mal à accepter. Tout ne s'explique pas. Tout ne se comprend pas, même dans le domaine des dépendances et de la liberté. Il y a une part de hasard, d'aléatoire et d'effet des circonstances extérieures.

Où arrêter la liste des dépendances ?

Les exemples précédents nous montrent bien des aspects de l'addiction moderne. Leur multiplication pose la question de la limite. Jusqu'où peut-on étendre la notion d'addiction ? À chaque fois que je vais dans un congrès sur la dépendance, j'apprends la naissance d'une nouvelle toxicomanie. Il ne faudra plus attendre très longtemps pour voir apparaître des programmes de désintoxication aux sudokus ou à la série *24 heures*… sauf si ces deux modes passent rapidement. Il est urgent de revenir aux définitions classiques de la dépendance pour ne pas faire de tous les loisirs des toxicomanies en puissance. Le danger, on le voit bien, est double. Méconnaître une dépendance met en danger la liberté.

Il est par exemple dangereux de laisser évoluer une consommation excessive d'alcool. Considérer comme addiction toute passion un peu envahissante entrave aussi la liberté. Nous risquons de transformer en toxicomanie ce qui n'est que de l'ordre du goût. Les plus moqueurs ne manquent pas de me faire remarquer que l'on est dépendant de l'air parce qu'on ne peut s'en passer sans ressentir un grave manque. On est aussi dépendant de son petit déjeuner et de toutes nos habitudes les plus banales. Seules les définitions « objectives » de l'addiction évitent cette dérive potentielle de la dépendance généralisée. Elles nous permettent de faire la différence entre les habitudes banales, les passions souhaitables et les dépendances nocives pour la liberté.

Où commence et où s'arrête notre liberté ?

> La liberté, c'est un trou dans le mur d'une prison.
> Mais pour cela, il faut qu'il y ait une prison.
>
> Jean-François KAHN.

Nous sommes bien sortis de l'époque où la dépendance était à la fois niée et caricaturée. Une nouvelle définition de l'addiction permet de mieux la décrire. La définition moderne de la dépendance nous aide à savoir dans quels domaines nous sommes ou non libres de notre destin, de nos comportements et de nos pensées. Elle trace une frontière objective entre l'existence libre et heureuse d'une part et l'addiction de l'autre. Peut-être qu'aujourd'hui Marilyn consulterait un thérapeute spécialiste de l'addiction. Peut-être aurait-elle intégré l'un des groupes d'information sur la dépendance et la liberté que proposent les hôpitaux. Elle aurait sûrement aimé entendre ce que me dit souvent l'un des piliers du groupe du vendredi qui se réunit à Bichat depuis plusieurs années : « Nous ne sommes plus dépendants de l'alcool mais nous sommes encore prisonniers du regard que la société porte sur nous et du regard que nous continuons à porter sur nous-mêmes. »

La liberté chèrement conquise des anciens buveurs

La définition moderne de la dépendance date des années 1960. Un sociologue américain, Elvin Morton Jellinek, avait pris le temps de travailler avec les mouvements d'anciens buveurs, regroupés en associations néphalistes d'entraide et d'encouragement réciproque. Il a appris à leur contact la différence entre liberté et dépendance. Il les a écoutés longuement. Il assistait à leurs réunions du soir et notait leurs témoignages. Leurs expériences lui rappelaient les épreuves qu'il avait connues depuis sa naissance à Berlin en 1890 jusqu'à sa fuite aux États-Unis. Lui aussi avait dû faire un long chemin pour quitter le nazisme et trouver, pour lui-même et sa famille, un pays libre et démocratique. En quelques années, ses observations lui ont permis de décrire le syndrome de dépendance. Elvin Morton Jellinek a su remarquer le poids de la perte de contrôle dans la dépendance. L'alcool qui nous fait perdre notre liberté commence par nous faire tourner la tête en nous rendant insatiables. Nous y goûtons. Nous y prenons plaisir et nous avons envie de recommencer. Nous ne pouvons pas nous limiter. Nous perdons le contrôle de notre consommation. La perte de contrôle est donc une cause et une conséquence de la dépendance.

Dans la suite de Jellinek, une équipe de chercheurs venus de l'Organisation Mondiale de la Santé a proposé une définition encore plus précise de l'addiction. Grâce à ce groupe conduit par le psychiatre anglais Griffith Edwards, la consommation de drogue ou d'alcool n'était plus seulement une question de police ou de morale. Les excès étaient reconnus comme les indices d'une maladie à part entière. Ceux qui en souffrent ne méritent pas de punition ou de conseils mais ont besoin d'une aide. Ils sont victimes d'une relation d'emprise qui les dépasse. La définition de Griffith Edwards fait maintenant autorité. Les étudiants en médecine l'apprennent. Les classifications internationales de maladies l'utilisent pour faire la différence entre une consommation normale ou libre et une dépendance. Pour la première fois, la médecine peut tracer une limite précise entre la liberté et la perte de contrôle. Cette définition de l'addiction peut s'appliquer à toutes les drogues et à toutes les pratiques que nous avons tendance à répéter au-delà de ce que nous avions prévu.

LES TYPES DE DÉPENDANCE
SELON ELVIN MORTON JELLINEK

Elvin Morton Jellinek a classé les dépendances par types de consommation. Il a repéré qu'elles n'avaient pas toutes les mêmes causes psychologiques. Ces différences se retrouvent quelles que soient la substance ou la pratique concernées.

– Dépendance alpha : consommation de consolation permettant de soulager un malaise physique ou émotionnel.

– Dépendance bêta : consommation d'habitude, excessive et de longue durée sans cause psychologique « objective ».

– Dépendance gamma : perte de contrôle de la consommation entraînant des excès et des troubles du comportement.

– Dépendance delta : dépendance classique ou « absolue » avec obligation de consommation quotidienne.

– Dépendance Epsilon : dépendants cycliques, par crise ou par intermittence, selon les jours de la semaine, les saisons ou les circonstances extérieures.

Imaginons encore une rencontre improbable entre Griffith Edwards et Marilyn. Que se seraient-ils dit ? Comment Edwards aurait-il aidé Marilyn ? On peut imaginer que le bon Dr Edwards n'aurait pas traité Marilyn, comme la plupart de ses psychiatres, par des calmants ou des injections de médicaments miracles. Il lui aurait peut-être énuméré les signes de la dépendance tels qu'il venait de les découvrir. Je crois que Marilyn s'y serait beaucoup reconnue. Elle aurait passé en revue les différents domaines de sa vie marqués par les addictions. Peut-être même aurait-elle accepté de prendre le pari de se sevrer et d'essayer la liberté…

Où s'arrête la liberté ?

Avant Elvin Jellinek et Griffith Edwards, les médecins comptaient les verres pour faire le diagnostic de dépendance. Les académiciens se demandaient au-delà de combien de verres de vin on peut être considéré tel un malade. Ils définissaient comme un alcoolique celui qui boit plus de vin que son organisme ne peut en supporter. De savants débats distinguaient les doses d'alcool bonnes pour la croissance et le teint de celles qui sont excessives et ne relèvent plus d'une action libre. Ils complétaient leur définition de la dépendance à propos de l'alcool : « Est alcoolique celui qui a perdu la liberté de s'abstenir de boire. »

La vision nouvelle de la dépendance a quitté la logique de l'inventaire et de la dose seuil comme frontière entre le normal et le pathologique. Elle a trouvé des critères plus scientifiques. Le dépendant subit ses amours, ses désirs et ses cigarettes. Mais il n'y a pas d'examen sanguin ou de dosage permettant de dépister sa sujétion. La dépendance, si l'on suit Griffith Edwards, est une passion qui a mal tourné. Le désir est devenu une obsession et l'amour une idée fixe.

LES SIGNES ACTUELS DE LA DÉPENDANCE

Le groupe de spécialistes piloté par le psychiatre anglais Griffith Edwards a proposé une définition plus précise de la dépendance. Ils passent en revue les différentes manières dont notre liberté peut être mise à mal par une habitude envahissante. Ces critères servent aussi en médecine pour poser le diagnostic de dépendance. Ceux qui remplissent plus de trois critères dans la liste qui suit sont à risque de dépendance :

– une manière de consommer une substance ou de pratiquer une conduite non conforme aux habitudes du pays ou du milieu ;
– la façon de consommer ne tolère aucune variabilité (boit tous les jours, joue tous les jours de l'argent...) ;
– un temps important est consacré à la consommation d'alcool ou de tabac, au sport ou au jeu... ;
– d'autres activités importantes sont abandonnées à cause de la dépendance (loisirs, famille, travail...) ;
– le dépendant résiste mieux aux effets du toxique ou du comportement. Il y devient plus tolérant ;
– il minimise ou dénie les conséquences dommageables de sa perte de liberté sur sa vie personnelle, son travail et ses loisirs ;
– une drogue ou une conduite lui fait perdre le contrôle de lui-même ;
– il est obsédé par la drogue ou par la pratique dont il dépend et il éprouve pour elle un désir qu'il ne connaît pour aucune autre situation ;

– il vit une relation contraignante avec un être, un objet, un groupe ou une émotion satisfaisant un besoin ou un désir.

L'amour-maladie de Marcel Proust

Nous pouvons trouver chez Marcel Proust de bonnes définitions de l'« amour-maladie » opposé à l'amour « normal ». Il faut dire qu'il connaissait bien la dépendance pour en avoir été souvent victime. Sa vie n'était qu'une suite d'habitudes contraignantes et de passions inabouties. En dehors de sa liberté de plume, il ne vivait ses relations à l'amour, à l'argent et au pouvoir que sur le mode de la dépendance. On sait qu'il s'enfermait dans sa chambre ou dans son salon. Obsédé par la maladie, il buvait du champagne et s'enivrait avec des encens et des fumigations censées protéger ses poumons. Il se droguait aux opiacés pour s'endormir et se conduisait en amant jaloux. Il ne sortait plus, à la fin de sa vie, qu'au milieu de la nuit. Il apparaissait comme un spectre chez des hôtes qui ne l'attendaient plus. Il harcelait ses amis et ses amours de reproches et de questions. Quand Proust décrit la relation entre Charles Swann et Odette, il pressent jusqu'où un sentiment peut entraver la liberté. Sa définition de l'« amouromanie » s'applique bien à toutes les autres dépendances : « [Son amour], écrit Proust, était si étroitement mêlé à toutes les habitudes de Swann, à tous ses actes, à sa pensée, à sa santé, à son sommeil, à sa vie, même à ce qu'il désirait pour après sa mort, il ne faisait tellement plus qu'un avec lui, qu'on n'aurait pas pu l'arracher de lui sans le détruire lui-même à peu près tout entier : comme on dit en chirurgie, son amour n'était pas opérable. »

Théodule Ribot était un contemporain de Marcel Proust. Il peut aujourd'hui encore nous donner d'autres leçons de liberté avec sa théorie des passions. Ribot enseignait la philosophie morale classique en Sorbonne et travaillait sur des sujets étonnants à l'époque, comme la passion, la volonté et la logique des sentiments. Les photographies des années 1900 le montrent avec ses belles moustaches blanches face à son bureau professoral. Fasciné par la psychologie et la psychiatrie, il fuyait parfois ses cours de philosophie pour côtoyer la folie. Il assistait, presque en cachette, aux présentations de malades psychiatriques faites à Sainte-Anne au début du XXe siècle. L'homme de sagesse contemplait les folies et les passions. Il en tirait des leçons de philosophie, de psychologie et de liberté. Il tentait d'appliquer au fonctionnement normal de l'esprit et aux dérèglements de la passion les principes de la philosophie classique. Cela lui a inspiré des traités tombés dans l'oubli depuis. Il avait eu le défaut d'arriver trop tôt dans l'histoire de la psychologie. Son travail sur les sensations, la volonté et les passions a été balayé par la psychanalyse apparue quelques années plus tard. Il a eu le malheur d'être trop littéraire, trop botaniste aussi dans sa tentative de classer avec précision les caractères des hommes et des femmes selon leur constitution familiale ou leur caractère nordique ou méridional !

Les analyses de Théodule Ribot restent pourtant pertinentes au sujet de la liberté et de l'addiction. Il suggère de faire la différence entre la passion normale et l'addiction maladive. Il montre aussi toutes les difficultés qu'il y a à faire cette distinction. Bien des passions deviennent aliénantes et bien des dépendances peuvent s'apparenter à des traits de personnalité normaux. « Toute passion contient une vertu éliminatrice, écrit-il. Son apparition est celle d'un principe d'arrêt, d'isolement impérieux... Elle a besoin de ruines pour bâtir ; comme un être vivant, elle ne puise dans son milieu que ce qui peut la nourrir. La passion exclut du champ de la conscience tout ce qui lui est étranger. »

Ribot repère l'attitude absolutiste du passionné qui ressemble par bien des aspects au dépendant d'aujourd'hui : « Il se crée dans l'individu [passionné ou dépendant] une attitude exclusive, unilatérale. Tout ce qui est étranger ou antagoniste à la passion est jugé une non-valeur. » La passion peut ainsi ôter tout usage de la liberté plongeant l'âme dans un état où elle est rendue passive. C'est d'ailleurs du mot « passif » que vient le terme « passion ». Le passionné est passif pour tout ce qui n'intéresse pas sa passion.

Un autre philosophe, plus contemporain, Clément Rosset, dit du dépendant qu'il est celui qui détourne son regard. Il dresse la liste de tous les artistes qui le détournent et passe ainsi en revue, pour Raphaël Enthoven, les principales catégories de dépendance :

– ceux qui se trouvent des excuses et incriminent le destin en se disant « au-delà de mon existence, de mes actes, trône une vie rêvée, la vie qui m'était promise et que je n'ai pas eue, cette vie qui m'attend ailleurs comme la récompense de ma malchance » ;

– les paranoïaques, les théoriciens du complot, ces consciences malheureuses qui croient détenir la vérité que d'autres nous dérobent ;

– les nostalgiques pour qui avant c'était le bon temps, à l'image de Rousseau qui oppose l'enfance à l'histoire ;

– les conservateurs, pour qui l'avenir c'est le passé ;

– les révolutionnaires, pour qui l'avenir c'est l'utopie ;

– ceux qui préfèrent l'image à la vie ;

– ceux qui se refont le corps ou le visage pour conserver des traits juvéniles ;

– ceux qui vivent dans le fantasme du « demain j'arrête » comme les fumeurs et les buveurs…

Toute passion n'est pas une perte de liberté

La passion, nous le voyons, peut devenir le principe organisateur d'une vie sans être une maladie. Les amateurs de cinéma, d'opéra ou de jardinage se reconnaîtront dans cette définition. Ils agacent leur entourage par leur besoin de collectionner des disques ou des outils hétéroclites. Et pourtant, ils ne sont pas dépendants et encore moins malades. Leur passion colore leur existence, lui donne un sens sans vraiment aliéner leur liberté. Il faut résister à l'envie de leur appliquer les critères de la dépendance que nous venons de décrire. Il serait dangereux, comme l'écrit mon maître et ami le psychiatre Jean Adès, de céder à une « addictomanie » qui étendrait à l'infini la notion d'addiction à la plupart des comportements humains. On pourrait y voir le retour, sous couvert de médecine ou de psychiatrie, d'un puritanisme normatif, mâtiné d'hygiénisme moral qui considérerait comme une maladie relevant de soins tout ce qui s'écarte de la norme, de la modération, des règles morales de la société. On risquerait, en multipliant les dépendances et les dépendants, de médicaliser l'excès ou l'imprévu. Parallèlement à l'épidémie d'addictions, nous pourrions nous mettre à vouloir soigner les passions considérées comme des maladies honteuses ou l'expression d'un esprit immature.

Norbert Bensaïd, médecin généraliste, écrivain et polémiste à ses heures, était parti en guerre contre l'hygiénisme anti-addictif. Il y voyait une démarche qui fait de chaque bien-portant un malade en puissance et de chaque passionné un drogué. « Notre liberté, écrivait-il, est menacée par le besoin de sécurité et la sécurité elle-même est menacée par le souci obsédant qu'on en a. Pour nous protéger, la médecine exploite notre peur de mourir et nous fait mourir de peur. À vouloir trop se protéger, on passe sa vie à avoir peur. »

La médecine s'est maintenant emparée de l'addiction. Une science des excès est en train de naître sous le nom d'« addictologie ». Elle rend des services considérables. Je suis professionnellement impliqué dans sa défense. Je crois qu'il faut effectivement créer et développer des lieux de soins pour ceux qui souffrent de dépendance. Ils restent insuffisamment reconnus et aidés. Il ne faut pourtant pas mener à l'extrême la logique de l'anti-addiction. J'espère que ceux qui soignent des dépendants, et nous en avons bien besoin, n'oublieront pas de consacrer un peu de temps à réfléchir aux limites de cette notion, à la liberté et aux bienfaits du désordre ou de l'improvisation.

Nous devons donc nous méfier tout autant du déni que de la banalisation de la dépendance. Veillons aussi à ne pas traiter de drogué tout homme ou toute femme qui connaît un grand amour et commet en son nom des actes incongrus. Le mot « addict » ne veut plus rien dire dans le langage courant. Une marque de parfum en fait un argument de vente. Les magazines de jeux vidéo désignent comme addicts et fiers de l'être leurs meilleurs clients. « Je n'y peux rien, c'est compulsif », répond l'adolescent à ses parents qui lui demandent pourquoi il sèche ses cours ou dépasse son forfait de téléphone. « C'est une dépendance à la sexualité, ce n'est pas de ma faute », explique un président des États-Unis accusé de trop aimer les stagiaires de la Maison-Blanche. Et pour mieux se disculper, ces hommes et ces femmes montrent qu'ils souffrent de tous les signes de la dépendance moderne. Les films américains contemporains reflètent aussi cette mode de l'addiction. Même l'héroïne de *Basic Instinct*, jouée par la belle Sharon Stone, est présentée comme une dépendante. Le psychiatre chargé de l'expertiser l'observe longuement. Il la trouve belle, bien sûr, mais n'en dit rien. Il se défend d'être séduit en jouant à l'expert : « Je comprends ce qui vous arrive. Vous êtes une droguée du risque et de l'amour. » Le film restera discret sur la manière dont Sharon Stone pourra se désintoxiquer de son besoin d'amour et de la prise de risque…

LA LIBERTÉ D'HIER ET D'AUJOURD'HUI

L'ALCOOLISME CHEZ ÉMILE ZOLA	LA DÉPENDANCE D'AUJOURD'HUI
Une maladie d'hommes.	Un complexe universel qui atteint les hommes et les femmes.
Une dépendance fixée pour toute la vie sur le même produit.	Une tendance à essayer, ensemble ou à la suite, les drogues légales ou illégales, les sports, les relations amoureuses…
Une maladie socialement condamnée comme un vice et médicalement méconnue.	Une conduite branchée signe d'ambition ou de réussite sociale.
Un modèle français de consommation d'un produit du terroir, et le vin.	Une consommation mondialisée qui évolue au gré des modes des mouvements et d'Internet.

Une maladie réputée mettent incurable : « qui a bu boira… ».	Le domaine où se en place de nouvelles stratégies et psychothérapies.
Le parent pauvre de de la médecine. essor…	Un champ d'étude et recherche en plein même s'il manque encore de moyens.

Commencer à agir pour sa liberté avant de comprendre les causes de ses dépendances

> Une grande partie de ce que nous sommes ou faisons résulte de contraintes biologiques ou cultu relles sur lesquelles nous n'avons pas de prise. Pour un scientifique, toute action peut être assimilée à l'effet de cause. Cependant, les conditions initiales ne déterminent pas une seule issue.
>
> Axel KAHN.

> Les hommes se croient libres par cela seul qu'ils sont conscients de leurs actions et ignorants des causes qui les déterminent... C'est ainsi qu'un petit enfant croit librement désirer le lait, un adolescent irrité vouloir la vengeance, ou un lâche, la fuite.
>
> Baruch SPINOZA.

Notre envie de comprendre les causes nous empêche souvent d'agir sur les effets. Nombreux sont les psycho thérapeutes de Marilyn qui ont essayé de la comprendre. Ils l'ont suivie dans tous ses récits, l'ont entendue raconter son enfance malheureuse, son incapacité à aimer, son intolérance à la gloire comme à la solitude. L'ont-ils aidée ? Sans doute. Ils lui ont donné un lieu où déverser ses angoisses quand elles devenaient trop fortes. L'ont-ils fait avancer vers la liberté ? Presque pas. Ils sont partis avec elle dans un vertige de l'écoute et de la compréhension sans affronter ses dépendances. Ils attendaient de trouver les causes de son addiction avant d'en modifier les symptômes. Ses psychothérapeutes n'étaient pas à lavec la question de la dépendance ni avec celle de la liberté. Ils étaient eux-mêmes dépendants d'un système de lecture du monde et de la névrose. Ce système orientait leur pratique et contribuait à leur prestige. Il suggère que chaque acte ou chaque symptôme doit pouvoir s'expliquer. Il atteint ses limites quand un consultant arrive ivre ou intoxiqué à sa séance.

Mes débats sur la dépendance

J'ai souvent débattu de la dépendance avec des sociologues et des psychanalystes. Les sociologues se demandent si la dépendance existe ou non. Les plus hardis dénoncent – et ils ont raison – une construction artificielle de notre société de maîtrise. Ils réduisent la dépendance à un mode de vie qui n'est pas tout à fait socialement conforme. À les entendre, on qualifie de dépendants ceux qui ne sont pas strictement en phase avec les normes sociales. Ils peuvent finir par une pirouette suggérant que nous ne serons plus dépendants le jour où nous ne croirons plus à l'idée de la dépendance. Dans les mêmes débats, mes collègues et amis psychanalystes expliquent tout par l'état limite et la dépression masquée. Ils voient la dépendance comme le symptôme d'une personnalité flottant entre l'angoisse et la folie, la névrose et la psychose. Ils suggèrent que les drogués sont plus déprimés qu'ils ne le croient et masquent leur dépression derrière les effets de l'alcool ou de la cigarette. La dépendance, quand on les suit, résulte d'un défaut fondamental de l'estime et de l'image de soi. Le moi profond du dépendant est obligé de recourir à des béquilles chimiques ou com portementales pour supporter les frustrations de sa vie. Il chercherait de faux euphorisants comme l'alcool ou l'achat compulsif de bijoux. J'ai rencontré des tabagiques et des alcooliques qui avaient essayé de trouver les racines de leur addiction avant de s'en sevrer. « Je sais maintenant pourquoi je bois, me dit l'un d'eux. Je me comprends de mieux en mieux. Je vis avec moi-même de manière moins douloureuse. Mais de là à arrêter de boire, il y a un pas que je n'ai pas encore franchi. »

Il peut arriver qu'un savant s'invite aussi dans le débat sur la dépendance. Il présente des images de cerveaux et montre les noyaux gris centraux, le striatum et les zones de récompense cérébrale. Les mêmes savants concluent depuis dix ans leur propos en annonçant que nous saurons bientôt localiser le « centre cérébral de la liberté et de la dépendance ». Peut-être finiront-ils par avoir raison. L'avenir est dans le cerveau. Personne n'en doute. Sauf si nous croyons, avec Woody Allen et une bonne dose de mauvais esprit, que le cerveau est un organe dont la place est surestimée par rapport à bien d'autres parties du corps… Entre-temps, les généticiens nous promettent la découverte imminente du chromosome de la liberté. Ils trouvent déjà des gènes plus fréquemment présents chez les alcooliques, les joueurs et les toxicomanes. Ils ne savent pas encore très bien le sens qu'il faut donner à ces résultats.

J'écoute toutes ces explications savantes. Elles sont riches de promesses et nourrissent des débats. Elles proposent des modèles et des hypothèses de travail. En quoi ont-elles permis d'aider un dépendant à se libérer ? Pour l'instant, les résultats se font attendre. Les systèmes de compréhension s'opposent. Ils ont tous raison et tort à la fois. Leurs disputes me rappellent une vieille histoire citée par Henri Atlan dans *À tort et à raison*. Un maître rendait la justice entre deux plaignants devant ses disciples. Au premier qui exposait son cas, le juge après une longue réflexion décida de donner raison. Mais quand le second eut fini de plaider, le juge, encore après avoir réfléchi longuement, lui donna aussi raison. Aux disciples qui s'étonnaient que leur maître pût donner raison aux deux versions contradictoires des mêmes faits, le juge répondit, après une nouvelle et longue réflexion : « En effet, vous aussi avez raison. »

L'aiguille d'Alain et l'ombre de Bucéphale

Les psychothérapeutes et les sociologues ne sont pas les seuls à vouloir défendre leur explication et à tenter de comprendre les causes avant d'agir sur les effets. Les philosophes raisonnent de même. Ils nous offrent d'autres modèles en guise d'invitation à la liberté. Quel philosophe accepterait de théoriser la non-compréhension du monde ? Certainement pas Alain qui a pourtant tant travaillé sur le bonheur, les passions et la liberté. Il avait exercé de 1890 à 1933 le métier de professeur de philosophie dans un lycée. Il faisait paraître dans *La Dépêche de Rouen* des propos sur toutes les questions d'actualité. Alain professait quelques idées simples. Il suggérait que nous sommes obligés d'être heureux faute de quoi nous sommes condamnés à une overdose de pessimisme « naturel ». Il voulait aussi nous rappeler qu'une vie libre ou réussie n'est pas fondée sur la dépendance mais plutôt sur la puissance, le changement et l'action. Il expliquait dans ses *Propos sur le bonheur* que l'on ne peut soigner une dépendance qu'en connaissant sa cause. Il donne un exemple tiré de la vie quotidienne et frappé au coin du bon sens. Lorsqu'un petit enfant crie, sa nourrice fait souvent les plus ingénieuses suppositions concernant ce jeune caractère. Elle explique ce qui lui plaît et lui déplaît. Elle appelle même l'hérédité au secours. Elle reconnaît déjà le père dans le fils. Ces essais de psychologie se prolongent jusqu'à ce que la nourrice ait découvert la cause réelle de tout, une épingle qui pique l'enfant.

Alain convoque un autre exemple dans le même ouvrage. Il va le chercher dans l'Antiquité. Lorsque Bucéphale, cheval illustre, fut présenté au jeune Alexandre, aucun écuyer ne pouvait se maintenir sur cet animal redoutable. Sur quoi un homme vulgaire aurait dit : « Voilà un cheval méchant. » Alexandre cependant cherchait l'épingle. Il la trouva bientôt. Il remarqua que Bucéphale avait terriblement peur de sa propre ombre. Et comme la peur faisait sauter aussi l'ombre, cela n'avait pas de fin. Alexandre tourna les naseaux de Bucéphale vers le soleil. Le maintenant dans cette direction, il put le rassurer et le fatiguer. L'empereur avait trouvé la cause de la peur. Il ne lui restait qu'à utiliser sa compréhension des causes pour amorcer un changement.

QUELQUES PROPOS INSPIRÉS D'ALAIN APPLIQUÉS À LA LIBERTÉ

Alain a surtout écrit sur le bonheur. En filigrane, ses propos invitent à la liberté. Il suffit de changer quelques mots de ses propos sur le bonheur pour y découvrir des conseils de liberté. J'espère que les puristes de la philosophie me pardonneront ce petit détournement de texte :

On devrait bien enseigner aux enfants l'art d'être libre. Non pas l'art d'être libre quand une grande dépendance vous tombe sur la tête; je laisse cela aux spécialistes; mais l'art d'être libre quand les circonstances sont passables et que toute l'amertume de la vie se réduit à de petits ennuis et à de petits malaises.

La première règle pour être libre en société ou en amour serait de ne jamais parler aux autres de ses propres malheurs, présents ou passés. On devrait tenir pour une impolitesse de décrire aux autres un mal de tête, une nausée, une aigreur. Les plaintes sur soi ne peuvent qu'attrister les autres, c'est-à-dire en fin de compte leur déplaire, même s'ils cherchent de telles confidences, même s'ils semblent se plaire à les consoler.

La dépendance est d'humeur. La liberté est de volonté.

Il ne se peut pas que l'homme n'ait pas de dépendances. Mais le sage forme en son âme une telle étendue de pensées heureuses que ses dépendances sont toutes petites à côté.

Cherchez l'épingle, nous enseigne Alain, et vous trouverez la lumière. Trouvez la cause des dépendances et vous deviendrez libre. J'aurais envie de proposer au philosophe du bonheur une autre méthode. Libérons-nous d'abord. Retrouvons le goût du changement et nous saurons, *a posteriori*, pourquoi nous étions dépendants. Commençons par changer nos pensées, nos habitudes et nos pratiques et nous saurons pourquoi elles exerçaient sur nous une telle contrainte. Le général de Gaulle préparait ses voyages officiels par des formules chocs. Il se promettait d'aborder « l'Orient compliqué avec des idées simples ». Il faut probablement aussi se résoudre à aborder la liberté avec des idées simples. Le psychologue américain Paul Watzlawick le dit autrement. Une approche simple et immédiatement compréhensible des problèmes compliqués est souvent fausse ; une analyse compliquée n'est qu'une façade pour ne rien faire du tout.

Les Dix Commandements de la liberté

> Comment peut-on être responsable de ce qu'on ne pouvait éviter de faire ?
>
> Axel KAHN.

Il semble aberrant d'apprendre à être libre. D'ailleurs les ouvrages de médecine classique ne s'y risquent pas. Sauf à considérer, comme nous le faisons depuis le début de ce livre, que la liberté procède d'une suite de conquêtes sur soi-même. En termes psychologiques, on n'est pas libre par nature, une fois pour toutes. La liberté vient récompenser celui qui a été capable de se remettre en question et de se sevrer de ses dépendances quotidiennes, souvent cachées. Mes patients de Bichat ne sont jamais en reste pour me dire comment ils ont remporté une victoire sur eux-mêmes. Ils ont réussi à arrêter l'alcool ou le tabac. Ils sont d'étonnants pédagogues de la liberté. Ils peuvent mieux que quiconque me donner des règles de libération apprises « à la dure ». Leurs expériences inspirent la plupart de ces commandements de la liberté.

LES DIX COMMANDEMENTS DE LA LIBERTÉ

1. La force de l'habitude tu connaîtras.
2. Dans ton esprit tu regarderas.
3. De tes parents tu te souviendras.
4. Les expériences de ton enfance tu garderas.
5. Aux drogues douces tu ne croiras pas.
6. Au changement tu adhéreras.
7. De petites libérations tu te contenteras.
8. Des faux libérateurs tu t'écarteras.
9. De grandes passions tu garderas.
10. Ta forme de liberté tu choisiras.

1. La force de l'habitude tu connaîtras

Vous connaissez l'histoire de Gad Elmaleh sur l'homme qui essaie de fumer régulièrement. Il a du mal. Il fait des efforts. Il ne supporte pas le tabac. Il commence par quelques bouffées. L'histoire nous apprend ce qu'est la dépendance. C'est d'abord prendre une habitude. Une nouvelle habitude demande parfois un effort et impose un changement sur soi. Une fois qu'elle est prise, tout est en place pour que nous en soyons dépendants.

L'habitude ne se limite pas à la cigarette à l'alcool. Elle détermine la plupart de nos goûts, de nos opinions et une bonne part de notre mode de vie. Il est possible de tomber follement amoureux d'une femme qui ne nous plaît pas vraiment. Il suffit pour cela de la voir chaque jour et de prendre l'habitude de sa présence. Louis XV, nous disent les historiens, a souvent voulu renvoyer sa maîtresse. Ses conseillers politiques le mettaient en garde contre les dangers d'une telle liaison. Mme de Pompadour a tenu bon. Elle ne s'est pas opposée au roi mais elle est restée à la Cour. Elle n'avait comme alliées que les habitudes du roi. Elle savait que c'était suffisant. Il ne lui fallait qu'en plus un peu de patience. Le roi, après avoir essayé de s'éloigner d'elle, passa un jour devant l'escalier dérobé qui menait à ses appartements. Il monta sans réfléchir, repris par l'habitude. On imagine la suite. Sa passion et son habitude ne l'ont plus quitté.

L'habitude est à la fois psychologique et physiologique. Elle piège notre esprit et notre corps. Il est possible de devenir dépendant d'une drogue que l'on n'aime pas, qui ne nous fait pas plaisir, simplement par habitude. Les rats de labo ratoire le démontrent : au départ, ils n'aiment pas l'alcool. Mais s'ils respirent pendant une semaine un air chargé en éthanol, ils deviennent dépendants d'une boisson qui leur faisait horreur. Ils ne peuvent plus s'en passer et ressentent des signes de manque ou de sevrage s'ils en sont privés. Ils tremblent et font des crises à l'arrêt de l'alcool. Un autre signe marque leur perte de liberté. Ils tolèrent de mieux en mieux l'alcool. Leur organisme s'y est habitué. Ils en supportent des quantités de plus en plus importantes.

La tolérance et la dépendance physique sont des phénomènes auxquels on ne peut résister. Elles traduisent les signes objectifs de l'habitude. Elles apparaissent qu'on le veuille ou non, quels que soient nos efforts de volonté. Toute consommation régulière d'une substance qui agit sur notre cerveau nous rend dépendants en une semaine ou un mois. C'est vrai de l'alcool, du tabac et de toutes les autres drogues illégales. Si vous vous obligez à fumer chaque jour une ou deux cigarettes, il ne faudra pas longtemps pour que vous ne puissiez vous en passer. Votre cerveau s'y sera habitué en moins d'un mois. Il réclamera sa dose de nicotine. Il souffrira s'il en est privé. Vous aurez besoin d'un effort sur vous-même ou de l'aide d'un médecin pour mettre fin à votre dépendance. Vous pouvez aussi prendre des habitudes de loisirs, d'amour ou même d'engagement politique.

L'habitude, une fois installée, tend à se prolonger au nom du principe de répétition. Nous aimons ce qui organise notre vie et nous fait croire que nous maîtrisons notre destin. L'habitude peut même persister d'une génération à une autre. Les acheteurs compulsifs me racontent souvent que leurs parents étaient eux aussi dépensiers. Ils ont prolongé un comportement appris dès l'enfance et dont ils avaient pris très tôt l'habitude.

L'habitude marque aussi les cellules. Les Alcooliques Anonymes proposent une image utile pour comprendre la biologie de l'habitude. Ils expliquent aux dépendants de l'alcool la théorie membranaire de l'addiction. Je reprends souvent cette théorie dans mes premières consultations avec un patient dépendant de l'alcool. L'alcool, quand on commence à en boire, rend les membranes de tous les organes plus fluides. Les cellules, d'une certaine manière, communiquent plus facilement entre elles. Nous nous sentons plus gais et plus courageux. Quand la consommation d'alcool se prolonge, les cellules résistent à l'effet fluidifiant de l'alcool. Elles changent de forme et de structure. Elles deviennent moins perméables, plus épaisses et plus rigides.

L'organisme a besoin de sa dose quotidienne d'alcool pour fonctionner normalement une fois ses membranes devenues avides d'alcool. Cette théorie membranaire n'explique pas les raisons pour lesquelles on prend une habitude. Elle rappelle plutôt qu'une fois l'habitude ou la dépendance installée, un nouvel équilibre se crée. Toute habitude tend à se prolonger spontanément si aucun changement ou aucune libération ne vient s'y opposer.

Voulez-vous d'autres exemples d'habitudes que l'on prend facilement ? Si vous courez chaque matin ou chaque semaine, vous entrez dans une logique de répétition obligatoire. Tout se passe comme si vous programmiez votre corps et votre esprit pour qu'il garde le même rythme et qu'il répète le comportement appris. Amoureux des mots croisés, des sudokus ou des jeux informatiques, vous avez expérimenté la force de l'habitude. Les pessimistes aussi s'habituent à leurs idées noires, et les anxieux aux prédictions catastrophistes qu'ils font sur leur santé ou leur avenir. Même l'image que les autres ont de nous-mêmes est une question d'habitude. Celui qui présente une triste figure habitue son entourage à le considérer comme un fâché ou un fâcheux. Enfin, la pratique religieuse est, entre autres déterminants, une question d'habitude. Blaise Pascal le laisse comprendre quand il affirme qu'il suffit de commencer à faire semblant de prier pour bientôt prier vraiment. Une fois installée, la pratique religieuse s'organise autour d'offices qui sont des lieux et des temps de rencontres réguliers et habituels.

L'HABITUDE RESSEMBLE À UN MANÈGE QUI TOURNE TROP VITE

Une psychiatre américaine, Carla Perez, compare l'habitude à un manège de foire. Vous montez sur le manège. Il commence à tourner doucement. Vous admirez la lumière et la musique. Vous vous accrochez à votre cheval ou à votre voiture. Chacun des personnages du manège vous séduit et semble vous appeler. Il vous dit : « Monte sur moi. » Vous ressentez une impression très agréable alors que le manège tourne. Vous aviez hésité à monter. Maintenant vous ne le regrettez plus. Vous sentez vos angoisses disparaître. Votre cheval monte et descend. Vous fermez les yeux. Vous avez l'impression de vous évader, de partir en voyage. Ceux qui vous regardent ne partagent pas cette impression. Ils voient bien que vous tournez en rond. Le manège, soudain, se met à ressembler à une dépendance. Le tour avait commencé dans le plaisir. Il se poursuit dans l'angoisse. Le manège tourne de plus en plus vite. Vous ne pouvez plus en descendre. Vous avez maintenant envie de mettre fin à cette expérience mais vous n'y arrivez pas. Vous vous rendez compte que ce manège ne vous conduira nulle part. Pourtant c'est trop tard. Vous êtes piégé dans une habitude ou une dépendance. Vous commencez à vous sentir nauséeux mais vous ne pouvez toujours pas descendre. Vous vous faites des reproches. À la fin, vous avez seulement le choix entre vous obliger à aimer votre manège ou espérer que quelqu'un arrivera à l'arrêter par miracle.

Cette règle de l'habitude est universelle. Les habitudes sont faciles à prendre et pénibles à quitter. Le reconnaître permet de rester libre ou tout au moins de ne pas s'imaginer que l'on sera plus fort que les autres si l'on commence à boire, fumer ou surfer sur Internet des nuits entières. Une fois cette règle acceptée, nous ne tentons plus le diable. Nous ne jouons pas à tester notre résistance à la dépendance en prenant régulièrement de l'alcool ou des cigarettes. Nous savons que ces essais vont nous faire prendre une habitude que nous aurons bien du mal à abandonner. Nous nous rappelons qu'une existence libre et heureuse se garde de la routine. Elle valorise les capacités de changement et de remise en question. Nous ne sommes libres que de ce que nous pouvons interrompre et reprendre.

2. Dans ton esprit tu regarderas

Je me souviens d'un joueur de tiercé, véritable drogué des champs de courses. Il me raconte les désastres qu'a produits le jeu dans sa vie. Il a perdu son emploi de conducteur de bus. Sa femme l'a quitté. Il tente de survivre, criblé de dettes et sans domicile fixe. Il termine son récit en me disant, très sérieusement: « Mais quand même, je ne suis pas trop malheureux au jeu. J'ai un vrai flair pour prédire les chevaux gagnants. » Il est dépendant du jeu et aussi de son incapacité à voir les dégâts que provoque sa passion sur sa vie.

La perte de la liberté commence par une perte de cons cience. Nous nions la réalité. Nous nous employons à oublier ce qui nous dérange. Nous chassons de nos souvenirs ce qui nous fait honte. Dès que nous sommes passionnés, nos capacités de « mauvaise foi » ne connaissent plus de limites. Si les personnes de notre entourage nous reprochent une attitude ou un état d'esprit qui les dérange, nous trouvons qu'elles exagèrent. Les dépendants de l'alcool sont sincères quand ils disent à qui veut l'entendre qu'ils boivent comme tout le monde. Ils le sont encore quand ils ne comprennent pas pourquoi leur femme ou leur patron leur fait des reproches. Ils effacent de leur esprit les jours où ils ont trop bu et les moments où l'alcool leur manque. L'énergie qu'ils pourraient consacrer à changer, ils la gaspillent pour effacer ce qui les gêne.

Ce refus de la réalité est encore plus mal accepté par l'entourage que la dépendance elle-même. Il est pris à tort pour un mensonge, un signe de folie ou une marque de mépris. Ce n'est en fait rien de tout cela. Le déni accompagne tout ce qui nous fait perdre notre liberté. Les amateurs de livres trouvent que leur bibliothèque prend dans la maison une place raisonnable. Leur mari ou leur femme sont exaspérés. Ils voudraient tant se débarrasser des amas de papier poussiéreux pour élargir leur espace vital ! Les supporteurs du football sont sûrs qu'ils ne passent pas trop de temps devant la télévision pendant la Coupe du monde et les fous d'Internet croient limiter leur temps de connexion au strict nécessaire.

Le psychiatre Alain Braconnier enseigne à Paris la psychologie. Il rappelle dans son *Introduction à la psychopathologie* les différentes formes que peut prendre le déni. **La dénégation** consiste à refuser d'admettre une pensée, une idée ou une émotion qui existe dans notre conscience. Par exemple, je peux dire «je n'ai pas pensé cela», alors qu'une idée m'a effectivement traversé l'esprit. Une autre expression de la dénégation est le refus de reconnaître comme siens ses sen timents ou ses désirs. J'éprouve, par exemple, des envies que je ne m'autorise pas à reconnaître. Je rêve d'une journée de vacances sans contrainte, mais je répugne à me l'avouer et même à accepter la présence de cette idée dans mon esprit. Le joueur qui a envie de jouer se ment inconsciemment et fait mine de penser qu'il pourrait se passer d'une soirée dans son cercle de jeu préféré. La dénégation lui apparaît comme une protection. Il croit que les problèmes vont se régler s'il se persuade qu'ils n'existent pas.

Le déni est différent de la dénégation. La dénégation consistait à ne pas reconnaître comme sienne une pensée ou une émotion gênante. Le déni consiste à éliminer cette idée ou cette pensée. Celui qui dénie refuse l'évidence qui ne lui plaît pas ou lui fait honte. Il nie la réalité de sa perception. Il est comme l'enfant pris la main dans un pot de confiture qui dit : « Ce n'est pas moi. Je n'ai rien fait. » Le déni ne porte que sur une partie très limitée de la réalité, sinon ce serait de l'aveuglement total. À ce jeu du déni, les dépendants sont imbattables. Un tabagique qui vit dans le déni vous explique très tranquillement que la cigarette n'est pas aussi toxique que le disent les médecins. Il peut se passer de tabac quand il veut, et ceux qui le croient dépendant se trompent. Il peut aussi construire des théories raffinées – j'allais écrire « fumeuses » – qui viennent renforcer son déni. Combien de tabagiques me disent qu'il ne sert à rien d'arrêter de fumer du fait des dangers de la pollution : « Avec toute la pollution, nous risquons déjà beaucoup de cancers. Le tabac augmente à peine ce risque » ? Le tabagique qui développe cette explication frappée par le déni sait bien qu'il défie le bon sens mais il s'y accroche. D'autres me parlent de la fin du monde pour justifier le fait qu'ils ne risquent rien en restant dans leur dépendance. Aucun de ces tabagiques ne me ment. Ils ont seulement occulté le risque du tabac sur le cancer ou la force de leur dépendance.

L'histoire de Marilyn illustre une autre forme de déni, le déni bavard, la fuite dans le verbe pour masquer sa pensée. Elle noyait ses psychothérapeutes sous des confessions, des explications, des larmes qui servaient inconsciemment à justifier sa perte de liberté. Aujourd'hui encore, les psychothérapeutes connaissent cette tendance à beaucoup parler pour masquer ses pensées et ses vrais sentiments.

Un dernier mécanisme d'occultation est **le refoulement**. Il consiste à rejeter dans l'inconscient une idée ou une émotion gênante. Cette idée, cette émotion, demeure active, mais nous dépensons beaucoup d'énergie à ne pas la laisser émerger dans la conscience. Les psychanalystes appellent « retour du refoulé » les moments où nous sommes surpris par les désirs que nous avions essayé d'oublier et de cacher dans notre inconscient. Les lapsus sont des exemples frappants de ce retour du refoulé. Nous parlons, malgré nous, d'un désir dont nous avions honte et que nous avions essayé de cacher. Le refoulement consomme beaucoup d'énergie. Il est fatigant de ne pas s'avouer ce dont on a profondément envie ou ce qui nous fait peur. Les dépendants peuvent refouler dans leur inconscient les causes de leur comportement. Une jeune femme me parle de ses soucis de couple. Peu après, elle me dit qu'elle ne peut s'empêcher de s'acheter des alliances, qu'elle ne porte pas toutes bien sûr. Elle ne s'autorise pas à relier ses angoisses conjugales aux objets lourds de sens qu'elle achète. Une sorte d'aveuglement ponctuel l'empêche d'accéder au sens de ses actes.

Comment sortir du déni et regarder en face ce qui entrave notre liberté ? Plusieurs techniques sont possibles. La première repose sur la confiance. Le dépendant est souvent trop méfiant. Il s'enferme dans une position de persécuté qui lui fait croire que personne ne le comprend. Il est sûr qu'il a raison et qu'il est bien le seul. Il n'écoute ni son médecin qui lui dit qu'il boit trop ni sa femme qui se plaint de son goût pour les soirées passées à jouer de l'argent. Il ne croit pas non plus les statistiques montrant que le tabac augmente le risque de cancer. Il n'a même pas confiance dans les chiffres !

Choisir la liberté c'est donc choisir la communication contre l'isolement. La liberté se nourrit d'écoute de l'autre et d'ouverture. La communication avec l'autre nous permet de nous connaître nous-mêmes. Nous reprenons contact avec nos pensées, nos peurs et nos fausses croyances. Les psychothérapeutes sont des professionnels de la communication. Quelle que soit l'école dont ils se réclament, leur thérapie s'oppose au déni et au refoulement. C'est donc au moment où nous renonçons à être les seuls à avoir raison que nous avançons vers la connaissance de nous-mêmes et la liberté. Les groupes d'anciens buveurs appliquent ce principe de communication anti-déni. Ils invitent leurs nouveaux membres à des réunions de présentation. Ils leur proposent, en toute confidentialité, de raconter leur histoire et d'écouter les avis des autres membres du groupe. Il suffit souvent d'accepter un avis, une remarque, une critique amicale pour commencer à renoncer aux mensonges sur soi-même.

D'autres techniques encore plus simples aident à débusquer le déni. Elles donnent à ceux qui y sont le plus allergiques l'habitude de regarder en eux, d'évaluer leurs pensées et leurs comportements. Le petit carnet que l'on porte sur soi est une version moderne du journal intime. Il suffit d'y noter « en direct » ses pensées, ses « dérapages » et ses angoisses. Je le propose souvent à mes patients dépendants de l'alcool ou du tabac. Ils tiennent leur journal de bord. Nous le feuilletons ensemble après une ou deux semaines. Le simple fait de noter ce qu'ils boivent ou fument les a déjà beaucoup aidés. Sans effort, ils ont progressé sur le chemin de la liberté. Ils ne se mentent plus. Ils n'ont pas à se défendre ou à se justifier mais seulement à se connaître. Ils n'ont qu'à suivre dans leur carnet, au jour le jour, les progrès de leur dépendance ou de leur liberté.

3. De tes parents tu te souviendras

Marilyn refusait de parler de sa mère dont elle disait souvent qu'elle était morte pour ne pas avoir à évoquer ses multiples séjours à l'hôpital. Fuyant son passé, elle ne pouvait apprécier son présent. Un peuple qui oublie son passé est condamné à le revivre en permanence, écrit justement l'écrivain Élie Wiesel, spécialiste de l'histoire des grands drames du XXe siècle. Quelqu'un qui ne veut pas se souvenir de son histoire familiale est condamné à la répéter et à vivre dans la dépendance. Les gardes rouges de la révolution culturelle chinoise savaient qu'un homme coupé de son histoire perd plus facilement sa liberté et son identité. Ils masquaient le passé pour induire une dépendance collective. Pour ce faire, ils avaient commencé par détruire tous les signaux publics comme les plaques de rue, les enseignes de boutique, les noms de bâtiment, pour inscrire des noms nouveaux et en fait prendre le pouvoir sur le présent. Les dépendants font souvent de même sans le savoir ou le vouloir vraiment. Ils oublient l'expérience de leurs parents. Ils ne se souviennent pas de leurs difficultés face à l'alcool ou à d'autres drogues. Ils cultivent l'espoir, toujours déçu, que l'oubli les guérira du passé.

Les parents transmettent, entre autres, des gènes et des exemples. Nos chromosomes et les expériences de notre enfance déterminent notre liberté ou notre dépendance. Rappelez-vous Émile Zola. Il écrivait les Rougon-Macquart pour montrer comment une famille était maudite et condamnée à vivre sans liberté. Il avait inventé un mot barbare, « l'héré do-dégénérescence », pour décrire les effets de l'alcool se transmettant des pères aux enfants. Il voyait dans cette dégé né rescence une prédestination familiale transmise par la culture, la société et les gènes.

La manière dont les gènes et l'environnement familial transmettent ou non la liberté est de mieux en mieux connue. Nos gènes hérités de nos parents et notre environnement participent à notre risque de dépendance ou de liberté. Près de sept alcooliques sur dix ont un parent dépendant. Les enfants dont les parents sont alcooliques ont un risque multiplié par 2,5 de devenir alcooliques. L'environnement joue aussi un rôle important. Une situation familiale calme et une attitude éducative cohérente réduisent le poids des facteurs génétiques.

Certains gènes multiplient par 5 ou 10 le risque de devenir dépendant de la cigarette, de l'alcool, des jeux d'argent ou des sports à risque. Ces gènes contrôlent les récepteurs à la dopamine. La dopamine est une molécule clé du cerveau. Elle est impliquée dans notre tendance soit à nous contrôler, soit à prendre des risques. Ceux qui ont trop de dopamine prennent trop de risque et ceux qui en manquent sont « trop sages ». Mes amis neurobiologistes se moqueraient sûrement de cette explication qu'ils trou veraient simpliste. Elle n'est pourtant pas si fausse. La plupart de leurs modèles très compliqués aboutissent à cette conclusion. Une modification des gènes de la dopamine expose à une perte de contrôle vis-à-vis de l'alcool et de toutes les diverses drogues.

D'autres gènes protègent de la dépendance à l'alcool. Les plus connus contrôlent une enzyme du foie, l'aldéhyde déshydrogénase. Ceux qui ne peuvent métaboliser ou détruire l'alcool qu'ils ont bu ont tendance à en boire moins. Et pour cause ! Leur visage devient rouge et ils sont pris de bouffées de chaleur au moindre verre d'alcool. Cette intolérance à l'alcool, génétiquement transmise, se retrouve chez certains Chinois, certains Japonais et certains Coréens. Près de 50 % des Asiatiques éprouvent ainsi une réaction de flash quand ils boivent de l'alcool. Ils sont moins alcooliques que les autres. Ils ont hérité, sans le vouloir, d'un terrain biologique qui protège leur liberté. On ne devient dépendant que de ce qui, au prime abord, nous fait plaisir.

La transmission familiale ne se fait pas seulement par les gènes. L'exemple des parents nous modèle aussi à l'âge adulte. Nous répétons des comportements qui ont exercé leur empreinte sur nous. Regardons donc avec attention les dépendances de nos parents. Nous y sommes particulièrement exposés. Regardons aussi leurs angoisses, leurs obsessions, leur frénésie de dépenses ou leur besoin de réussite sociale. Il est fort possible qu'ils nous les aient transmis. Dans d'autres cas, nous nous construisons en opposition aux croyances et dépendances de nos parents. Nous croyons être libres. Nous sommes sûrs que tout nous sépare d'eux alors que nous ne dessinons que leur image en miroir.

Voilà donc un autre pas que l'on peut faire vers la liberté. Accepter que nous ne sommes pas maîtres de tout. Notre liberté n'est pas seulement une question d'effort, d'organisation et de volonté. Nous sommes aussi victimes de forces qui nous dépassent. Les études génétiques le confirment, le bon sens le rappelle. Nous avons beau adorer le principe d'égalité, nous ne sommes pas tous également exposés aux mêmes risques.

Les hommes et les femmes libres ont accepté ces limites. Ils ont renoncé aux raisonnements en tout ou rien. Ils savent que la liberté est le résultat de plusieurs facteurs, certains contrôlables, d'autres hors de notre volonté. Ils savent aussi que nous ne devons pas renoncer à agir sur notre vie au prétexte que certains aspects nous échappent.

4. Les expériences de ton enfance tu garderas

Notre personnalité et notre liberté se construisent à partir de nos premières expériences. Nous essayons souvent de les oublier pour nous faire croire que nous sommes de vrais adultes libres de notre passé. Et nous devenons dépendants de ce que nous n'avons pas accepté de reconnaître. Notre premier amour, notre premier verre de vin ou notre première cigarette sont pourtant déterminants dans l'expérience de la liberté ou de la dépendance. Les futurs drogués parlent de leur lune de miel avec une substance. Ils rencontrent un produit qui allège comme par miracle leurs angoisses et leur mal de vivre. Les effets des premiers verres de vin laissent présager un risque élevé de dépendance chez ceux qui le supportent bien ou y trouvent un plaisir particulièrement fort. Rappelez-vous aussi le jour où vous avez pour la première fois pris en main un ordinateur. Étiez-vous plutôt inquiet ou fasciné ? Aviez-vous envie de passer une nuit entière sur Internet ? Les futurs drogués du Net se souviennent de ce temps comme d'un coup de foudre.

Souvenez-vous aussi des passions de votre enfance. Vous nourrissiez-vous de livres, de films, de lettres d'amour ou de chocolat ? Étiez-vous un enfant plutôt rond ou un ascète, un solitaire ou un amoureux perpétuel, un travailleur ou un rêveur ? Il est fort possible que ces premières passions de l'enfance ne vous aient jamais quitté complètement. Il est aussi probable qu'elles se soient transformées en dépendance à l'âge adulte. Je rencontre souvent des dépensiers compulsifs qui me racontent leurs premières relations à l'argent. Ils n'étaient pas libres de s'acheter les vêtements ou les livres dont ils avaient envie. Ils tentent à l'âge adulte de faire un cadeau, à travers les années, à l'enfant malheureux qu'ils ont été. D'autres me disent que leurs parents ne leur exprimaient leur affection que par des cadeaux. Ils ont gardé le besoin, pour se sentir aimés, de se faire des cadeaux à eux-mêmes.

Nous avons souvent envie de refouler ces premières expériences surtout quand elles sont maladroites. Nous en avons honte car elles ne nous montrent pas vraiment à notre avantage. Elles révèlent cependant ce que sera notre personnalité et les situations qui mettront à mal notre liberté. Vous en doutez ? Prenez quelques instants pour repenser à votre enfance. Voyez ce que vous avez préservé d'elle. Il y a bien des objets inutiles dont vous ne pouvez vous séparer. Certains gardent un piano, des vêtements impossibles à porter. D'autres conservent la manie d'être tout le temps en avance ou en retard à leurs rendez-vous.

Et puis lisez ou relisez les premières pages d'*À la recherche du temps perdu* de Marcel Proust. Vous verrez comment les angoisses d'un enfant qui a peur d'être abandonné par sa mère annoncent une dépendance affective qui durera toute une vie. Le jeune garçon narrateur d'*À la recherche* attendait le baiser de sa mère. L'adulte qu'il deviendra attendra un signe d'amour de toutes celles dont il tombera amoureux. Quand il aime, il est jaloux, susceptible en souvenir de l'enfant qu'il a été. Quand il est seul, il souffre d'une nos talgie que rien ne console. Il pleure, fait des caprices et des colères. La liberté s'apprend tôt. C'est une habitude qui se prend ou finit par s'acquérir.

À l'âge adulte, seul un travail sur soi-même, sur ses angoisses inconscientes, aide à dépasser cette dépendance initiale, cette nostalgie de nos origines. La liberté ne s'obtient alors que de haute lutte. Il nous faut bien du temps et des efforts pour comprendre le poids de l'enfance sur nos actes d'adultes. Toute thérapie, si elle est raisonnable, replace le présent dans une histoire. Les psychologues comportementalistes parlent d'analyse fonctionnelle. Ils cherchent les expériences de l'enfance qui nous ont donné envie de jouer, de fumer ou de dépenser notre argent. La psychanalyse, elle aussi, progresse à rebours, des symptômes actuels vers leurs causes les plus anciennes et les plus inconscientes. Toutes les thérapies libèrent l'adulte en lui offrant de retrouver son passé et d'en reconstruire le souvenir qu'il en garde.

5. Aux drogues douces tu ne croiras pas

Il serait plaisant d'imaginer des drogues douces sans danger qui nous laisseraient libres et des drogues dures dont il faudrait se garder. C'est une belle idée mais qui est, hélas ! fausse. Elle relève d'une construction idéologique qui voudrait que l'on désigne comme dures ou douces les drogues qui font du mal ou du bien. En fait, il n'existe aucune drogue douce. Certaines drogues sont populaires, d'autres ont mauvaise presse. Certaines drogues sont en vente libre comme l'alcool ; d'autres sont interdites. Aucune d'entre elles n'est douce. Tout ce qui nous fait plaisir, nous détend ou nous exalte peut créer une habitude et une contrainte. Notre cerveau est stimulé et notre corps réclame une nouvelle dose d'alcool, d'opium ou de café. Le problème ne vient pas de ce que la drogue soit dure ou douce mais de la « dureté » de notre dépendance, de notre besoin de retrouver ce qui nous a fait plaisir une première fois.

Les producteurs de tabac ne s'y trompent pas. Ils connaissent les effets de la douceur sur la liberté. Ils offrent aux jeunes des cigarettes sucrées. Elles semblent anodines tant elles sont parfumées à la vanille. Elles ne font pas tousser et ressemblent à des bonbons. Ils savent qu'un jeune amateur deviendra un client pour la vie. Les alcooliers ont, eux, trouvé les premix. Ils vendent des mélanges d'alcool fort et de boisson gazeuse. Est-ce une drogue douce parce qu'elle est sucrée et présentée dans un emballage de soda ? Est-ce une drogue dure parce qu'elle donne l'habitude aux plus jeunes de boire régulièrement de l'alcool ? C'est en tout cas un vrai alcool qui peut faire l'objet d'une dépendance.

En 1998, le ministre de la Santé Bernard Kouchner a commandé à Bernard Roques un rapport sur la dangerosité des différentes drogues. Bernard Roques a rappelé une évidence qui a déclenché des colères. Il a montré que l'alcool était une drogue aussi « dure » par certains aspects que l'héroïne. Les défenseurs du cannabis se sont précipités sur ses arguments pour demander la liberté de consommation du haschich. Ils oubliaient allègrement les dégâts que peut causer le cannabis. Les producteurs de vin se sont, eux, indignés que l'on puisse comparer leur noble production à celle des trafiquants de cocaïne. Aucun n'a demandé que l'on dépiste et soigne mieux les hommes et les femmes dépendants. Notre société n'est pas prête à accepter l'universalité de la dépendance. Elle peine encore à reconnaître les signes de la perte de liberté en tant que vraie maladie. Elle est loin d'admettre qu'il n'y a pas de drogues dures ou douces et seulement de fortes ou de faibles dépendances. Celui qui tient à sa liberté doit pourtant l'admettre. Toute substance prise régulièrement peut faire l'objet d'une addiction.

COMPARAISON DE LA DANGEROSITÉ
DES DIFFÉRENTES DROGUES

	Héroïne	**Alcool**	**Tabac**	**Haschich**
Dépendance physique	Très forte	Très forte	Forte	Faible
Dépendance psychique	Très forte	Très forte	Très forte	Faible
Dangerosité sociale	Très forte	Forte	(Cancer)	Faible

(Adapté du rapport Roques, 1998.)

6. Au changement tu adhéreras

Paul Watzlawick, John H. Weakland et Richard Fisch sont des membres fondateurs de l'école de Palo Alto. Ces psychologues américains ont inventé, il y a près de trente ans, des psychothérapies fondées sur le changement et la liberté. Ils proposaient de changer le sens de nos angoisses pour nous en libérer. Ils racontent une histoire tyrolienne vantant les pouvoirs du changement. Nous sommes en 1334. La duchesse du Tyrol, Margareta Maultausch, encercle le château d'Hochosterwitz. Elle sait que la forteresse ne cédera qu'après un long siège. Le château est juché au sommet d'un rocher escarpé. La duchesse n'est pas pressée. Elle installe son armée autour du château. La situation des assiégés se dégrade. Il ne leur reste plus qu'un bœuf et deux sacs d'orge. Les troupes de la duchesse Margareta ne sont plus bien vaillantes non plus. Elles commencent à s'agiter. Le siège leur apparaît interminable. C'est à ce moment que le commandant de la forteresse assiégée décide d'une action désespérée. Il passe pour un fou auprès de ses hommes. Il fait abattre son dernier bœuf. Il le remplit des deux derniers sacs d'orge et jette le tout au-dessus des murailles, devant ses ennemis. Ce changement brutal, ce coup de bluff, a débloqué la situation. La duchesse a levé le siège et est partie. Il suffit de changer le sens d'une situation pour révéler une issue à laquelle notre raisonnement logique, mais rigide, nous empêchait de penser. Il suffit aussi de changer le sens de sa relation à l'amour, au travail ou à l'argent pour établir une relation plus libre.

Les dépendants, même quand ils vont mal, n'osent pas changer leurs habitudes. Ils préfèrent leurs contraintes actuelles au saut dans l'inconnu. Ils persistent dans les situations qui les rendent malheureux. Ils ne s'autorisent pas à modifier leurs croyances. Il suffit pourtant parfois d'un tout petit changement pour avancer vers la liberté. Les meilleures décisions comme les pires partent de détails. Les marins le savent bien. Combien de grands capitaines ont coulé leur bateau pour n'avoir pas calculé la hauteur des vagues quand ils entraient au port ? Les grandes libérations viennent aussi de petits changements de croyances ou de comportement.

La manière dont on décide de changer est maintenant bien connue. Cette envie de transformation peut être déclenchée par quelques techniques simples. Imaginons que vous fumiez tous les jours et que vous ne puissiez vous libérer de votre envie de cigarette. Vous avancez en trois petites étapes. Vous commencez par faire une liste de ce que vous allez gagner en changeant et vous notez en face tout ce que vous risquez à ne pas changer. La colonne des arguments en faveur du changement est souvent la plus fournie. Elle vous incite à persévérer.

Le deuxième temps du changement consiste à intégrer l'idée que l'on pourrait modifier nos habitudes, notre relation au tabac, nos croyances ou nos opinions. Ne vous pressez pas. Laissez l'idée du changement envahir votre esprit sans rien changer dans la réalité.

Le dernier temps est celui de l'action. Vous vous préparez suffisamment longtemps et vous vous jetez à l'eau. Vous fixez à l'avance le jour de votre changement et vous vous y tenez. Au jour dit, vous changez votre relation au travail, à l'amour ou à vos enfants. Vous accomplissez ce changement selon un plan précis que vous avez eu tout le temps de mettre au point.

Ceux qui n'arrivent pas à changer sont ceux qui ne respectent pas ces étapes. Ils attendent longtemps une révolution personnelle alors que le changement authentique ne vient que de mouvements à peine perceptibles, de discrètes victoires sur soi-même longuement préparées. La libération psychologique n'est pas l'attente d'un grand soir qui résoudra tous les problèmes. Elle s'installe à partir de gestes en apparence anodins dont on change le sens. Quel bœuf êtes-vous prêt à lancer symboliquement au-dessus de vos assaillants ?

7. De petites libérations tu te contenteras

Imaginez, si vous êtes fumeur, toute une vie sans cigarettes. C'est une perspective insupportable. L'idée vous révulse tellement que vous préférez continuer à vous intoxiquer. La tâche devient plus facile si vous revoyez vos objectifs à la baisse. On se libère en décidant de mettre de côté pour une heure ou un jour une habitude qui nous gêne. C'est un début, un premier pas qui sera suivi de nombreux autres. Nous rem plaçons une tâche impossible – prendre un engagement pour toute une vie – par un combat qui est plus à notre portée. Ces petites libérations ont bien des effets positifs. Elles restaurent notre confiance en nous. Elles musclent l'estime que nous avons de nous-mêmes. Les Alcooliques Anonymes fondent leur méthode sur une suite de petites libérations. Ils proposent aux dépendants un contrat de vingt-quatre heures renouvelable autant de fois qu'ils le peuvent ou le veulent. Ils découpent le temps du sevrage en une suite de petites étapes. Celui qui a tenu trois jours de sevrage se félicite d'avoir remporté trois victoires de suite sur lui-même.

L'histoire de la vague illustre une autre mini-victoire sur soi-même. Pensez au désir que vous contrôlez le moins. Imaginez que vous soyez pris d'une envie de jouer de l'argent ou d'appeler plusieurs fois de suite votre amoureux dans un moment où vous ne pouvez le joindre. Vous savez qu'il ne faut pas le faire, mais vous avez du mal à y résister. Votre liberté est mise à mal par votre envie incontrôlable. Le désir tourne à l'obsession. Vous y pensez en permanence et vous avez l'impression que ce malaise ne s'arrêtera jamais. Les psychologues de la liberté vous proposent de penser à une vague pour comprendre votre dépendance. Votre envie d'alcool, de jeu ou de dépenses ressemble à une vague. Elle va monter, enfler jusqu'à atteindre un maximum. En tout, elle peut durer une heure ou deux. Si vous n'y cédez pas, le désir retombera tout seul, comme une vague. Vous ne serez pas définitivement libéré de vos obsessions si vous y résistez une heure. Mais vous ferez quand même l'expérience de vos capacités de ténacité. Vous pourrez de nouveau y résister si vous y êtes déjà arrivé une fois.

Le psychiatre suisse Claude Uehlinger décrit cette expérience comme une technique de temporisation. Il vous invite à vous imaginer en train de surfer sur vos vagues d'envie. Vous surfez jusqu'à ce que l'envie cesse. Si la temporisation ne suffit pas, vous pouvez y ajouter la distraction : vous essayez de penser à quelque chose qui n'est pas lié à votre dépendance afin de mettre fin aux idées qui s'y rapportent. Par exemple, essayez d'imaginer des moments plaisants, vos prochaines vacances, des loisirs, des proches auxquels vous tenez. Toutes ces « petites » techniques de libération ont trop longtemps été méprisées. Leur utilité est aujourd'hui reconnue. Nous verrons en détail comment elles s'appliquent à la plupart des dépendances.

8. Des faux libérateurs tu t'écarteras

Les gourous parlent de liberté mais ne prospèrent que sur l'asservissement des esprits. Ils font mine de nous donner des clés alors qu'ils veulent nous faire perdre notre libre arbitre. Ils imposent leur régime, leur méthode de bien-être, leur vision du monde. Nous ne sommes pas sûrs de ce que nous gagnons mais nous sommes sûrs d'y perdre de l'argent et de la spontanéité. Leur promesse de liberté est un marché de dupe. Certains nous menacent des maladies que nous pourrions contracter si nous ne les suivons pas. C'est le syndrome du Knock moderne. Ils inventent de nouvelles maladies qu'ils sont seuls à prétendre soigner. Et comme Knock, ils nous offrent quelques consultations gratuites au début pour nous faire tomber sous leur coupe. D'autres font de la publicité mensongère. Ils promettent de renforcer nos capacités de défense physique ou psychique avec des mou vements de relaxation ou des régimes. Leurs pratiques mystiques ou faussement médicales prônent la libération par disparition de l'individu. Ils veulent vous fondre dans une masse de fidèles réunis par la même ferveur. Chacun est, en fait, piégé dans la même aliénation. Leurs exercices de méditation font décoller de soi-même sans libérer vraiment. Nous ne percevons plus notre corps, ni même parfois, notre esprit. Mais nous ne guérissons pas de nos dépendances.

Le système médiatique menace de manière plus insidieuse notre liberté. Il nous présente chaque jour une nouvelle maladie, une nouvelle catastrophe dont il nous avertit et dont il voudrait nous soigner. Nous sommes obligés de suivre les nouvelles pour savoir comment échapper à la dépression de l'hiver, à l'angoisse de la rentrée, à la folie des soldes et au fléau d'Internet. Une médecine médiatique angoissante nous fait croire que nous sommes malades sans le savoir pour nous garder captifs de ses publications.

Les modèles économiques ne parlent que de liberté mais leur liberté est collective. Ils diluent eux aussi l'individu dans un groupe auquel ils promettent un avenir meilleur. Le marxisme offre, par exemple, la libération d'une classe sociale asservie par le capital. Il ne libère pas chaque individu mais construit un projet pour toute la classe ouvrière. Oserais-je dire que parfois... ou même souvent, ces libérateurs collectifs balaient sur leur passage bien des libertés individuelles ? Ils sont prêts à foudroyer toutes les fortes têtes qui ne se reconnaissent pas dans leur projet de bonheur imposé.

Le libéralisme promet, lui aussi, une libération collective. Même quand ils mettent en avant l'individu, les penseurs du libéralisme commencent par libérer les circuits financiers avant de penser à nous en tant que personnes « vraies ». Ils espèrent que la libre entreprise nous rendra plus riches, plus heureux et si possible plus libres. Cette libération éco nomique ne va pas sans bien des dépendances nouvelles. Je rencontre de plus en plus souvent des hommes ou des femmes ayant à la fois réussi leur vie professionnelle, gagné beaucoup d'argent, et perdu leur liberté. Ils sont dépendants du travail et de leur ambition. La liberté se conquiert avec l'aide des autres mais la démarche de libération reste individuelle.

Je reçois en consultation une jeune femme élégante dont la dépendance progresse en même temps que le salaire. Elle veut être « toujours au top » dans son métier d'ingénieur. Il lui est arrivé d'user et d'abuser de la cocaïne et des amphétamines pour travailler plus longtemps sans fatigue. Elle se dope aussi à l'alcool qui l'aide à rester spirituelle pendant les déjeuners d'affaires qui lui font peur ou l'ennuient. Dans sa vie amoureuse, elle cherche encore la productivité maximale. Elle investit des hommes qui la flattent mais qu'elle n'arrive pas à garder bien longtemps. Elle utilise Internet à haute dose pour en rencontrer encore plus et le plus vite possible. Le *speed dating* la rassure. Elle repart d'une soirée avec une longue liste de numéros de téléphone. Elle sait qu'elle peut encore séduire.

9. De grandes passions tu garderas

La liberté n'est pas l'ascétisme. La maîtrise permanente ne conduit pas à la sagesse mais à l'ennui et à la routine. On peut être dépendant de l'ordre comme on l'était du désordre et de l'ivresse. L'homme libre n'est pas celui qui a fait dis paraître toutes ses folies mais celui qui choisit sa liberté et ses passions. Il peut continuer, en toute lucidité, à s'adonner à un sport qui lui plaît, à un jeu qui le distrait ou à une croyance magique qui le rassure. Il est libre parce qu'il connaît ses limites et ses goûts. Il sait d'où ils viennent et le sens qu'ils ont pour lui. Il a choisi ce qu'il gardait et ce dont il voulait ou devait se séparer. Il distingue les drogues qui mettent sa santé en danger des passions qui donnent un sens à sa vie. Il applique les règles sanitaires sur l'alcool et le tabac mais il garde ses marottes et coups de folie.

Je rencontre souvent des hommes ou des femmes qui se trouvent à tort trop dépensiers. Ils me demandent de se désintoxiquer de leur goût des parfums ou des vêtements de luxe. J'essaie de les convaincre qu'ils vont bien et qu'ils n'ont pas besoin de changer. Ils ne souffrent pas de maladie dont ils doivent se libérer. Je leur pose toujours les trois mêmes questions pour savoir s'ils sont libres face à l'argent : utilisez-vous ce que vous achetez même en dépensant trop ? Vos achats vous font-ils plaisir ou vous rendent-ils tristes ? Mettez-vous vraiment en péril les finances de votre famille ou votre propre budget ? S'ils se font plaisir sans se ruiner, je leur propose d'accepter leur caractère dépensier comme un trait de leur personnalité. C'est une inclination qu'ils doivent conserver. Rien ne sert d'essayer de changer les traits normaux de sa personnalité.

Le philosophe de la raison Emmanuel Kant nous apprend la différence entre la passion normale, qu'il appelle émotion, et la dépendance. La dépendance balaie tout sur son passage. Il faut apprendre à y résister. La passion nous fait progresser et voyager. Elle est un parfum indispensable à notre vie.

CATALOGUE DE PASSIONS ÉTRANGES QUE L'ON PEUT GARDER TOUTE SA VIE... EN RESTANT LIBRE

Parmi les passions les plus « normales » figurent les collections. Certains ne se limitent pas aux plus classiques comme les timbres, les cartes postales ou les soldats de plomb. En voici quelques autres auxquelles vous n'aviez peut-être pas pensé.

– La clavissophilie est le fait de collectionner les clés. Les amateurs les préfèrent anciennes et forgées à la main. La signification sexuelle de leur collection leur échappe souvent.

– Le lépidoptérophile collectionne les papillons. Certains médecins courent après les papillons dans la cour de leur hôpital.

– La magopinaciophilie est la collection de publicités vantant les services de marabouts.

– La neigenboulopholie fait collectionner les sulfures contenant de la neige artificielle en suspension.

– L'ovokindersurprisophilie est une passion souvent venue de l'enfance. Elle conduit à collectionner les surprises d'œufs Kinder. Ses effets indirects sur le foie ne sont pas encore bien connus.

– Un schoinopenxatophile collectionne les cordes de pendus censées lui porter bonheur.

– La scripophilie consiste à collectionner les anciens titres boursiers. Le passionné collectionne aussi tout document en rapport avec les actions, obligations, emprunts, coupons.

– Un stickophile est un collectionneur d'autocollants.

– Le tégestophile collectionne ce qui est en rapport avec la bière et en particulier les sous-bocks, les capsules, les bouteilles, etc. Certains se spécialisent dans les tee-shirts, les casquettes, les publicités.

– La tyrosémiophilie est le nom donné à la collection des étiquettes de boîtes de fromage. Les microtyrosémiophiles se spécialisent dans les petites étiquettes collées sur les portions de fromage.

– L'agalmatophile éprouve de l'attirance envers les statues. On appelle aussi cette passion le pygmalionisme en souvenir du mythe grec de Pygmalion, un sculpteur tombé amoureux d'une de ses statues, Galatée.

---

10. Ta forme de liberté tu choisiras

Il n'y a pas, nous l'avons compris, de modèle unique de liberté. Ma liberté n'est pas celle de mon voisin ni celle de mes amis. Nous n'écoutons pas les mêmes musiques et ne partageons pas la même vision du monde. Nous ne sommes pas non plus, par notre histoire et nos chromosomes, tous exposés aux mêmes dépendances.

Rappelez-vous votre adolescence. Votre cerveau bouillait en permanence. Vous ne supportiez aucun frein à vos désirs ou vos plaisirs. Vous alliez tout le temps jusqu'au bout, au bout de la nuit, au bout de l'ivresse, au bout de la bouteille. Vous parliez avec l'objet de votre amour jusqu'à l'aube. Vous usiez les idées, les hommes et les femmes et parfois la patience de votre entourage. Vous auriez bien ri de celui qui aurait laissé croire que la liberté s'exprime dans la possibilité de se contrôler ou de se modérer. Et pourtant vous n'étiez pas dépendant. Vous étiez libre et adolescent.

Il y a peut-être plusieurs âges de liberté et de contrôle. Il y a la liberté de l'adolescence qui tutoie le danger, qui joue avec les limites. Celle de l'âge adulte n'est pas la même. Un adulte libre a gardé ses passions, ses envies folles. Mais avec le temps, il les connaît, il sait qu'il ne peut suivre tous ses désirs sans mettre en danger sa santé, ses amours ou sa vie professionnelle. Il n'a renoncé à aucun engouement, mais il a appris à négocier, transiger et patienter un peu. Il connaît les alcools qui lui font perdre la tête et ceux qu'il peut boire sans se rendre malade. Le roi Salomon l'a dit dans l'Ecclésiaste, son livre qui reste un guide de vie et une source de sagesse. Il y a un temps pour tout, un temps pour construire et un temps pour détruire. Exercer sa liberté revient à ne pas se tromper de temps. Les adolescents trop sages et les adultes qui jouent les adolescents passent pour des raisons différentes pareillement à côté de leur liberté.

J'espère que les « commandements » précédents vous en auront bien convaincu. Choisir sa propre liberté revient à réussir un compromis entre l'adhésion à une norme commune et la défense de son individualisme. L'équilibre est difficile à trouver. L'âpreté de la tâche lui donne encore plus de charme. Nous appliquons les conseils de santé publique sur l'alcool et le tabac ; et dans le même temps, nous résistons à ceux qui veulent nous enlever toutes nos révoltes, nos folies et nos goûts même les plus étranges. La liberté ainsi trouvée n'est pas un nirvana, un état d'extase dans la sérénité parfaite, dépourvu de sensations. Elle est le résultat d'une suite de petites victoires sur nous-mêmes et de révoltes contre les principes de précaution et de sécurité contemporains. Elle se trouve derrière des portes que nous n'avions même pas pensé à ouvrir.

UN CLASSEMENT DES PASSIONNÉS SELON THÉODULE RIBOT

Une seule ou plusieurs passions ?
Chez les hommes ou les femmes d'une seule passion, la tendance s'affirme de bonne heure. Un exemple est l'amour de la puissance chez Napoléon. On trouve aussi les grands mystiques nourris de sentiment religieux.
Les hommes ou les femmes de plusieurs passions,

simultanées ou successives, ont une nature plus complexe. Leur sensibilité extrême vibre à tout événement. Ils passent de l'amour à la musique et de la littérature à l'alcool.
Les passionnés qui vont bien
Les sentimentaux : ils vivent dans le domaine de la rêverie et de l'amour.
Les émotifs : ils mènent une carrière dans les arts ou la politique. Ils écrivent des symphonies romantiques, découvrent des continents, portent des causes désespérées ou, dans les cas extrêmes, se font élire à l'Assemblée nationale…

À quelles expériences de liberté êtes-vous prêt ?

> Tu me dis, j'oublie. Tu m'enseignes, je me souviens. Tu m'impliques, j'apprends.
>
> Benjamin FRANKLIN.

Les lecteurs de Philippe Delerm l'adorent. Ils suivent ses histoires de première gorgée de bière et de sieste assassinée. Ils y trouvent un plaisir que peu d'autres textes leur apportent. D'où viennent ce plaisir et cette complicité ? Il ne m'appartient pas de juger des qualités littéraires de Philippe Delerm, encore que ses textes me plaisent plutôt bien. En revanche, j'admire son sens de la psychothérapie. Philippe Delerm, en effet, est un thérapeute qui s'ignore. Il applique les principes d'une thérapie moderne dite de « recentrage de l'esprit ». Il vous propose de retrouver des moments, des goûts, des sensations que vous avez tendance à oublier en passant trop rapidement sur eux. Il vous convie à des expériences quotidiennes de promenade ou dc dégustation de pâtisserie. Les thérapeutes de la liberté font de même. Je propose moi aussi à mes patients des exercices de libération à partir d'expériences quotidiennes.

Quand un homme, ou une femme, veut savoir s'il est ou non dépendant de la cigarette, je lui prescris ainsi un

« test d'arrêt du tabac ». Il essaie de s'en passer pendant une journée et il observe les effets de l'interruption. Il note ses pensées et ses sensations physiques. Le test lui montre à quel point il a ou non perdu sa liberté. S'il est très dépendant, le manque est très fort. S'il s'en passe facilement, il a gardé une certaine liberté.

Cette expérience de l'arrêt peut se généraliser bien au-delà du tabac. Nous allons essayer de l'appliquer aux autres domaines dans lesquels notre liberté est menacée. Lisez la description des situations qui suivent comme des défis, des tests ou des paris. Seriez-vous capable d'essayer de les relever ? Si vous êtes prêt à affronter toutes les situations qui suivent, vous êtes presque parfaitement libres. Vous avez eu la chance d'échapper à la plupart des dépendances modernes. À moins que vous n'ayez pas été complètement honnête avec vous-même. N'oubliez pas la puissance du déni !

Les expériences que vous refusez et celles qui vous font peur vous paraissent absurdes ou impossibles, identifient des domaines dans lesquels vous êtes moins libre. Préparez-vous à tester votre liberté en commençant par l'alcool, notre premier toxique national…

Commencer un verre et ne pas le finir ?

Vous débouchez votre bouteille préférée. Vous vous installez tranquillement dans un vieux fauteuil familier ou sur une terrasse. Vous vous y voyez déjà. Non ? Essayez encore. Vous avez devant vous un verre de bière, de vin ou d'alcool fort. Vous commencez à le boire et, au milieu du verre, vous vous arrêtez. Vous vous imposez une interruption de plaisir. En êtes-vous capable ? Y arrivez-vous facilement ? Quel effort cela vous coûte-t-il ? Vous avez peut-être lu ce livre sur la première gorgée de bière et son goût particulier. Là, nous allons un peu plus loin. Nous dépassons la gorgée. Le premier demi-verre que vous avez bu vous a-t-il donné une envie incontrôlable de continuer ? En posant cette question, nous sommes en train de mesurer notre degré de liberté vis-à-vis de l'alcool. Celui qui est dépendant ne peut s'arrêter. L'alcool qu'il commence à boire lui fait perdre le contrôle de son comportement. Les vrais fumeurs ne savent pas non plus fumer un peu. Ils ne jetteraient pas une cigarette avant de l'avoir finie. Les drogués de l'exercice ne s'arrêtent pas avant d'avoir touché les limites de leurs capacités physiques.

D'où vient cette perte de contrôle qui nous fait perdre notre liberté ? Moins d'un manque de volonté que d'un orage qui se lève dans notre cerveau. Chez ceux qui sont dépendants, l'alcool agit *trop fort* sur le cerveau. La moindre goutte de vin stimule les zones du cerveau qui contrôlent le plaisir. Elle fait aussi monter les taux des endorphines. Nous possédons dans notre cerveau une drogue naturelle qui ressemble à l'héroïne. L'alcool la fait sortir des neurones ou la rend plus active chez ceux qui sont le plus dépendants. Perdre sa liberté revient donc à subir, pour chaque drogue ou comportement qui nous procure du plaisir, une sorte d'overdose interne d'opium autoproduit. Dire que certains pro posent aux dépendants de se soigner seuls et d'apprendre à se contrôler ! C'est bien mal comprendre ce qui se passe dans leur cerveau et leur esprit. Vous reprenez votre verre et vous le regardez différemment. Le rapport de force est en train de changer. Vous savez que cette boisson n'est pas un simple produit du terroir. Elle possède une puissance cachée. Elle emprisonne ceux qui y sont le plus sensibles. Il suffit parfois de le savoir pour rester libre.

Regarder à la télévision un film où l'on boit de l'alcool et ne pas se servir un verre ?

Les psychologues américains utilisent les vieux épisodes de *Dallas* pour tester la liberté face à l'alcool. Les anciens dépendants résistent mal à l'exemple de J. R, buvant du whisky. Ils ont envie de faire comme lui. Volontairement ou non, nous voulons agir comme nos acteurs préférés, nos parents ou nos amis. Nous nous conformons à l'activité et l'image de ceux qui sont autour de nous. Nous portons les mêmes vêtements, nous écoutons les mêmes musiques et voyons les mêmes films. Chez les adolescents, ce besoin d'imitation est encore plus fort. Ils font d'un acteur ou d'un chanteur un personnage culte. Ils se mettent tous au même moment à ressembler à David Beckham, Johnny Cash ou Madonna. Un psychologue français du XIXe siècle, Gabriel Tarde, avait décrit la fonction d'imitation comme cause des passions et des modes. Le choix des drogues n'est pas personnel non plus. Il dépend de notre besoin d'imiter nos voisins plus ou moins éloignés. C'est ainsi que les jeunes Européens imitent les États-Unis en buvant de la bière et des alcools forts en fin de semaine. Dans le même temps, les Anglais et les Américains tentent d'imiter les Européens en goûtant du vin rouge.

Je connais aussi des boulimiques saisonniers par imitation. Ils sont hypersensibles aux publicités. Ils craquent en fin d'année devant les photos de marrons glacés et se mettent au régime l'été quand on leur présente des images de femmes en maillot sur une plage. Ils veulent imiter le gourmand de l'hiver et la nageuse de l'été. Et que dire du danger pour les boulimiques du passage devant leur pâtisserie préférée ? Ils ressentent immédiatement une sensation de faim même s'ils viennent de sortir de table. Ils ont envie d'imiter ceux qui sont dans le magasin et se régalent.

Boire votre café sans fumer une cigarette ?

Vous avez fini par vous décider. La hausse du prix du tabac vous a convaincu. À moins que ce ne soient les nouvelles règles antitabac dans votre entreprise. Vous ne supportiez plus les reproches de vos amis et les conseils de votre famille. Vous êtes passé à l'acte. Vous avez arrêté de fumer. Vous avez été aidé par l'une des méthodes de sevrage maintenant très au point. Vous ne fumez plus. Vous tenez bon depuis un mois ou un an, mais vous ressentez encore des bouffées de nostalgie, des envies de reprendre une cigarette. Certains moments ou certaines situations vous tentent plus que d'autres. Le café à la fin du repas est devenu un supplice. Il n'a plus le même goût sans cigare ou cigarette. Parfois, c'est une personne fumant à côté de vous qui réveille votre désir de tabac. Vous ressentez une envie folle de fumer et vous retrouvez un syndrome de manque aussi désagréable qu'aux premiers jours du sevrage. Vous vous apercevez que le monde est partagé entre les fumeurs, actuels et anciens, et les non-fumeurs. Ces deux peuples ne se comprennent pas. Les non-fumeurs ne prennent pas au sérieux le combat permanent de ceux qui, anciens fumeurs, ont décidé d'arrêter. Ces accès de regret nous disent que l'on peut être vraiment sevré sans être complètement guéri.

Les dépendants de l'alcool, même abstinents depuis

longtemps, me racontent eux aussi leurs « sevrages conditionnés ». Ils entrent dans un bar qu'ils connaissaient bien. Ils avaient l'habitude d'y boire un verre ou deux à l'heure du déjeuner ou le soir. En retrouvant leur bar, ils retrouvent leur envie d'alcool. Ils ne supportent pas de commander seulement un verre dà celui qui leur servait une bière ou un apéritif. Les anciens dépendants peuvent se mettre à trembler ou ressentir de véritables angoisses de manque quand ils sont entourés d'hommes et de femmes qui boivent.

Les bonnes résolutions peuvent céder quand l'environnement nous rappelle une dépendance ancienne. Nous sommes dans la situation de l'ancien amoureux qui retrouve une vieille photo et éprouve un retour de flamme pour une femme qu'il croyait avoir oubliée. Les objets et l'environnement conditionnent notre désir. Certains endroits aiguisent le besoin d'alcool alors que d'autres l'apaisent. Notre amour dépend aussi des saisons, de l'environnement et des moments de la journée. Nous supportons l'absence d'un être aimé jusqu'à ce qu'une situation ou un détail banal nous rappelle brutalement son absence. Marcel Proust a ainsi écrit sur le deuil « en situation ». Nous acceptons en théorie l'absence mais nous ne supportons pas de renoncer aux moments que nous avions l'habitude de partager avec la personne aimée.

Comment comprendre ces sevrages déclenchés par des circonstances extérieures et par l'environnement ? Ils s'expliquent par le conditionnement. La première expérience de conditionnement nous vient de Russie. Le célèbre psychologue Ivan Pavlov avait dressé un chien. Il le nourrissait chaque jour à une heure fixe. Avant l'arrivée du repas, Pavlov faisait tinter une clochette. En quelques jours, le chien a été conditionné. Il se préparait à manger quand il entendait la clochette.

Il avait faim et son organisme sécrétait de l'insuline au rythme de la clochette. Les désirs conditionnés des anciens dépendants ressemblent à ces réflexes pavloviens. Un alcoolique qui avait l'habitude de boire à chaque fois qu'il quittait son travail perçoit l'heure où il sort du bureau comme une clochette personnelle qui déclenche son envie de boire. Elle réveille un réflexe qui a été conditionné pendant de longues années. Même quand il a réussi à se sevrer, le réflexe ne disparaît pas. Il indique un moment où le risque de rechute est particulièrement fort.

La liberté impose d'accepter ces bouffées de regret, de nostalgie et ces risques de rechute conditionnés par l'environnement. Nous pouvons résister par la connaissance de nous-mêmes. Essayons de connaître le mode d'emploi de nos désirs et de savoir dans quelles saisons et dans quelles situations nous avons le plus besoin d'alcool, de tabac ou de sucreries.

Nous pouvons faire un pas de plus vers la liberté en affrontant les situations que nous avons repérées comme les plus risquées. Je retrouve le café que j'avais l'habitude de prendre avec une cigarette. Je me concentre sur son goût. Je fixe mon esprit sur l'instant présent. Je tente de mettre à distance l'idée de la cigarette qui y était associée. Je ralentis le temps et m'attarde sur cette expérience. J'en éprouve tous les effets sur mon esprit et dans mon corps. Je finis par retrouver du goût à mon café même sans cigarette. La liberté, une fois encore, se nourrit de la conscience de ses limites.

Il faut apprendre à reconnaître les autres éléments qui nous donnent envie de boire ou de céder à toute autre dépendance. Les psychologues spécialisés en établissent des listes. On peut trouver, par exemple :

– la vue d'autres personnes en train de boire ou de fumer ;

– les situations associées habituellement à une consommation d'alcool ou de drogue (soirée, fête, bistrot, fin de semaine, fin de journée) ;

– les émotions désagréables (tristesse, lassitude, stress) ;

– les émotions positives (excitation, euphorie, joie, sen sation de réussite ou d'accomplissement) ;

– les états physiques particuliers (fatigue, détente, maladie physique, fièvre).

Quand vous commencerez à apprécier votre café sans cigarette, essayez une autre expérience. Regardez longuement votre voisin de table qui fume. Changez le sens de cette situation. Vous ne la vivez plus avec regret ou avec peur. Vous vous concentrez sur toutes les différences qu'il y a entre son statut de fumeur et votre situation d'ancien fumeur. Vous trouverez tous les avantages que vous procure l'arrêt du tabac. Peut-être serez-vous bientôt heureux de rencontrer des fumeurs pour vous rappeler de quelle dépendance vous avez réussi à sortir. Vous êtes passé de la nostalgie de l'imitation au plaisir de la différence.

Vivre une semaine d'amour libre ?

Votre compagnon ou votre compagne part en voyage. Il ou elle s'absente pour des vacances ou pour travailler. C'est le moment de savoir si votre relation est fondée sur la liberté ou la dépendance. Idéalement, vous n'imaginez pas le pire : vous ne craignez pas qu'il ou elle vous abandonne ou vous oublie, vous êtes sûr(e) de la relation que vous avez établie avec lui ou elle, vous n'avez pas besoin de recevoir plusieurs fois par jour des confirmations de son affection au besoin par SMS, messages sur votre portable ou Internet.

Notre liberté relationnelle est menacée par notre besoin de précaution qui pousse à contrôler le fait que l'on nous aime assez. Nos liens sont de moins en moins rassurants : le nombre de divorces est toujours en augmentation. Dans le même temps nous disposons de technologies qui nous font communiquer plus vite et plus souvent. Nous nous appelons et nous tchattons sans nous parler vraiment. Nous nous localisons avec des téléphones portables ou des webcams sans nous écouter. L'important est d'être connecté. Nous vivons un lien sans affection ni échange, qui nous tient côte à côte plus qu'il ne nous rapproche vraiment.

Quelques jours sans nouvelles aident à libérer la relation amoureuse de ses contraintes. À celui qui redoute la solitude et transforme sa passion en contrôle permanent, l'expérience d'une brève séparation est salutaire. Elle rend à l'amour l'énergie que la recherche de fusion lui enlevait peu à peu. Elle s'oppose à la pensée absolutiste qui nourrit toutes les relations fondées sur la dépendance. Le dépendant relationnel pense en tout ou rien : « Je suis parfaitement aimé ou complètement abandonné. » Il gagne à apprendre qu'une séparation n'est pas toujours définitive. On peut s'absenter de l'autre, prendre un bref congé sans se séparer complètement. On peut s'oublier quelques jours et se retrouver avec plaisir. Le ou la dépendant(e) de l'amour peut mettre à profit les temps de solitude pour faire des expériences de liberté relationnelle. Il ou elle apprend à ne plus tester sa compagne ou son compagnon, à ne plus l'éprouver pour voir à quel point celle-ci ou celui-ci l'aime. Il ou elle ne lui demande plus de deviner ses désirs secrets, mais s'efforce plutôt d'exprimer clairement ce dont il ou elle a envie. L'amour libre ne consiste pas seulement comme on voudrait nous le faire croire à multiplier les expériences sexuelles inédites. Il repose plutôt sur notre capacité à supporter quelque temps de solitude et à laisser libre celui ou celle que nous aimons.

Oublier volontairement votre portable avant de partir travailler ?

Il vous est déjà arrivé, j'en suis sûr, d'être privé de votre portable. Comme tout le monde, vous l'avez oublié. Ou alors vous l'avez perdu. Peut-être est-il tombé dans l'eau ou vous l'a-t-on volé. Et que dire des jours encore plus fréquents où sa batterie se décharge au milieu d'une conversation importante ? Vous avez certainement ressenti un manque dans ces moments-là. Vous aviez l'impression qu'il vous manquait une partie importante de vous-même. L'expérience que je vous propose ici est différente. Un matin, vous regardez bien votre portable. Vous vérifiez qu'il est chargé. Vous le rangez dans un tiroir et vous partez travailler. Observez la manière dont va se passer votre journée. Combien de fois allez-vous y penser ? Qu'allez-vous imaginer si vous êtes privé de nouvelles ?

Cette petite expérience vous sera certainement utile. Elle vous montrera la place qu'a prise dans votre vie cet outil dont vous vous passiez il y a quelques années. Vous le regardez bien trop souvent pour constater si vous avez ou non un message. Et surtout, le portable a changé votre relation aux autres. Vous êtes devenu plus exigeant. Vous ne supportez plus de les chercher, de les attendre, de ne pas les localiser aussi vite que vous en avez envie. Il est temps de rendre au portable sa fonction de téléphone et de ne plus en faire un compagnon de chaque instant. Aimez-le un peu moins. Il n'est pas votre seul mode de communication. Pourquoi ne pas lui opposer des concurrents ? Retrouvez le plaisir d'une lettre écrite à la main. Ne laissez plus votre téléphone interrompre une vraie conversation avec un ami ou un collègue. Ne l'autorisez plus à s'inviter à vos dîners. Rappelez-vous l'écrivain qui ne décrochait pas son téléphone en disant : « Je ne réponds pas quand on me sonne. »

Le téléphone portable nous impose une soumission permanente au désir de celui qui nous appelle. Celui-ci se fâche de ne pouvoir nous joindre à tout moment et s'inquiète si nous ne rappelons pas assez vite. Le téléphone portable est ainsi un motif de crises et de disputes. L'un se plaint d'être harcelé par des appels trop longs ou trop fréquents ; l'autre se demande pourquoi l'on n'a pas répondu à ses huit appels en absence. Comment apprendre aujourd'hui à une personne amoureuse la liberté d'éteindre son téléphone portable ? Comment la convaincre des dangers d'un lien permanent qui interdit l'expérience du manque, de l'absence et le plaisir des retrouvailles ?

Certains utilisent aussi le portable pour communiquer avec l'actualité. Ils ne sont ainsi jamais en manque de nouvelles angoissantes. Un SMS par demi-heure leur dit où a eu lieu la dernière catastrophe aérienne. Leur portable vibre à la moindre annonce de tremblement de terre à l'autre bout du monde. Ils jouent au journaliste amateur, prenant, toujours avec leur portable, des photos dont ils espèrent qu'elles seront des scoops. La libération à accomplir est ici d'un genre différent. Ils doivent supporter de distendre le lien qui les relie aux nouvelles du monde entier.

Accepter le poids du hasard dans les jeux d'argent ?

Nous avons vraiment envie de jouer de l'argent seulement si nous croyons que ce n'est pas en pure perte. Quel intérêt y aurait-il sinon à apporter son argent dans des jeux lourdement taxés et plus souvent perdants que gagnants ? Nous ne jouons pas si nous regardons les probabilités de gagner. Nous jouons si nous pensons avoir un don particulier ou si nous croyons depuis plusieurs années au pouvoir d'une même suite de chiffres. Les moins libres face au jeu sont ainsi ceux qui nient la puissance du hasard. Les joueurs, les vrais, les plus mordus, pensent détenir des martingales pour prédire les numéros du Loto ou les chevaux gagnants du tiercé. Ils calculent des statistiques impossibles et croient à la loi des séries. Ils ont confiance en leur bonne main et surveillent les périodes de veine qui alternent avec les semaines de poisse. Ils ne voudraient pas passer à côté d'une bonne main sans en profiter. Même quand le jeu les ruine, même s'ils conviennent des dégâts qu'a produits la fréquentation des casinos, ils ne remettent pas leur don en question. Leur parcours nous apprend qu'il est dangereux de croire trop fort en sa bonne étoile. Cette foi noue entre le joueur et sa passion une relation de dépendance qu'aucune perte d'argent ne pourra desserrer. J'ai rencontré, il y a peu, un joueur de casino. Il a perdu tous ses biens sur le tapis vert. Il ne remet pas en cause son flair et ses martingales. « Mon système de jeu est le bon, me dit-il. Il est vraiment infaillible. Le seul problème, c'est qu'il ne me reste jamais assez d'argent pour aller au bout de mes plans. Je ne peux pas appliquer toutes les étapes de mon système. Alors, c'est normal, je perds. Mais si j'étais un peu plus riche et que je pouvais continuer, je suis sûr que je ferais sauter la banque. »

Les psychologues canadiens sont les premiers à avoir repéré le poids des croyances chez les joueurs. Ils nous ont appris que ces derniers sont victimes d'un excès de calcul. S'ils jouaient seulement au hasard, ils se lasseraient bien vite. Mais ils croient jouer de manière scientifique. Ils n'interrogent pas le sort mais leur capacité de le maîtriser. Ils vous expliquent que le zéro ne sort pas deux fois de suite à la roulette. Ils mêlent aux mathématiques une pointe de superstition personnelle.

Les psychologues de Québec ont inventé un exercice de liberté adapté aux drogués du jeu. Ils leur demandent de dire à haute voix « je ne maîtrise pas le sort » ou encore « je me trompe quand j'applique mes prédictions », « les numéros gagnants sortent au hasard, d'une manière aléatoire que je ne peux contrôler ». Si simple et naïve que paraisse cette technique, elle aide vraiment les joueurs. Elle commence à les libérer de leur illusion de maîtrise du hasard. Notre liberté ou notre dépendance reposent sur notre manière d'accepter ou de refuser le sort. Nous sommes libres quand nous acceptons le hasard et quand nous nous sommes résolus au fait que le destin ne peut se maîtriser complètement.

Dire à haute voix ses croyances magiques pour en changer ?

Les joueurs ne sont pas les seuls superstitieux qui préfèrent le vendredi 13 et les chiffres pairs ou impairs.

Chacun de nous possède des croyances magiques, des superstitions ou des rituels qui grignotent notre liberté. Nous pouvons commencer à les mettre à distance en n'en étant plus dupes. La technique de l'énonciation s'applique au-delà du jeu. Je vous cite quelques croyances magiques entendues récemment dans ma consultation ou dans la vie quotidienne :

– Le bon vin ne rend pas malade.

– Je peux continuer à fumer après 50 ans. Si je n'ai pas encore attrapé le cancer, c'est que je suis protégé.

– Je ne suis pas programmé pour être heureux. Je dois donc rester triste.

– Je n'ai pas de chance en amour. Mieux vaut rester seul.

– Je suis protégé par la chance. Je peux prendre tous les risques. Je ne risque rien.

Vous pouvez appliquer à vos fausses croyances la technique de l'énonciation. Vous les prononcez à haute voix. Vous vous les répétez pour bien vous convaincre que vous vous trompez. Vous les remplacez ensuite par des croyances plus justes que vous prononcez encore à haute voix. Vous vous engagez à renoncer à vos erreurs et vous faites un pacte de changement avec vous-même. L'auto-énonciation n'est cependant pas une fin en soi. Elle aide à prendre conscience de ses erreurs de jugement mais elle ne suffit pas toujours. Les plus dépendants complètent cette technique par des exercices en groupe ou en individuel. La thérapie d'énonciation n'est que le premier temps d'une démarche de « vraie » psychothérapie.

La psychanalyse reste la méthode la plus classique pour continuer à énoncer en présence d'un professionnel ses angoisses et ses croyances. Peu importe pour un psychanalyste que vous soyez drogué de l'alcool, du travail ou de l'amour. Il ne court pas après vos symptômes. Son approche de la dépendance comme de la liberté est globale. Il n'espère pas une guérison immédiate de ce dont vous vous plaignez. Il vous aidera plutôt à énoncer et peut-être comprendre ce qui vous a déjà rendu dépendant une fois et risque de vous faire encore perdre votre liberté.

Selon la psychanalyse, nous ne sommes pas assez libres parce que nous ne nous aimons pas assez. Notre moi fragile a besoin de béquilles, d'objets extérieurs ou de drogues pour tenir debout. Le dépendant, selon cette conception, dépend de tout ce qu'on lui propose. Il s'appuie successivement sur son mari, ses enfants ou son travail. Il a besoin de s'accrocher. S'il est en train de se noyer, il préfère, selon la phrase du psychanalyste Michael Balint, s'agripper à un brin d'herbe plutôt que d'essayer de nager. Tout est bon pour ne pas se retrouver face à lui-même. La fumée cache les angoisses, le travail les distrait et l'alcool les endort.

Participer à une réunion de dépendants anonymes ?

Chaque type de dépendance possède son groupe. Les Alcooliques Anonymes ont ouvert la voie. Ils ont été suivis par les Débiteurs Anonymes qui dépensent trop, les Weight Watchers et les Boulimiques Anonymes, SOS joueurs et bien d'autres. Le groupe favorise la communication. Il est souvent plus facile de parler de ses difficultés avec le tabac devant d'anciens dépendants ou des bénévoles qui ont appris à soutenir ceux qui veulent s'en libérer. Je connais nombre de bénévoles au professionnalisme impressionnant. L'un d'entre eux assiste dans mon hôpital aux réunions d'information sur le tabac ou l'alcool. Il parle un peu de lui et aide les dépendants à parler d'eux. Ces bénévoles sont des héros de l'ombre. Ils travaillent sans reconnaissance sociale ni financière. Ils veulent seulement transmettre le flambeau de la liberté. Ils ont reçu, au moment où ils étaient le plus dépendants, une aide d'un autre bénévole. Ils ne veulent pas rompre la chaîne. Ils se sentent obligés de payer leur dette en aidant d'autres dépendants. J'aime à écouter l'un d'eux me parler de sa liberté conquise de haute lutte. Comme le meilleur psychothérapeute, il m'explique les précautions avec lesquelles il aborde ses frères ou sœurs en dépendance. Il essaie de les aider sans devenir pour eux un appui indispensable. Osons une formule un peu pompeuse. Il faut dire qu'il la mérite bien. Il est un pédagogue de la liberté. Je respecte son anonymat et sa démarche. Merci, Jean-Pierre !

Allumer son ordinateur et l'éteindre un quart d'heure plus tard ?

Vous aviez déjà essayé le verre à moitié plein. Continuez avec l'ordinateur. Vous vous connectez à Internet et vous regardez tout ce qui est fait pour vous piéger. Repérez les petits pièges placés au bon endroit pour vous faire perdre la tête. Vous êtes invité à cliquer pour recevoir des photos, des médicaments ou une femme idéale. Vous perdez la notion du temps. « Le surmoi, disait un psychanalyste, est soluble dans l'alcool. » Il pourrait ajouter aujourd'hui que le surmoi est aussi soluble dans Internet. Vous pouvez changer d'identité. Vous choisissez votre pseudo et vous intégrez une communauté virtuelle ou un groupe de discussion. Regardez bien tout ce que votre ordinateur vous offre pour que vous restiez en sa compagnie. Vous jouez aux réussites ou au poker en ligne. Vous suivez la Bourse ou vous téléchargez des films ou des musiques. Quel que soit votre centre d'intérêt, l'ordinateur et Internet ont tout pour vous plaire et vous faire revenir face à l'écran. En éteignant votre ordinateur au bout d'un quart d'heure, vous testez votre liberté face à la pression qu'exerce sur vous le monde virtuel. Vous y reviendrez en connaissant les pouvoirs d'aliénation de cette machine faussement banale.

Passer la saison des soldes sans rien acheter ?

Notre relation à l'achat n'est jamais simple. Nous dépendons des modes qui nous font changer notre garde-robe et des saisons qui nous font choisir un nouveau manteau chaque année. Les soldes rappellent deux fois par an aux moins dépensiers l'utilité de leur carte de crédit. Les soldes font peser la pression sur celui qui n'achète pas. Ils sont faits pour vous convaincre que vous perdez de l'argent en ne dépensant rien. Si vous n'achetez pas la veste vert pomme soldée à - 70 %, vous manquez une occasion exceptionnelle. Vous risquez de ne plus jamais retrouver une telle offre. Pendant les soldes, la culpabilité pèse sur celui qui n'achète rien. Il n'est pas un bon citoyen. Il ne participe pas à la marche en avant de l'économie. Il fait de mauvaises affaires. Il passe à côté de vêtements ou de meubles qu'il ne pourra jamais plus s'acheter à un tel prix. Il faut beaucoup de courage pour passer une saison de soldes sans entrer dans un magasin. L'exercice est pourtant salutaire. L'objectif n'est pas de tomber dans l'avarice mais de résister à la pression économique et psychologique obligeant les individus à acheter des objets qui ne leur font pas plaisir et dont ils n'ont pas besoin. Vous pourrez ensuite réfléchir à la manière de dépenser l'argent économisé. Vous trouverez bien comment vous gâter et fêter votre liberté.

Les vrais acheteurs compulsifs, ceux qui se droguent en faisant chauffer leur Carte Bleue, n'apprécient pas les soldes. Ils ne reconnaissent plus leur magasin préféré. Une foule de curieux et de faux acheteurs l'envahissent. Les vendeurs les regardent à peine. Ils n'ont plus le temps de s'occuper d'eux tant les acheteurs amateurs les accaparent. Les vrais acheteurs détestent le bruit, la foule et l'excitation des soldes. Ils ne peuvent déguster leurs achats, faire durer le plaisir. Ils n'ont ni le droit ni le temps d'hésiter, d'essayer plusieurs modèles de chaussures, de changer d'avis. J'ai longtemps reçu en consultation une conseillère fiscale amoureuse des bijouteries. Elle s'achetait aussi des foulards de luxe de toutes les couleurs. « J'avais, me disait-elle, envie de me faire des cadeaux. Je me disais que j'étais finalement ma meilleure amie et que si je ne pensais pas à moi, personne ne le ferait à ma place… Je m'offrais les cadeaux que j'aurais aimé recevoir d'un parent ou d'un mari. Mais d'achat en achat, j'étais de plus en plus seule. Mes dépenses inutiles exaspéraient ceux qui me côtoyaient. Je me sentais triste et, pour me consoler, je m'achetais une nouvelle alliance. »

Reprenons notre exercice de résistance. Dans une boutique, vous sélectionnez quelques vêtements. Vous les essayez et vous les laissez. Vous agacez un peu le vendeur, mais c'est votre liberté qui est en jeu. Vous regardez tout ce qui dans le magasin est fait pour vous inviter à acheter. Vous constatez alors que vous n'êtes pas traité en client mais en membre d'un club choisi. Vous recevez une carte d'adhérent suggérant un statut d'associé du magasin. Tout se passe comme si vous étiez intéressé aux recettes de la boutique. Si vous dépensez, c'est chez vous et pour vous. Vous n'êtes pas invité à des ventes mais à des événements uniques. Vous passez de la semaine de l'Inde à la soirée des prix cassés. En dépensant, vous participez à une aventure qui vous dépasse.

Nous ne redevenons des acheteurs libres qu'en décodant tous les arguments de la vente forcée. Vous vous libérez ainsi en rendant aux objets leur fonction et leur pouvoir véritables. Vous achetez une robe qui vous plaît et non une robe dont vous espérez qu'elle va changer votre vie. Au calme, devant vos armoires pleines, vous êtes bien convaincu qu'un nouveau vêtement ne vous rendra pas différent. Il faut être capable de garder cette certitude à l'intérieur du magasin. Redonnant aux objets leur simple valeur, vous n'achetez plus que ce dont vous avez besoin. Vous renoncez à collectionner plusieurs exemplaires d'un même vêtement. Même si les trois paires de chaussures essayées récemment vous plaisent beaucoup, vous n'en porterez jamais qu'une à la fois.

Rien ne vous empêche, quand est retrouvée la liberté de l'achat, de continuer à vous offrir des babioles. Vous le faites maintenant dans un esprit différent, en conscience claire. Vous ne vous mentez pas même si vous vous ruinez un peu. Vous goûtez à sa juste valeur un objet inutile et reconnu comme tel.

Prêter votre télévision à vos voisins pendant une semaine ?

Ils sont de plus en plus nombreux à tenter l'expérience. Ils vivent sans écran, sans télévision ni ordinateur. Ceux qui s'essaient à cette expérience éprouvent des émotions variables. Certains découvrent une nouvelle vie. Ils retrouvent le plaisir de manger sans être interrompu par les horreurs du journal télévisé. Ils lisent, vont au théâtre et au cinéma. Et surtout ils se parlent, ils s'écoutent enfin. Les soirées se libèrent. Les paroles suivent.

Voici plus de dix ans, une équipe d'un hebdomadaire de télévision proposait dans un quartier à des volontaires de rendre leur poste pendant une semaine. Seule une minorité parvint au bout des sept jours sans avoir récupéré leur précieuse boîte. Certains ne tinrent pas une journée. D'autres, honteux, louèrent des postes en cachette. La plupart étaient dépendants, ne pouvant résister au besoin de consommer des heures de télévision.

Vous pouvez aussi rejoindre des militants anti-télévision si l'expérience vous plaît. Un collectif de contrôle de la télévision critique l'embrigadement mental qui guette ceux qui allument leur télévision en permanence ou passent leur vie devant un écran. Ses membres vous alertent du risque de dépendance à la télévision. « Je n'ai qu'une vie, explique un des militants de la lutte contre l'esclavage médiatique. Je ne la regarderai pas passer, par procuration, comme un zombi, devant un poste de télévision. Je veux me sentir exister, furieusement. Je veux ressentir le bonheur, la tristesse, intensément. Je veux percevoir le chaud et le froid, les parfums et la sueur, les rires et la fatigue sans écran. » Les opposants à la télédépendance font parler les chiffres. Chaque Français consomme en moyenne 3 heures et 20 minutes de télévision par jour. Après une journée de travail et plus de 3 heures devant le poste, le temps consacré à la vie sociale, civique, à la création, ne peut être que marginal.

La liberté face à la télévision se situe souvent à égale distance du refus absolu et de la consommation compulsive. La question n'est pas tant de savoir ce que vous regardez à la télévision, mais ce qu'elle vous empêche de voir ou d'entendre.

Passer une journée sans informations ?

Peu d'entre nous échappent à la dépendance à l'actualité. Nous guettons les mauvaises nouvelles et nous aimons nous faire peur. Nous avons besoin de notre dose d'inquiétude ou de pessimisme. Les vendeurs d'info le savent bien. Ils prospèrent sur notre peur. Les unes alarmantes sont celles qui se vendent le mieux. Nous cherchons des détails sur la montée des extrêmes ou de l'intégrisme, le risque de krack économique, la faillite des finances publiques, la fin des retraites…

On peut essayer de se passer pendant quelques jours au moins de cette accumulation de nouvelles qui nous inquiète sans nous informer complètement. Un sevrage est possible comme pour l'alcool ou la cigarette. Pendant une journée, vous ne prenez pas de nouvelles du monde. Vous le laissez aller où bon lui semble et vous lui faites un peu confiance. Vous ne cherchez plus à être le premier au courant de ce qui se passe dans votre parti préféré ou dans votre ville. Vous retrouverez bien dans un jour ou une semaine les informations les plus importantes. Éteignez votre radio quelque temps. Vous desserrez le lien de dépendance qui vous unit à l'information permanente. Vous verrez qu'il y a d'autres personnes que les hommes ou les femmes politiques dont vous pourriez suivre le destin. Plutôt que de vous intéresser seulement aux états d'âme des nouveaux ministres, vous pourriez prendre le temps de parler à votre mari, votre femme, vos enfants. Vous appréciez d'autant plus votre dîner que vous ne regardez pas en même temps les faits divers du journal de vingt heures.

L'exercice ne doit pas durer trop longtemps mais un ou deux jours sans informations vous aident à prendre du recul. Vous sortez de l'obsession de l'urgence et du scoop. Irez-vous jusqu'à la sagesse de Wolfgang Goethe, l'écrivain allemand, qui rangeait tous ses journaux dans une malle et ne les lisait qu'avec un an de retard ?

Prendre trois jours de liberté en semaine ?

Vous faites vos trente-cinq heures en deux jours. Vous ne partez en vacances qu'à la sauvette. Vous vous plaignez de trop travailler, d'être obligé de tout faire vous-même au bureau. Vous avez l'impression de porter votre entreprise sur vos épaules. Vous êtes sûr qu'elle ne résisterait pas à votre départ en année sabbatique. Vous pensez beaucoup à votre travail mais pas assez à vous. Vous n'osez vous avouer que les fins de semaine vous font peur et que vous êtes atteint de ce qu'un psychanalyste appelait la névrose du dimanche. L'inaction vous épuise et le fait d'être seul face à vous-même est insupportable.

Il est temps d'ouvrir votre agenda et d'oser l'impossible. Vous choisissez trois jours de suite, en milieu de semaine, et vous les rayez. Vous les décrétez chômés. À vous d'organiser ensuite ce temps libre que vous vous êtes imposé. Vous n'avez, bien sûr, droit ni à l'ordinateur ni à vos dossiers. Vous auriez tôt fait de transporter chez vous les tâches que vous avez interrompues au bureau. Vous allez devoir faire un effort d'imagination pour vous occuper sans travailler. Ce ne sont pas des vacances classiques. C'est une cure de désintoxication. Vous n'allez plus pouvoir vous droguer au surmenage et aux heures supplémentaires. Il va sans doute vous être difficile de ne pas vouloir remplir d'activités ce temps libre imposé. Vous ne devez pas non plus transformer le temps libre en période de bricolage intense et repeindre votre appartement ou réparer un moteur. Vous avez comme mission d'affronter ce qui vous fait le plus peur : la véritable inaction. Vous assumez ce temps de farniente, au sens originel du terme qui veut dire « ne rien faire » en italien. Le sevrage de travail vous oblige à rencontrer ce que vous fuyez d'habitude, vos propres pensées, le risque d'ennui et vos émotions.

Quelles angoisses le sevrage fait-il émerger ? Redoutez-vous de perdre votre emploi ? Pensez-vous aux dossiers qui s'accumulent en votre absence, aux mails qui restent sans réponse ? Les plus grands workaholiques ne supportent pas d'arrêter de travailler, ne serait-ce que quelques jours. L'une de mes amies, directrice d'une entreprise de travail temporaire, me dit qu'elle n'essaie plus de se relaxer : « Dès que je commence à me distraire, tous mes dossiers repassent dans ma tête. » Elle a finalement trouvé deux manières de supporter l'absence de travail. Elle décroche de son rôle de PDG quand elle part en vacances sur son voilier, sans autre lien possible avec la terre ferme que les balises de détresse. Elle se « soigne » aussi à l'opéra. « Les voix des divas masquent mes angoisses de travail. Elles éteignent ma mauvaise conscience. Je plonge dans *La Flûte enchantée* et j'arrête de me reprocher de ne pas travailler assez. »

Tenir deux agendas : un personnel et un professionnel ?

S'il vous est trop difficile de commencer par trois jours d'inaction, choisissez un sevrage plus doux. Les psychologues recommandent cette technique plus facile aux grands drogués du travail : tenir deux agendas au lieu d'un. Dans l'un des deux, vous notez vos rendez-vous professionnels et vous dédiez l'autre à votre vie personnelle, au temps passé avec votre famille et à vos loisirs. Vous verrez très vite si l'agenda personnel est ou non assez rempli. Le principe de l'exercice est, vous vous en doutez, de remplir de plus en plus l'agenda privé. Vous êtes incité à défendre les heures consacrées aux activités privées, d'autant plus qu'elles sont improductives.

Le test des deux agendas vous fait suivre vos progrès dans la liberté face au travail. Maintenez-vous aussi jalousement les rendez-vous privés que les rendez-vous professionnels ? Combien de fois annulez-vous une réunion ou une sortie avec des amis parce que vous vous sentez obligé de travailler ? Bien d'autres micro-sevrages peuvent être essayés en plus de la multiplication des agendas. Citons les plus classiques : partir en vacances sans son ordinateur portable, découvrir les plaisirs d'un jour dans la semaine qui est complètement chômé, sans contrainte ni travail.

Commencer à vous trouver beau ?

Vous rendez-vous compte de l'argent que vous dépensez parce que vous ne vous trouvez pas assez belle ? Vous achetez des vêtements pour cacher vos imperfections. Vous vous maquillez plusieurs fois par jour. Vous soignez à l'excès votre teint et l'éclat de votre peau. Vous appliquez à la lettre les programmes de rajeunissement cutané. Tous ces soins, pourtant, ne servent à rien si vous n'apprenez pas en même temps à vous trouver belle. Le constat est indiscutable. Ceux qui nous plaisent se plaisent d'abord à eux-mêmes. Les hommes aiment les femmes qui s'aiment. Ils fuient celles qui ne se supportent pas et ont un peu peur de celles qui s'aiment trop. Nous commençons à être séduisants quand nous sommes capables de nous séduire.

Faites un bilan de votre allure et cherchez des raisons d'être satisfait. Même si tout ne vous plaît pas en vous, vous devriez trouver quelques raisons de reprendre espoir. Choisissez d'abord ce qui vous déplaît le moins en vous. Montez-le en épingle et mettez-le bien en valeur. Les soins apportés à votre apparence vont devenir plus faciles. Vous avez commencé à vous aimer. Vous avez arrêté de vous détester en bloc. Vous essayez d'améliorer ce que vous a offert la nature sans chercher à vous cacher de la tête aux pieds. Vous vous habillez ou vous maquillez sans vous grimer ou vous déguiser. Même votre poids se surveille plus facilement quand vous commencez à vous supporter un peu. Vous entretenez plus facilement votre forme sitôt que le moindre kilo en plus ne vous apparaît pas comme une catastrophe.

La force de l'habitude va devenir votre alliée. Une

fois que vous aurez commencé à accepter que vous êtes « normal », vous n'allez plus cesser de vous plaire. Vous allez prendre de plus en plus de plaisir à vous voir. Le regard porté sur vous-même impressionne immédiatement votre entourage. Votre famille ou vos amis ne vous plaignent plus. L'expérience sera vite concluante. On n'essaie plus de vous consoler. Certains commencent à vous envier votre forme ou vos formes, votre élégance ou votre allure. Si incroyable que cela puisse paraître, vous devenez séduisant parce que vous avez réussi à vous séduire. Les hommes ou les femmes qui se plaisent attirent le regard. On leur pardonne plus facilement un petit excès de narcissisme qu'une overdose de morosité ou de culpabilité.

Comment commencer à changer l'image que l'on a de soi ? Certains préfèrent changer tout ou partie de leur aspect physique pour commencer à s'aimer. Je connais des hommes qui décident de modifier leur style vestimentaire. Ils abandonnent le costume et la cravate, s'habillent en cow-boys ou en gentlemen-farmers. D'autres délaissent leur couleur préférée. Certaines femmes se débarrassent ainsi des tailleurs roses censés convenir à leur teint. Elles optent pour une couleur qu'elles n'ont jamais portée. Le coiffeur assume parfois la fonction de psychothérapeute sauvage. Il coupe les cheveux, les libère ou les colore. « Quand je me fais faire des mèches blondes, me dit une amie, je commence à me trouver jolie. Je me supporte. Je traverse tout Paris pour trouver un coiffeur qui sache à la fois s'occuper de mon aspect et me parler. La séance de teinte dure près de trois heures et elle coûte le double de ce que je paie à mon psychanalyste. »

Au stade ultime de la liberté, vous semez la beauté autour de vous. Le psychologue américain Paul Watzlawick décrit ainsi la contagion de la beauté. Il l'appelle

« le coup de Bellac » en s'inspirant de la pièce de Jean Giraudoux *L'Apollon de Bellac*. L'héroïne de la pièce, Agnès, attend d'être reçue par le directeur de l'Office des Grands et Petits Inventeurs où elle cherche un poste. Elle est timide et se sent très mal à l'aise. Un jeune homme attend avec elle devant la porte du directeur. Il lui confie un secret pour réussir sa vie et se libérer de ses angoisses. « Vous devez dire à toutes les personnes que vous rencontrez qu'elles sont belles. Elles ne vous feront plus peur. » Agnès est d'abord choquée par cette technique. Elle ne veut pas sembler malhonnête. Elle se résout finalement à l'appliquer. Le jeune homme lui explique que les gens deviennent réellement beaux quand on leur dit qu'ils le sont et qu'il n'y a donc rien de malhonnête à cela.

Agnès suit le conseil du jeune homme. Elle plaît immédiatement à l'huissier en lui disant qu'il est beau. Le secrétaire général, de caractère plus difficile, se laisse lui aussi amadouer quand elle lui affirme qu'il est beau. Les directeurs cèdent à Agnès. Le président sort de son bureau et dit : « Qu'est-ce que vous leur faites, mademoiselle Agnès ? Cette maison que je préside croupissait jusqu'à ce matin dans la tristesse, la paresse et dans la crasse. Vous l'avez effleurée et je ne la reconnais plus. Mon huissier est si poli qu'il salue son ombre sur le mur. Mon secrétaire général entend assister au conseil en bras de chemise. » Le président, lui aussi, commence à se trouver beau. Il perce à jour le principe d'Agnès. En disant aux autres qu'ils sont beaux, on les libère, on les rend beaux et on se rend beau soi-même !

Décréter une semaine d'optimisme… ou de sourire ?

Je ne suis pas sûr que l'histoire soit vraie mais on l'attribue, comme bien d'autres bons mots, au général de Gaulle. Un photographe un peu balourd demande au général de sourire pour une prise de vue officielle. On imagine bien la scène. Le général s'impatiente. Il relève son képi. Le photographe insiste : « Souriez, mon général. » Le grand homme s'emporte. « Pourquoi voulez-vous que je fasse un sourire ? Croyez-vous que j'aie des raisons de sourire ? Croyez-vous que le monde me donne des raisons de sourire ? » Nous jouons souvent au général de Gaulle face aux tracas quotidiens. Nous les passons en revue et trouvons toutes les raisons possibles d'être tristes. Nous adoptons une attitude renfrognée, compassée et nous nous y fixons. Nous en devenons dépendants et ne nous autorisons plus à en changer. Nous nous convainquons que l'air grave est notre seule nature possible. Pourtant, le sérieux systématique nous empoisonne. Faute de pouvoir changer de ton, nous obligeons ceux qui nous rencontrent à adapter leurs paroles et leur mine à la nôtre.

Pourquoi ne pas essayer un exercice de liberté ? Pourquoi ne pas décider, un jour, une heure ou un instant, de prendre avec moins de sérieux et de gravité les difficultés réelles qui nous entourent ? Ce conseil ne relève pas seulement de l'autosuggestion. Il est le premier temps de bien des formes de psychothérapies. À y regarder de près, la plupart des thérapies efficaces invitent à prendre de la distance et à sourire de son moi.

L'expérience est à votre portée. Vous n'arrêtez pas de

sourire pendant une heure entière. Vous supportez la porte que l'on ne retient pas devant vous. Vous souriez à ceux qui vous saluent d'une manière distraite ou à ceux qui vous racontent leur vie. Vous appliquez la recette d'un film récent, *Du jour au lendemain*. À la manière du personnage joué par Benoît Poelvoorde, vous vous habituez au bonheur à petite dose. Vous essayez d'en devenir dépendant comme vous l'êtes devenu du pessimisme.

Le sourire n'agit pas que sur soi. Nous voyons rapidement s'exercer le miracle de la communication circulaire. L'attitude de ceux qui nous abordent se met à l'unisson avec la nôtre. Ils expriment moins de gravité, moins d'hostilité. L'optimisme est aussi contagieux que le pessimisme. Les gestionnaires d'hommes, de structures ou de sportifs le savent. Les difficultés ne disparaissent pas. Qui le croirait sérieusement ? Nous pouvons malgré tout y faire face dans un climat différent. Des solutions qui paraissaient impossibles à trouver émergent comme par miracle. Les aspérités de la vie reprennent la place qu'elles méritent, sans déni ni exagération.

« L'allégresse, écrit joliment Gérard Oberlé dans ses *Itinéraires spiritueux*, est contagieuse, on peut la partager. Dans le chagrin, on reste seul. Vous pouvez le porter à la boutonnière, le prostituer dans des bouquins, le décliner sous forme de complaintes ou de confessions, vous le retrouverez intact en rentrant chez vous. »

Ce qui nous semblait un artifice peut devenir un nouveau mode de communication. Nous sortons de la dépendance aux émotions négatives. Nous réalisons un véritable sevrage de pessimisme, aussi efficace mais aussi difficile que l'arrêt de la cigarette. Nous n'avons pas de gommes ou de patchs pour nous aider. Quelques livres d'humoristes peuvent néanmoins les remplacer.

Je vous conseille particulièrement les moroses comme Jules Renard qui mettent toute leur énergie à faire un bon mot pour surmonter leur pessimisme.

Trouver un livre qui vous libère ?

Il y a des livres qui distraient et d'autres qui nous libèrent. Nous pouvons les découvrir à l'adolescence si la pression scolaire ne nous en dégoûte pas. Nous pouvons aussi les ouvrir plus tard dans notre vie. Ils nous montrent un nouveau point de vue sur la liberté. Je crois, même si ce n'est pas encore très orthodoxe en psychologie, au pouvoir psychothérapique et libérateur des gros romans que l'on emporte toujours avec soi. Ils pèsent sur nos bras et allègent notre esprit. Nous changeons d'identité. Nous changeons de pays ou de cadre de vie. Nous lisons notre histoire en croyant suivre une aventure extérieure. Stendhal écrivait déjà qu'un roman est une autobiographie imaginaire, « un miroir que l'on promène le long d'un chemin ». Nous aimons d'autant plus ce miroir qu'il nous renvoie une image déformée de nous-mêmes. Les romans qui nous font pleurer ou rire nous libèrent de nos émotions du moment. Les livres qui nous font peur nous apaisent en changeant la thématique de nos angoisses. Ils nous sèvrent d'un présent que nous ne savons pas toujours comment fuir.

Chacun de nous possède son type de roman préféré pour se libérer. Tous les choix sont légitimes. Essayez de dresser une liste des textes qui vous ont permis de changer vos habitudes. Vous progresserez dans la connaissance de votre personnalité. Je demande souvent à mes proches quel livre a transformé leur vie. Voici quelques titres qui reviennent souvent. Vous aurez certainement envie d'en ajouter quelques autres.

Don Quichotte de Cervantès pour ses leçons de dérision et de révolte face aux conventions.

La Comédie humaine d'Honoré de Balzac pour ses images d'hommes et de femmes prisonniers de l'argent, de l'ambition et du manque d'amour.

Les Années d'apprentissage de Wilhelm Meister de Johann Wolfgang von Goethe pour se rappeler que le chemin vers la liberté est un long voyage, une initiation qui révèle bien des surprises.

La Montagne magique de Thomas Mann qui nous parle du pouvoir aliénant du temps, de l'habitude et de la peur de la maladie.

Belle du seigneur d'Albert Cohen pour se dire que l'on n'est pas aussi dépendant de l'amour que son héros.

La Promesse de l'aube de Romain Gary pour ne pas oublier sa mère et le pays d'où l'on vient.

Ulysse de James Joyce parce que, pour être libre, il faut savoir relire les anciens mythes et accepter de ne pas tout comprendre.

Les *Mémoires* du duc de Saint-Simon parce que les passions de la cour de Louis XIV sont encore les nôtres. Ça calme et ça relativise.

Le Procès de Franz Kafka pour se convaincre que nous sommes souvent notre pire ennemi et que nous construisons nos dépendances par notre peur de la persécution et notre excès de réflexion.

Vie et destin de Vassili Grossman pour croire dans la force de l'individu même au milieu de la guerre.

Guerre et paix de Léon Tolstoï pour ses scènes d'amour et de passion dans la Russie du tsar.

Les Rougon-Macquart d'Émile Zola pour connaître

les effets de l'alcool d'une génération à une autre dans la France du XIXe siècle.

À la Recherche du temps perdu de Marcel Proust, parce que c'est le roman de toute notre vie.

Les jeunes gens risquent d'être étonnés par cette liste. Ils ont choisi d'autres épopées qui les libèrent et les aident à sortir des contraintes de l'enfance. Elles créent des communautés de lecteurs qui se reconnaissent par des codes. Les amateurs d'*Harry Potter* rencontrent parfois ceux de *Matrix* ou du *Seigneur des Anneaux*…

Apprendre la liberté à ses enfants ?

Je conseille souvent aux parents anxieux vis-à-vis de leurs enfants de lire *Libres Enfants de Summerhill* (1960). Vous vous souvenez peut-être d'Alexander Sutherland Neill, un psychanalyste un rien rêveur. Il avait fondé l'école de Summerhill pour apprendre à ses élèves l'autonomie, la liberté et le « gouvernement personnel ». Il avait établi des règles strictes pour accéder à la liberté. Les élèves et les enseignants étaient traités sur un pied d'égalité. Toutes les décisions étaient prises par des votes et chaque voix avait la même valeur. A. S. Neill rappelait régulièrement aux professeurs et aux élèves que le changement doit être une règle de vie et que tout peut être remis en question. Il accueillait les enfants les plus difficiles d'Angleterre et ne leur imposait aucune contrainte de discipline. Il avait rendu les cours facultatifs. Il autorisait les enfants qui le voulaient à jouer toute la journée. Il ne punissait pas les vols et laissait les élèves décider par le vote s'ils avaient ou non le droit de fumer.

Par son dogmatisme libertaire, l'expérience de Summerhill apparaît très « datée » années 1960 et 1970. Inutile de rappeler qu'elle ne fut jamais généralisée. Summerhill est restée un laboratoire que venaient visiter pédagogues et psychologues de tous pays. Elle n'a pas fait école, même en Angleterre. Nous nous éloignons chaque jour davantage de ces pratiques. Il est bon alors de se rappeler malgré tout les bienfaits d'une pédagogie fondée sur l'autonomie, même s'il ne faut pas en abuser.

Nous pouvons continuer à essayer, d'une manière moins radicale qu'A. S. Neill, d'enseigner à nos enfants l'exercice de l'autonomie. Ils en garderont le goût toute leur vie. Observez les enfants autour de vous, ceux de votre famille ou de vos amis. Vous verrez très vite ceux qui sont élevés dans l'autonomie ou la liberté et ceux qui sont dépendants. L'enfant dépendant souffre de manque dans toutes les situations. Il a besoin d'attention, de cadeaux ou de sucreries. S'il ne les reçoit pas, il fait des crises qui ressemblent à des sevrages. Il s'angoisse, s'énerve ou se met en danger. Il communique moins qu'il ne revendique. Son entourage lui répond par l'agressivité ou la fuite. Ses parents ne s'intéressent à lui que s'il les dérange ou s'il se met en danger. Dans tous les autres moments, les parents récupèrent et se préparent à affronter la prochaine crise ! L'enfant libre ou autonome est plus sûr de l'amour de ses proches. Il n'a pas besoin d'en tester les limites en permanence. La communication avec lui est plus facile. Il est un interlocuteur ou un compagnon de jeux. Il ne reçoit pas seulement des ordres ou des mises en garde. Ses parents jouent parfois avec lui à Summerhill. Ils lui apprennent l'autonomie en même temps que la sécurité. Ils savent qu'ils le protégeront encore mieux s'ils lui donnent le goût de la liberté et s'ils acceptent de ne pas tout prévoir.

Choisir un acte symbolique pour marquer son entrée dans la liberté ?

« Arrêter de fumer, c'est facile, disait Tristan Bernard. D'ailleurs moi, j'ai arrêté plus de cent fois. » Il en est de même de toutes les autres dépendances. Nous prenons de grandes résolutions. Nous nous faisons des promesses, moins boire, moins fumer, moins de pessimisme ou de boulimie. Nous sommes prêts à changer mais nous ne changeons pas. Ou alors nous ne persistons pas plus de quelques heures dans nos résolutions. Un acte symbolique peut venir marquer notre engagement. Je demande aux dépendants de l'alcool de choisir avec moi une date pour leur sevrage. Ils la notent et s'y tiennent. Elle matérialise leur projet de libération. Ils prennent une résolution radicale qu'ils confirment par écrit.

Une amie me raconte un autre acte symbolique. Elle a noté sur une feuille les idées et les comportements qu'elle a décidé de changer. Elle a ensuite brûlé sa petite feuille de papier dans un cendrier. En regardant la liste partir en fumée, elle avait l'impression de voir disparaître ses croyances et ses habitudes. Elle renaissait devant ses cendres. Il ne faut probablement pas abuser de ces petites magies personnelles. Elles n'en marquent pas moins la rupture par laquelle passe celui qui veut changer radicalement quelque chose dans son esprit ou son comportement. Les groupes d'anciens buveurs savent bien fêter les étapes symboliques. Ils honorent la première semaine d'abstinence. Ils vous félicitent pour votre premier mois sans alcool et admirent votre année de liberté. Les anciens dépendants continuent à fêter chaque année la date symbolique que représente l'anniversaire de leur sevrage. Ils y voient une forme de renaissance qui les a fait venir au monde une seconde fois.

Changer le tempo de sa vie ?

La psychologie et la psychiatrie sont des sciences du temps. Le déprimé vit dans un temps interminable. Ses journées n'ont pas de fin. Il a l'impression que le monde va trop vite et qu'il ne peut le suivre. Soigner un déprimé, c'est, en partie, l'aider à reprendre un rythme normal, à parler plus vite, à passer plus vite d'un sujet à un autre, à trouver plus rapidement de nouveaux désirs. Les maniaques, à l'inverse des déprimés, souffrent par excès de vitesse. Ils s'emballent, parlent trop et dépensent trop d'argent. Les anxieux, eux, sont pressés et se désolent toujours de manquer de temps. Ils ne peuvent se concentrer sur le présent tant ils passent de temps à attendre ce qui va leur arriver et à regretter ce qui s'est passé. Les dépendants n'ont pas non plus trouvé la bonne mesure du temps. Ils n'habitent pas l'instant présent. Ils sont pris entre le temps de l'ivresse qui passe trop vite et celui de l'ennui qui semble ne jamais finir. Ils se promettent une existence entière d'abstinence… mais qui ne commencera que demain.

Le dépendant possède ainsi ses propres échelles de temps incompréhensibles pour ceux qui ne partagent pas ses passions. Il se presse toute la journée et passe une heure devant une bière à reconstruire l'avenir du monde avec des gens qu'il ne connaît pas. Il n'arrête pas de fumer parce qu'il voit trop loin. Il s'imagine dans vingt ans, regrettant toujours la cigarette à laquelle il a dû renoncer. Il n'est pas facile d'abandonner pour toujours ce qui nous passionne ou nous enchaîne. Les professionnels que le dépendant rencontre lui apprennent d'autres mesures du temps. Ils lui montrent qu'il est plus facile de décréter vingt-quatre heures de changement ou de liberté que toute une vie d'abstinence. Ils lui apprennent à se sevrer petit à petit.

LE TEMPO LIBRE DE MILES DAVIS

« Le seul moment où je me sens bien, c'est lorsque je suis sur scène. Si je pouvais être en scène toute l'année, je n'arrêterais pas de jouer. Sur scène, je sens l'air qui monte dans les poumons ; mais quand ça s'arrête, je ne sais pas d'où ça vient. J'écoute le groupe, j'écoute si quelque chose tourne pas rond, ça me prend, ça rentre tout droit. Il faut qu'on entende tous les sons, tous les détails du drumming, la percussion essentielle... J'aime ce son, ce rythme... Ça traverse le corps. En plein. Le corps reçoit ce que l'on fait. Le corps se souvient. »
Entretien avec Francis Marmande, *Le Monde*, 20 juin 1991.

Ce changement de rythme de la dépendance vers la liberté peut s'accompagner d'une musique. La musique, en effet, nous apprend la liberté, une vraie liberté qui intègre et transcende les règles et contraintes. Regardez les doigts de Glenn Gould sur son piano quand il joue Bach. Il invente une nouvelle relation au temps et à la liberté. Il joue vite. Il respecte toutes les règles de la musique et, dans le même mouvement, il donne l'impression de réinventer sa partition en toute liberté, au rythme qui lui plaît. Il improvise les *Variations Goldberg* tout en suivant à la lettre les notes du compositeur. Vous trouverez dans nombre d'autres musiques des exemples de liberté, des solos de Charlie Parker aux scènes de furie chantées par Cecilia Bartoli. À chaque fois, la musique réalise la synthèse entre l'ordre et le désordre, la liberté et l'appli cation des principes les plus complexes. Sans doute est-ce pour cela qu'elle possède une telle faculté de libération. Elle accompagne les révolutions et libère tout à la fois ceux qui jouent et ceux qui l'écoutent.

Le choix de nos musiques préférées renseigne sur notre projet de liberté. Comme les romans qui nous ont marqués, les musiques que nous aimons reflètent les secrets de nos désirs. Essayez de savoir quelle est votre musique préférée. Voyez-vous la liberté comme un combat ? Chantez-vous la *Marseillaise* et sa « Liberté chérie », « contre nous de la tyrannie, l'étendard sanglant est levé » ? Préférez-vous la liberté d'entreprendre et la célèbre *Liberté de penser* d'un chanteur contemporain à faible chevelure et forte voix ? Votre hymne à la liberté est-il une confidence amoureuse que l'on chante à voix basse ou le chœur des esclaves d'*Aïda* ? Personnellement, j'aime le « Vive la liberté » du *Don Giovanni* de Mozart. À chacun ses préférences. La liberté que nous cherchons dans la musique ne se trouve qu'à tâtons. Vous la rencontrerez aussi dans les rythmes de l'Afrique et de l'Amérique. L'un de mes amis, amoureux fou du Brésil, ne se libère des contraintes parisiennes qu'en écoutant en permanence les percussions de la samba. Elles lui permettent, entre deux voyages à Rio, de supporter les contraintes de son cabinet de psychanalyste !

Les poètes écrivent parfois des chansons qui parlent de liberté. Rappelez-vous Georges Moustaki et *Ma liberté*. Il suffit d'en lire les premières paroles pour que son air nous remonte à la tête :

Ma liberté
Longtemps je t'ai gardée
Comme une perle rare
Ma liberté
C'est toi qui m'as aidé
À larguer les amarres
Pour aller n'importe où
Pour aller jusqu'au bout
Des chemins de fortune
Pour cueillir en rêvant
Une rose des vents
Sur un rayon de lune

Il y a du plaisir dans la liberté. C'est bien de le rappeler. Il y a aussi beaucoup d'effort. Il faut une volonté de fer pour résister à toutes les possibilités d'aliénations modernes. L'homme ou la femme libre mène un combat de chaque instant. Il n'est piégé ni par l'argent ni par l'amour. Il a renoncé une fois pour toutes à ses routines et ses certitudes… même au risque de rendre sa vie un peu inconfortable. Écoutons encore le poète. Ses vers valent bien mieux que toutes les explications de la philosophie sur la liberté :

Ma liberté
Devant tes volontés
Mon âme était soumise
Ma liberté
Je t'avais tout donné
Ma dernière chemise
Et combien j'ai souffert
Pour pouvoir satisfaire
Tes moindres exigences
J'ai changé de pays
J'ai perdu mes amis
Pour gagner ta confiance

Le goût de la liberté, enfin, n'empêche pas de tomber amoureux ni même de faire des folies par amour. Nous avons le droit de renoncer à notre liberté et de faire le choix de la passion, de la servitude volontaire. C'est même recommandé. Être libre, c'est donc pouvoir décider de ne plus l'être, en pleine conscience dès lors que l'on choisit son moment et son rythme. Là encore, Georges Moustaki le dit mieux que moi. Quand il chante *Ma liberté*, il relève la tête et regarde son public dans les yeux. Il le défie et tente de réveiller son envie de changement et d'amour. Il chante de plus en plus doucement. Il prend son temps pour nous rendre le nôtre.

Ma liberté
Pourtant je t'ai quittée
Une nuit de décembre
J'ai déserté
Les chemins écartés
Que nous suivions ensemble
Lorsque sans me méfier
Les pieds et poings liés
Je me suis laissé faire
Et je t'ai trahie pour
Une prison d'amour
Et sa belle geôlière.

TROISIÈME PARTIE

Pratiques de la liberté : les nouvelles thérapies

Les « excitants modernes » : alcool, tabac et haschich

C'est à Honoré de Balzac que j'emprunte cette expression. Il avait décrit en détail, et en grand connaisseur, les effets de ces petits poisons ou délices du quotidien. Bien que le haschich ne soit pas autorisé par la loi, ces trois « excitants modernes » sont tous – même si on peut le regretter – d'un accès facile. Ils n'en sont pas moins de vraies drogues qui créent parfois une dépendance aussi physique que psychologique.

Balzac dans son Traité des excitants modernes *explique la manière dont nous pouvons en devenir dépendants. Une partie de notre force est appliquée à la satisfaction de nos besoins. Il en résulte une sensation que nous appelons le plaisir. Nos organes – et nos pensées, voudrais-je ajouter – sont les ministres de nos plaisirs. Tout excès, poursuit Balzac, se base sur un plaisir que l'homme veut répéter au-delà des lois ordinaires promulguées par la nature. Plus les sociétés sont civilisées et tranquilles, plus elles s'engagent dans la voie des excès. L'état de paix – et de liberté – est un état funeste à certains d'entre nous. Peut-être est-ce là ce qui fait dire à Napoléon : « La guerre est un état naturel. » Il dirait aujourd'hui « et l'addiction en est un autre ».*

La dépendance agit comme une spécialisation, une polarisation sur un excitant plutôt qu'un autre. Balzac l'explique à sa manière : « La Nature veut que tous les organes participent à la vie dans des proportions égales. La société développe chez les hommes une sorte de soif pour tel ou tel plaisir dont la satisfaction porte dans tel ou tel organe plus de force qu'il ne lui est dû. La force déserte les autres organes et les autres activités au profit de ce qui est le plus gourmand. » Et Balzac de conclure en une phrase qui explique toutes les libertés et toutes les dépendances : « Moins la force humaine est occupée, plus elle tend à l'excès. » Nous allons en voir encore des exemples dans les pages qui suivent.

Retrouvons la notion d'excitant moderne. Il y en a bien d'autres que l'alcool, le tabac et le haschich. Le café a ses grands adeptes. Il fait battre le cœur et crée des accès d'angoisse. Le chocolat produit des manies que je n'ose pas qualifier de toxicomanies tant elles sont gourmandes. Nous croisons aussi quelques consommateurs frénétiques de réglisse qui font monter leur tension, des « hamburgerophiles » exclusifs, surtout chez les plus jeunes. Les livres de médecine décrivent encore ceux qui transforment un médicament en drogue. Ils prennent plusieurs somnifères à la fois pour s'étourdir avant de s'endormir. Ils recherchent des ivresses avec des tranquillisants. D'autres étranges amoureux de la médecine dévorent des laxatifs ou des diurétiques. Tous les goûts sont dans la nature !

Les drogues quotidiennes les plus habituelles, celles qui mettent le plus en danger notre liberté, restent l'alcool, le tabac et le haschich. Nous allons tenter de comprendre pourquoi certains d'entre nous en sont dépendants et sur quels signes peut se repérer une consommation excessive ou sur le point de le devenir. Vous verrez aussi que les techniques permettant de réduire des consommations excessives sont de plus en plus raffinées. Elles révolutionnent les grands principes de la psychothérapie.

J'ai aussi rencontré des buveurs heureux

Au pays de Rabelais, les secrets de l'alcool heureux ont été perdus. De Gargantua, Rabelais se permettait d'écrire : « S'il arrivait qu'il fût irrité, courroucé, fâché ou marri, s'il trépignait, pleurait ou criait, c'est en lui apportant à boire qu'on le remettait dans sa disposition naturelle, et il en restait aussitôt calme et joyeux… Il en avait tellement pris l'habitude qu'au seul son des pintes et flacons, il entrait en extase, comme s'il goûtait les joies du paradis. » Qui oserait aujourd'hui encore dire tant de bien de l'alcool ? Rappelons-nous que Rabelais était médecin et libre-penseur. Il aggravait son cas en ne respectant ni le clergé ni les dogmes de la médecine. Quelle sanction risquerait-il aujourd'hui au nom du principe de précaution et de maîtrise ? Qui peut encore parler du plaisir de boire sans être suspecté de travailler pour les alcooliers ou d'être un poète irresponsable ?

Nous sommes menacés de toute part quand nous ouvrons une bouteille. Les nostalgiques de la prohibition veulent une société sans alcool. Leur raisonnement est simple : comme l'alcool crée des dépendances, supprimons-le et nous réglerons radicalement la question. Les États-Unis ont déjà essayé la prohibition avec le succès que l'on sait. Ils ont fait les beaux jours des gangsters sans améliorer vraiment la santé de leurs citoyens.

La prohibition a changé de visage. Elle réapparaît de manière moderne et branchée sous prétexte d'hygiène et de prévention. Elle fonde le principe de régimes alimentaires qui excluent la viande, le vin et tout ce qui peut menacer notre pureté originelle.

J'ai ainsi rencontré des obsédés de la bonne santé qui s'interdisent l'alcool et toutes les substances qui peuvent leur faire perdre le contrôle d'eux-mêmes. Mais ils veulent malgré tout profiter des bienfaits supposés du vin sur les artères. Alors ils commandent, parfois sur Internet (oui, vraiment, ça existe !) des gélules à base de vin. Ils en prennent une avant chaque repas. Ils ont réussi la parfaite application du principe de précaution et de prévention dans toute sa tristesse. Ils s'interdisent l'alcool-plaisir et ne le gardent qu'en tant que médicament. Au final, ils sont moins libres et en moins bonne santé que ceux qui ont acquis la liberté de boire sans danger.

Ils pourraient relire ce que Sénèque écrivait dans son recueil de conseils de vie *De la tranquillité de l'âme* : « Dans le vin, comme dans la liberté, il y a une mesure raisonnable. Il ne faut pas abuser [du vin] pour que l'âme n'en prenne pas la mauvaise habitude ; et pourtant il faut parfois entraîner l'âme hors d'elle-même pour la rendre joyeuse et libre, et il faut savoir s'écarter pour quelques moments de la sobriété morose. »

CHARLES N'EST PAS DÉPENDANT DE L'ALCOOL

Charles n'éprouve pas d'envie obsédante de boire ou de sensation de manque quand il ne boit pas. Sa consommation d'alcool l'a pourtant mis en difficulté avec la police. Il a été arrêté deux fois de suite pour conduite en état d'ivresse.

Revenant d'une soirée chez des amis, il a été contrôlé avec une alcoolémie d'un gramme par litre. Cette dernière rencontre avec la police s'est particulièrement mal passée. « Je me suis énervé, dit Charles, quand le policier m'a demandé de souffler dans le ballon. J'ai refusé et j'ai fini à l'hôpital. Ils m'ont fait une prise de sang qui a confirmé que j'avais trop bu. Je vais bientôt passer en jugement. Je m'attends au pire… Décidément, l'alcool me cause bien des soucis. »

Charles, même s'il n'est pas dépendant, est en difficulté avec l'alcool. Il en boit trop et sa consommation est nocive pour sa santé. Il a perdu plusieurs points sur son permis de conduire et il est récemment passé en jugement. Il a dû assister à un stage sur les effets de l'alcool au volant. Il a appris que l'alcool altère les réflexes et modifie le jugement. Il rend ainsi impulsif, trop entreprenant, trop optimiste. Sous l'effet de l'alcool, il est plus facile de conduire vite et de manière imprudente.

Nous subissons les assauts – des producteurs d'alcool et des militants pro-alcool. Ceux-là veulent bien que l'on parle du bon goût du vin ou des autres alcools, du savoir-boire et du plaisir de boire. Mais ils n'apprécient pas l'idée qu'un bon vivant puisse, s'il ne se modère pas, devenir un dépendant. Ils croient que l'alcoolisme mondain est plus une conduite branchée qu'une addiction. Ils veulent encore moins reconnaître qu'un dépendant de l'alcool ressemble – même de loin – aux drogués de l'héroïne ou du crack qui leur font si peur. Ils rechignent ainsi à voir apposer sur les publicités ou les bouteilles des mises en garde à l'intention des femmes enceintes. Ils désignent comme des « intégristes de la santé » ceux qui parlent des excès de l'alcool et qui alertent sur les dangers potentiels de leurs produits du terroir. Ils menacent de sanctions électorales les députés qui limitent l'accès aux spiritueux et ne veulent pas autoriser la distillation de l'alcool à domicile.

LES RÈGLES DU BUVEUR HEUREUX

- Il sait ce qu'il boit chaque jour et chaque semaine.
- Il connaît sa relation à l'alcool et les effets de la boisson sur son esprit.
- Il sait s'il est à risque de dépendance.
- Il parle sans honte d'alcool à ses enfants.
- Il connaît les signes d'un excès d'alcool.
- Il sait refuser un verre… et aussi en accepter un quand il en a envie.

Deux positions extrêmes s'affrontent donc qui nous empêchent d'être libres de boire. Certains disent que l'alcool ne fait pas de mal et que tout le monde est un peu alcoolique à ses heures. Ils tournent en dérision les messages sanitaires. Ils y voient des menaces contre l'art de vivre français. Ils ne sont pas loin de considérer la cirrhose alcoolique comme un mal nécessaire. De l'autre côté, les acharnés de la lutte contre l'alcool ne proposent que la non-consommation pour rester libre, heureux et en bonne santé. Il n'est pas facile dans ces conditions de trouver sa propre manière de boire. La santé et les plaisirs de la table ou de la vie peuvent pourtant aller de pair à condition de savoir quelle relation on entretient avec l'alcool. Nous sommes inégaux face à l'alcool : Nous ne pouvons pas tous boire et pas tous les mêmes quantités. On peut s'en plaindre ou le regretter. Je crois surtout qu'il vaut mieux essayer de connaître son profil de consommation et son risque de dépendance. Les quelques règles qui suivent à savoir jusqu'où nous autoriser le plaisir de boire sans danger.

LES DERNIERS CHIFFRES DE L'ALCOOL EN FRANCE

Dès l'âge de 20 ans un Français sur deux consomme de l'alcool au moins une fois par semaine. La proportion de consommateurs quotidiens est de 10 % pour les Français de 20 ans et de 65 % à 60 ans. 3,5 % des Français n'ont jamais bu un verre d'alcool de leur vie.
(Adapté de Philippe Batel, 2006.)

Combien de verres buvez-vous vraiment ?

La question paraît simple. Elle ne l'est pas tant que cela. Un alcoologue anglais avait écrit, sous couvert d'humour bien sûr : « Demandez au mari ce qu'il boit et multipliez le nombre de verres annoncé par deux ou alors demandez à sa femme ce que son mari boit et divisez la dose qu'elle vous déclare par deux. » Mes patients en difficulté avec l'alcool ont du mal à faire ce calcul. Ils se réfugient dans le flou. Ils me disent – en toute bonne foi d'ailleurs – qu'ils ne savent pas exactement ce qu'ils boivent. « C'est irrégulier. Cela va d'un verre à cinq bouteilles par jour. Je ne sais vraiment pas calculer », me dit un dépendant qui est venu se sevrer. Ils ont perdu la capacité de ne pas boire et aussi celle de savoir exactement ce qu'ils boivent. C'est justement un des signes de leur dépendance.

Une fois que l'on sait doser ce qu'on boit, on commence à retrouver sa liberté face à l'alcool et l'on peut comparer sa consommation aux normes données par les spécialistes de la santé publique. Les femmes enceintes ne doivent pas boire du tout d'alcool. Nous nous sommes faits à l'idée que les femmes enceintes ne fument pas. Nous devons encore apprendre à connaître les dangers de l'alcool sur l'enfant à naître. Le fœtus est intoxiqué par l'alcool que boit sa mère. Il est alcoolisé « de force ». Les anciens dépendants ne peuvent pas non plus boire en toute liberté. Ils se comportent comme s'ils étaient allergiques à l'alcool. Le moindre verre les expose à une perte de contrôle. Certains ont pu décrire leur état de dépendance passé comme une cicatrice biologique et psychologique qui les rend vulnérables à l'effet du moindre verre. J'ai même vu d'anciens dépendants retrouver le goût de l'alcool et une envie incontrôlable après un simple coq au vin.

Marguerite Duras expliquait qu'elle faisait partie de ces femmes qui recommencent à boire trop à partir d'un seul verre de vin. « Je ne sais pas quel nom la médecine nous donne. » J'aurais envie de lui répondre. La médecine les appelle des hommes et des femmes dépendants justement parce qu'ils ont perdu durablement leur capacité de contrôler l'alcool. Ils peuvent guérir de tout sauf de leur fragilité et de leur impossibilité à maîtriser leur relation à l'alcool. Enfin, ceux qui sont en train de devenir dépendants doivent aussi arrêter complètement l'alcool. Nous verrons les petits signes qui amènent à se demander si l'on n'est pas au bord de la perte de liberté.

Les doses d'alcool autorisées sans impact négatif sur la santé déterminent un seuil précis. Si l'on s'y tient, on ne court pas de danger. Au-delà, les effets de l'alcool commencent à se faire sentir sur le foie, les artères, et les risques de cancer augmentent. Pour être complet, rappelons une évidence. Il vaut mieux s'abstenir de boire tout alcool avant de conduire sa voiture ou d'accomplir une activité exigeant une vigilance maximale.

Quelles sont les doses d'alcool autorisées à ceux qui ne sont ni dépendants ni anciens dépendants ? Quelle est la limite fixée par l'Organisation mondiale de la santé ? Ces recommandations médicales sont exprimées en verres de boisson alcoolique par jour ou par semaine, sachant qu'il y a presque autant d'alcool dans un verre de vin, un demi de bière ou un petit verre d'alcool fort… Les hommes peuvent boire sans danger deux verres de boisson alcoolique par jour, soit quatorze verres par semaine. Les femmes ont droit à sept verres par semaine ou un verre par jour sans risque. Il n'est pas possible de cumuler et de boire en une journée sa dose de la semaine. On ne doit pas boire plus de quatre verres en une seule fois. Faites le calcul avec votre consommation. Respectez-vous ces limites ? Hésitez-vous avant de répondre ?

DIALOGUE… À PEINE IMAGINAIRE… ENTRE UN CONSULTANT ET SON MÉDECIN QUI ESSAIE DE SAVOIR CE QU'IL BOIT

« Combien de verres buvez-vous par jour ? Essayez de vous souvenir.

– Quand je bois, je ne calcule pas.

– Essayez quand même !

– Après avoir bu, j'oublie. Je sais seulement que je bois à chaque fois que je me sens seul ou que j'ai envie de m'évader.

– Ça vous arrive souvent ?

– Trop souvent à mon goût… et à votre goût aussi. »

Buvez-vous par habitude, à la Marguerite Duras ou à la Joseph Kessel ?

La liberté face à l'alcool ne dépend pas seulement des quantités que l'on boit. Il faut aussi savoir la manière dont l'alcool est présent dans notre vie. Mettons à part les non-buveurs par conviction religieuse, par dégoût ou par peur de devenir dépendants. Il y a, parmi ceux qui boivent, trois grands types de consommateurs : les buveurs d'habitude, les amoureux de la fête et ceux qui prennent l'alcool comme un calmant. Avant de proposer à ceux qui me consultent de compter leurs verres, je les invite souvent à essayer de savoir pourquoi ils boivent et ce qu'ils cherchent ou trouvent dans l'alcool. On ne conquiert sa liberté qu'en acceptant de se regarder en face, même dans les situations que l'on voudrait laisser dans l'ombre. Le premier temps de la consultation se passe ainsi à se découvrir soi-même. J'accompagne cette connaissance de soi sans faire de reproches. J'essaie autant que possible de ne pas bloquer la démarche par des conseils trop directifs. Je veux surtout aider celui qui regarde en lui à sortir du mensonge et de la banalisation. Vous pouvez vous aussi vous livrer à cette expérience. Prenez quelques instants pour savoir ce que vous cherchez vraiment dans l'alcool.

L'alcool vous libère-t-il de votre timidité ou de votre blues ? Prenez-vous de l'alcool comme un médicament, qui vous stimule ou vous calme ? En avez-vous besoin en fin de journée pour évacuer le stress de votre travail ? Peut-il vous arriver de boire seul ? Êtes-vous ainsi un buveur à la Marguerite Duras, triste, coupable et plutôt solitaire ? Ou alors utilisez-vous l'alcool comme un compagnon de vos fêtes ? Le partagez-vous en groupe, avec des amis ou de la famille pour faire fondre la glace, vous rendre plus sociable et plus gai ? Ressemblez-vous quand vous portez un toast à l'amateur d'ivresse, d'amitié et de fêtes qu'était Joseph Kessel ? Êtes-vous, enfin, un buveur d'habitude, un de ceux qui boivent sans y penser parce qu'ils n'aiment pas l'eau et ne s'imagineraient pas faire un repas sans un verre de vin ou de bière, un apéritif et un digestif ?

Commençons par l'alcool comme médicament, celui qui chasse l'angoisse, la tristesse, et tient compagnie. Marguerite Duras en est un exemple malgré elle. Elle se consolait dans le vin. Elle lui confiait ses angoisses en espérant qu'il les apaise. Elle n'aimait pas l'alcool mais ses effets d'anéantissement. Elle cherchait le vide qu'il crée autour de lui et son pouvoir d'anesthésie des émotions. Elle buvait dans la souffrance et la honte. Écoutons ce qu'elle dit de sa relation à l'alcool : « Une femme qui boit c'est comme un animal qui boirait, un enfant. L'alcoolisme atteint le scandale avec la femme qui boit : une femme alcoolique c'est rare, c'est grave. C'est la nature divine qui est atteinte. » Marguerite Duras n'osait pas entrer dans les bars. Pour avoir la force d'affronter l'alcool en public, pour rentrer seule dans un bistrot, la nuit, par exemple, il lui fallait avoir déjà bu. Je retrouve plus souvent cet alcool-médicament chez les femmes. Elles me disent parfois qu'elles n'aiment pas le goût de l'alcool mais qu'elles ont besoin de boire pour s'assommer ou s'étourdir. Certaines choisissent des vins doux qui masquent le goût. D'autres boivent rapidement du gin ou de la vodka. Le champagne tient une place à part. Il donne longtemps l'illusion de la joie. Rappelez-vous encore Marilyn et son gin dans le café.

Un « duel à l'alcool »

Joseph Kessel vivait l'alcool sur un mode festif. Le livre récemment paru *Ami, entends-tu...* recueille les anecdotes qu'il confiait à la fin de sa vie. Il y parle beaucoup d'alcool. Joseph Kessel était fier de ses ivresses, de ses nuits folles et de son tempérament de grand Slave indestructible. Il avait relevé tous les défis, affronté tous les dictateurs. Il n'allait pas se laisser impressionner par le risque de dépendance. Il lui arrivait de se battre en duel, le verre à la main, contre d'autres grands amateurs de sensations fortes. L'un de ses plus célèbres « duels à l'alcool » se passe à Hollywood en 1948. Joseph Kessel habite chez le réalisateur Anatole Litvak. Il rencontre Humphrey Bogart à l'occasion d'un dîner. Les deux hommes se jaugent rapidement et comprennent qu'ils se ressemblent par bien des points. « Il paraît que vous buvez bien », lui dit Bogart. Kessel essaie d'avoir l'air surpris alors que les souvenirs des bars qu'il met à sac sous l'effet de la vodka sont déjà des légendes, y compris aux États-Unis. Le Tout-Hollywood connaît la folie de destruction qui prend l'écrivain quand la vodka lui fait perdre le contrôle de lui-même. Il lui arrive de tout casser, les bouteilles, la vaisselle, les chaises. En rentrant chez lui, il a pu briser une porte en verre d'un coup de tête.

Humphrey Bogart connaît bien les « talents » de Kessel. Il insiste. « Je sais, on me l'a dit. Vous tenez bien le choc. Mais je crois que je tiens encore mieux que vous. » Bogart lui propose un pari. Kessel aimait au moins autant le jeu que l'alcool. Il ne peut et ne veut résister. La règle du pari est la suivante : chacun des deux hommes doit traverser le salon d'Anatole Litvak et boire à chaque passage un verre du même alcool. Une fois le verre fini, il revient dans le jardin jouxtant la maison et reprend un autre verre. Ils doivent recommencer le manège toutes les dix minutes. Celui qui fera le plus grand nombre d'allers-retours aura gagné. Joseph Kessel propose de la vodka. Bogart, en bon Américain habitué au bourbon, la refuse. Ils finissent par tomber d'accord sur un duel au cognac.

Une chanteuse s'installe devant un groupe de musiciens de jazz. J'imagine qu'elle devait chanter du blues à la manière de Billie Holiday, une autre grande dépendante de l'alcool et des drogues. La chanteuse essaie d'improviser sur un standard de jazz triste comme un alcool tiède. Kessel et Bogart ne l'écoutent pas. Ils passent devant elle toutes les dix minutes avec un nouveau verre à la main. Ils parlent et rient de plus en plus fort. Ils gênent les musiciens. À chaque fois que la chanteuse essaie de donner de la voix, ils traversent le salon en buvant. Ils sont de plus en plus ivres. À un moment, Joseph Kessel se retourne. Humphrey Bogart n'est plus là. Il est effondré sur le tapis de sol de sa Rolls, garée près de la maison. Il expliquera plus tard qu'il avait eu l'impression d'être dans une piscine. Son comportement paraît étrange. Il est tellement ivre qu'il nage la brasse à l'intérieur de sa voiture. Kessel tient mieux l'alcool. Il sait encore où il est. Mais il n'appréciera pas longtemps son étrange victoire. La femme d'Humphrey Bogart, une actrice célèbre, Lauren Bacall, lui reproche d'avoir incité son mari, qui n'en avait guère besoin, à boire plus que de raison. Kessel hausse les épaules et se sert un dernier verre avant de retrouver d'autres amis pour finir la nuit. Comment mieux illustrer l'alcool des fêtes folles, des nuits de défis et de bagarres ?

Un dernier type de buveur est le consommateur d'habitude. Il boit de manière ritualisée son même verre aux mêmes heures. Il ne recherche ni l'ivresse ni l'endormissement. Il a seulement besoin de recommencer chaque jour un geste machinal auquel il ne pense pas et n'attribue pas une grande importance. Il ne cherche dans l'alcool ni griserie ni sommeil. Il s'en tient parfois aux limites fixées par les autorités de santé mais il peut aussi passer, sans s'en rendre compte, à une consommation moins libre. Il serait le premier étonné si on lui disait qu'il peut être dépendant.

Connaissez-vous les trois facteurs de risque de dépendance ?

Regardez un western. Vous y verrez souvent un cowboy qui boit trop. Il noie son chagrin dans le bourbon. Il boit parce qu'il est seul et parce qu'il a traversé de grands malheurs. Il boit pour se consoler et il continuera à boire tant qu'il n'aura pas trouvé de raisons d'être heureux. Nous avons intégré cette explication aussi simple qu'une intrigue de western. L'alcoolique est dépendant parce qu'il est trop sensible et trop malheureux. En réalité, la tristesse et l'angoisse sont moins souvent des causes que des effets d'un abus d'alcool. Les hommes et les femmes les plus à risque de dépendance sont ceux qui résistent bien à l'alcool et ont tendance à rechercher les situations à risque.

La résistance à l'alcool est le seul facteur qui augmente « objectivement » le risque de dépendance. Ceux qui résistent le mieux à l'alcool ont un risque plus élevé de perdre leur liberté en buvant. Leur bonne tolérance à l'alcool les met en danger. Marguerite Duras l'explique bien. Dès qu'elle a commencé à boire, elle est devenue une alcoolique tant elle tenait bien l'alcool. Elle a bu tout de suite comme une alcoolique. Elle buvait sans ivresse et laissait tout le monde derrière elle. Comme l'alcool, en apparence, ne lui faisait pas de mal, elle a commencé à en boire le soir, puis elle a bu à midi, puis le matin. Enfin, elle a commencé à boire la nuit. Une fois par nuit et pour finir toutes les deux heures.

Une étude américaine conduite pendant deux ans à travers les États-Unis confirme l'importance de la tolérance en tant que risque de dépendance. L'enquête a porté sur des fils de pères alcooliques dont la moitié résistait bien à l'alcool. Ils n'étaient ni endormis ni excités par la vodka qu'ils buvaient dans des conditions « expérimentales » pour les besoins de l'étude. L'autre moitié était plus sensible à l'alcool. Les jeunes gens sensibles s'endormaient ou tremblaient. Ils se sentaient fatigués ou d'une bonne humeur excessive après avoir bu. L'expérience a été conduite en aveugle : les enquêtés ne savaient pas ce qu'ils buvaient. Les chercheurs avaient dilué l'alcool dans une boisson sucrée pour masquer son goût. Les jeunes gens ont été suivis pendant dix ans. Presque aucun d'entre eux n'a été perdu de vue. Les chercheurs de San Diego les ont retrouvés même quand ils étaient partis à l'autre bout des États-Unis ou du monde.

Les jeunes gens résistants à l'alcool étaient devenus en dix ans trois fois plus dépendants que ceux qui étaient sensibles à l'alcool. Nous tenons avec cette expérience unique une preuve d'un risque majoré d'alcoolisation. Je présente souvent ces résultats aux adolescents que je rencontre à l'hôpital ou dans la vie « normale ». Un jeune homme qui a dans sa famille des hommes ou des femmes en difficulté avec l'alcool souffre d'un risque de dépendance d'autant plus fort qu'il supporte bien l'alcool. Et s'il est en plus à la recherche de risque et un peu « tête brûlée », il doit vraiment surveiller sa relation à l'alcool. Ceux d'entre nous qui tiennent le mieux l'alcool en sont parfois fiers. Ils se présentent comme des bons vivants qui savent bien boire. Savent-ils qu'ils ont hérité d'un plus grand risque d'addiction ? Leur volonté n'est pas en cause. Ils sont simplement victimes d'un paramètre biologique qui leur a été transmis.

Les deux autres facteurs de risque sont l'histoire de la famille et la personnalité. La manière dont le risque se transmet d'une génération à l'autre n'est pas encore connue. C'est probablement à la fois une question de chromosomes et d'exemples auxquels on s'identifie, consciemment ou non. L'atavisme génétique et l'autorisation que nous donne l'histoire de nos parents ont des effets qui s'additionnent. Le risque est à la fois inné et acquis. Quels que soient les chemins qu'il emprunte, son importance est indiscutable. Ceux qui ont des alcooliques dans leur famille sont trois à quatre fois plus souvent alcooliques eux-mêmes. La transmission d'une génération à l'autre n'est malgré tout pas une fatalité. Le danger peut parfaitement être évité s'il est reconnu. Il suffit, une fois encore, d'accepter que nous ne sommes pas tous égaux devant la liberté et ce qui la menace. Rien ne sert de gonfler ses muscles et sa volonté face à ce danger. Mieux vaut regarder ce que l'on boit et la relation que l'on entretient à l'alcool.

LA THÉORIE MEMBRANAIRE DE L'ALCOOLISME

Il n'est pas sûr que cette explication soit complètement juste. Elle illustre pourtant bien la base biologique de la dépendance. L'alcool rend les membranes plus fluides. Les membranes ainsi fluidifiées laissent plus facilement passer les différentes molécules du cerveau. Mais les membranes ont aussi tendance à résister à cet effet fluidifiant de l'alcool. Elles deviennent plus rigides. Un nouvel état d'équilibre se crée. L'alcool fluidifie les membranes qui résistent en devenant plus rigides. Si l'on enlève brutalement l'alcool à une personne dépendante, ses membranes apparaissent comme trop rigides. Elles s'étaient habituées à fonctionner en présence d'alcool.

Un autre modèle biologique de l'alcoolisme consiste à sélectionner des souches de rats qui aiment l'alcool. Ces petits animaux sont assez rares. Le rat normal fuit l'alcool. Les rats aimant l'alcool sont aussi des chercheurs de nouveauté. Ils ne fuient pas la lumière. Ils aiment également les amphétamines et s'en auto-administrent si on leur en donne l'occasion.

Le dernier facteur de risque dépend de notre personnalité. Les chercheurs de sensations fortes et de nouveauté boivent plus que les autres. Ils sont plus souvent ivres et se contrôlent plus difficilement. Quand ils commencent à boire, ils tombent facilement dans des excès. Ils répondent oui à quelques-unes des propositions suivantes permettant de démasquer leur tendance à l'aventure :

– je rêve souvent que je pourrais être un alpiniste ;

– je trouve cela plus stimulant que les gens ne soient pas d'accord avec moi ;

– je souhaiterais n'avoir pas besoin de gaspiller autant de temps à dormir ;
– j'aime essayer de nouveaux plats ;
– je ne supporte pas de voir un film une seconde fois ;
– cela m'énerve rapidement dès que je dois rester chez moi ;
– je trouve souvent de la beauté dans les couleurs discordantes et les formes irrégulières de la peinture moderne ;
– boissons à volonté est la clé de la réussite d'une fête ;
– j'aimerais bien essayer une drogue qui produit des hallucinations ;
– presque tout ce qui est illégal ou immoral est agréable ;
– on devrait avoir beaucoup d'expériences sexuelles avant le mariage ;
– souvent j'aime me stimuler en buvant de l'alcool ou en fumant de l'herbe ;
– je prends du plaisir à une discussion intellectuelle bien échauffée même si les gens deviennent quelquefois excédés ;
– j'aime bien parfois faire des choses incongrues juste pour en voir l'effet sur les autres ;
– si l'on peut prédire toutes les paroles et tous les actes d'une personne, c'est qu'elle doit être ennuyeuse ;
– regarder des films ou des diapositives de voyage chez quelqu'un m'ennuie à mourir ;
– je préfère les fêtes « sauvages » et désinhibées aux fêtes paisibles où l'on discute tranquillement.

Et vous, qu'en pensez-vous ? Comment répondez-vous à ces propositions imaginées il y a plus de vingt ans par le psychologue américain Marvin Zuckerman ? Aimez-vous les défis et les sensations nouvelles ? Buvez-vous comme Joseph Kessel jusqu'à vous en faire tourner la tête ?

Anna vient me voir en consultation depuis plusieurs années. À l'adolescence, Anna voulait chanter et jouer la comédie. Il faut dire que son physique ne passe pas inaperçu. Elle a le sens du rythme et s'habille avec élégance dans le style des années 1980. Elle porte fièrement sa taille haute. On remarque aussi ses yeux bleus et ses cheveux bruns coupés court. Anna parle de ses difficultés à l'alcool qui datent de l'enfance. « J'ai commencé, dit-elle, à boire à l'âge de 10 ans. Le seul point sur lequel mon père et ma mère étaient d'accord, c'était l'alcool. Ils buvaient tous les soirs et m'obligeaient à boire. » Anna baisse les yeux pour me parler de souvenirs encore plus douloureux.

Son père, sous l'effet de l'alcool, lui imposait des jeux sexuels que sa mère laissait faire. Anna, devenue adolescente, a bu avec ses camarades de lycée. « Je cachais à mes parents mes sorties et mes mauvaises notes. Je détournais les bulletins et les avertissements. Je me sentais obligée de boire avec une sorte de furie. J'avais l'impression que c'était le seul moyen de me venger de mes parents. » Après un échec au baccalauréat, Anna a commencé une thérapie. Elle a connu des périodes sans alcool et des rechutes. Elle a poursuivi ses études.

Anna est aujourd'hui diplômée en action commerciale. Elle se sert de son sens du contact pour démarcher de nouveaux clients. Sa vie sentimentale reste difficile. « Je n'adresse pas la parole à un homme qui me plaît si je n'ai pas bu avant. Tous les hommes que je rencontre ont ou ont eu des problèmes d'alcool. J'ai besoin de cette connivence pour commencer une relation. Et puis je fais peur aux hommes qui ne boivent pas. Je ne fais de rencontres que dans les bars. »
Anna continue à avancer sur le chemin de la liberté

vis-à-vis de l'alcool. Depuis un an, elle investit un groupe d'anciens malades qui s'aident à sortir de la dépendance. Elle parle à des hommes ou des femmes, ayant connu les mêmes épreuves, de ses envies de boire, de ses pertes de contrôle et de son besoin de tout bouleverser quand la vie lui paraît trop calme. Jour après jour, Anna est plus déterminée à vivre sans alcool. Elle me reparle de son envie de théâtre. Elle pense aussi à faire un enfant.

Connaissez-vous les premiers signes d'un excès d'alcool ?

Les hommes, écrivait à peu près La Bruyère, s'attribuent les qualités qu'ils n'ont pas et ne voient pas leurs vraies difficultés ou leurs vrais défauts. La situation est toujours la même, notamment quand il s'agit d'alcool et de liberté. Ceux qui se croient hors de danger face à la liberté de boire ou de ne pas boire sont plus dépendants qu'ils ne se le figurent.

La plupart de mes consultations avec de vrais malades de la dépendance commencent sur un malentendu. Ils sont venus par hasard, par erreur ou par acquit de conscience. Je reçois ainsi des hommes qui me disent à quel point ils vont bien et ne sont pas aussi malheureux que le croit leur femme. Ils ne comprennent pas pourquoi toute leur famille les a poussés à consulter. La conversation se prolonge. Ils me parlent un peu d'alcool mais ne connaissent pas les signes de la dépendance. Ils savent seulement qu ne sont pas des alcooliques. Ils en sont sûrs. Ils ne ressemblent pas aux caricatures que l'on donne du malade de l'alcool. Ils peuvent arrêter de boire quelques jours et ils ne font pas d'accès de delirium.

Les écrivains parlent de manière plus juste de leur perte

de liberté. Ils savent reconnaître dans des gestes ou des pensées en apparence banals les petits signes de l'addiction. Marguerite Duras s'est prise elle-même comme objet d'étude dans *La Vie matérielle*. Elle voyait clair en elle sans pourtant pouvoir changer une conduite qu'elle savait nocive. Utilisons son expérience. Elle montre la manière dont l'alcool peut envahir une existence. « Ça fonctionne comme une centrale, un corps alcoolique, comme un ensemble de compartiments différents tous reliés entre eux par la personne tout entière. C'est le cerveau qui est pris en premier. C'est la pensée. Le bonheur par la pensée d'abord et puis le corps. Il est gagné, imbibé peu à peu, et porté. » Marguerite Duras a commencé par le whisky, le calvados et les alcools qu'elle appelait « fades » comme la bière ou une boisson plus mystérieuse, la verveine du Velay. Puis elle a bu du vin et elle ne s'est jamais arrêtée.

L'histoire du cinéma se souvient aussi de Romy Schneider qui buvait de plus en plus au fil de sa carrière. Elle était passée de l'alcool festif à l'alcoolisation obligatoire. Elle ne buvait au départ que du champagne à chaque fois qu'elle prenait un bain. Elle finissait par prendre une dizaine de bains par jour et autant de coupes de champagne !

Certaines relations à l'alcool évoquent plus que d'autres une dépendance qui s'installe. En voici quelques exemples tels que me les ont racontés mes derniers patients :

– mes relations sexuelles se commencent et se concluent toujours dans l'alcool ;

– je bois de l'alcool tous les soirs pour me détendre ;

– je mets le matin du rhum dans mon café pour le corser ;

– j'aime les fêtes avec de l'alcool. La Saint-Sylvestre tombe tous les jours de l'année ;

– une bière dans la matinée permet d'attendre l'apéritif;
– je ne peux pas déjeuner sans un verre de vin ou de bière;
– je ne me passe pas du digestif ou du pousse-café;
– nous fêtons la fin de la journée tous les soirs entre amis autour d'un verre et nous buvons encore plus à la fin de la semaine;
– je trouve dans les déjeuners d'affaires un bon prétexte pour boire plus que d'habitude et gratuitement;
– il m'arrive de tant boire que je ne me souviens plus de ce que j'ai dit;
– l'alcool me sert à affronter les situations qui me font peur;
– une belle fête doit se finir dans l'ivresse;
– l'alcool est le principe organisateur de la vie;
– tous mes amis boivent;
– j'organise mes vacances pour boire le plus possible;
– j'essaie de boire moins mais je n'y arrive pas;
– je promets souvent à ma famille de faire un effort;
– je me fixe des défis que je ne peux pas tenir;
– je prends des résolutions: ne pas boire avant le soir, boire un jour sur deux, mais je n'y arrive pas;
– l'alcool est mon loisir préféré;
– je mets en danger mon travail ou mes relations avec mes amis pour continuer à boire.

Un autre visiteur de l'hôpital Bichat me dit: «Quand l'envie de boire me prend, je ne peux résister. Je sais qu'il n'y a pas d'alcool chez moi. Je me précipite dans un magasin et j'achète de la bière fortement alcoolisée. J'en bois plusieurs litres de suite. Jusqu'au coma. Mes efforts, ma volonté, l'amour de ma famille, plus rien ne compte à ce moment-là.»

Marguerite Duras décrit encore la manière dont l'alcool remplace les autres centres d'intérêt : « L'alcool fait résonner la solitude. Il finit par faire qu'on le préfère à tout. Boire ce n'est pas obligatoirement vouloir mourir. Mais on ne peut pas boire sans penser qu'on se tue. Vivre avec l'alcool c'est vivre avec la mort à la portée de la main. Ce qui empêche de se tuer quand on est fou de l'ivresse alcoolique, c'est l'idée qu'une fois mort on ne boira plus. »

« Je n'ai, me dit un homme que j'ai rencontré récemment, pas toujours bu pour m'enivrer. J'ai aimé les grands crus avant d'en être réduit à boire tout ce que je trouvais pour échapper au manque. » Quand on perd sa liberté de boire, on remplace ainsi le plaisir par l'obligation et la liberté ou l'imprévu par la nécessité d'une répétition.

LES SIGNES ÉVOQUANT UNE PERTE DE MAÎTRISE DE LA CONSOMMATION D'ALCOOL

– Constat en fin de journée ou de soirée que l'on a consommé plus d'alcool que ce que l'on avait prévu.
– Angoisse à l'idée de ne pas disposer d'alcool.
– Difficulté à s'abstenir de boire dans des situations à risque (conduite automobile).
– Envie incontrôlable de boire.
– Ivresses répétées.
– Incapacité à modifier sa consommation alors qu'un médecin vous a expliqué qu'elle était toxique.
– Tendance à augmenter les doses d'alcool pour obtenir les mêmes effets.
– Diminution des effets lorsque la consommation est stable.
– L'alcool est nécessaire dès le matin pour démarrer la journée.

– Symptômes de manque (irritabilité, anxiété et sueur) après quelques heures sans alcool. (Adapté de Philippe Batel, 2006.)

Savez-vous parler d'alcool à vos enfants ?

Les enfants et les adolescents rencontrent l'alcool de plus en plus tôt. Les enfants peuvent connaître plusieurs ivresses dès l'âge de 10 ans et ce à l'insu de leurs parents. Marie Choquet, spécialiste des comportements adolescents, confirme la fréquence des difficultés avec l'alcool chez les enfants et les adolescents. Les garçons boivent de plus en plus jeunes et de plus en plus souvent. Les filles rattrapent leur retard. Elles découvrent elles aussi l'alcool dès l'école. En moyenne 33 % des collégiens ou lycéens âgés de 15 à 16 ans (40 % des garçons et 26 % des filles) boivent de l'alcool au moins une fois par semaine. Un tiers des adolescents de 15 à 16 ans ont été ivres au moins deux fois dans leur vie.

Ceux qui n'ont pas connu l'alcool, enfants, le découvrent adolescents. L'adolescence est le temps de toutes les initiations, y compris à l'alcool. Sous la forme de bière, de premix ou d'alcools forts, il devient l'attraction obligatoire des fêtes d'adolescents. Il permet une ivresse facile, peu coûteuse et socialement plus acceptée que celle de la drogue. Il faut apporter dans une fête branchée une bouteille de vin et un alcool fort. Certains adolescents se limitent à quelques ivresses. D'autres, moins nombreux bien sûr, mélangent l'alcool, le tabac et les drogues illicites pour des sensations et des « voyages » inédits.

Les producteurs d'alcool ne veulent pas rater ces

premiers rendez-vous des jeunes avec l'alcool. Ils offrent aux étudiants un *open bar* de vodka ou de champagne. Ils servent à volonté leurs futurs fidèles clients. Tous les moyens sont bons pour capter le plus tôt possible une nouvelle génération de consommateurs. Il faut aussi leur faire croire que l'ivresse est une obligation sociale. Les premix ciblent les jeunes de manière encore plus malhonnête. Ces petites bouteilles colorées se présentent comme des sodas corsés ou branchés. Le goût de l'alcool est couvert par le sucre pour séduire malgré lui le nouveau consommateur. Les alcoologues en dénoncent le danger sans être assez entendus. Ils essaient – mais leurs moyens sont moins importants que ceux des producteurs de spiritueux – de lutter contre cette offre d'alcool qui ne dit pas son nom. Dans ces cas, les tenants de la prohibition vont dans le sens de la liberté.

Que faire, en tant que parent, de toutes ces informations ? Comment les utiliser pour aider ses enfants ? Que leur dire de l'alcool ? Il me paraît tout d'abord illusoire de croire qu'un adolescent pourrait passer complètement à côté de l'alcool. Ses premiers contacts avec l'alcool sont des expériences normales et maturantes si elles se passent bien. Il teste les effets de l'alcool sur ses capacités physiques et psychiques. Est-il plutôt endormi ou plutôt excité quand il boit ? Se sent-il moins timide ? Trouve-t-il grâce à un verre le courage d'aborder les filles auxquelles il n'osait parler quand il était à jeun ? Il fait ainsi des expériences au terme desquelles il acquiert son propre style d'alcoolisation, sa relation à l'alcool tenant compte des contraintes de la société et de ses propres réactions. L'information transmise par ses parents ne doit pas bloquer ou culpabiliser ses premières expériences. Elle doit plutôt les accompagner et l'inciter à en parler. La communication, une fois encore, est un gage de liberté.

LES ADOLESCENTS ET L'ALCOOL :
ENQUÊTE ESPAD

Résultats de l'enquête ESPAD conduite par l'équipe santé de l'adolescent INSERM :

– les garçons consomment plus souvent de l'alcool que les filles, essentiellement de la bière et des spiritueux.

– La consommation régulière (plus de dix fois dans le mois) ne concerne que 7 % des adolescents.

– Toutes les prises d'alcool ne sont pas associées à une ivresse.

– La moitié des adolescents qui déclare avoir consommé une ou deux fois au cours du dernier mois a fini ivre.

– Moins de 10 % de ceux qui consomment régulièrement s'enivrent.

– Les adolescents français ne sont pas les plus gros consommateurs d'alcool en Europe. Ils consomment moins que les Britanniques et les Hollandais. Leur consommation est proche de celle des jeunes Italiens.

(Source : *European School Survey Project on Alcohol and Other Drugs*, 2003.)

Quelques idées fausses sur l'alcool

Quand nous sommes dépendants, nous ne sommes pas seulement piégés par une substance, mais aussi pris par des idées fausses. Le champ de l'alcool est particulièrement riche en croyances que le consensus social encourage. En voici quelques-unes, que j'entends régulièrement dans mes consultations. Je les reprends avec ceux qui m'en parlent et je tente de les modifier au fil des entretiens. *Tant que le foie va, tout va*

Les complications médicales de la dépendance à l'alcool arrivent tard. Il faut connaître son addiction bien avant que son foie ne demande grâce. Plus tôt on s'aperçoit de sa perte de liberté, mieux on peut éviter les maladies du foie, du cœur et du cerveau que provoque l'alcool à forte dose. L'addiction, nous l'avons déjà dit, est plus une atteinte de la relation qu'une maladie du foie. Les prises de sang ne font pas le diagnostic de dépendance. Elles n'en révèlent que les conséquences les plus retardées.

Les bons vins ne font pas de mal

Les bons vins sont excellents à boire ! Qui en douterait ? Mais ils ne font pas de miracles. Ils contiennent autant d'alcool que les piquettes. Il n'existe pas, même si certains en rêvent, de grandes cuvées que l'on peut boire sans compter et sans danger. Et pourtant, j'entends souvent dire que les grands crus ne font pas de mal. D'autres m'expliquent que le vin passe mieux et contient moins d'alcool quand on le coupe d'eau. Tout cela est faux bien sûr…

Dépendant un jour, dépendant toujours. Qui a bu boira

Les traitements de l'addiction sont mal connus et ceux qui essaient de se libérer sont maltraités par de fausses sagesses populaires. Ils sont victimes de préjugés considérant quc leur dépendance est un état dont on ne guérit pas. La réalité est toute autre. Les témoignages d'anciens dépendants sevrés le confirment. À chaque stade de la dépendance, il est possible de s'en sortir. Les traitements – médicaments, thérapies, consultations en tête à tête et en groupe – sont utiles. Ils n'évitent pas toutes les rechutes mais ils améliorent la qualité de la vie. On peut commencer, ce livre vous y invite, à faire seul le point de sa relation à l'alcool.

Les consommations excessives sans dépendance (plus de deux verres par jour chez l'homme et d'un verre chez la femme) peuvent se réduire sans l'aide d'un médecin. On surveille soi-même sa consommation d'alcool comme on surveille son poids ou sa tension artérielle. La vraie dépendance n'est pas aussi facile à surmonter seul, encore qu'il soit possible de commencer une bonne partie du travail si l'on est motivé. Mais il ne suffit pas, pour en sortir, de diminuer sa consommation. La dépendance impose souvent un sevrage complet d'alcool pendant au moins un an. L'aide d'un médecin sera précieuse dans cette entreprise. Il traite les signes de sevrage qui peuvent apparaître et accompagne la démarche du patient. Il renforce sa motivation à changer et propose de fixer un jour précis à partir duquel va commencer le sevrage d'alcool. Il accompagnera aussi les rechutes – toujours possibles, mais jamais définitives. Je me demande pourquoi on ne reproche leurs rechutes qu'aux alcooliques. Quand un hypertendu voit sa tension monter de nouveau, on le soigne. Quand un alcoolique recommence à boire, on met en cause sa volonté et on se demande s'il mérite d'être soigné !

L'alcool libère des soucis

Une patiente, qui vient me voir régulièrement le mardi matin, me parle depuis plusieurs années des problèmes de son couple. Elle ne supporte pas les colères de son mari. Elle est angoissée quand elle ne le voit pas et énervée quand il est trop présent. Depuis quelques mois, elle a trouvé une manière de colorer la grisaille de son existence. Elle sort avec des amies, va danser et boit de l'alcool. Ses sorties alcoolisées, peu à peu, deviennent une habitude dont elle ne peut se passer. Elle boit de plus en plus et commence même à boire seule chez elle. L'alcool lui fait de moins en moins d'effet. Il ne la rend plus heureuse. Les premiers verres étaient des euphorisants, mais l'effet a fini par s'inverser.

Dès que les prises d'alcool se répètent, elles rendent plutôt triste et anxieux. L'alcool ne chasse pas la mauvaise humeur. Ce n'est pas un antidépresseur ; c'est plutôt un « dépresseur » de l'humeur. Un verre peut rendre gai. Mais après deux ou trois verres, l'effet s'inverse. Une autre jeune femme dépendante, qui vit maintenant sans alcool, me l'a souvent raconté. L'alcool exagérait les mouvements de son humeur. Elle passait du rire au désespoir.

L'alcool guérit la timidité

L'alcool nous désinhibe tous. Nos histoires de début et celles de fin de repas ne sont pas les mêmes. Entre les deux, l'alcool a fait son effet. Il lève certains de nos tabous. Pourtant, le vin ne guérit pas les vrais timides, ceux que la psychiatrie appelle les phobiques sociaux. Il a même tendance à aggraver la timidité de ceux qui l'utilisent comme un gri-gri pour affronter les rendez-vous qu'ils redoutent. Écoutons encore Marguerite Duras nous expliquer ses effets sur la vie sociale. Elle sait que l'alcool en excès fait parler. Elle sait aussi qu'il nous fait plutôt dire des banalités ou des confidences que nous regretterons plus tard. C'est, écrit-elle, « la spiritualité jusqu'à la démence de la logique, c'est la raison qui essaie de comprendre jusqu'à la folie pourquoi ». « L'alcool ne console en rien, il ne meuble pas les espaces psychologiques de l'individu, il ne remplace que le manque de Dieu. Il ne console pas l'homme. C'est le contraire, l'alcool conforte l'homme dans sa folie, il le transporte dans les régions souveraines où il est le maître de sa destinée. L'alcool est stérile. Les paroles de l'homme qui sont dites dans la nuit de l'ivresse s'évanouissent avec elle une fois le jour venu. L'ivresse ne crée rien, elle ne va pas dans les paroles, elle obscurcit l'intelligence, elle la repose. L'alcool ne crée rien qui demeure. C'est le vent. Comme les paroles. » Marguerite Duras, ainsi que bien d'autres, associe l'alcool aux relations amoureuses et amicales. Elle a toujours bu avec les hommes de sa vie. L'alcool reste aussi attaché au souvenir de la violence sexuelle. Il en est indissoluble. L'alcool remplace l'événement de la jouissance, mais il ne prend pas sa place. Les alcooliques, même « au niveau du caniveau », sont des sentimentaux qui ne trouvent pas le moyen de transmettre la charge d'émotion qui les oppresse et les conduit à boire à nouveau.

Tous les dépendants boivent tous les jours

« Je suis libre parce que je peux me passer d'alcool pendant deux jours. » Voilà une autre fausse idée que j'entends souvent. Bien sûr, les plus graves des dépendants tremblent quand l'alcool leur manque pendant quelques heures. Ils vivent en permanence au bord du delirium. Mais il existe aussi des dépendances à éclipses chez ceux qui s'adonnent à l'ivresse à chaque fin de semaine. Ils peuvent tenir quelques jours sans alcool entre deux accès mais ils n'en sont pas pour autant libres.

LA MÈRE DE SÉBASTIEN EST INQUIÈTE

La mère de Sébastien dit à son médecin traitant qu'elle ne consulte pas pour elle-même mais parce que l'état de santé de son fils l'inquiète. Sébastien, brillant élève de terminale, boit tous les vendredis et samedis soir avec ses amis. Il rentre à l'aube, cotonneux puis énervé. Il passe une matinée au lit et il reprend ses activités normales. « Je trouve, dit la mère de Sébastien, que ses ivresses deviennent une habitude dont il ne peut plus se passer. » Sébastien croit se libérer alors qu'il est en train d'entrer tout doucement dans l'abus d'alcool. Il a bien du mal à enten dre les avis de ses proches et vit avec le sentiment d'invulnérabilité propre à son âge.

Commencer à parler de liberté à celui qui ne veut rien entendre

« On dit toujours trop tard aux gens qu'ils boivent trop. C'est scandaleux de le dire, dans tous les cas. » Marguerite Duras l'écrit. Mes patients dépendants me le disent. On ne sait jamais soi-même qu'on est alcoolique. Dans 100 % des cas, le dépendant reçoit cette nouvelle comme une injure. Il dit : « Si vous me dites ça, c'est que vous m'en voulez. » Nous sommes ici, dans le domaine de la liberté et de la dépendance, dans un espace perclus de principes. Jusqu'à un certain degré on laisse les gens mourir.

Les familles, dans ces situations changeantes et souvent angoissantes, tendent à « improviser ». L'alcoolisation crée à l'occasion des relations perverses. On peut voir des attitudes de surveillance infantilisantes, d'interdiction avec des reproches directs ou sournois. L'agressivité peut aussi se déchaîner. On cache l'alcool. On le met sous clé ou dans un coffre. On inspecte l'haleine du « suspect » quand il rentre du travail. Puis vient le temps des interrogatoires dignes des polices les plus soupçonneuses. Ces comportements dra matisent l'ambiance familiale et rendent la victime de la dépendance encore plus coupable alors qu'elle se fait déjà bien assez de reproches.

L'aide à la libération ne passe pas par la menace ou l'intimidation. Ces attitudes extrêmes et agressives peuvent et doivent donc être évitées. Répétons-le, il vaut mieux parler à son mari ou sa femme plutôt que de faire disparaître tout l'alcool de la maison pour « donner une bonne leçon ». Ce changement brutal serait perçu comme un reproche masqué. Il enfermerait celui qui est déjà prisonnier d'une substance dans une attitude de défense. Il renforcerait sa tendance à se mentir et à mentir aux autres.

Les intervenants extérieurs peuvent aider. Un médecin de famille peut servir de médiateur et faire retomber la pression. Il aborde les effets de l'alcool sur le foie et sur la santé en général. Un ancien malade appartenant à un mouvement d'anciens buveurs peut aussi engager les soins. Tout vaut mieux que l'alternance de complaisance et de reproches empêchant de trouver son chemin vers la liberté.

Se libérer du manque

Les nouvelles psychothérapies de la liberté vous apprennent, de manière très directe, à supporter le manque et à contrôler votre besoin ou votre envie de boire. Celui qui décide de boire moins – c'est tout aussi vrai pour un fumeur qui commence un sevrage – doit tout d'abord anticiper les réactions de manque. Les programmes de libération modernes vont l'aider, en groupe ou en tête à tête face à un professionnel. Ces programmes permettent de la même manière à celui qui dépense trop ou passe trop de temps sur Internet de retrouver un comportement plus serein.

Essayons de comprendre comment se réalise cet apprentissage. L'ancien dépendant va – et c'est bien normal – éprouver pendant plusieurs jours ou plusieurs années des envies de boire et des accès de nostalgie. Le besoin de boire est désagréable. On y résiste d'autant mieux qu'on en est prévenu. Il faut tout d'abord savoir qu'il s'agit d'une réaction normale. Il est habituel d'éprouver une envie folle de boire ou de fumer quand on a décidé de se serrer. Cela ne signifie pas que quelque chose ne fonctionne pas. Notre esprit s'est longtemps habitué à l'alcool. Notre corps aussi. L'un comme l'autre ne sont pas prêts à y renoncer facilement. Les envies d'alcool peuvent être stimulées par des objets de l'environnement qui nous rappellent l'époque où nous buvions trop. Il est possible de ressentir des douleurs à l'estomac ou d'être nerveux tant le manque est fort. Ces angoisses, heureusement, ne durent pas. L'envie d'alcool disparaît en quelques minutes ou quelques heures. Après avoir atteint son intensité maximale, elle diminue.

Un psychologue suisse, Claude Uehlinger, donne des conseils précis pour tenir en attendant que le manque retombe. Suivez-les même si vous n'êtes pas en difficulté avec l'alcool. Ils vous aideront à supporter votre envie de chocolat ou votre besoin d'achats inutiles. Si l'envie est trop forte, Claude Uehlinger recommande la technique du surf. Il vous incite à visualiser votre envie comme une vague. Elle est petite au début puis elle grossit et enfin les vagues se brisent et se dissipent. L'envie monte, atteint un paroxysme et descend. Imaginez, propose Claude Uehlinger, que vous êtes un surfeur sur une planche. Vous passez les vagues jusqu'à ce qu'elles se cassent et deviennent moins puissantes. Vous pouvez aussi vous souvenir des quelques films d'arts martiaux que vous avez vus. Le gagnant est celui qui se contente de se défendre. Il se sert de la force de son adversaire. Il fait corps avec lui pour le dominer.

Les psychologues donnent d'autres recettes très comportementales contre le malaise du manque. Vous vous asseyez au calme, vous respirez tranquillement. Vous posez vos pieds bien à plat. Vous vous concentrez sur vos sensations. Vous essayez de visualiser votre envie et de la loca liser dans une partie de votre corps. Vous pouvez par exemple dire : « Actuellement mon envie d'alcool est dans la tête. » Elle peut aussi être ailleurs.

Une fois l'envie localisée vous essayez de préciser la sensation que vous associez au manque. Vous pouvez, par exemple, vous demander : « Est-ce que je ressens du chaud, du froid ou de la douleur ? » Ne croyez pas que ces techniques soient si naïves. Elles favorisent la maîtrise de sensations qui sans cela nous paraissent encore plus envahissantes.

Deux autres techniques de résistance au manque sont la distraction et la communication. Vous vous distrayez en allant voir un film, en faisant quelques exercices physiques ou en écoutant de la musique. Parler et communiquer aident aussi à faire passer lde boire. Vous pouvez parler avec quelqu'un en face de vous ou au téléphone. Vous pouvez également communiquer par Internet en envoyant des mails. Dans tous les cas, vous ne restez pas seul dans les moments où vous vous sentez le plus fragile.

Sortir de la dépendance par la spiritualité ?

Nous nous méfions de ceux qui prétendent nous libérer en faisant appel à la spiritualité, à la morale ou à la religion. Il faut dire que nous avons bien des raisons d'être vigilants dans le domaine. La plupart des sectes mettent en avant une pratique spirituelle censée libérer de la drogue, des habitudes et des addictions modernes. On connaît les résultats... Et que dire des communautés pseudo-religieuses qui rem placent l'aliénation à une substance par la dépendance au pouvoir d'un chef ? Elles annoncent une forme de thérapie et jouent de l'endoctrinement. Indépendamment de ces pratiques déviantes, il n'est pas aberrant de prétendre se libérer en faisant appel à une dimension qui nous dépasse et nous transcende, au spirituel, à l'art ou à l'amour. Nous connaissons tous des histoires d'hommes ou de femmes qui ont arrêté de boire ou de fumer le jour où ils sont tombés amoureux. La force de l'amour leur a permis de trouver des ressources auxquelles ils ne croyaient plus. André Gide racontait qu'il avait guéri un écrivain de son alcoolisme en lui faisant retrouver son ambition littéraire et son goût des belles-lettres. Le plaisir de créer s'était substitué au besoin de boire et l'avait noyé dans l'émotion esthétique.

Les Alcooliques Anonymes usent de la spiritualité comme d'un traitement de l'addiction. Ils n'imposent aucune religion en particulier ni aucune pratique religieuse spécifique. Ils demandent cependant à leurs adeptes de reconnaître qu'ils ne sont pas seuls au monde et qu'ils ne peuvent tout maî triser. Ils doivent accepter la présence du destin ou d'un Être suprême auquel ils donnent l'identité de leur choix. L'important est de reconnaître la force d'une présence ou d'un destin qui les dépassent. Ils renoncent ainsi à la toute-puissance qui les empêche d'exercer leur liberté. Ils se font moins de reproches en se rendant compte qu'ils sont plus victimes qu'acteurs de leur destin.

Marguerite Duras voyait, elle aussi, des liens entre l'alcool et la spiritualité. On manque d'une divinité, disait-elle. Ce vide qu'on découvre un jour d'adolescence, rien ne peut faire qu'il n'ait jamais eu lieu. L'alcool a été fait pour supporter le vide de l'univers, le balancement des planètes, leur rotation imperturbable dans l'espace, leur silencieuse indifférence à l'endroit de votre douleur. L'homme qui boit est un homme interplanétaire. Il cultive l'illusion de vivre dans un statut intermédiaire entre celui d'une divinité et d'un simple mortel.

Les approches spirituelles les plus modernes s'éloignent de plus en plus de la religion. Elles vous invitent à cultiver le dialogue intérieur pour mieux vous connaître. Vous accédez à vos désirs, à vos angoisses et vous voyez plus clairement les moments où vous êtes sur le point de retomber dans l'addiction.

Écoutons les explications des thérapeutes de la liberté qui défendent la puissance du dialogue intérieur. Rien ne vous empêche de mettre ces mêmes conseils en pratique si c'est plutôt l'envie d'une pâtisserie ou d'une nuit sur Internet qui vous tourne la tête. Quand vous êtes sur le point de craquer, c'est que vous ne vous souvenez que des effets agréables du temps où vous étiez dépendant. Vous en oubliez les effets négatifs. À ce moment-là, pratiquez le dialogue intérieur. S'il le faut, parlez-vous à haute voix. Essayez de vous souvenir de tout ce que vous a apporté l'arrêt de l'alcool. Essayez aussi de vous souvenir de toutes les difficultés dans lesquelles vous a mis la consommation d'alcool. Vous pouvez même garder sur vous une liste des effets positifs de l'arrêt de l'alcool et des effets désagréables de sa consommation.

Le dialogue intérieur, ou quelquefois la conversation solitaire à voix haute, va devenir automatique. Il renforce votre motivation. Vous pouvez anticiper les difficultés à l'occasion de ce dialogue intérieur. Vous pouvez par exemple vous dire : « Je vais passer près d'un endroit dont je sais qu'il va me donner fortement envie d'alcool. » En commençant à prendre l'habitude de vous parler, vous retrouvez le sens de la communication. Vous n'aurez plus qu'un pas supplémentaire à faire pour passer du dialogue intérieur à la discussion avec autrui. Vous pourrez vous confier à un proche, un membre de votre famille ou plutôt à un spécialiste des thérapies libérant des addictions.

La liberté de dire non au verre de trop…

Ceux qui ont décidé de boire moins ou d'arrêter complètement subissent la pression de ceux qui les incitaient la veille à se sevrer. Même quand votre famille ou vos collègues trouvent que vous buvez trop, ils continuent à vous offrir à boire. Ils vous proposent un verre pour une occasion qui leur apparaît exceptionnelle. Ils insistent et ne sont pas loin de se vexer si vous refusez. Vous voudriez vraiment assister à une fête de fin d'année ou d'anniversaire sans prendre un verre de champagne ? Ils comprennent que vous fassiez des efforts pour vous libérer à condition de ne pas remettre en cause leurs codes sociaux. Chacun de nos rituels privés ou publics est orné par l'alcool, écrivait le sociologue un peu poète Roland Barthes il y a plus de trente ans. L'alcool est le compagnon obligatoire des anniversaires, des fêtes et autres vins d'honneur. Celui qui décide de ne plus boire doit résister à cette pression sociale. L'imagerie populaire condamne plus facilement l'opposant à l'alcool, celui qui ne boit pas, que le « bon vivant » qui « se laisse aller ». Il est difficile de se déclarer non-buveur, sauf si l'on met en avant des motifs religieux ou si l'on a le courage de dire que l'on ne sait pas contrôler sa consommation.

Même si vous êtes fermement décidé à ne plus boire, il arrive que l'on ne vous serve un verre de force. Il faut être capable de s'affirmer. Il n'est pas toujours possible d'éviter les situations où l'on va vous proposer de l'alcool. Quelques principes peuvent être appris. Il ne faut pas hésiter devant le verre. Celui qui hésite est perdu. Il commence à se dire qu'un petit verre ne lui fera pas de mal. Dans certains cas il suffit de dire non. Dans d'autres cas, il faut des tactiques, de véritables stratégies de refus.

Les psychologues comportementalistes vous proposent de vous exprimer de façon claire, ferme, avec une voix assurée. Il faut garder un contact visuel avec celui qui vous offre à boire : regardez-le dans les yeux. Il n'y a pas à se sentir coupable. Celui qui ne boit pas doit se rappeler que c'est parfaitement son droit. Il fait valoir ce droit et il exprime son choix.

Quels mots faut-il prononcer pour refuser l'alcool ? Il faut d'abord dire non. Ce non doit être clair, ferme et dit d'une voix distincte. En plus du non, il faut suggérer de faire autre chose à celui qui vous invite à boire un verre, vous pouvez proposer une autre activité. À celui qui vous propose de vous servir un verre vous pouvez demander une autre boisson.

Si l'on vous propose ce verre de manière répétée il faut savoir répondre à la fois gentiment et fermement. Après l'avoir refusé, vous changez de sujet de conversation. Vous n'avez pas à entrer dans une longue discussion dans laquelle vous vous justifiez.

Claude Uehlinger propose cette phrase : « Non, merci, je ne bois pas. Tu sais je suis heureux de passer du temps avec toi, ça fait longtemps que je ne t'ai pas vu. Je me demandais ce que tu devenais. » Les excuses sont inutiles. Il n'y a pas besoin de dire qu'on est sous médicament à cause d'un rhume ou de dire que l'on ne boit pas pour un soir. Ces épreuves, ces pressions testent votre motivation. Quand vous saurez vraiment bien y résister, vous trouverez même du plaisir à refuser. Vous jouirez de la manière dont vous exprimerez vos choix et votre libre arbitre.

… et accepter un verre avec plaisir

La dernière leçon est sans doute la plus facile à apprendre et à mettre en application. Votre liberté reconquise vous permet de redécouvrir les secrets des buveurs heureux. Vous avez appris à mesurer la quantité d'alcool que vous buvez chaque semaine. Vous savez que vous n'êtes pas au bord de la dépendance. Vous ne vous reconnaissez pas dans les signes que nous avons passés en revue. Si vous avez encore quelques doutes, les échelles placées à la fin du livre finiront de vous convaincre. Vous n'êtes pas enceinte. Vous n'allez pas conduire. Pourquoi dans ces conditions vous refuser le plaisir d'un ou deux verres de votre boisson préférée ? Vous la buvez tranquillement, sans culpabilité ni angoisse. Vous vous faites plaisir et vous vous faites du bien après avoir bien vérifié que vous ne vous faisiez pas de mal. Vous vous concentrez sur l'instant présent. La liberté n'est vraiment pas triste. Elle n'est pas austère non plus. Elle est seulement lucide.

La liberté de ne plus fumer

> Quoique chanoine honoraire de la cathédrale de Tolède, je me passe de temps en temps un petit cigare. Dieu nous a donné le tabac pour endormir nos passions et nos douleurs… vous me semblez avoir du chagrin… tous vos chagrins s'en iront avec la fumée.
>
> Honoré de BALZAC, *Illusions perdues*.

Les malheureux fumeurs n'ont qu'à bien se tenir. Si vous fumez encore, vous n'êtes pas seulement sous l'emprise de la nicotine. Vous tombez maintenant sous le coup de la loi. Autant vous y faire le plus tôt possible. Vous ne pourrez plus jamais fumer librement. Vous voulez allumer une cigarette au bureau ? C'est interdit. Même à votre domicile, vous ne devez pas importuner les amis non fumeurs ou quelqu'un qui viendrait travailler chez vous et ne supporterait pas la fumée. Vous avez été informé et même surinformé des dangers du tabagisme passif. Vous le savez. Vous faites fumer votre entourage si vous osez sortir ne serait-ce qu'une seule cigarette.

L'obsession antitabagique

L'obsession antitabagique va si loin que l'on efface les cigarettes des photos historiques. Il y a quelques années, un musée voulait rendre hommage aux philosophes de la liberté. L'image de Jean-Paul Sartre s'est imposée. On se représente les organisateurs parlant autour de Sartre : « Il est notre Voltaire moderne. » Il a défendu toutes les révolutions, même les pires. Il a plaidé pour la libération de tous les prisonniers politiques possibles. Il a même participé à la fondation du journal *Libération*... sans doute à cause de son titre. Enfin, avec son cycle romanesque *Les Chemins de la liberté,* que rajouter ? Seules les drogues ne le laissaient pas libre. L'histoire lui a pardonné ses abus d'amphétamines, sa folie des femmes qui lui faisait entretenir jusqu'à cinq maîtresses en même temps. Grâce à sa dépendance au travail, il nous a laissé une œuvre copieuse. Par contre, sa cigarette pose encore problème. Elle n'est plus « liberté-compatible ». Elle n'est pas socialement acceptable. Les organisateurs de l'exposition de photographies de Sartre ont dû se résoudre à un procédé stalinien. Comme ils ne trouvaient pas de photo acceptable du grand homme sans cigarette, ils ont retouché la réalité. Ils ont effacé l'image de la cigarette accusée de corrompre les mœurs.

Vous faut-il d'autres arguments pour vous convaincre de l'opprobre dans lequel est tombé le tabac ? Regardons une autre photographie en noir et blanc. Elle date de 1956. Marilyn Monroe et Arthur Miller viennent de se marier. Ils traversent les États-Unis en voiture. Visiblement ils s'aiment. Ostensiblement, ils fument dans leur décapotable. Tout dans leur attitude prouve leur bonheur et leur liberté. La cigarette complète l'impression de plénitude. Ils auraient été étonnés si on leur avait dit qu'ils étaient dépendants. Aujourd'hui, cette photo ne paraîtrait qu'avec une mise en garde : « À regarder avec modération » ou « Fumer tue ».

La situation devient ainsi de plus en plus tendue autour du tabac. Les non-fumeurs rejettent et condamnent la cigarette. Ils se méfient des fumeurs qu'ils soupçonnent d'être à la fois des drogués et des assassins en puissance. Dans le même temps, les fumeurs se braquent sous l'effet de cette menace. Ils ne veulent pas reconnaître leur dépendance. Ils se vivent comme les derniers militants d'une liberté sur le point de tomber. Je vois souvent s'affronter, parmi le personnel de l'hôpital, fumeurs et non-fumeurs. Ils s'opposent et se caricaturent.

CONNAÎTRE LES PLAISIRS DE LA CIGARETTE POUR MIEUX Y RENONCER

Les fumeurs qui viennent se sevrer prennent un temps pour me dire ce qu'ils aiment dans le tabac. Ils ne sont pas devenus dépendants par hasard. Le tabac remplit chez eux une vraie fonction. Il nous faut, en face de chacun des plaisirs de la cigarette, trouver un argument justifiant leur sevrage. C'est ainsi que nous commençons par passer en revue tout ce que le tabac leur apporte.

– Je trouve que fumer est un geste élégant.
– Une cigarette à la main me donne l'air intelligent.
– Je me prends pour une star.
– La cigarette m'occupe les mains.
– Elle donne du goût au café de la fin du repas.
– Elle anime une conversation.
– Elle meuble les moments de solitude.
– Elle apaise le stress et facilite la concentration.
– J'allume une cigarette avant l'amour.
– J'en fume une autre après l'amour.

– Je ne me trouve pas dépendant quand je fume.
– Les menaces sur les paquets comme « Fumer tue » me donnent encore plus envie de fumer.
– Je ne suis pas ivre comme un alcoolique.
– Je me prends un peu pour le cow-boy de la publicité.
– J'associe le tabac au romantisme des courses automobiles.
– J'ai l'impression de ressembler à Marlène Dietrich.

Quoi que l'on en pense, le tabac est aujourd'hui un toxique de plus en plus contrôlé et bientôt interdit. Autant s'y résoudre et accepter de s'en libérer. Quelques étapes ou exercices aident à retrouver une relation au tabac compatible avec la santé et une vie professionnelle et familiale normale, c'est-à-dire à s'arrêter de fumer, le plus complètement possible. Seuls les plus gravement dépendants pratiqueront l'arrêt à éclipses. Ils renoncent au tabac en cas d'obligation absolue, quand ils travaillent ou sont en réunion, et ils continuent à fumer, presque en cachette, quand ils sont seuls. Enfin, je vois beaucoup de nostalgiques de l'époque où le tabac était libre. Ils se gardent quelques cigares ou cigarettes qu'ils dégustent lentement. Ils appliquent les principes sanitaires tout en défendant une pointe d'individualisme.

Les sevrages modernes sont souvent des sevrages contraints

Plus aucun fumeur ne peut croire aujourd'hui que la cigarette est une attitude « libre ». Son entreprise le pousse vers le sevrage. Elle l'enferme, s'il tient absolument à son tabac, dans un réduit glacé l'hiver et étouffant l'été, ventilé en permanence. Il risque même le licenciement ou la réforme pour inaptitude. Je reçois de plus en plus souvent des hommes ou des femmes consultant sous la contrainte. Ils ne me parlent pas de leur motivation mais de celle de leur famille ou de leur entreprise. Ils sont parfois obligés d'arrêter de fumer à la suite d'un accident de santé. Une bronchite ou une alerte cardiaque leur tient lieu de motivation. Je les accompagne dans leur sevrage imposé. Étonnamment, ces sevrages imposés ne sont pas plus difficiles et ne se passent pas plus mal que ceux que l'on décide seul. L'envie de liberté est parfois dictée par les lois et les contraintes physiques.

Comment la cigarette agit-elle sur le corps et l'esprit ?

Certains fumeurs sont stimulés par le tabac. La cigarette efface leur fatigue. Elle les aide à travailler ou veiller plus longtemps. D'autres l'utilisent comme un calmant. Elle les relaxe, les détend et met leurs angoisses à distance consciemment ou non. Les fumeurs jouent avec ces effets stimulants et apaisants. Ils adaptent leur façon de fumer. La cigarette leur procure des shoots rapides. La nicotine atteint le cerveau en sept secondes. Selon la fréquence des bouffées et le nombre de cigarettes, les effets de relaxation ou de stimulation ne sont pas les mêmes.

Au fil des cigarettes, la nicotine devient un régulateur des émotions. Elle aide à supporter les contrariétés, la fatigue ou le stress. Elle est un soutien dont le fumeur régulier ne peut se passer. Elle calme enfin les fringales et aide à contrôler son poids. Le tabac occupe les doigts. Il donne une gestuelle ou une contenance qui rassure les timides. Les adolescents y voient un indice d'autonomie et d'accession au statut d'adulte.

Ces effets relativement positifs ne sont, hélas ! pas les seuls. Chaque cigarette met en péril la santé. Les études sur la nocivité du tabac justifient sans le moindre doute le sevrage chez tous les fumeurs. Selon l'Organisation mondiale de la santé, le tabac provoque 3 millions de morts par an dans le monde. Il est responsable de 6 % de la mortalité globale. En France 60 000 personnes par an meurent à cause du tabac, soit 10 % de la mortalité globale. La moitié des morts est due à des cancers et l'autre moitié à des maladies du cœur et des poumons. La mortalité des femmes du fait du tabac ne cesse d'augmenter. En l'absence de changement collectif de comportement, elle pourrait être multipliée par dix dans les vingt ans à venir. Presque tous les cancers bronchiques sont dus au tabac.

Le nombre de cigarettes fumées par jour est proportionnel au risque de cancer. Ce risque est trois fois plus grand si l'on fume plus de vingt-cinq cigarettes par jour. Le risque dépend aussi de l'ancienneté du tabagisme et de l'âge où l'on a commencé. Les cancers de la bouche et du larynx touchent 15 000 Français par an. Les deux facteurs de risque sont l'alcool et le tabac. Le risque est multiplié par cent cinquante si l'on fume plus de trente cigarettes par jour et que l'on boive plus de douze verres quotidiens de boisson alcoolique. La toux matinale du fumeur signe la bronchite chronique. Quand elle évolue, cette bronchite est la troisième cause de mortalité dans le monde. Un tiers des maladies cardiaques sont provoquées par le tabac, surtout chez les hommes de 35 à 69 ans. Fumer multiplie par trois à cinq le risque d'infarctus du myocarde et de mort subite.

UNE LETTRE DE COLETTE À SA FILLE SUR LES DANGERS DU TABAC

Les écrivains sont des experts en dépendance. Une lettre de Colette à sa fille a été retrouvée par mon collègue et ami Gilbert Lagrue, tabacologue à Créteil depuis plusieurs années. Elle montre mieux que tous les textes médicaux classiques comment le tabac fait perdre sa liberté : « Ma chérie, écrit ainsi Colette, j'ai eu un choc pénible à découvrir que tu fumais en cachette, parce que je sais la force d'une habitude même anodine. Si je me suis gardée de l'habitude de fumer, c'est parce que, pendant ma longue vie, j'ai vu, à mes côtés, des êtres dévastés par le despotisme de l'habitude. J'ai vu mon père qui, tous les ans, prenait l'engagement de ne plus fumer. Tous les ans, dominé par l'habitude, il retombait. J'ai vu mon frère aîné, esclave de la cigarette et pourtant médecin. J'ai vu ton père allumer une cigarette à la cigarette qui allait s'éteindre, tout au long du jour. Énervé, essoufflé, je l'ai entendu prendre des résolutions successives de ne plus fumer ; la privation du poison, la privation de son habitude le rejetaient à bout de force, à l'usage du tabac. Enfin j'ai vu, pendant la guerre, un affreux spectacle, pendant que les arrivages orientaux du tabac étaient suspendus et le tabac français réservé à l'armée : j'ai vu, place du Théâtre-Français, une file d'hommes, effondrés, des mouvements nerveux dans les doigts, une petite sueur sur la figure qui attendaient la réouverture du tabac de la civette. C'est la vue des fumeurs qui m'a toujours détournée du tabac ; j'ai vu des morphinomanes, des cocaïnomanes, ceux-ci pareils, dans leur privation aux fumeurs privés. »

Le tabagisme passif commence à être connu. Les enfants de parents fumeurs font plus d'infections des bronches et de crises d'asthme. Ces effets négatifs, faut-il en douter ? dépassent largement les quelques bienfaits du tabac sur l'état psychologique. Ils incitent chacun de nous à se sevrer et poussent la communauté à prendre des mesures de prévention.

Comment devient-on dépendant ?

La nicotine crée rapidement une dépendance psycho logique ou intellectuelle. Les fumeurs le savent. La nicotine est la substance qui provoque probablement le plus de dépendance. Il est parfois plus difficile de se passer de cigarettes que d'alcool. Le fait de fumer est une habitude que prennent tout à la fois le corps et l'esprit. Il suffit de commencer pendant quelques jours pour ne plus pouvoir s'en passer.

La dépendance est aussi physique. Le taux de nicotine baisse presque aussi rapidement qu'il est monté. Les fumeurs en manque de nicotine ont une envie obsédante de cigarettes. Ils se demandent comment mettre fin à une réunion ou un rendez-vous pour aller fumer. Ils sont énervés. Ils se mettent en colère à la moindre contrariété. On retrouve aussi des difficultés à se concentrer, des troubles du sommeil, une augmentation de l'appétit, une tristesse et une tendance à l'anxiété. Les problèmes de concentration, l'augmentation de l'appétit et l'envie de fumer peuvent durer plusieurs mois après le sevrage.

Si la nicotine rend dépendant, c'est probablement parce qu'elle stimule dans notre cerveau la dopamine et les zones du plaisir et de la récompense. Nos émotions agréables semblent contrôlées par un ensemble de neurones au nom très poétique : le système limbique.

Les causes de la dépendance sont mieux connues. Comme pour l'alcool, le poids de la famille et de la biologie est important. L'exemple des parents influence le comportement des enfants. Nous apprenons à fumer en regardant nos parents. Nous pouvons aussi apprendre à ne pas fumer. Certains gènes contrôlent notre risque de perte de liberté. Les gènes les plus étudiés sont ceux qui agissent sur les récepteurs à la dopamine dans le cerveau. Les chercheurs identifient ainsi des gènes qui régulent toutes nos dépendances. Ils déterminent par exemple notre tendance à fumer, à boire ou à prendre des risques. Toutes ces conduites pourraient n'être que les différentes facettes d'une même prédisposition à la perte de contrôle et de liberté.

LA COLÈRE DE MURIEL

Muriel était une droguée des achats et de l'alcool. Elle s'achetait des robes en pagaille et elle buvait du champagne. Nous nous sommes vus pendant plusieurs mois. Muriel a réussi à se libérer de son besoin d'acheter et de boire. Elle se sentait parfaitement libre après ces deux sevrages. Elle n'a vraiment pas compris pourquoi je lui proposais d'arrêter la cigarette. Muriel ne voyait pas en quoi le tabac la rendait dépendante. « J'ai accepté d'arrêter l'alcool, me dit-elle, mais je ne suis pas prête à me passer de tabac. C'est un plaisir que je veux garder. » Muriel s'est presque fâchée. Il a fallu que son entreprise interdise strictement le tabac pour qu'elle s'arrête. « Ce n'est ni par volonté ni par choix personnel, m'a-t-elle dit. Ce n'est que pour des raisons professionnelles. »

Quel type de fumeur êtes-vous ?

À chacun sa sorte de relation à l'alcool et aussi au tabac. Ces habitudes restent souvent stables tout au long de la vie.

Les non-fumeurs

Ils se tiennent à distance du tabac par peur d'en devenir dépendants. Comme ils savent leur liberté facilement menacée, ils anticipent en refusant par avance toute consommation. Il y a aussi des non-fumeurs qui n'aiment vraiment pas le tabac. Ils ont tiré quelques bouffées de cigarette à l'adolescence et ils se sont arrêtés avant même d'avoir commencé. Ils viennent habituellement de familles où l'on ne fumait pas. Ni les gènes ni les exemples de leurs parents ne les poussent vers la consommation, et encore moins vers la dépendance.

Les « petits fumeurs »

Ils consomment moins de cinq cigarettes par jour. Ils sont surtout dépendants du geste (prise d'une cigarette, allumage, jeu avec la fumée…). Ils n'ont pas besoin des effets psychologiques de la nicotine. Ils fument à des moments précis de la journée et gardent le contrôle du nombre de cigarettes. Les petits fumeurs exposent leur santé aux effets négatifs du tabac. Ils peuvent arrêter sans difficulté s'ils sont motivés. Dans certains cas cependant cette consommation modérée est une cicatrice. On la retrouve chez d'anciens grands dépendants qui ne peuvent ou ne veulent arrêter une drogue qui a tant compté pour eux.

Je rencontre aussi des militants de la « cigarette unique ». Ils ont bien compris les dangers du tabac. Ils respectent la loi. Mais ils ne veulent pas céder au dogme de l'abstinence complète. Ils mènent leur petite révolte, leur opposition personnelle en fumant une cigarette par jour ou en gardant un cigare dans une belle boîte au milieu de leur bibliothèque. N'essayons pas de les contrarier. Ils y verraient une atteinte à leur liberté individuelle tout à fait insupportable.

Les « fumeurs moyens »

Ils dépendent des effets psychologiques de la nicotine. Ils fument entre cinq et vingt cigarettes par jour pour se stimuler ou se calmer. Ils ont d'autant plus de mal à se sevrer qu'ils sont déprimés ou anxieux. La cigarette est pour eux le traitement « sauvage » d'un état de stress ou de tristesse. Ils font plus confiance à la cigarette qu'aux antidépresseurs ou aux psychothérapeutes. Ils craignent les effets d'un sevrage sur leur moral déjà bien en berne.

Les « gros fumeurs »

Ils consomment plus d'un paquet par jour. Ils ajoutent parfois au tabac de l'alcool ou du haschich. S'ils essaient de se sevrer sans aide, ils souffrent de tous les signes du sevrage en nicotine. L'utilisation des gommes et des patchs leur a rendu la vie plus facile. Les psychothérapies du sevrage leur sont une autre aide précieuse. Quand ils veulent arrêter de fumer, je leur propose en plus d'être accompagné par quelques consultations avec un spécialiste du sevrage.

De quoi êtes-vous dépendant ?

Tous les fumeurs ne cherchent pas les mêmes effets avec le tabac. Avant d'essayer de vous passer de cigarettes, prenez quelques instants pour comprendre les raisons qui vous poussent à fumer.

La dépendance physique

La nicotine vous accroche fortement dès les premières cigarettes. Quelles que soient les raisons pour lesquelles on commence à fumer, on continue le plus souvent pour éviter le manque. Les signes de sevrage les plus fréquents sont les accès de tristesse, les difficultés à s'endormir, l'énervement, l'angoisse, le manque de concentration et l'impression d'être fébrile. Tous ces signes disparaissent, comme par magie, quand on reprend une cigarette. Ils renforcent l'envie de fumer régulièrement pour « soigner » son sevrage. Une autre manifestation du sevrage apparaît en quelques jours, c'est l'augmentation de l'appétit et la prise de poids. Combien de fumeurs récemment sevrés me racontent qu'ils reprennent une cigarette parce qu'ils n'ont pas trouvé un autre moyen de contrôler leur besoin de manger ? Les médecins qui accompagnent les accros du tabac connaissent ces signes. Ils les traitent par des conseils alimentaires pour éviter la prise de poids et des gommes ou des patchs de nicotine qui font disparaître les effets du sevrage.

La dépendance gestuelle

Le geste de fumer donne une contenance. Il occupe les mains. Les fumeurs s'y habituent et ne s'en passent pas facilement. Quand nous progressons vers le sevrage, nous trouvons des gestes de compensation qui remplacent la cigarette. Certains trompent leur manque comportemental en buvant régulièrement des verres d'eau. D'autres jouent avec leur stylo ou mâchent des gommes à la nicotine. Il leur faut bien trouver d'autres moyens de satisfaire leur oralité !

Le besoin de concentration

Je vois des fumeurs qui ont beaucoup de mal à s'engager dans une activité intellectuelle difficile sans une cigarette. Quand ils travaillent, écrivent ou réfléchissent, le tabac leur vient naturellement comme un adjuvant ou un stimulant. Ils apprennent à identifier ces moments de manque particu liè rement aigus. Ils restent très vigilants, même à distance du sevrage, au besoin de la cigarette stimulante intellectuel lement.

L'effet apaisant ou « antistress »

La cigarette qui détend est une cigarette à laquelle on tient tout spécialement. Le fumeur devra non seulement apprendre à se sevrer, mais aussi à se relaxer pour trouver d'autres remèdes à son stress. Vous découvrirez les bienfaits de la relaxation. Vous pourrez contrôler votre respiration, contracter vos muscles pour les relâcher ensuite et sentir qu'ils se détendent.

LES CIGARES DE FREUD

Freud était un grand fumeur de cigares et de cigarettes. Peut-être son lien de dépendance à la nicotine l'a-t-il empêché de proposer beaucoup d'explications psychanalytiques aux différentes addictions.

Parmi les angoisses et les situations qui nous font perdre la liberté, Freud s'intéresse davantage aux angoisses, aux obsessions et aux accès de dépression. Il ne pouvait malgré tout pas complètement occulter la question du tabac. Il voit un lien entre celui-ci et la sexualité. Freud suggère que le fait de fumer est une expérience hautement érotique. Le tabac provoque une excitation extérieure. Il apporte un afflux de chaleur dans la bouche et stimule notre besoin de sucer et de manipuler des objets intimes. Freud considérait ainsi le fait de fumer comme un équivalent de la masturbation. Je laisse les fumeurs juger de l'éventuelle pertinence de cet avis...

Comment les adolescents découvrent-ils le tabac ?

Les adolescents essaient la cigarette en même temps que l'alcool. Ils sont mieux informés que leurs aînés des dangers du tabac sur leur liberté et leur santé. Ils ont donc moins tendance à considérer comme normale ou socialement indispensable une consommation régulière. Ils n'en sont cependant pas moins tentés.

Certains jeunes qui sont pris très tôt dans le pouvoir de la nicotine consomment des cigarettes de manière régulière. Ils en apprécient les effets et augmentent les doses. À 18 ans, quatre jeunes sur cinq ont fumé au moins une fois. Les filles essaient le tabac aussi souvent que les garçons. Les ado lescents fumeurs se trouvent des amis qui fument aussi. La cigarette rythme les réunions et les soirées. À l'inverse, les adolescents qui échappent au tabagisme n'ont que peu de risques de devenir dépendants plus tard dans leur vie. Les campagnes d'information et de prévention sont donc particulièrement destinées aux collégiens, lycéens et étudiants. L'augmentation du prix de la cigarette a dissuadé bien des adolescents de fumer. L'économie a dicté la logique de prévention. Mais depuis peu, les adolescents s'adaptent à la cigarette chère : ils roulent leur propre tabac, et emprunter ou « taper » une cigarette devient pour eux une habitude.

Les adolescents consomment plus souvent que les adultes plusieurs substances en même temps. Ils passent facilement du tabac au haschich, sans oublier les alcools forts. Ils apprécient aussi une pratique venue du Moyen-Orient, le narghilé. Ils se retrouvent dans des cafés à narghilés à fumer du tabac aromatisé. Ils inhalent de grandes quantités de fumée et de nicotine. Les aromates masquent l'âcreté de la fumée. La dépendance est elle aussi masquée par la convivialité du lieu, son exotisme et son ambiance festive.

Comment aider les adolescents à ne pas commencer à fumer ? Grande question ! Comment les inciter à appliquer des règles sanitaires qui paraissent si évidentes à ceux qui ne fument pas ? Les parents m'interrogent souvent sur ce problème. Ils trouvent que leurs enfants ne prennent pas assez au sérieux les messages de prévention. J'essaie de leur déconseiller deux attitudes extrêmes : la dramatisation et la banalisation. Il ne sert à rien de traiter ses enfants de grands malades s'ils ont fumé une cigarette. L'excès de précaution ridiculise la précaution et enlève aux parents leur crédibilité. Les menaces brandies de manière systématique n'ont plus de valeur. À l'inverse, l'aveuglement volontaire n'aide pas non plus. Pourquoi s'interdire de parler de tabac avec ses enfants quand on les voit fumer de plus en plus souvent ? Un dialogue peut s'installer avec eux sans moralisation ni banali sation des dangers. Certaines situations élèvent le risque de dépendances. Elles incitent à engager le dialogue encore plus rapidement, mais toujours de manière tranquille :

– les adolescents qui mélangent alcool, tabac et cannabis ;

– les adolescents déprimés qui utilisent le tabac pour lutter contre leur mal de vivre ;

– le tabagisme solitaire, entrecoupé de longues périodes passées devant l'ordinateur ou les jeux vidéo.

L'effet de la première cigarette détermine la future carrière du fumeur

Chacun réagit de manières différentes à sa première cigarette. Certains toussent, ont la gorge irritée et se sentent mal. D'autres éprouvent des nausées ou un goût désagréable dans la bouche. L'effet de relaxation peut néanmoins apparaître dès la première cigarette.

Réaction à la première cigarette
(adapté de DiFranza *et al.*, 2004)

Irritation	75 %
Nausées	18 %
Étourdissement	50 %
Relaxation	22 %
Bien-être	14 %
Envie de fumer à nouveau	28 %

Une chercheuse américaine a demandé à plusieurs milliers de jeunes adultes un effort de mémoire en les invitant à se rappeler l'effet de leur première cigarette. Elle a montré que certaines réactions étaient plus prédictives que d'autres d'un risque de dépendance. Les trois réactions exposant le plus à la dépendance sont les nausées, les étourdissements et les effets relaxants. Les adolescents les plus sensibles aux effets physiques et psychologiques de la nicotine auront plus tendance que les autres à devenir des fumeurs réguliers. À l'inverse, ceux qui ont mal à la gorge en fumant ont moins tendance à y regoûter. Souvenez-vous de ce que vous a fait votre première cigarette.

Le piège des cigarettes légères

Les cigarettes légères ne sont pas moins dangereuses pour la santé. Elles menacent tout autant notre liberté. Cette appellation « light » ou « légère » est maintenant interdite. Les quelques études comparant les cigarettes légères et classiques ne montrent pas de différence entre les deux. Les fumeurs de light sont aussi dépendants que les autres fumeurs. Ils toussent tout autant et sont aussi essoufflés. Les meilleurs clients de l'effet allégé – pour les cigarettes comme pour les mets sucrés ou salés d'ailleurs – sont les jeunes femmes soucieuses de leur santé. Elles pensent consommer un produit moins nocif. Elles sont en fait doublement piégées, par les cigarettes et les arguments fallacieux des producteurs de tabac.

LES CIGARETTES DE NICOLAS

Nicolas a 49 ans. Il écrit des contes pour enfants depuis plusieurs années. Solide et en pleine santé, il a longtemps hésité avant de consulter un centre antitabac. Il a fini par se laisser convaincre par son fils de 10 ans. Le jeune garçon ne supporte plus les mégots et la fumée. Il a menacé de ne pas partir en congé avec son père s'il continuait à fumer. En père divorcé et bien organisé, Nicolas tient à son mois de vacances avec son fils. Il s'est résolu à se sevrer. « Le tabac, dit-il, est une affaire de famille chez moi. Mon fils craque. Et moi, j'ai appris à fumer en suivant l'exemple de mon père à Tunis. »

Nicolas me raconte la Tunisie de son enfance. Ses souvenirs sont l'odeur du safran et du tabac. Son grand-père lui faisait goûter le tabac à priser. Il mettait du tabac sur le dos de sa main et l'aspirait. « J'aimais cette odeur forte du tabac qui pique les yeux et fait éternuer. Mais j'aimais encore plus le tabac que fumait mon père, ses cigarettes et ses cigares. Il lui arrivait aussi de rouler ses propres cigarettes grâce à une machine qu'il tenait de son grand-père. Je continue à associer le fait de fumer avec le statut d'un adulte. Je lui enviais ses cigarettes et sa moustache. Je lui ai souvent volé du tabac. J'essayais de le rouler moi-même dans du papier toilette. Le goût était épouvantable mais j'étais fier de mon petit vol. J'ai du mal à renoncer à cette passion d'enfance. »

Nicolas lie aussi l'écriture à la fumée. « Je ne peux pas commencer une page blanche sans tabac. J'allume mon cigarillo et mon esprit en même temps. Si je ne fume pas, je pense plus à mon envie de fumer qu'à ce que je devrais écrire. Je n'arrive pas à me concentrer. Je ne vois pas passer des idées mais des cigarillos ou des cigarettes. »

Motivé par la perspective des vacances avec son fils, Nicolas a surmonté sa dépendance. Il a commencé par diminuer le nombre de cigarettes fumées chaque jour et il s'est aidé de gommes et de patchs. Renoncer à la cigarette « d'allumage » – celle qui permet de commencer la journée – a été le plus difficile. Nicolas a trouvé lui-même des petits plaisirs de compensation. Il ruse avec son envie de cigarette.

Quand l'envie est trop forte, il boit un verre d'eau pétillante, va faire du sport ou appelle un de ses vieux amis, en sevrage de tabac comme lui. Depuis peu, il compense la cigarette par la musique. Il écoute Glenn Gould interprétant les *Variations Goldberg* de Bach.

Comment se motiver pour arrêter ?

L'arrivée du tabac dans le champ des psychothérapies a créé une véritable révolution. Je me souviens d'une époque pas si éloignée que cela – je commençais à travailler en psychiatrie – où les psychothérapeutes ne parlaient que de demande : il fallait attendre que le fumeur soit parfaitement motivé avant de commencer à l'aider. Une théorie très raffinée prônait la non-intervention avant toute demande. À en croire les intégristes de la demande, soigner trop tôt aggravait une addiction. Et même si l'on réussissait à sevrer une personne non motivée, on la condamnait à tomber à court terme dans une autre dépendance. Les thérapies de motivation ont renversé la table. Elles ont fait voler en éclats cette histoire de demande. Elles se fondent sur deux observations tellement simples et justes qu'on se demande pourquoi on les discute encore.

Il y a tout d'abord un plus grand danger à laisser un dépendant de l'alcool ou du tabac continuer à s'intoxiquer qu'à commencer à le soigner. On risque, à attendre trop longtemps la demande, de voir apparaître des maladies dues au tabac, de le laisser compromettre sa vie professionnelle ou sa famille. L'attente n'est pas – et de loin – le meilleur traitement. Mieux vaut finalement proposer un sevrage à quelqu'un qui n'est pas très motivé et qui pourrait rechuter. Il n'est jamais trop tôt pour commencer à faire usage de sa liberté.

L'autre constatation renvoie à la nature même de la dépendance. Parmi les drogués du tabac, les plus graves sont justement ceux qui n'ont aucune motivation pour arrêter. Leur absence de demande est un indice de leur relation de sujétion.

Au vu de ces deux constatations, une nouvelle famille de psychothérapies est apparue. Son objectif est de renforcer votre envie de changer. Elle vous prend au stade le plus naïf et vous montre la voie du changement. Elle commence par vous informer. Elle vous invite ensuite à savoir où vous en êtes de votre envie de changer. Vous avez le choix entre cinq stades possibles.

Les stades de motivation

La pré-intention

Ce stade définit les moins motivés des fumeurs. À ce stade, le fumeur ne veut pas renoncer à sa dépendance. Il nie ou minimise les méfaits du tabac. Il n'a pas besoin de conseils agressifs mais seulement d'une information objective qui ne le culpabilise pas. Il vit bien avec sa cigarette et n'a nulle envie de changer. Rien ne sert de s'appesantir sur les risques de cancer ou de bronchite chronique. Mieux vaut lui dire, et lui faire vraiment accepter, qu'il ne manquera de rien s'il arrête de fumer.

L'intention

Écoutons ce que se dit un fumeur au stade de l'intention : « Je suis conscient des risques du tabac mais j'hésite encore à m'en passer. Je ne suis pas tout à fait prêt. Je sais pourtant que j'expose ma santé à bien des dangers. Je suis aussi conscient du fait d'être dépendant. » À ce stade, il est mûr pour le changement. Encore faut-il que les solutions proposées soient faciles à mettre en œuvre.

La préparation

Nous retrouvons notre fumeur. Il sait qu'il va arrêter. Il regarde ses cigarettes et accepte que ce soient les dernières. Il se demande même ce qu'il va faire des cartouches qu'il avait stockées depuis si longtemps. Il commence à pratiquer le dialogue intérieur pour mieux se motiver : « Maintenant, j'envisage sérieusement d'arrêter de fumer. Je vais m'y mettre dans quelques semaines. Je vais choisir la date de mon sevrage. J'hésite entre les vacances qui me laissent du temps pour me libérer ou une période de travail pour ne pas y penser. »

L'action

Il lit un livre comme celui-ci sur la liberté. Il en applique les principes et décide, pour un jour au moins, d'arrêter complètement la cigarettc. Il a prévenu ses amis, ses collègues. Il veut mettre toutes les chances de son côté pour relever le défi. « Je fais le premier pas vers un vrai sevrage, auquel je me soumettrai soit seul soit avec l'aide d'un thérapeute ou d'un médecin généraliste. » Il l'a dit. Il s'y tient à la date prévue.

Le maintien

Notre ancien dépendant a passé l'euphorie des premiers jours de sevrage. Il affronte les souvenirs des cigarettes qu'il regrette et la peur de l'avenir. « Je dois, me dit-il, m'entraîner à résister aux tentations qui vont me pousser à retomber dans l'addiction. » Il entre dans une nouvelle aventure.

Si ces explications ne suffisent pas, l'échelle qui suit vous aide à mesurer votre motivation à changer. Essayez une fois encore de répondre le plus vite et le plus sincèrement que vous pouvez aux questions qui suivent pour savoir où vous en êtes.

Échelle de motivation adaptée de Richmond

Aimeriez-vous arrêter si vous pouviez le faire facilement ?

Non	0
Oui	1

Voulez-vous vraiment arrêter de fumer ?

Pas du tout	0
Un peu	1
Moyennement	2
Beaucoup	3

Pensez-vous réussir vraiment à arrêter de fumer dans les deux semaines ?

Non	0
Peut-être	1
Probablement	2
Certainement	3

Pensez-vous être un ex-fumeur dans six mois ?

Non	0
Peut-être	1
Probablement	2
Certainement	3

Calculez vos points de motivation. Moins de 5 points : votre motivation est faible. Entre 5 et 8 : votre motivation est moyenne. Plus de 8 points : votre motivation est forte. Dans tous les cas, vous savez quoi faire…

Je pense un instant au lecteur non fumeur, à celui qui n'a jamais fumé et ne regrette pas ses cigarettes. Je me mets d'autant plus facilement à sa place que je suis, moi-même, non fumeur, non par militantisme antitabagique mais par absence de goût pour la fumée. Les non-fumeurs peuvent aussi appliquer ces stratégies de motivation. Ils les utiliseront dans les autres domaines de leur vie qu'ils veulent changer. Vous voulez quitter une habitude gênante ou une superstition ? Vous voulez renoncer à une croyance absurde, commencer à travailler moins compulsivement, ne plus acheter tous les vêtements en solde dont vous n'avez pas besoin ? essayer de travailler sur votre motivation. Vous prenez votre décision de changer ou d'agir et vous estimez le niveau de motivation que vous êtes en train d'atteindre. Vous avancez pas à pas du stade où vous ne vous posez même pas de question vers le stade ultime de la motivation. Cette technique peut paraître naïve, mais ceux qui l'ont essayée témoignent de sa redoutable efficacité.

Anticiper les sevrages difficiles

Nous ne sommes pas égaux face au risque de dépendance tabagique. Nous ne le sommes pas non plus face au sevrage. Il y a des cigarettes dont on décroche plus difficilement que d'autres. Encore faut-il le savoir pour redoubler d'efforts et de motivation.

Le tabac dépressif

Un fumeur déprimé aura du mal à s'arrêter seul. Il utilise le tabac comme un anti dépresseur. Il craint de broyer du noir après le sevrage. Il n'aura plus ses bouffées d'euphorisant à volonté. Il remplacera l'euphorie du tabac par la fierté de sa liberté reconquise. Certains auront quand même besoin pendant quelque temps d'un médicament agissant sur leur dépression.

Le tabac et l'alcool

Les fumeurs qui boivent se demandent longtemps par quel sevrage commencer. Ils choisissent souvent d'arrêter l'alcool tout en gardant le tabac. Ils ont peur de ne pas supporter un sevrage complet. En fait, les deux produits peuvent s'arrêter en même temps, ou à quelques jours ou semaines d'intervalle. Autant faire une bonne fois pour toutes un grand effort de liberté ! Et puis il existe un cycle infernal entre les substances. L'une attire l'autre. La cigarette donne envie de boire et l'alcool augmente l'envie de fumer. Il en est parfois de même du tabac qui appelle une cigarette. Les fumeurs et buveurs de café auront eux aussi plus de facilité à se passer de leurs deux petites drogues en même temps.

Toute la famille fume

Il est d'autant plus difficile d'arrêter que sa femme ou son mari continue à fumer. Le tabac est, dans certaines familles, un rituel collectif. Le non-fumeur apparaît comme un étranger. Il rompt le pacte collectif. En réalité, le premier qui arrête doit se prendre pour un pionnier. L'expérience montre que, s'il tient, son exemple sera vite suivi par les autres membres de sa famille. Chacun profitera de l'air pur et de la disparition des odeurs de tabac froid.

Les vieux fumeurs

Ils ont commencé à fumer dans leur jeunesse. Ils ont souvent connu des sevrages difficiles. Sans cigarettes, ils s'énervaient et en voulaient à la terre entière. Ils ont aussi connu des sevrages express mais quelques heures plus tard ils recommençaient à fumer. Leur entourage ne leur fait plus confiance quand ils annoncent un nouvel essai. Savent-ils que le risque de rechute ne se mesure pas toujours au nombre d'échecs passés ? Les traitements du sevrage ont bien changé. Les substituts nicotiniques font passer une bonne partie du manque et soutiennent la motivation qui peut chanceler. Et si la nicotine à mâcher ou inhaler ne suffit pas, quelques séances d'encouragement ou de motivation feront que ce dernier sevrage soit le bon.

Les phobiques du sevrage

Ils ont du mal à courir. Ils toussent et crachent mais ils n'osent pas arrêter la cigarette. Ils ont trop peur du manque. Ils souffrent de la phobie de l'interruption. Routiniers jusqu'à l'absurde, ils préfèrent un comportement qui les rend malades aux dangers de l'inconnu. Certains signes de sevrage leur font particulièrement peur. Ils ne voudraient pas grossir et ils savent que la cigarette les aide à contrôler leurs fringales. La moitié des femmes qui viennent me consulter pour un sevrage craignent ainsi de prendre du poids et un quart des hommes ont peur des effets du sevrage sur leur ligne. D'autres effets du sevrage les préoccupent. Ils redoutent la fatigue et l'énervement. Les plus inquiets pourront essayer de diminuer progressivement leur nombre de cigarettes pour éviter un sevrage brutal. Cette technique de la réduction pro gressive des doses est moins efficace que le sevrage complet. Elle permet quand même de s'habituer à l'idée d'une vie sans tabac. Elle prouve à ceux qui croyaient impossible tout changement que l'on peut modifier une de ses habitudes.

Les gommes et les patchs font des miracles

La substitution nicotinique a changé la vie des candidats au sevrage. Ces traitements se marient parfaitement aux thérapies fondées sur le renforcement de la motivation. Si les gommes ou les patchs sont bien dosés, ils font disparaître les signes du manque. Les gommes sont dosées à 2 ou 4 mg. Il est conseillé aux gros fumeurs d'utiliser une ou deux gommes par heure et d'ajouter une gomme si l'envie de cigarette est trop forte. Certaines tablettes se laissent fondre sous la langue. Une ou deux tablettes par heure suffisent habituellement. Les timbres ou patchs agissent pendant près d'une journée. Le pharmacien conseille, à partir de la quantité de cigarettes fumées, le dosage le plus adapté. Il est absurde de vouloir encore se sevrer « à la dure » et de se passer de cette aide. Les gommes multiplient par deux les chances de réussir son sevrage. Les plus gros fumeurs sont les plus aidés par les gommes ou les timbres. Encore faut-il qu'ils acceptent de commencer à y goûter avant de se dégoûter du tabac.

Les gommes à la nicotine aident même les fumeurs qui ne sont pas encore motivés pour se sevrer. Un protocole allemand et suédois a proposé des gommes à des tabagiques qui continuent à fumer. En quatre mois, les fumeurs qui prenaient des gommes avaient plus souvent réussi à se sevrer que les fumeurs sous placebo. L'organisme du fumeur chargé en nicotine réclame moins de cigarettes De nouveaux médicaments aident les tabagiques les plus dépendants qui résistent aux gommes. Ils diminuent l'envie de fumer et créent une sorte de dégoût artificiel du tabac. Le traitement doit être suivi par un médecin.

Enfin, l'avenir est peut-être dans le vaccin antinicotine. Il produit des anticorps qui captent la nicotine avant qu'elle n'entre dans le cerveau. Les premières expériences laissent augurer d'un effet spectaculaire. Nous sommes encore loin d'une vaccination systématique des fumeurs les plus dépendants. Mais qui sait si nous ne saurons pas un jour rendre les fumeurs indifférents à la nicotine ?

LA CONSULTATION TABACOLOGIQUE IDÉALE

Le Pr François Lebargy, l'un des spécialistes français de l'aide au sevrage tabagique, propose :
– une information, un soutien et quelques gommes à la demande en cas de dépendance faible ;
– des timbres et une gomme par heure si la dépendance est moyenne ;
– des timbres et des gommes en cas de forte dépendance.
Il pourrait aussi présenter les effets de nouveaux médicaments permettant de réduire l'envie de fumer et le risque de rechute.

« Positivez » vos envies de tabac

Il est normal de penser au tabac quand on vient de se sevrer. Tous ceux qui ont été récemment sevrés pensent à la cigarette plusieurs fois par jour. Ces pensées ne sont pas honteuses. Elles ne veulent pas dire que vous allez forcément reprendre une cigarette. Si vous en êtes prévenu et que vous les affrontez, elles vous encouragent. Elles vous prouvent que vous êtes dans un vrai sevrage. La difficulté ne tient pas à la nostalgie du tabac mais à la manière dont vous y réagissez. Si cette pensée vous incite à fumer à nouveau elle devient évidemment dangereuse.

Faites la liste des pensées qui vous donnent envie de fumer encore

Les regrets

Les fumeurs sevrés depuis un jour ou dix ans trouvent que leur vie manque de piquant, de goût sans tabac. Ils ne se souviennent plus que de ses bons aspects et regrettent ce temps passé. Ils rallument une cigarette par nostalgie de l'époque où ils étaient libres de fumer. Ces essais sont régulièrement suivis de rechutes. Celui qui a entretenu une relation de dépendance avec un produit garde une sorte de cicatrice psychologique et cérébrale. Son désir se rallume dès qu'il retrouve son ancienne passion. Il existe aussi des vrais fumeurs intermittents. Ils peuvent, bien qu'anciens dépendants, fumer une cigarette avec des amis sans retomber dans la dépendance. Ils ont, me semble-t-il, atteint le degré ultime de la liberté face au tabac.

L'envie de tester sa résistance

Ils disent : « Je me mets au défi. Je peux recommencer à fumer quelques cigarettes comme si de rien n'était. » Ils peuvent aussi être curieux de leur réaction et se demander ce qui se passerait s'ils reprenaient une cigarette. Savent-ils toujours bien à quel point la nicotine peut nous accrocher physiquement ?

Les états de stress

Pendant les moments difficiles les anciens fumeurs voient leur envie de tabac augmenter fortement. Ils en ressentent un besoin impérieux. Ils croient mériter une cigarette à cause de leurs soucis : « La situation que je vis est tellement difficile que je ne peux l'affronter sans une cigarette. »

Les sevrages gênants

L'arrêt du tabac est toujours bénéfique à long terme. Il peut être désagréable dans les premiers jours. Certains ressentent des fringales, des moments d'énervement. Ils trouvent que le jeu n'en vaut pas la chandelle. Ils se disent qu'il est préférable finalement qu'ils soient de bonne humeur, tranquilles, plutôt qu'abstinents du tabac et dans un état insupportable pour eux-mêmes et leur entourage. Ils se convainquent qu'ils sont obligés de fumer pour ne pas gêner leur existence et celle de leurs proches.

Les doutes sur sa capacité de liberté

Certains se vivent comme des dépendants à perpétuité. Même quand ils ont réussi à arrêter quelque temps, ils sont pessimistes et pensent que leur sevrage ne va pas durer. Ils se considèrent comme des êtres sans volonté : « J'ai essayé plusieurs fois, je n'y suis pas arrivé, pourquoi devrais-je attendre plus longtemps avant de reprendre une cigarette ? » Nous proposons à ces pessimistes du sevrage des séances d'euphorisation collective. Le nom scientifique de cette aide est la thérapie d'affirmation de soi. En consultation individuelle et surtout en groupe, les tabagiques sevrés restaurent l'image qu'ils ont d'eux-mêmes. Ils apprennent, en changeant leurs croyances, à s'aimer et à faire confiance en leur pouvoir de libération spontanée.

L'envie de fuir dans le tabac

Les raisons de refumer ne manquent pas à ceux qui cherchent des prétextes. Ils trouvent pêle-mêle : un conflit, un souvenir désagréable, un échec, un rejet, une déception. L'ancien fumeur se sent obligé de reconstituer la bulle protectrice que fait naître le tabac autour de lui. Il se cache derrière sa fumée et s'autorise à ne plus penser. Les fumeurs qui fuient l'angoisse grâce au tabac auront besoin plus encore que les autres d'une aide psychologique. Cette aide abordera les causes de leur tabagisme. Quand le tabac est le seul moyen de supporter un travail trop prenant ou trop stressant, il est encore plus difficile de s'en passer. N'est-ce pas, si vous êtes dans cette situation, le moment d'opérer une libération plus radicale ? Vous changez plusieurs habitudes à la fois, votre relation au travail et votre besoin de cigarette.

La recherche de relaxation

Nous avons plusieurs fois dans la journée besoin d'un répit. Nous espérons trouver une situation qui nous aide à nous relaxer. Chez un tabagique qui a eu l'habitude d'utiliser la cigarette comme outil de relaxation il est naturel d'y recourir à nouveau quand il a besoin d'être apaisé. J'invite souvent les fumeurs en manque de relaxation à trouver d'autres activités pour se faire plaisir. Ils font du sport ou ont une occupation artistique. Certains apprennent aussi à pratiquer le dialogue intérieur. Ils se parlent et se rassurent seuls, sans l'aide d'une substance extérieure.

Le manque de contenance et la timidité

La cigarette donne une contenance. Elle permet de se cacher derrière un geste et derrière la fumée. Les timides et ceux qui sont mal à l'aise en société l'utilisent volontiers. Ils se sentent en difficulté quand ils ne peuvent plus faire appel à ce geste ou ce comportement. Savoir qu'ils vont se retrouver dans une situation sociale difficile peut leur donner envie de reprendre une cigarette. « J'ai du mal, me dit un ancien fumeur, à occuper mes mains sans cigarette. Je ne sais pas quoi faire de mes bras non plus. Je me sens décalé et maladroit en société. » Quelques séances de psychothérapie corrigent cette peur du regard de l'autre. J'invite ainsi les fumeurs timides à pratiquer, de préférence avec un professionnel, des exercices d'exposition sociale. Ils doivent, par exemple, saluer toutes les personnes qu'ils rencontrent sur leur lieu de travail. Ils prennent l'habitude d'adresser la parole à ceux qu'ils ne connaissent pas. Dès qu'ils ont le courage de commencer ces exercices, ils mettent à distance leur angoisse sociale. Les progrès accomplis dans les relations les confortent dans cette démarche qu'est la reprise en main de leur vie.

La perte de l'image de soi et les accès de blues

Quand on se sent raté, peu aimable, en difficulté ou inférieur aux autres, on cherche une consolation rapide, immédiate. Une personne qui se perçoit comme peu attirante peut recommencer à penser au tabac. Elle sait qu'il ne la rendra pas socialement plus attirante, mais trouve malgré tout dans son sentiment de tristesse des arguments pour retomber dans sa dépendance. Il lui faudra un peu de temps – mais elle y arrivera – pour accepter que le tabac n'est pas le seul moyen de se rendre aimable.

La nostalgie de l'adolescence

La vie sans tabac apparaît à certains comme une vie trop sage, trop sérieuse. Ils commencent à s'ennuyer et à sombrer dans la routine. Ils veulent retrouver des sensations d'euphorie, un romantisme, une excitation comme ils en éprouvaient au moment de leurs premières amours. Ils ont l'illusion que reprendre une cigarette peut les aider à retrouver cet état. Je rencontre de plus en plus souvent ces hommes et femmes que le sociologue François de Singly appelle justement les « adulescents ». Ils veulent à la fois accéder au pouvoir et à l'argent comme des adultes et conserver l'insouciance de l'adolescence. Avoir des parents qui refusent de devenir adultes pose problème aux enfants. Ces adulescents s'habil lent avec un maniérisme débraillé, suivent les goûts des teenagers et écoutent les mêmes musiques. La cigarette n'est qu'un des aspects d'une angoisse plus générale qui leur fait redouter leur âge réel et fuir leur vrai statut social.

Les conseils pratiques du Pr Gilbert Lagrue pour arrêter de fumer

Il est indispensable de trouver des compensations qui peuvent être :

– l'activité physique ;
– les activités culturelles, artistiques ;
– le jardinage.

Fumer vous prenait beaucoup de temps. La disponibilité récupérée depuis que vous avez arrêté de fumer vous permet de faire autre chose.

Surveillez votre consommation d'alcool car alcool et tabac sont souvent liés. Les atmosphères de fête, les réunions amicales, les pots et les vins d'honneur sont des situations à haut risque.

Repérez le souvenir du plaisir de la cigarette associé à celui de l'alcool et de la convivialité qui peut faire ressurgir l'envie de fumer, préparez-vous, adoptez des stratégies de résistance, pensez à l'avance à ce que vous ferez dans telle ou telle situation.

LE PROTOCOLE D'URGENCE

Si l'envie de fumer apparaît il faut immédiatement :
– boire un grand verre d'eau ;
– prendre éventuellement une gomme ou une pastille à la nicotine ;
– quitter pour un court moment l'endroit car le milieu et l'environnement jouent un grand rôle.

Haschich et liberté

Il est plus facile de légaliser certaines choses que de les légitimer.

CHAMFORT.

Avec le haschich nous quittons le domaine de l'addiction simple pour aborder celui de la passion. Le haschich reste une drogue noble que l'on n'attaque pas facilement. Si l'alcool est toléré en France dans la plupart des milieux, le haschich est glorifié. Je me suis longtemps demandé comment écrire ces pages. Je tente d'échapper au double lobby des adversaires et des défenseurs du haschich. Pour les prohibitionnistes, en effet, il faut interdire à tout prix le cannabis, démanteler les filières de production et de vente et faire de chaque consommateur un criminel. Les adversaires du haschich connaissent les signes de la dépendance et tous les effets toxiques de cette substance. Ils dénoncent le risque d'escalade chez ceux qui passent, sans presque s'en rendre compte, des drogues faussement douces aux drogues vraiment dures.

Le lobby pro-haschich est tout aussi enflammé et ne dédaigne pas les arguments de mauvaise foi. Les amateurs de cannabis vous expliquent qu'ils fument depuis toujours et s'en portent bien. Ils ne trouvent aucun défaut à leur drogue douce préférée et veulent qu'on les laisse continuer à fumer tranquillement. Ils le défendent comme un gage de liberté et voudraient lever l'interdiction de sa vente. Une société libre, heureuse et révolutionnaire est pour eux une société de fumeurs. Parlez-leur des cas de dépendance, ils vous soutiendront sans hésiter que le haschich n'est pas une drogue ou alors une drogue douce bien moins dangereuse que l'alcool ou le tabac. Ils ne sauraient pas aller à un concert ou à une fête sans emporter de haschich. Chez les adolescents comme chez les vieux consommateurs, le haschich déchaîne donc des engouements ou des oppositions irrationnels. Le sujet devient politique. Les ministres de la Santé ou de la Justice, les candidats à la présidence de la République ou à un mandat de député sont sommés d'avoir un avis sur la question. Il n'est depuis longtemps plus question de science ou de médecine mais d'affrontement d'une idéologie face à une autre, toutes les deux se réclamant d'ailleurs de la liberté.

Un jeune sur trois fume

Quoi que l'on pense du haschich, sa consommation est de plus en plus fréquente et de plus en plus précoce. Un jeune sur trois de 15 à 18 ans et la moitié des jeunes de 18 ans ont essayé le cannabis. 5 % des filles et 14 % des garçons en prennent régulièrement. L'usage du cannabis a doublé en dix ans. L'Irlande reste le pays qui consomme le plus de haschich avec 15 % d'usagers réguliers. Les autres pays d'Europe, dont la France, sont en train de rejoindre l'Irlande. Parmi les étudiants en sciences humaines, une étude française récente a compté 21 % de consommateurs chez les hommes de 18 à 25 ans et 9,5 % chez les femmes de cette même tranche d'âge. Les adolescents découvrent souvent le haschich à l'occasion d'une fête : un ami « fait tourner un joint ». La musique et la pression du groupe aidant, ils en tirent quelques bouffées. Les premiers effets peuvent être angoissants, allant de vertiges à la perte de repères. Certains adolescents trouvent agréables les effluves de haschich. Ils communiquent plus facilement. Les filles ou les garçons leur font moins peur. La musique paraît plus forte. « Je l'entends à l'intérieur de ma tête », me dit un jeune adepte du haschich. Il ne comprend toujours pas pourquoi ses parents l'ont obligé à consulter un psychiatre. Il tient à ses trips (« petri », dit-il plutôt) autant qu'à ses bandes dessinées d'heroic-fantasy. « Je voyage. Je rêve. Je pars dans des fous rires sans raison. »

Je reçois aussi en consultation de vieux dépendants du haschich. Ils ont commencé tôt et n'ont pas arrêté de fumer. Ils trouvent dans le cannabis un effet dont ils ne peuvent ni ne veulent se passer. Le tabac ou l'alcool ne leur procurent ni les mêmes sensations ni le même apaisement. Le dernier consultant qui m'ait demandé une aide avait commencé le haschich à 15 ans. Il voulait s'opposer à son père qui fumait des cigares. Pendant toutes ses études de droit, il a fumé un à deux joints chaque soir. Le jour où il a été reçu à l'École nationale de la magistrature, il s'est senti obligé de décrocher. Il avait peur de voir sa carrière mise à mal par une condamnation pour usages de stupéfiants.

Qu'est-ce vraiment que le haschich ?

Le mot « cannabis » vient du latin. Il désigne le chanvre. Le chanvre appelé *Cannabis sativa indica* produit une résine pour lutter contre la sécheresse. La résine permet de produire le tétrahydroxycannabinol (THC). Le THC est la molécule qui provoque les effets psychologiques du haschich. Les plans femelles de cannabis contiennent plus de THC que les plans mâles. Certains plans particulièrement dosés en THC contiennent 20 % de substance active.

Les consommateurs utilisent surtout les feuilles et la résine de cannabis. Avec les feuilles et les tiges ont fait des joints. L'effet du joint sur le cerveau apparaît en quelques minutes et dure plusieurs heures. La résine de cannabis peut être transformée en barrette. Cette forme est appelée haschich ou shit. Les consommateurs la mélangent au tabac pour rouler des joints. Le haschich fait l'objet d'un trafic. Il est souvent coupé avec du henné ou de la paraffine. Les consommateurs de cannabis ne savent jamais exactement ce qu'ils fument. Les taux de THC varient entre 7 et 30 %. L'herbe dite « de salaud » contient plus de 31 % de THC.

Le cannabis monte au cerveau en sept à dix minutes. Il agit sur des récepteurs qui lui sont spécifiques. Les chercheurs continuent à se demander pourquoi notre cerveau ménage ainsi des récepteurs à l'intention d'une substance qui lui est normalement étrangère. Le cerveau autorise et laisse une place à ce que la loi interdit !

Les effets psychologiques du cannabis

Si certains consommateurs ressentent un sentiment agréable de détente et de relaxation, d'autres font de grandes crises d'angoisse. Ils peuvent avoir l'impression que le monde qui les entoure n'est plus aussi réel que d'habitude. Le cannabis trouble aussi la mémoire. Les jeunes consommateurs sont des experts en psychologie des drogues. Ils m'en détaillent les effets : « On a du mal à se souvenir des mots usuels, on bredouille. Parfois, on ne se rappelle pas ce qu'on a fait au moment où l'on fumait. » Les difficultés de la mémoire peuvent persister pendant plusieurs semaines après la prise de haschich. Elles sont, on s'en doute, particulièrement gênantes chez les étudiants.

Nous avons appris qu'il ne fallait pas prendre le volant après avoir bu. Il n'est pas prudent non plus de conduire sous l'effet du cannabis. Le haschich ralentit les réflexes et trouble la vigilance. Certains surestiment leurs capacités de conduite quand ils ont fumé. Ils accélèrent et surveillent moins la route. C'est par tous ces effets que le haschich augmente le risque d'accident.

Les effets à long terme sont encore plus préoccupants. Les spécialistes de la drogue connaissent depuis longtemps le syndrome amotivationnel des gros consommateurs. De quoi s'agit-il ? Les fumeurs les plus acharnés finissent par ne plus s'intéresser qu'à leur drogue. Ils délaissent leur travail et leurs amis. Ils ne trouvent plus de plaisir aux situations de la vie quotidienne. Ils s'énervent contre les autres et contre eux-mêmes. Ssont un peu déprimés, le haschich aggrave leur dépression. D'autres maladies plus nettement psychiatriques peuvent être provoquées par le haschich. Elles se retrouvent, là encore, chez ceux qui fument le plus et sont le plus isolés.

Comme toutes les autres drogues, le haschich peut donner lieu à une dépendance. Chez un tiers des consommateurs environ, les sensations de manque obligent à fumer tous les jours. Toute réduction de dose provoque de l'angoisse, une tension et une perte détit. Les jeunes gens ou les adultes en rupture de cannabis n'arrivent pas à dormir, tremblent et sont en sueur.

QUELQUES CHIFFRES SUR LE CANNABIS

Le cannabis est la drogue illicite la plus consommée en France. En 2005 parmi les 18-75 ans, 27 % l'ont expérimenté et environ un jeune sur deux à l'âge de 17 ans.

Les plus gros consommateurs sont les jeunes et les hommes. Si beaucoup en restent à une expérience unique ou une consommation occasionnelle, d'autres s'engagent dans une consommation plus importante : 28 % des jeunes de 17 ans ont fumé du cannabis au cours du dernier mois et 15 % des garçons et 6 % des filles en font un usage régulier.

Quelles sont les consommations de cannabis les plus dangereuses ?

Savoir s'il existe des consommations normales de cannabis est, nous l'avons vu, une question chargée de passion et de politique. Du point de vue de la liberté, il est malgré tout impossible de considérer comme normale la prise d'une drogue qui peut produire des dépendances et altérer les capacités intellectuelles. L'Office français des drogues et de la toxicomanie a tenté de dépasser ces polémiques. Il a proposé une série de questions pour repérer les cas où la consommation de cannabis est la plus préoccupante. Deux réponses positives aux six questions qui suivent doivent conduire à s'interroger sérieusement sur les conséquences de sa consommation. Trois réponses positives ou plus devraient vous amener à demander une aide pour vous libérer du cannabis.

Au cours des douze derniers mois avez-vous :
– Déjà fumé du cannabis avant midi ?
– Déjà fumé du cannabis lorsque vous étiez seul ?
– Déjà eu des problèmes de mémoire quand vous fumez du cannabis ?
– Des amis ou des membres de votre famille vous ont-ils déjà dit que vous deviez réduire votre consommation de cannabis ?
– Avez-vous déjà essayé de réduire votre consommation de cannabis sans y arriver ?
– Avez-vous déjà eu des problèmes à cause de votre consommation de cannabis (dispute, bagarre, accident, mauvais résultats à l'école...) ?

L'Institut national de prévention et d'éducation pour la santé a proposé, en 2006, d'autres questions particulièrement destinées aux adolescents et aux jeunes adultes. Si vous répondez oui à plus d'une question, vous devez vous demander si le cannabis ne met pas en péril votre santé ou votre autonomie.

– Recherchez-vous de fortes ivresses ?
– Associez-vous le cannabis à d'autres produits qui augmentent l'ivresse, comme l'alcool, d'autres drogues illicites, des médicaments ?

– Avez-vous commencé à consommer du cannabis avant 15 ans ?
– Augmentez-vous la fréquence de votre consommation de cannabis ?
– Utilisez-vous le cannabis pour améliorer votre humeur, traiter vos difficultés à vous endormir ?
– Vivez-vous dans un environnement difficile (rupture, deuil, maladie grave, échec scolaire) ?

LES DIFFÉRENTS CONSOMMATEURS SELON L'INSTITUT NATIONAL DE PRÉVENTION ET D'ÉDUCATION

Abstinent : n'a jamais consommé de cannabis au cours de sa vie.
Expérimentateur : au moins un usage au cours de sa vie.
Usage régulier : au moins dix usages au cours des trente derniers jours.
Usage quotidien : usage quotidien au cours des trente derniers jours.

Comment se passer du haschich ?

Les exercices de libération que ce livre vous a présentés s'appliquent tous au cannabis. Vous pouvez apprendre à vous motiver et apprendre à surmonter votre envie de fumer. Quelques techniques sont particulièrement utiles à ces consommateurs un peu différents des amateurs de tabac ou d'alcool. Je les propose en consultation individuelle ou en groupe à ceux qui essaient de se libérer de leur habitude devenue contraignante.

Défier son envie

Les principes de thérapie sont les mêmes que ceux que nous avons vus à propos de l'alcool et du tabac. La résistance au désir se fait au terme d'un apprentissage patient. Les spécialistes de la motivation nous donnent des recettes que je propose régulièrement à mes patients. Elles leur permettent de reprendre le contrôle de leur relation au cannabis. Il faut, nous apprennent les spécialistes des thérapies de la liberté, utiliser des raisonnements pour défier le désir qui passe dans votre esprit. Un consultant a mis ce principe en application. Il me raconte : « Je peux être heureux, m'amuser sans fumer de haschich. Au début cela m'a paru étonnant mais je m'y suis habitué. Je découvre que je peux trouver le même plaisir à un concert de rock sans l'aide d'un joint. J'ai envie maintenant de relever de nouveaux défis. Pourquoi pas tout un mois sans fumer ? » On résiste mieux en se représentant une activité agréable que l'on va opposer au désir de haschich. À vous de trouver des plaisirs sans substances. On peut par exemple s'engager dans une activité physique ou dans un loisir. Essayez d'aller voir un film ou de rencontrer des amis sans que cette sortie soit une occasion de fumer.

Les gommes à la nicotine peuvent vous aider

Vous fumez presque toujours le haschich avec du tabac. Quand vous arrêtez de fumer, vous êtes exposé à un double sevrage et à un double manque. Le sevrage de tabac augmente votre envie de haschich. Une fois encore, rien ne sert de se sevrer « à la dure ». Je propose à tous les consommateurs de cannabis qui viennent me voir de prendre autant de gommes à la nicotine qu'ils en ressentent le besoin, dans la limite des doses toxiques. Je les invite aussi à arrêter en même temps tabac et cannabis. Le double sevrage, bien compensé par de la nicotine, est plus efficace et plus facile.

Faites la liste des bienfaits de la liberté retrouvée

Vous avez des regrets, des envies de refumer, mais, si vous regardez les choses en face, vous voyez que le bilan de votre reprise de liberté est globalement positif. Il faudra continuer à vous en souvenir dans les moments de crise. Ces pensées sur les bienfaits du sevrage aident à affronter les envies de refumer qui sont inévitables. Représentez- vous mentalement deux colonnes, celle des bienfaits et celle des désagréments du sevrage. On peut, par exemple, penser aux progrès de sa santé physique. On peut voir à quel point sa vie de famille ou sa vie professionnelle se sont améliorées.

Vous avez économisé beaucoup d'argent depuis que vous n'achetez plus de haschich. Vous ne fréquentez plus les étranges personnages qui vous revendaient de la drogue. Continuez à penser à l'argent gagné. Vous pouvez visualiser tout ce que vous faites ou allez faire avec cet argent. N'hésitez pas à dresser une liste. Vous y notez vos bénéfices et tous vos projets de cadeaux. Vous garderez sur vous cette liste des bienfaits du sevrage. Vous pourrez toujours la lire quand vous vous sentirez sur le point de défaillir.

Rappelez-vous les expériences désagréables que vous avez connues après ou pendant la consommation de haschich, les états d'angoisse, les difficultés en société, les pertes de mémoire, les moments de manque d'énergie. Ne gommez pas vos accès d'énervement ou de découragement. Essayez de vous représenter le plus précisément possible ces expériences négatives. Faites-en une autre liste. Vous pouvez la rédiger sur la feuille où sont recensés les effets positifs. Vous pouvez avec ces deux listes sortir du mensonge. Vous n'êtes plus victime de l'idée fausse selon laquelle le haschich ne vous faisait à peu près que du bien. Vous créez ainsi une image dans votre esprit qui s'oppose au désir de rechute. Vous protégez votre liberté. Vous l'entourez d'une barrière de raison.

Résister aux accès de nostalgie

Si le désir devient trop fort, accrochez-vous à vos listes. Les stratégies de distraction sont précieuses elles aussi. Préparez-en une à l'avance, à tout hasard. Vous essaierez de penser à une situation qui n'est pas en rapport avec le haschich. Pensez par exemple à des moments agréables de votre vie pendant lesquels vous ne fumiez pas. Vous pouvez imaginer le temps que vous allez passer avec votre compagnon ou votre compagne. Pensez à votre prochaine sortie avec vos amis. Vous pouvez aussi prévoir un spectacle auquel vous allez assister ou une compétition sportive pour laquelle vous avez pris des places. Ne négligez aucun argument, même le plus futile. Leur somme va vous aider à gagner la partie.

Parlez-vous et encouragez-vous

Se parler permet de renforcer son désir de liberté. Vous aviez vu les bienfaits du dialogue intérieur et de l'auto-encouragement aux chapitres sur l'alcool et le tabac. Le dialogue intérieur est tout aussi précieux quand on se libère du haschich. Vous vous racontez et vous vous encouragez. À voix basse ou à voix haute, vous vous dites que vous êtes en train de sortir de votre dépendance. Vous vous dites aussi que vous êtes en train de recouvrer votre liberté. Vous n'êtes plus victime de votre destin. Vous en redevenez l'acteur. Vous faites le compte du nombre de jours où vous avez tenu. Vous vous félicitez. Vous ne coupez jamais le dialogue avec vous-même, quitte à prolonger le plus rapidement possible ce dialogue avec un psychothérapeute, professionnel de l'écoute.

LE PLAN D'URGENCE
SI VOUS AVEZ ENVIE DE REFUMER

Donnez-vous quinze à trente minutes avant de « passer à l'acte ». Si l'envie est vraiment trop forte, essayez d'attendre trente minutes de plus. Faites appel à vos listes et aux stratégies de distraction. Rappelez-vous l'image de la vague : aucune envie ne dure tout le temps, elle finit toujours par décliner.

Entrez en contact avec quelqu'un qui vous a déjà aidé. Ce peut être un psychologue qui vous accompagne dans votre libération vis-à-vis du haschich et du tabac. Ce peut être aussi un ami qui vous encourage. Vous pouvez joindre directement votre coach en liberté. Sinon, essayez de l'appeler sur son portable ou de lui envoyer un mail.

Se libérer de l'argent

> La nature ne m'a point dit : « ne sois point pauvre » ; encore moins : « sois riche » ; mais elle me crie : « Sois indépendant. »
>
> CHAMFORT.

L'argent – qui pourrait en douter ? – est aussi un excitant moderne. Il mobilise nos passions et crée de fortes relations d'emprise. Certains d'entre nous ont la manie de la dépense, d'autres de l'épargne et d'autre encore le jouent sur le tapis vert. Dans tous ces cas de dépendance à l, ceux qui en souffrent ne peuvent profiter librement de leurs ressources. Quand l'argent brûle les doigts ou quand il faut le faire fructifier à tout prix, il ne permet pas de vivre. Il ne sert pas à s'offrir ce dont on a besoin ou qui nous fait plaisir. Il est détourné de son usage normal. Cette dépendance à l'argent est à la fois cachée et encouragée socialement. Nous retrouvons les mêmes messages paradoxaux qu'au sujet de l'alcool. Nous sommes invités à épargner et à profiter des soldes en même temps, sans oublier de tenter notre chance le jour où un loto européen offre un super-bonus. Mais personne ne nous aide à savoir si notre relation à l'argent est faite de liberté ou de dépendance. Essayons d'y voir plus clair et de changer, si besoin, nos habitudes. Vous avez réussi une épreuve de vérité sur l'alcool. Êtes-vous prêt à en tenter une autre dans un domaine encore plus intime ?

La fièvre des achats

Christophe Colomb a découvert l'Amérique. Gustave Flaubert, à sa manière, a découvert la névrose moderne, avec son lot de dépendances, d'espoirs déçus et de fausses consolations. Il raconte dans *Madame Bovary* sa propre vie (« Madame Bovary, c'est moi »), ses propres angoisses et la manière dont l'argent et les objets sont investis comme des drogues. Emma Bovary s'ennuie le dimanche et tous les autres jours de la semaine. Elle n'apprécie guère la vie casanière que lui impose son mari, le Dr Charles Bovary. Comme elle est triste, elle rêve et dépense son argent. Elle rêve de bals et de vie romanesque. Et quand elle a fini de rêver, elle s'achète des vêtements et se fait des cadeaux. Elle rencontre un colporteur, un certain M. Lheureux, qui lui fait croire que sa vie changera si elle change tous les jours de robe ou de jupons. Elle lui fait confiance et accumule les rubans et les étoffes. Elle s'endette pour se gâter et sacrifie comme tous les vrais dépendants l'essentiel de son bonheur à des plaisirs fugaces. Écoutons Flaubert décrire comme une vraie maladie la fièvre de l'achat saisissant Emma Bovary. « Elle s'acheta un prie-Dieu gothique, et elle dépensa en un mois pour quatorze francs de citrons à se nettoyer les ongles ; elle écrivit à Rouen, afin d'avoir une robe en cachemire bleu ; elle choisit, chez Lheureux, la plus belle de ses écharpes [...] Elle voulut apprendre l'italien : elle acheta des dictionnaires, une grammaire, une provision de papier blanc [...] Elle vit à Rouen des dames qui portaient à leur montre un paquet de breloques : elle acheta des breloques. Elle voulut sur sa cheminée deux grands vases de verre bleu et, quelque temps après, un nécessaire d'ivoire avec un dé de vermeil. »

Un spécialiste américain de littérature française s'est penché sur Emma Bovary et sa relation à l'argent. Il a pris cette héroïne en thérapie littéraire. Après avoir longuement écouté sa patiente, Jorge Pedraza explique que le shopping d'Emma n'est pas un épisode anecdotique ou marginal dans la vie de la jeune épouse déçue par son existence provinciale. Elle n'achète pas ce qui lui manque mais ce qui la distrait ou nourrit ses espoirs. Ses achats la plongent dans un univers fantasmagorique qui lui fait oublier son quotidien trop gris. Elle achète ainsi à crédit des nouveautés qui deviennent « autant d'accessoires de théâtre pour une Emma qui se met elle-même en scène, cherchant déses pé rément à fuir l'oppressante monotonie de sa vie ». Une nouveauté chasse l'autre comme dans tous les achats compulsifs. Aucun achat ne console vraiment et le cycle de dépenses doit recommencer en espérant trouver le bon objet, celui qui va chasser, une fois pour toutes, le sentiment d'insatisfaction.

Emma Bovary achète ces vêtements parce qu'elle croit qu'ils vont lui donner une personnalité idéale. Ce qu'écrit Jorge Pedraza pourrait s'appliquer à tous les dépensiers compulsifs qui viennent me voir pour tenter de se libérer de l'argent. Faire son shopping, explique notre américain amoureux de Flaubert, c'est une manière de s'évader au même titre que la lecture de romans d'aventures ou d'amour. Les achats détournés de leur fonction marchande permettent de s'inventer un moi de rechange moins désespérant que notre identité réelle. Ce qui est vrai pour Emma l'est aussi pour ceux qui hantent les sites de ventes en ligne ou se promènent dans les grands magasins.

Gustave Flaubert raconte bien la manière dont on peut acheter des objets non parce qu'on en a besoin mais parce que l'on espère les voir changer notre vie. « Elle s'était acheté un buvard, une papeterie, un porte-plume et des enveloppes quoiqu'elle n'eût personne à qui écrire ; elle époussetait son étagère, se regardait dans la glace, prenait un livre, puis, rêvant entre les lignes, le laissait tomber sur ses genoux. Elle avait envie de faire des voyages ou de retourner vivre à son couvent. Elle souhaitait à la fois mourir et habiter Paris. »

Qui sont les acheteurs compulsifs ?

Nous avons, avec Jean Adès, décrit le syndrome des achats compulsifs. Nous avons rencontré des hommes et des femmes aussi incapables de s'arrêter de dépenser que les alcooliques ne peuvent modérer leur relation à l'alcool.

LES DISQUES DE PIERRE

Un acheteur compulsif de disques est venu récemment me raconter comment sa passion de la musique l'a conduit au bord de la ruine. Pierre a aujourd'hui 45 ans. Il s'habille à la manière d'Elvis Presley et n'enlève pas souvent sa guitare de son épaule. Avant son licenciement, survenu il y a deux ans, il n'avait pas de difficultés avec l'argent. Il occupait un poste d'ingénieur dans une usine de chimie. Il menait une vie solitaire organisée autour du travail et passait ses soirées à jouer et écouter du rock. Ses compétences étaient appréciées. Il était un bon ingénieur et un boute-en-train toujours partant pour organiser une fête sur le thème des années 1960. Sa vie a été bouleversée par son licenciement économique inattendu. Pierre a perdu ses repères. Il a passé plusieurs mois dans son appartement, l'esprit vide, sans l'envie de téléphoner à qui que ce soit. Puis il a recommencé à sortir. Il ne fréquentait que les magasins de disques. L'indemnité de licenciement qu'il a touchée a été dilapidée en achats de musique. « Je cherchais à découvrir de nouvelles musiques qui pourraient donner un nouveau rythme à ma vie. »

Pierre essayait de se contrôler mais il ne pouvait résister à l'attrait des nouveautés. « J'aime, me dit-il, l'impression de puissance que donne l'achat. Je me sens dans le coup et branché quand je m'offre tout ce qui sort en jazz, en rock et en blues. Je n'ai pas le courage d'écouter les disques que je m'offre mais j'ai besoin de les acheter. Quand je vois tous ces disques que je n'ai jamais sortis de leur emballage, je me sens encore plus déprimé. Et quand je suis déprimé, je retourne faire des courses. »

Susan McElroy, une psychiatre américaine spécialisée dans l'étude des nouvelles dépendances, a défini le syndrome d'achats compulsifs. Un acheteur compulsif est un homme ou une femme qui :

– pense à ses achats plus souvent que les autres ;

– a envie plusieurs fois par semaine ou par mois d'aller s'acheter des objets dont il n'a pas besoin ;

– dépense au-delà de ses capacités financières ;

– achète des objets inutiles ou des objets en plusieurs exemplaires ;

– compromet sa situation financière à cause de ses achats ;

– contracte des dettes ou s'expose à des interdits bancaires.

Deux autres psychiatres américains, Ronald J. Faber et Thomas C. O'Guinn, vous posent cinq questions pour révéler votre relation à l'argent. Si vous répondez oui à trois questions ou plus, vous êtes une victime potentielle de la publicité et des soldes, et vous pratiquez le shopping affectif plus que l'achat économique :

– s'il me reste de l'argent au moment où je touche mon salaire, je le dépense totalement ;

– j'achète des choses même quand je n'en ai pas les moyens ;

– il m'arrive de faire délibérément des chèques sans provision ;

– je fais certains achats pour me sentir mieux ;

– je me sens anxieux ou nerveux les jours où je ne peux faire des courses.

Pourquoi avons-nous tant besoin de dépenser de l'argent ?

Un manque de sérotonine ?

C'est la dernière idée des spécialistes de la biologie du comportement. Nous dépensons plus quand notre sérotonine baisse. Il suffirait donc d'un peu d'antidépresseurs qui augmentent les taux de sérotonine dans le cerveau pour que nous sortions moins notre Carte Bleue !

L'excès de dépenses est ainsi décrit et traité comme une vraie maladie psychiatrique, au même titre que la dépression ou l'anxiété. Les résultats des antidépresseurs sur l'obsession d'achats sont très modestes. Une vingtaine de dames new-yorkaises trop cigales ont été traitées par un de ces médicaments. Elles ont un peu réduit leurs dépenses. L'étude cependant date de cinq ans. Ses résultats n'ont jamais été confirmés. Les travaux sur les bases biologiques de la dépense n'en continuent pas moins. Ils testent les mêmes cibles que dans les autres addictions : les récepteurs à la dopamine et les zones les plus profondes de notre cerveau comme le système limbique. Peut-être trouverons-nous un jour la molécule ou le groupe de neurones qui régule notre besoin d'achats. Nous en sommes, bien sûr, encore loin. Les explications psychologiques et le poids de la société restent les principaux déterminants de nos dépenses.

Quelles sont les raisons pour lesquelles nous sommes tentés d'acheter des objets inutiles ? Que cherchons-nous quand nous nous offrons une nouvelle paire de chaussures que nous ne porterons sûrement pas ?

Pour suivre la société du gaspillage

Les plus anxieux d'entre nous ne savent pas s'ils doivent flamber pour paraître branchés ou calculer ce qu'ils dépensent pour ne pas mettre leur compte dans le rouge. Faut-il avoir peur de son banquier ou d'une vie trop sage ? Les messages d'incitation à la dépense restent plus percutants que ceux qui nous proposent d'économiser. Tout est fait pour nous expliquer que la folie est normale en matière de crédit. Le sociologue Jean Baudrillard avait pointé la menace que représente sur chacun d'entre nous l'hyperconsommation érigée comme une norme. Nous sommes environnés d'objets à acheter, de nouveaux services ou de nouvelles techniques à essayer. Nous entretenons avec eux une relation de plus en plus passionnelle. La société des objets crée des manques artificiels que nous comblons par la dépense. Nous croyons avoir besoin du dernier modèle de portable, de lecteur multimédia ou de voiture. Nous finissons par être sûrs que, si nous ne l'avons pas rapidement, nous manquerons de quelque chose d'important à l'accomplissement de notre vie. En l'achetant, nous nous offrons une illusion de puissance (« Parce que je le vaux bien ») et une impression de modernité. Nous croyons consommer des nouveautés alors que nous sommes consommés par le système des objets et par une société sans histoire, sans mémoire, et sans autre mythe que son propre commerce.

Pour affirmer sa virilité ou sa féminité

Quoi qu'en pensent les tenants de l'égalité des sexes, hommes et femmes n'achètent toujours pas les mêmes objets. Les stéréotypes sexuels s'émoussent – et c'est heureux – au travail ou dans la vie amoureuse. Les rôles se confondent. Néanmoins, dans les magasins, les femmes continuent à préférer les vêtements, les parfums et les chaussures. Elles ne se précipitent pas encore au Salon de l'automobile ou dans les boutiques d'informatique. Les hommes préfèrent encore les marques qui visent et flattent leur virilité. Ils achètent une perceuse qu'ils n'utiliseront sans doute pas beaucoup mais qu'ils pourront montrer fièrement à leurs amis. Et que dire des bateaux, des voitures de sport auxquels cèdent les plus fortunés… ou les plus exaltés ? Plus un achat est compulsif, plus il est caricaturalement « sexué ».

Rappelez-vous votre dernier achat un peu excessif. En quoi venait-il renforcer l'image que vous avez de vous-même ? En quoi vous faisait-il vous sentir plus femme ou plus homme ?

Les nouveaux achats en ligne

Une nouvelle boutique en ligne est créée à chaque heure. Cet « e-commerce » a changé les rituels de la transaction et provoqué de nouvelles relations de dépendance. Le système des objets et la publicité ont envahi notre ordinateur. Essayons de comprendre en quoi les boutiques en ligne sont plus dan gereuses. Qu'ont-elles de plus tentant au regard de l'achat compulsif ? Tout d'abord, les boutiques en ligne ne ferment jamais. Leurs propositions permanentes incitent aux achats inutiles même les jours fériés. Un dimanche de pluie peut se passer à errer dans un espace virtuel de ventes. Et que dire des nuits sans sommeil ?

Quand je demande aux insomniaques ce qui peuple leurs nuits de veille, ils me parlent tous d'Internet. Ils achètent, comme on picore, pour le plaisir de l'acquisition d'un objet insolite ou exotique attrapé au vol. Ils cherchent aussi la bonne affaire, l'occasion exceptionnelle. Les sites d'enchères en ligne comme ebay vous emprisonnent encore plus. Ils usent de subterfuges inédits. Vous choisissez un mot de passe et un pseudonyme. Vous entrez dans une communauté mondiale d'acheteurs et de vendeurs qui communiquent en permanence. Vous êtes pris dans la fièvre du compte à rebours des enchères. Quand vous ne vous connectez pas suffisamment, le site se rappelle au bon souvenir de votre carte de crédit. Il vous présente une annonce spécifique, adaptée aux derniers objets dont vous avez consulté les prix.

« Je voulais changer de vie, me raconte une femme malheureuse au bord de l'épuisement. Rien ne me plaisait plus, ni ma famille ni mon travail. Alors j'ai eu une idée que je croyais géniale. J'ai voulu acheter des tableaux modernes sur eBay et les revendre pour faire fortune.

J'ai trouvé de grandes œuvres à prix cassés. Il y avait des estampes de Picasso à 100 euros. J'enchérissais au milieu de la nuit. Je recevais de vagues reproductions. » L'histoire s'est finie à l'hôpital. La secrétaire déprimée n'achetait que du rêve. Elle n'a jamais pu revendre ses Picasso virtuels. Il lui a fallu accepter d'autres manières de changer de vie.

Le goût du luxe

Moins on a confiance en soi, plus on a besoin de ressembler aux célébrités que nous présente la télévision. Il est agréable de se dire que l'on partage avec Catherine Deneuve ou Laure Manaudou une marque de parfum ou de sac à main. Porter une montre de marque est d'autant plus nécessaire qu'on a l'impression que l'on ne vaut rien. Le luxe propose ainsi une thérapie sauvage et illusoire aux plus cafardeux d'entre nous. « J'achète des vêtements ou des parfums trop chers pour moi, parce que je veux me gâter, me consoler, m'envoyer des messages amicaux », me dit une dépensière mélancolique. Elle a fini par s'acheter des séances de psychanalyse. Elle sourit en me disant qu'une séance coûte autant qu'une écharpe. L'effet n'est pas le même. La thérapie l'a aidée à opérer un transfert de valeur. Elle croit désormais plus en elle-même que dans les marques. Dans le même temps, elle donne moins d'importance aux signes extérieurs de la réussite sociale ou de l'élégance. Elle s'est libérée de l'obsession de l'achat comme de celle de l'image.

Les soldes

Marguerite Duras dénonçait les soldes comme une forme d'alcool. Elle y voyait une des dérives de la vie matérielle dont clle était si dépendante. L'envahissement de la maison par la marée des biens matériels provient avant tout des soldes, archi-soldes, soldes soldés qui régulièrement inondent Paris dans un rituel immuable. Le blanc, les méventes de l'été en automne, les méventes de l'automne en hiver, toutes choses que les femmes achètent comme on se drogue, parce que c'est bon marché et non pas parce qu'elles en ont besoin, toutes ces « folies », souvent, sont mises au rancart dès l'arrivée dans leur maison. Elles disent « Je ne sais pas ce qui m'a pris… », comme elles le diraient d'une nuit passée à l'hôtel avec un inconnu.

La boutique au coin de la rue

Notre liberté d'acheter et surtout de ne pas acheter s'évanouit dans certains magasins. Prenez quelques instants pour reconnaître les magasins auxquels vous ne résistez pas. Êtes-vous un Fnac *addict* ? Êtes-vous séduit par le choix presque illimité, par la cohabitation des grands classiques de la littérature et des nouveautés technologiques qu'offre la Fnac ? Avez-vous envie de vous sentir citoyen de cet univers, adhérent de ce bazar culturel ? D'autres sont plus sensibles aux petites boutiques. Ils ont moins besoin du choix que de l'attention, d'une certaine dose d'intimité et de reconnaissance. Ils ont leur boutique préférée comme certains alcooliques ont leur bar. Ils y ont leurs habitudes. Ils sont traités avec tous les égards dus au client privilégié.

Votre drogue peut être une boutique de vêtements ou une petite librairie de quartier. Elle exerce sur vous une séduction désarmante. Dès que vous entrez, vous êtes sûr d'y acheter un objet dont vous n'avez le plus souvent pas besoin. L'achat est ici conditionné par un environnement auquel vous êtes particulièrement sensible. Vous tenez tant à votre identité de client que vous vous sentez obligé de dépenser. Vous ne voudriez pas décevoir le vendeur qui est presque un ami et qui vous conseille si bien sur les tailles et les couleurs. D'autres, enfin, n'achètent qu'en voyage. Une boutique éloignée leur rappelle la civilisation qu'ils ont été heureux de découvrir. Ils rapportent un objet censé prolonger le plaisir du voyage. Ils cherchent, au sens littéral, un magasin de souvenirs.

Le besoin de cadeaux

Nous apprenons très tôt dans notre vie le sens du cadeau. Les enfants qui ont été trop ou pas assez gâtés – j'en rencontre souvent dans ma vie privée et professionnelle – gardent à l'âge adulte un grand besoin de cadeaux. Ils sont obligés d'en recevoir régulièrement faute de quoi ils ne se sentent pas assez aimés. Ils ont besoin de se racheter une jeunesse ou une adolescence. Une fête, un anniversaire que l'on oublie les désespère. Un cadeau négligé ravive la peur de l'abandon. Ils ont tôt fait de croire qu'on ne les aime pas assez. Cette obsession du cadeau vient souvent de l'enfance et du sens donné dans les premières années de la vie aux marques matérielles d'attention. C'est très tôt que l'on devient ou non un « cadeau-maniaque ».

Ceux qui croient que les cadeaux sont les seules vraies preuves d'amour ont peur de manquer un anniversaire. Ils se sentent obligés de gâter leurs proches et leurs amis autant qu'ils voudraient l'être eux-mêmes. Ils veulent faire plaisir bien sûr. Mais ils veulent aussi se satisfaire, se rassurer, se convaincre qu'ils sont assez généreux et attentionnés. Ils attendent enfin de leurs gestes pas si désintéressés que cela une attention en retour. Marcel Proust était réputé pour sa folie des cadeaux. Au moindre service qu'on lui rendait, il remerciait avec force bouquets et lettres d'accompagnement.

Les acheteurs compulsifs sont particulièrement sensibles aux cadeaux. Il leur faut un long apprentissage pour se faire à l'idée que le cadeau n'est pas la seule manière d'exprimer son amour ou son amitié. Ils s'entraînent peu à peu à donner à leurs proches d'autres preuves d'affection que des bons d'achat. Ils apprennent à faire don de leur temps, de leur écoute, de leur compassion. Ils découvrent à quel point l'amour ne se matérialise pas toujours et ne s'emballe pas dans du papier doré.

Une autre évidence les surprend. Le niveau d'affection que l'on a pour quelqu'un n'a rien à voir avec le prix du cadeau qu'on lui offre. Un livre de poche choisi avec attention touche autant qu'un présent ostensiblement luxueux. Le cadeau à soi-même est une autre spécialité des acheteurs dépressifs. Ceux-ci ne s'offrent pas ce dont ils ont envie mais ce qu'ils croient mériter. Ils essaient de s'encourager, de se féliciter ou de se motiver. Ils oublient seulement, ou ne peuvent percevoir, à quel point le cadeau est avant tout un acte de communication. Ils sont encore dans l'illusion que l'on peut communiquer tout seul. Ils seraient prêts à s'écrire dans l'espoir d'avoir des enveloppes à ouvrir.

Les collections

Vous n'achetez pas librement ce qui vous fait plaisir quand vous êtes un collectionneur. Vous n'achetez pas un objet pour son intérêt propre mais pour compléter une série commencée depuis longtemps. Vous essayez de combler votre peur du manque en assemblant par exemple des timbres, des disques ou toute autre pièce de collection. Le plaisir vient de l'accumulation et de la réalisation d'un cycle complet. Certaines collections sont amusantes. Elles tiennent de l'engouement ou de la culture. Nous connaissons tous des amateurs de statuettes de chats, de disques de jazz ou de poupées russes. Quand le besoin de collection devient plus tyrannique, il est moins facile à vivre. Les collectionneurs d'œuvres d'art traversent l'Europe, frôlent la ruine, pour s'acheter un nouveau tableau qui ne leur plaît pas vraiment mais qui complète leur série.

Un premier objet, acheté ou offert, peut déclencher la folie de la collection. Truman Capote avait reçu de Colette un cadeau qui allait mettre à mal sa liberté. Jeune écrivain américain en visite à Paris, il entre dans la chambre de la femme de lettres. Elle le reçoit sans quitter son lit et lui offre un presse-papiers en verre. Elle saisit un sulfure, qu'elle appelle la « Rose blanche », et lui dit : « Celui-là, c'est mon préféré. Je vous le donne en souvenir de moi… » Truman Capote n'aura de cesse qu'il n'achète de nouveaux presse-papiers pour poursuivre sa collection et se rappeler sa rencontre avec le grand écrivain français.

Comment acheter ce qui nous plaît vraiment ?

Sortir de l'achat compulsif, ce n'est pas forcément dépenser moins, c'est surtout dépenser mieux et s'offrir ce qu'on aime ou ce dont on a besoin. Les acheteurs compulsifs libérés de leur fièvre ont changé leur relation à l'achat, à l'argent et aux objets. Ils n'achètent plus seuls, dans la honte et la culpabilité. Ils n'achètent plus par peur du manque mais par envie d'acquérir ce dont ils auront vraiment plaisir à se servir. Ils savent redonner aux offres commerciales l'importance qu'elles ont en réalité. S'ils ne profitent pas à chaque fois des soldes ou des semaines promotionnelles, ils acceptent de manquer des occasions en sachant qu'ils en retrouveront d'autres. Ils ne vivent plus dans l'urgence ni dans le manque.

On peut apprendre à modérer son appétit de dépenses. On peut se désintoxiquer de l'addiction à l'achat. James Mitchell, psychologue dans le Dakota, l'a fait. Il a proposé à vingt-huit acheteurs compulsifs une aide comportementale structurée. Ses acheteurs avaient divisé par sept le montant de leurs dépenses après trois mois de traitement. Auparavant, ils passaient douze heures par semaine dans les magasins. Grâce à la thérapie du Dr Mitchell, centrée sur leurs achats, ils n'y passaient plus que trois heures. Son programme comportait douze séances. À chaque séance les acheteurs compulsifs recevaient une information qui les aidait à se libérer des objets et de l'argent.

Jugez plutôt.

– Première séance : prise de contact et présentation des principes de la thérapie.

– Deuxième séance : qu'est-ce qu'un acheteur compulsif ? En quoi ma relation à l'achat tient-elle de la dépendance ? Pour quelles raisons devrais-je changer ma manière de dépenser ?

– Troisième séance : quelles sont les situations ou les lieux qui me donnent envie d'acheter de manière irrésistible des objets dont je n'ai pas besoin ?

– Quatrième séance : comment gérer en pratique mon argent et mes crédits ainsi que mes cartes bancaires ?

– Cinquième séance : quelles sont les pensées, les émotions et les angoisses qui me donnent envie d'acheter des objets dont je ne sais que faire ensuite ?

– Sixième séance : quelles fausses croyances sur le pouvoir du luxe, des grandes marques ou de l'argent me piègent et m'obligent à dépenser ?

– Septième séance : comment résister aux situations et aux magasins qui déclenchent des achats conditionnés ? Comment apprendre à les éviter, à les affronter ? Comment essayer de visiter ces magasins en compagnie d'un ami ou d'un parent ?

– Huitième séance : comment restaurer l'image que j'ai de moi-même indépendamment de ce que j'achète ? Comment apprendre à avoir confiance en moi, si je ne porte pas des vêtements exceptionnels ? Comment me sentir aimé et aimable même quand je ne fais pas de cadeaux à mes proches ?

– Neuvième séance : je fais un exercice d'exposition aux objets et aux tentations. Les expériences de liberté présentées à la séance précédente vous en ont donné des exemples. Je peux entrer dans un magasin qui me plaît et j'en ressors sans avoir rien dépensé. Je suis plus fort que la pression commerciale.

– Dixième séance : j'apprends à gérer mon stress en me relaxant et en contrôlant ma respiration. Je découple la notion de stress de l'achat. J'essaie de ne pas faire suivre toute nouvelle angoisse d'une séquence d'achats compulsifs. Lors de cette séance, je reçois aussi des conseils pour régler mes difficultés relationnelles dans ma vie privée et au travail.

– Onzième séance : je suis maintenant libéré de mon besoin permanent de dépenses. J'ai acquis des stratégies pour ne pas rechuter. Je travaille sur ma maîtrise de l'envie d'acheter avec l'image de la vague expliquée au sujet de l'alcool. Je vois mon désir d'achats monter et j'attends qu'il retombe. Je reconnais et contrôle les émotions et pensées à l'origine de mes achats compulsifs.

– Douzième séance : conclusion du processus de libération et perspectives d'aide personnelle à long terme sans le soutien d'un thérapeute. C'est à cette phase que les acheteurs compulsifs peuvent, par exemple, apprendre à développer leurs capacités de dialogue intérieur ou de concentration sur l'instant présent.

Cette thérapie en douze étapes ne s'adresse qu'à ceux qui sont les plus dépendants de leur besoin d'achats. Tous ceux qui, par moments, ne contrôlent pas ce qu'ils dépensent et surtout achètent des objets inutiles peuvent malgré tout s'en inspirer. Ils pourront, au terme d'un petit travail de réflexion sur eux-mêmes, continuer à s'acheter quelques objets inutiles, mais ils le feront en pleine conscience et sans mettre en danger l'équilibre de leur famille ou celui de leur budget. Je propose souvent ces étapes de compréhension aux hommes et aux femmes qui se plaignent d'avoir des armoires toujours pleines et des comptes toujours vides.

Se libérer de l'avarice ?

> Le plus riche des hommes, c'est l'économe. Le plus pauvre, c'est l'avare.
>
> CHAMFORT.

Les dépendants de l'épargne n'inspirent pas beaucoup de compassion. On les plaint bien moins que les acheteurs compulsifs. Molière se moque dans *L'Avare* du pauvre Harpagon déprimé. Le spectateur prend fait et cause contre lui. Il rit de le voir volé et se satisfait de l'échec de ses amours. On ne peut aimer un avare et un avare ne paraît pas digne d'être aimé.

Honoré de Balzac, grand dépensier lui-même, n'a pas plus de tendresse pour M. Grandet, le père d'Eugénie. Écoutons-le en parler. Il n'allait jamais chez personne, ne voulait pas davantage donner à dîner. Il ne faisait jamais de bruit et semblait économiser tout, même le mouvement. Balzac sait décrire l'apparence de ses personnages pour mieux en peindre l'esprit : « Sa figure annonçait une finesse dangereuse, une probité sans chaleur, l'égoïsme d'un homme habitué à concentrer ses sentiments dans la jouissance de l'avarice [...] Ses gants, aussi solides que ceux des gendarmes, lui duraient vingt mois, et, pour les conserver propres, il les posait sur le bord de son chapeau à la même place, par un geste méthodique. »

Le père Grandet économise aussi le chauffage. Il ne permet qu'on allume que du 1er novembre au 30 mars, sans égard pour les premiers froids de l'automne et les derniers du printemps.

Aujourd'hui encore, l'avarice est une dépendance impardonnable. Dépenser n'est pas seulement un droit. C'est une obligation. Les avares se cachent encore plus que les acheteurs compulsifs. Il commence à exister – et c'est heureux – des aides à l'intention des victimes du surendettement. Mais qui imaginerait une aide ou une consultation destinées aux « sur-épargneurs » ? Aucun thérapeute ne prendrait le risque de se spécialiser dans un fléau aussi peu estimable.

Comment reconnaître, malgré tout, la souffrance de l'avarice ? Les thésauriseurs modernes n'ont plus de cassettes comme l'avare. Ils rangent leur argent dans des actions ou des immeubles de rapport ou encore des fonds de placement. Ils aiment le moment où ils investissent et sont angoissés à l'idée d'alléger leur matelas d'épargne. Les liquidités leur font peur. Les chiffres sur un relevé de comptes ou d'actions les rassurent. Ils aiment compter, calculer ce qu'ils ont aujourd'hui et prévoir ce qu'ils auront demain.

Comment aider les drogués de l'épargne à profiter de l'instant présent et de l'argent qu'ils possèdent ? Je me souviens de l'un de ces pères Grandet amoureux de ses actions. Il était venu me voir pour arrêter de fumer. Nous avons fini par parler de sa folie de la Bourse. Il ne s'achète rien pour lui et investit la moindre liquidité dans des titres censés le rendre riche. En acceptant de parler de son goût de l'épargne, il en a mesuré les excès. Au fil de nos rencontres, il a pu retrouver le plaisir d'une dépense normale : « J'ai accepté de ne plus regarder trop loin. Je ne me contentais pas d'être riche, à l'époque où je ne dépensais pas. Je cherchais des garanties à dix ans. Je cherchais les placements à long terme. J'aimais le mot "obligations". Je le trouvais rassurant. Je voulais protéger mes enfants et mes petits-enfants. Je réussissais seulement à oublier leurs cadeaux d'anniversaire. Je me suis encore aperçu que la peur de la dépense venait de loin. Mes parents étaient pauvres. Ils comptaient leur argent pour finir le mois. J'ai gardé cette habitude d'enfant pauvre même quand j'ai eu un salaire régulier. Je suis resté pauvre dans ma tête bien après que mon compte en banque a été bien garni. »

Nous sortons une fois encore de la dépendance à l'épargne par la concentration sur l'instant présent. Comme dans bien d'autres addictions, la libération se fait par petits pas. Les avares se désintoxiquent peu à peu en acceptant qu'ils sont dès aujourd'hui bien assez riches. Ils se résolvent à ne pas faire de projections trop à l'avance. Ils progressent jour après jour à la manière des tabagiques sevrés qui dégustent chaque victoire remportée sur leur dépendance. Ils pourraient s'aider de la sagesse du Talmud qui répond à la question « Qui est riche ? » : « Celui qui se contente de ce qu'il a. » Ils trouveront aussi chez le sage romain Bion des raisons de sourire et de commencer à changer : il n'est pas moins désagréable aux chauves qu'aux chevelus de se faire arracher les cheveux. Il en est de même des pauvres et des riches. Leur tourment est le même à l'un comme à l'autre. L'argent adhère si bien qu'on ne peut le leur arracher sans qu'ils le ressentent.

Les malades du jeu d'argent

Joseph Kessel n'aimait pas seulement la vodka. Il ne pouvait se passer de l'ivresse du jeu. Il sacrifiait tout pour le moment où le sort hésite à vous satisfaire ou non. Tous les jeux d'argent lui plaisaient, même les plus simples jeux de cartes. L'histoire a gardé le souvenir de l'une de ses parties les plus acharnées. En 1924, Joseph Kessel a 24 ans et est journaliste. Alexandre Millerand vient d'être élu président de la République. L'écrivain Georges Suarez, ami de Kessel et de Millerand, obtient un rendez-vous. Le jeune journaliste va pouvoir aller interviewer le président de la République.

Le rendez-vous est pris un mardi à 15 h 30. Pour tromper l'attente, Joseph Kessel et son frère Georges commencent à jouer à la belote. Ils ne jouent pas d'argent. Joseph perd la première partie. Il demande une revanche. Les deux frères se remettent à jouer. Pour pouvoir continuer, ils ne mangent pas. Joseph gagne une partie. À l'heure où il devrait prendre le train pour rencontrer le président de la République, son frère lui demande encore une fois une revanche. Ils décident de continuer à jouer durant le trajet. Ils arrivent vingt minutes avant le rendez-vous dans un café en face du domicile du président de la République. Et là, explique Kessel, la fureur de jouer, d'aller jusqu'au bout est la plus forte. Le temps disparaît. Il n'existe plus. Tout s'efface. Il n'y a plus rien au monde que les cartes. Les cartes qui se battent, qui se chevauchent. Cela n'a pas l'air d'être vrai, dit Joseph Kessel. Cela relève de l'absurdité la plus totale, de l'incohérence la plus grande. Mais à cause d'une belote endiablée avec son frère, le jeune journaliste a raté le rendez-vous accordé par le président de la République. L'Histoire lui offrira d'autres rendez-vous…

Qui sont les joueurs pathologiques ?

Cette addiction au jeu est de mieux en mieux connue. Elle est étudiée et soignée dans des consultations spécialisées dont il se dégage un portrait du joueur pathologique typique. Les hommes jouent plus et plus souvent que les femmes. Les joueurs les plus accros dépensent un tiers de leur salaire dans les machines à sous ou sur les tapis verts. Ils ont, plus souvent que les non-joueurs, tendance à boire de l'alcool et à prendre des risques. Ils pourraient partager avec les dépendants de l'alcool la même prédisposition biologique. Les récepteurs à la dopamine sont modifiés chez les dépendants de l'alcool. Ils le sont aussi chez les plus pathologiques des joueurs. Le cerveau des joueurs pourrait être lui aussi prédisposé. Il est plus stimulé par le fait de jouer de l'argent que par toute autre activité.

Pourquoi jouons-nous ?

Avant d'essayer de contrôler sa relation au jeu, il est utile de savoir ce qui la détermine. Les joueurs pathologiques me racontent, à peu près tous, les mêmes étapes.

J'ai commencé à jouer très tôt dans ma vie

Ils jouent d'abord aux cartes, aux échecs et parfois aux machines à sous avant de trouver leur jeu préféré, celui dont ils ne pourront se passer.

Mes parents jouaient aussi

On ne sait pas quel chromosome contrôle l'envie ou le besoin de jouer ; on sait pourtant qu'il existe des familles de joueurs dans lesquelles cette passion se transmet souvent de père en fils. Le fait d'avoir un parent joueur multiplie par trois ou quatre le risque d'être joueur soi-même.

J'ai commencé par gagner

On ne devient dépendant que de ce qui nous fait plaisir et nous gratifie. Un adolescent qui rentre chez lui avec 1 000 euros a plus envie de recommencer à jouer que celui qui a perdu. Il est fier de sa chance et veut la retrouver.

Je ne crois pas au hasard
ou plutôt je sais comment le maîtriser

Tous les vrais joueurs ont leur technique et leur martingale qu'ils croient infaillibles. Ils sont sûrs qu'en rejouant, leur truc sera le bon. Il y a, à la base de toute envie de jouer, une folie de la croyance et d'affrontement avec le sort. Le joueur, peut-être parce qu'il n'a pas assez confiance en lui, croit en son don de divinateur. Il ne veut pas rater sa semaine de chance. La peur de manquer une occasion de gagner est plus forte que celle de perdre trop d'argent.

Je rejoue même si j'ai perdu

Nous avons vu avec bien d'autres passions le poids de la perte de contrôle. Le dépendant a perdu la liberté de réguler ce qu'il boit ou fume. Il en est de même pour le jeu. Les signaux négatifs ne sont pas perçus. Une perte d'argent n'incite pas à la modération mais plutôt à rejouer. Ceux qui ne sont pas joueurs ne peuvent comprendre que l'on retourne se venger après avoir perdu de l'argent. Les joueurs et les non-joueurs appartiennent définitivement à deux planètes différentes. Les uns perdent toute mesure dans un casino et les autres s'y ennuient.

CLAUDE À DEAUVILLE

Claude m'a parlé d'alcool puis de son enfance placée sous le signe de la dépendance. Sa mère dilapidait ses faibles revenus sur les champs de courses. Elle l'emmenait à Auteuil et à Clairefonfaine le dimanche. Claude se souvient encore de la passion des joueurs, de leur détresse ou de leurs cris de joie à l'arrivée de chaque course. Il s'était vite aperçu que ces jeux d'argent n'étaient pas un simple amusement. Sa mère en avait besoin comme d'une drogue. Elle ne pouvait se passer de ses après-midi sur le pesage de Deauville. Quand Claude a commencé à gagner un peu d'argent, c'est lui qui a emmené sa mère sur les champs de courses. Il savait que ces sorties étaient les moments qui lui faisaient le plus plaisir. Il a ensuite joué seul au bowling puis aux cartes. Il cachait à sa femme le montant de ses pertes. Il empruntait quelques billets à ses amis pour jouer une fois de plus. Il a fallu qu'un contrôle fiscal impose un examen attentif de sa trésorerie et révèle son besoin compulsif de jouer. Claude a finalement décidé de tout arrêter en même temps, l'alcool, le tabac et le jeu. Il y est arrivé en quelques jours. Il reste libre de toutes ses anciennes drogues depuis maintenant deux ans.

Les angoisses qui poussent à jouer

David M. Ledgerwood a construit une échelle, la *Gambling Experience Measure* (GEM), qui permet de préciser les angoisses qui donnent envie de jouer. Le psychologue a soumis cette échelle à cent quarante-neuf joueurs. Ces joueurs étaient des amateurs de machines à sous, de vidéo poker, de courses de chiens et de chevaux. Les raisons pour lesquelles ils éprouvaient le besoin de jouer étaient les suivantes :

– diminuer mon stress ;
– m'aider à supporter des sentiments douloureux ;
– oublier ce qui me rend coupable ;
– me sentir moins vide ;
– oublier l'argent que j'avais déjà perdu à cause du jeu ;

– me mettre dans la peau d'un gagnant ;
– attendre un gros coup et impressionner les autres ;
– me sentir moins timide ;
– me sentir différent.

Le jeu n'était pas chez les joueurs les moins libres une activité amusante. Il leur apportait une consolation artificielle. Il leur donnait l'illusion de pouvoir voyager en dehors d'eux-mêmes. Leur passion du jeu ne leur permettait pas d'en mesurer les conséquences financières objectives. Voilà sans doute une autre différence entre le joueur normal et celui qui joue trop. L'un s'amuse et se fait plaisir ; l'autre vit sur le mode des montagnes russes entre l'euphorie et le désespoir.

Comment apprendre à jouer moins ou à ne plus jouer du tout ?

Les joueurs sont, parmi les dépendants modernes, les plus gâtés par les nouvelles psychothérapies. Dans la suite d'expériences québécoises, des traitements leur sont spécifiquement destinés. Le psychologue Robert Ladouceur les accompagne de la superstition vers l'acceptation du réel. J'applique à l'intention des joueurs qui viennent me consulter les principes de sa thérapie. Ils tiennent tout d'abord un carnet de jeu. Ils mesurent vraiment ce qu'ils perdent. La suite de la thérapie leur apprend à remplacer leurs fausses croyances par des croyances plus raisonnables. Le joueur retrouve ainsi sa liberté en acceptant sa faiblesse face au sort. C'est au moment où il ne nie plus la puissance du hasard qu'il peut retrouver une relation plus sereine au jeu et peut-être même accepter de ne plus jouer. Ces aides se réalisent en tête à tête puis en groupe. Les expériences des anciens dépendants du casino donnent aux nouveaux venus des leçons de courage. Elles confirment le bien-fondé de la démarche de libération. Peu à peu les croyances magiques sont mises de côté. Le rendez-vous avec le casino devient moins passionnel.

Les croyances magiques qui font perdre la liberté

Quelques idées fausses nous donnent envie de jouer et de nier le poids du hasard. La superstition et les croyances magiques font perdre beaucoup d'argent à celui qui ne peut les remettre en question. Les psychologues canadiens travaillant avec Robert Ladouceur les recherchent chez tous les joueurs. Il est bien rare qu'ils n'en trouvent aucune. Si vous avez tendance à jouer un peu trop, il est fort probable que vous vous reconnaissiez dans certaines de ces propositions.

– J'établis de fausses causalités et des raisonnements magiques. Si j'ai gagné trois jours de suite, j'ai plus de chances de gagner le quatrième jour.

– Je construis des stratégies à partir de suites de chiffres. J'étudie la loi des séries.

– Je crois comprendre mieux que les autres la manière dont les numéros se suivent, à la loterie ou au casino.

– J'ai l'impression de jouer comme un professionnel en cherchant un système de gains imparable. Je ne joue, par exemple, qu'une fois sur cinq, et toujours le même numéro.

– Je valide des hypothèses ou des pronostics. Je suis surpris par certaines suites de chiffres ou de couleurs. Je fais habituellement des prédictions sur le hasard.

– Je personnifie la machine à sous quand je joue avec elle. J'éprouve pour elle de l'affection ou de l'énervement. J'acquiers l'impression de la comprendre et de communiquer avec elle. Je crois qu'elle me délivre des messages personnels, qu'elle m'aime ou me fait du mal.

– Je me félicite de mes gains et me reproche mes pertes. Je n'y vois pas l'effet du hasard mais celui de mon talent.

Les croyances « normales » ou libératrices

Elles aident à redonner au jeu son caractère aléatoire et imprévisible. Un joueur qui examine ses vraies chances de gagner a moins envie et moins besoin de jouer. Êtes-vous convaincu ? Pouvez-vous commencer à appliquer certains des principes suivants ?

– J'accepte la science des probabilités. Je sais alors qu'il n'y a pas de possibilité de prévoir les numéros qui vont sortir. Il n'y a pas de tours dans lesquels j'ai plus de chances que d'autres. Je ne peux contrôler ni la boule, ni les numéros, ni les cartes.

– Les jeux de hasard ne permettent pas d'établir une stratégie. Face à une machine à sous, je ne peux rien contrôler. Seul le hasard détermine des résultats.

– Je fais la différence entre les petits moments où je cède à la superstition et le reste du temps où j'adhère à la réalité.

– Je regarde en face les effets du jeu à long terme. Si je joue longtemps, je n'ai pas de vraies chances de gagner. C'est le casino qui va gagner.

Traiter le jeu par le jeu

Le jeu normal, le jeu vraiment ludique est une attitude pleine de liberté. Il n'a rien à voir avec l'angoisse et le manque qu'éprouve le pilier de casino. Il n'y est pas beaucoup question d'argent. Il allège le sérieux de la vie, le souci quotidien et ldu travail. Il ne crée pas d'obligations. Il est une détente passagère de la tension de l'existence. C'est une pause, une récréation pour reprendre des forces. Il s'assume et se revendique comme une occupation frivole et satisfaite d'elle-même.

Quand nous n'avons plus l'obsession de gagner ni la peur de perdre, nous retrouvons le plaisir de jouer, de l'argent ou des jetons, sans rien attendre d'autre qu'un moment d'amusement. Nous retrouvons la fonction maturante du jeu qui permet de se délivrer d'un excédent de vitalité et de satisfaire un besoin de détente. L'enfant apprend à devenir adulte et à aborder les choses les plus sérieuses en développant sa capacité de jeu.

HISTOIRES DE JOUEURS

La roulette pourrait avoir été inventée par les soldats romains qui pariaient sur le nombre de tours de roue de leurs chariots.

Les empereurs romains ont inventé le premier traitement du jeu en autorisant les perdants à ne pas s'acquitter de leur dette.

Le casino de Monaco a inventé le mensonge officiel. Son directeur avait coutume de bourrer de billets de banque les hommes retrouvés morts par suicide dans les jardins du casino. Il espérait qu'ainsi on ne soupçonne pas qu'ils s'étaient ruinés à la table de jeu.

L'acteur Darry Cowl a inventé le sevrage du jeu par amour. Grand joueur pathologique, il avait promis à sa femme d'abandonner à jamais les cartes si elle vivait avec lui. Il a tenu parole tout le temps de son mariage.

Freud a inventé la psychanalyse du jeu et il a appliqué ses premières interprétations à l'écrivain Dostoïevski. Il explique dans Dostoïevski et le parricide que l'écrivain russe cherchait à perdre de l'argent pour lutter contre un sentiment de culpabilité. Le jeune Dostoïevski avait vu son père être assassiné devant lui le jour même où il avait eu envie de le tuer parce qu'il le frappait. Les psychanalystes ont gardé l'idée que les joueurs cherchent plus la perte d'argent que le gain. Encore une nouvelle raison de s'opposer aux comportementalistes !

Françoise Sagan a inventé une martingale pour gagner au moins une fois au casino. Une nuit où la chance lui souriait, elle a quitté le tapis vert et est allée acheter, sans repasser par chez elle, en plein milieu de la nuit, une maison près de Deauville. Elle a réveillé le propriétaire et lui a mis dans les mains tous les billets que le sort venait de lui attribuer. Françoise Sagan disait que c'était la seule propriété qu'elle avait finalement pu garder.

Tristan Bernard a inventé un bon mot. Il portait une casquette de marin et disait : « Cette casquette je l'ai gagnée en jouant. Mais avec ce que j'ai perdu, ajoutait-il, j'aurais pu m'acheter un yacht. »

Celui qui joue librement se prépare à l'activité sérieuse que la vie exigera de lui. Il s'exerce à la prise de risque, au jeu avec le hasard et à la maîtrise de soi. L'activité sérieuse de notre vie est interrompue « par endroits » par des « îles » d'un accomplissement non sérieux. Ces pauses intermittentes revêtent une énorme importance dans notre économie personnelle.

Nous reprenons des forces et nous nous régénérons. Nous plongeons dans la légèreté insouciante et l'heureuse oisiveté du jeu comme dans un bain de détente. Le ludique est nécessaire justement parce qu'on peut s'en passer. Il nous rappelle l'importance qu'il y a à « faire comme si » en toute liberté. Le jeu authentique peut s'interrompre quand on veut. On peut en changer les règles ou changer de rôle. Pourquoi ne pas essayer de traiter le jeu par le jeu et ne pas prendre au sérieux les martingales que l'on croit infaillibles ?

Libérons les forçats du bureau

> Parfois, il est très bon d'oublier ce que vous n'avez pas fait et devez faire pour prendre le temps de faire une activité particulière qui vous tient particulièrement à cœur.
>
> Eleanor ROOSEVELT.

Il s'est assis juste en face de mon bureau. Il était arrivé dix minutes en avance et a commencé à travailler en m'attendant. Il a étalé ses dossiers dans ma salle d'attente, allumé son agenda électronique et consulté ses mails sur son ordinateur. Dès qu'il me serre la main, il me montre qu'il est un personnage important. Son costume sombre, sa cravate de marque, sa poignée de main vigoureuse et son regard de communicant doivent me mettre en confiance. Il me laisse à peine le temps de lui demander pourquoi il vient. Il prend le dessus tout de suite. Il sort un dossier, me le lit et m'explique : « Je cherche une thérapie qui m'aide à être plus performant. J'ai besoin de travailler plus, de faire au moins vingt heures supplémentaires par semaine. Croyez-vous pouvoir m'apprendre à mieux gérer mon temps pour être plus productif ? »

Je lui ai proposé une aide à laquelle il ne s'attendait pas. Je lui ai promis que s'il s'engageait dans un travail personnel, il serait très vite moins productif. Il aurait moins besoin de travailler. Il risquait de perdre un peu d'argent mais il allait beaucoup gagner en qualité de vie. Il allait apprendre à perdre son temps, à rêver, à prendre du plaisir dans des actions futiles. Il a été un peu étonné et il a fini par accepter ma proposition. Il souffrait trop de son besoin de travailler en permanence et de sa peur de la détente, du vide et des vacances.

Le travail est une drogue aussi menaçante que méconnue. Tout le monde est concerné par cette addiction aux allures particulièrement raisonnables. Vous pouvez être employé de bureau, travailler dans une usine ou être président de votre société, vous êtes susceptible de déraper. Ils sont nombreux ceux qui ne réussissent pas à trouver un équilibre entre la vie personnelle et la vie professionnelle. Ils emportent du travail à la maison. Ils délaissent leur domicile pour travailler. Les fax, les téléphones portables et les ordinateurs introduisent un flou entre la vie professionnelle et la vie personnelle. Et surtout, ces forçats du travail se mystifient eux-mêmes en n'imaginant pas qu'une activité aussi noble que le travail pourrait menacer leur liberté et leur bonheur.

Comment savoir si vous êtes dépendant du travail ?

Le mot *workaholic* a été inventé par un journaliste amé ricain Wayne Oates. Dans son livre *Confessions d'un « workaholic »*, il décrivait, il y a plus de quarante ans, sa relation exclusive au travail. Le mot rappelle bien la réalité de la dépendance. Un workaholique vraiment acharné souffre presque autant qu'un alcoolique. Son angoisse est encore plus cachée. La relation de dépendance n'est pas seulement une question de quantité. Le nombre de verres que l'on boit ne permet pas à lui seul de savoir si l'on est ou non dans l'addiction. Le workaholique, malgré tout, ne connaît pas la réduction du temps de travail. Selon un sondage récent, il travaille en moyenne quarante-six heures par semaine sur son lieu de travail et six heures au moins à son domicile. Il est prêt à travailler encore plus pour être payé en heures supplémentaires.

QUELQUES GRANDS TRAVAILLEURS DE L'HISTOIRE

Hercule
Il est connu pour ses douze travaux. Il n'existait que par les défis qu'il s'imposait. Il reste le modèle, inconscient bien sûr, de nombreux ambitieux.

Les *karoshis* japonais
La surdose de travail s'appelle *karoshi*. Plus de 10000 employés en sont morts en quelques années. Ils s'effondrent épuisés, hypertendus et cardiaques. Ceux qui résistent à ce syndrome ont peur d'être les prochaines victimes. 43 % des salariés nippons vivent dans la hantise de mourir de *karoshi*. 88 % des entreprises japonaises imposent à leurs employés des heures supplémentaires non rémunérées. Cette pratique frapperait régulièrement 41,7 % des salariés par an. Certaines lois fixent à quarante-huit heures le temps maximal de travail hebdomadaire rémunéré. Dans le même temps, elles autorisent un dépassement sans conditions de la durée du temps de travail si les « besoins de la production l'exigent ».

Alexeï Grigorievitch Stakhanov
C'est la version soviétique du travailleur compulsif. Ce mineur du Donbass a accompli quatorze fois la norme dans l'extraction du charbon, le 31 août 1935. Il a extrait 102 tonnes en six heures de travail, la norme

étant de 7 tonnes. La propagande soviétique en a fait un exemple pour tous les ouvriers de l'URSS. Il semble cependant que l'exploit de Stakhanov ne soit qu'un leurre. Il aurait en réalité été aidé par toute une équipe afin de pouvoir le réaliser. Ce record paraît donc avoir été mis en scène par le gouvernement soviétique pour servir de modèle aux autres. Les capitalistes japonais et les staliniens se retrouvaient sur un point: l'idéalisation du travailleur compulsif.

Victor Hugo, Balzac et Rossini
Ils sont quelques-uns à avoir accompli une œuvre aussi considérable par sa qualité que par sa quantité. Ils racontent bien leur besoin permanent d'écrire, de créer, de fuir par leur art l'angoisse de leur existence personnelle.

Les bourreaux de travail acceptent parfois les loisirs à condition que ceux-ci soient utiles. Ce peut être de la gymnastique, du nettoyage ou du bricolage. Ils se sentent alors moins coupables. Ils passent en revue toute leur journée de travail durant les trajets de retour à leur domicile. Il peut leur arriver d'avoir des accidents tant ils sont distraits par ces pensées. Ils sont impatients et irritables. Ce qu'ils s'imposent à eux-mêmes ils espèrent l'imposer aux autres : un rythme qui ne s'arrête jamais.

Ils pensent qu'ils n'ont pas encore donné le meilleur d'eux-mêmes. Ils veulent toujours aller plus loin à la manière d'un sportif qui tente de mettre la barre encore plus haut. Ils n'ont pas de temps pour se soigner. Ils ne font pas attention à ce qu'ils mangent ou à leur forme physique. Ils ne prennent pas le temps de faire de l'exercice. Il peut leur arriver de fumer ou de boire pour se stimuler, croient-ils. En réalité, ils mettent leur santé en péril.

Les dépendants du travail ne sont pas seulement ceux d'entre nous qui travaillent le plus. Ils font beaucoup d'heures et ils investissent sur un mode trop passionnel leur activité professionnelle. Le workaholique travaille trop et finalement assez mal. Il ne délègue rien. Il relit ses notes et ses dossiers tout seul. Il n'a confiance ni en ses collaborateurs (« on ne peut rien leur confier ») ni en ses patrons (« ils ne me comprennent pas et ne me méritent pas »). Il se bloque sur des détails. Il aime le travail pour lui-même et pour l'image de personnage important qu'il lui confère.

Mon fils travaille-t-il trop ?

Je vois des parents inquiets de la paresse de leur fils – ou fille. Ils le trouvent trop rêveur et trop tranquille. J'en vois aussi de plus en plus souvent qui me demandent comment apprendre à leur enfant à jouer, faire du sport ou se détendre. L'histoire qu'ils me racontent est presque toujours la même : « Il passe plus de temps à travailler qu'à jouer. Il a peu d'amis et préfère les adultes plutôt que les enfants. Il souffre de problèmes physiques liés au stress comme l'épuisement, les maux de tête ou d'estomac. Il se comporte comme un adulte et ne s'intéresse qu'aux activités d'adultes. Il recherche la perfection dans tous les domaines. Il reste sérieux et passe peu de temps à se relaxer, s'amuser et profiter de son enfance. Il apparaît comme précoce en classe mais il crée aussi sur son passage une impression de malaise. »

Exigeant pour lui-même, l'enfant workaholique l'est aussi pour son entourage. Il recherche constamment les encouragements de ses parents ou de ses enseignants.

Il pique des colères à la moindre critique et n'accepte pas facilement d'être aidé. Il s'intéresse à des loisirs qui ne sont pas toujours de son âge. Il peut trouver dans la vie religieuse ou l'entraînement sportif un autre domaine dans lequel dépenser son activité infatigable. Il est facilement impatient et énervé quand tout ne va pas comme il veut. Les parents d'un jeune workaholique rêveraient d'un enfant qui sache perdre son temps devant sa console de jeux ou la télévision. Ils voudraient lui faire prendre des leçons particulières de paresse.

LE SYNDROME DU CONSERVATOIRE

Qui oserait dire du mal de la musique ? Certainement pas moi. Et pourtant, je vois nombre de jeunes enfants investir la musique classique, la chorale et le solfège sur le mode d'une dépendance. Ils ont trop bien appris les leçons de leur professeur de piano exigeant qu'ils jouent au moins une heure par jour. Ils ressentent un manque quand ils ne s'exercent pas et ne peuvent s'endormir sans leur dose de gammes. Ils visualisent tout ce qu'ils sont en train de perdre quand ils font une infidélité à leur instrument. Toute la famille court après cette addiction. Les parents, mi-fiers, mi-agacés, accompagnent leurs enfants d'auditions en concours. Il faut bien du temps à ces familles traumatisées par la compétition musicale pour retrouver le plaisir de la musique jouée ou écoutée en toute liberté !

Au secours, mon mari est un drogué du travail !

Il n'est pas gai d'avoir un mari qui préfère son bureau à sa femme et ses enfants. Les femmes d'hommes workaholiques se sentent ignorées ou négligées. Elles ont

l'impression qu'elles ne sont pas appréci
valeur. Le chef de famille travailleur c
encore plus insupportable quand il exige d
la même efficacité qu'il attend de ses coll
Il apprécie – ou peut même exiger –, dans l ...mes les plus rigides, que son épouse ne travaille pas. Elle aura ainsi plus de temps à consacrer à la marche de la maison. Les enfants sont traités sur le même régime. On attend d'eux un engagement constant et des résultats qui ne fléchissent jamais.

Les workaholiques mariés passent tant de temps au travail qu'ils y tombent parfois amoureux. Ils peuvent plus souvent que les autres s'engager dans des aventures extra-conjugales avec leurs collègues. Leur vie sexuelle dans le cadre du couple est souvent plus réduite. Ils peuvent également souffrir de manque de désir sexuel ou d'impuissance. Ils sont – arrêtons le massacre ! – plus exposés que les autres à l'abus d'alcool. Faudra-t-il bientôt conseiller aux jeunes filles qui veulent se marier de détecter chez leur futur mari cette tendance à surtravailler ?

Les bricoleurs compulsifs

Quand ils cessent de travailler, les obsédés de l'activité ne se reposent pas pour autant. Ils scient du bois, passent la tondeuse ou repeignent leurs murs. Ils étudient avec autant de sérieux que leurs dossiers les guides de bricolage. Là encore, ils aiment travailler seuls, pendant de longues heures épuisantes, pestant contre ceux qui voudraient les faire aider par un professionnel. La maison de campagne – une autre addiction moderne – leur donne de nouveaux défis. Ils l'investissent sur un mode aussi

…sionnel que leur activité professionnelle. Insensibles au froid ou à la pluie, ils ont besoin de leur dose hebdomadaire d'inconfort et d'effort. Leur famille s'amuse souvent de cette passion bien bénigne…

Quel type de travailleur êtes-vous ?

Peut-être vous reconnaîtrez-vous dans l'une de ces catégories de travailleurs compulsifs. Il y a en effet plusieurs manières de passer sa vie au bureau sans forcément gagner en productivité. On recommence à travailler librement en se regardant sans se mentir et en sachant lequel de ces archétypes nous ressemble le plus.

Le travailleur perpétuel

Cette catégorie décrit celui qui ne s'arrête pas de travailler. Il travaille jour et nuit, y compris pendant les vacances. Il hésite beaucoup et relit encore plus souvent qu'il ne lit ses dossiers. Il est le premier arrivé dans son service et le dernier à quitter le lieu de travail. Écoutons-le se raconter : « Je ne prends pas le temps de m'amuser ou de me détendre. Je suis trop sérieux mais je ne peux faire autrement. C'est comme si une petite voix dans ma tête me disait : “En t'amusant tu perds du temps. Tu n'es pas productif. Retourne à des activités sérieuses.” »

Le travailleur inattentif

Il papillonne d'une activité à l'autre. Il ne peut se fixer sur une tâche. Il passe certes beaucoup de temps au bureau ou dans tout autre lieu de travail mais il ne termine rien. Il investit surtout les espaces de détente, la cafétéria et les salles de réunion. Il est le premier à vous inviter à déjeuner ou à rediscuter d'un point qui ne suscite plus de controverse.

Le boulimique

Les boulimiques travaillent par accès comme ceux qui se jettent sur le chocolat. Ils se reposent pendant plusieurs jours puis ils font des orgies de travail. Juste avant de terminer une tâche, ils peuvent passer une ou plusieurs nuits à travailler. Ils avaient longtemps hésité à s'y mettre. Ils avaient longtemps réfléchi. Dans l'urgence ils se droguent à l'épuisement. « Je suis, me dit l'un de mes amis, toujours hyper-occupé et en retard. Je cours en permanence et je suis heureux d'être sous pression. »

Le gourmet du travail

Il travaille lentement et le plus longtemps possible. Il aime ce qu'il fait. Il déguste chacune de ses activités. Il a installé son bureau comme un salon douillet. Il y apporte ses objets familiers et y écoute de la musique douce.

L'épistolier

Il fait des notes. Il rédige des synthèses, des plans prospectifs et collecte sur Internet des blagues ou des rapports inédits. Il envoie des mémorandums souvent en fin de soirée et s'étonne qu'on ne les ait pas lus le lendemain.

Le méfiant

S'il se confiait à vous, il vous dirait : « Rien n'est jamais assez parfait pour moi, je vérifie, je complète ce que j'écris. Je suis maniaque jusque dans les détails. Je veux que toutes les portes soient bien fermées et chaque chose rangée à sa place. Ce qui ne concerne pas le travail ne m'intéresse pas vraiment. J'oublie plus facilement un anniversaire que la date d'une réunion. Je ne perds pas de temps pour déjeuner. Je n'aime pas confier mes projets ou mes états d'âme. Les informations que je livre pourraient être retenues contre moi. »

Le protecteur

Il est celui qui vous propose de travailler à votre place. Il accueille les nouveaux venus et effectue avec eux le tour de l'entreprise. Il vous rappelle l'histoire des différentes structures. Il aime se rendre indispensable et il l'est en réalité souvent tant il est disponible pour tous ses collègues. Il l'est, hélas ! bien moins pour ses proches.

Un plan pour développer le temps consacré à soi-même et à ses proches

Le psychologue américain Bryan Robinson propose un programme complet de désintoxication professionnelle. Vous allez avancer en trois étapes. Vous calculez le temps passé à travailler, vous changez vos croyances sur le travail et vous pratiquez des exercices de liberté quotidiens.

1. Mesurez le temps consacré à votre travail et aux autres activités

Bryan Robinson commence par vous faire identifier quatre domaines importants dans votre vie. Repérez-les et apprenez à les différencier. Vous comprendrez très vite que l'objectif est de n'en sacrifier aucun et surtout pas ceux qui vous apparaissent un peu futiles.

– Le domaine personnel : vous mettez dans ce domaine l'exercice physique, la relaxation, la spiritualité, le temps passé à manger ou à penser.

– Le domaine familial : vous y incluez le temps que vous consacrez à votre mari ou à votre femme, à vos enfants. Si vous n'êtes pas marié, le temps passé avec d'autres membres de votre famille compte également.

– Le jeu : ce temps est consacré aux hobbies, aux loisirs, aux relations avec les amis.

– Le travail : ce temps mesure l'importance que vous accordez au travail et à toutes les activités qui y sont liées.

Il vous faut maintenant mesurer l'importance relative de ces quatre domaines.

I. Quel est le pourcentage de temps actuel que vous consacrez aux différents domaines ?

Indiquez le temps qu'aujourd'hui vous consacrez à chacun de ces quatre domaines. Le total doit faire 100 % :

– Soi-même	– %
– Famille	– %
– Jeu	– %
– Travail	– %
– Total	100 %

II. Quel temps voulez-vous dans un avenir proche consacrer à chacun de ces quatre domaines ? Quel est votre objectif de répartition du temps ?

– Soi-même –%
– Famille –%
– Jeu –%
– Travail –%
– Total 100%

III. Faites la différence entre le temps que vous consacrez maintenant aux quatre domaines privés et publics et le temps que vous souhaitez leur consacrer. Cette simple soustraction est riche de leçons sur votre potentiel de liberté.

	Soi-même	Famille	Jeu	Travail
Temps souhaité				
Temps actuel				
Différence				

Dans chacun des quatre domaines fixez-vous des objectifs pour atteindre le quota de temps que vous vous êtes fixé.

2. *Changez vos fausses croyances à propos du travail*

Vous en avez maintenant pris l'habitude. Les thérapies cognitives de la liberté vous font mettre à plat vos croyances. Bryan Robinson va encore plus loin. Il vous invite à les écrire. Il propose de tracer trois colonnes sur une feuille de papier. Dans la première colonne, vous notez vos pensées négatives celles qui vous poussent à travailler trop. Dans la deuxième colonne, vous identifiez vos pensées rigides, celles qui ne vous permettent pas de changer de comportement. Dans la troisième colonne, vous essayez de trouver une manière positive de sortir de vos croyances et de vos habitudes. La liste qui suit vous donne un exemple de la manière dont fonctionne cet exercice de psychothérapie. Elle a été rédigée par un workaholique qui a trouvé dans cette technique un début de libération.

Pensées négatives	Fonctionnement rigide	Croyances positives
Je dois être parfaitement compétent dans toutes les tâches que j'entreprends ou sinon je ne vaux rien.	Raisonnement en tout ou rien et perfectionnisme.	La réussite professionnelle n'est pas le seul domaine important de ma vie. Je dois croire en moi quand je fais le maximum. Quand je fais des erreurs, celles-ci me font progresser.
Je dois être aimé de tout le monde notamment à mon travail.	Fonctionnement en tout ou rien et dépendance à autrui.	Mes qualités ne dépendent pas seulement de ce qui plaît ou ne plaît pas aux autres. Personne ne peut être aimé de tout le monde. Je trouve sans difficulté des personnes dans ma vie qui m'aiment et ont besoin de moi.
Si seulement tout ce que je faisais était parfait je pourrais être heureux.	Espoir exagéré et perfectionnisme.	La plupart des gens y compris moi ne sont pas parfaits. Je m'accepte comme je suis avec mes faiblesses et mes limites.
Je n'arrive pas à supporter l'organisation de mon travail.	Pensée découragée et pessimisme.	J'organise ma vie. Ce n'est pas mon travail qui doit régenter ma vie. J'ai la possibilité de sortir des situations qui ne me plaisent pas.

3. *Quelques exercices pour sortir de l'addiction au travail*

Bryan Robinson propose d'autres conseils pour se reconnecter avec ses émotions et sortir du cercle vicieux qui fait travailler toujours plus. Je vous en cite quelques-uns. Vous pourrez toujours les lire, au lieu d'ouvrir un nouveau dossier sur votre ordinateur. Vous avez aussi le droit de les trouver trop naïfs et de passer à l'étape suivante :

– changez la manière dont vous vous percevez ;
– identifiez vos sentiments négatifs ;
– travaillez plus astucieusement et pas plus longtemps ;
– apprenez à déléguer et à faire preuve d'une stratégie qui ne vous conduise pas à l'épuisement ;
– apprenez à vous faire plaisir avant de faire plaisir nécessairement aux autres, à vos collègues et à vos supérieurs.

Les conseils suivants relèvent encore plus de la morale. Je n'ai, personnellement, jamais osé les dire à un consultant. Ils sont difficilement compatibles avec la culture européenne volontiers critique face à ces aides teintées de spiritualité :

– reconnaissez qu'un peu est déjà beaucoup ;
– faites taire en vous les voix critiques ;
– apprenez à repérer vos limites humaines sans en être accablé.

Arrêtons là la liste et continuons la thérapie du bon Dr Robinson. Il vous désintoxique de votre excès de sérieux en cultivant l'art et la légèreté. Il faut pour cela accomplir très sérieusement ce qui mobilise votre hémisphère la litté rature ou la poésie. Certains se plongent dans le bridge, d'autres dans la musique. Tout ce qui développe la créativité doit être considéré comme une manière de soigner son obsession du travail.

Quand les exercices individuels ne suffisent plus, vous pouvez rencontrer d'autres malades du travail. Les réunions de groupe ne sont pas encore opérationnelles en France. Les Américains les ont expérimentées avec satisfaction. Les Work aholiques anonymes se sont créés aux États-Unis en 1990. Ils se réunissent régulièrement. Leur principe de libération progressive s'inspire de celui des Alcooliques anonymes. Il faut raconter son histoire, décider de changer et s'identifier à un ancien travailleur compulsif maintenant guéri.

Les Californiens apparaissent particulièrement friands de ces réunions. Peut-être sont-ils aussi plus exposés que les autres au surmenage. Il n'existe pas, à ma connaissance, en France d'organisation comparable. Il est cependant à redouter que l'accélération des cadences et des exigences professionnelles ne finisse par exposer les Français autant que les Américains à ce type de perte de liberté.

Trouver les racines cachées de son besoin de travail

« Apprends à te connaître et descends en toi-même », dit Corneille dans *Cinna*. Les psychothérapies, quand elles dépassent le stade du simple conseil, sont toutes une démarche d'autodécouverte et de réappropriation. Celui qui veut savoir pourquoi il travaille trop passe en revue les causes inconscientes de son surmenage. La plus fréquente est le **masochisme moral**. Les psychanalystes y voient une réponse à des sentiments anciens et cachés de culpabilité. C'est dans l'enfance que naît ce besoin de punition. L'enfant qui se sent coupable a l'impression de mériter une punition. Devenu adulte, il aura **à cœur** de s'imposer des tâches interminables et fastidieuses pour se punir d'une faute dont il n'a pas conscience. Il pense mériter les échecs et ne voit les réussites que comme des états transitoires ne laissant présager rien de bon.

Le masochisme moral est ainsi un signal adressé à l'enfant qu'a été le travailleur compulsif. Il conduit à se maltraiter de manière subtile. Le masochisme intellectuel refuse ce qui fait plaisir et se complaît dans l'ennui, le conflit et les tâches répétitives. Il tend à accepter les missions les plus ingrates ou les plus lourdes. C'est ainsi que l'on voit certains cadres quitter un poste tranquille et prometteur qui les angoisse pour un autre plus exposé, plus difficile et moins bien payé. La névrose de l'enfance pèse étrangement sur les orientations professionnelles ! Elle fait perdre de l'argent, mais qu'importe quand elle contribue à traiter, de manière sauvage et inconsciente, un ancien sentiment de culpabilité. Le masochiste trouve ainsi dans la fatigue, les souffrances ou les malheurs activement recherchés une sorte d'apaisement rétrospectif, une réparation de ses fautes du passé. Il ne sait pas quel crime il a commis, mais il sait qu'il a besoin de se faire pardonner en souffrant et travaillant plus que les autres.

Une autre cause fréquente et souvent cachée de surmenage volontaire est le **syndrome de l'imposteur**. Celui qui ne s'aime pas assez, qui n'a pas confiance en lui, compense par le travail l'image qu'il a de lui-même.

Il a l'impression de ne pas mériter ses succès. Il se vit comme un imposteur. Il se demande s'il n'usurpe pas son salaire ou sa situation sociale. Il a peur qu'on lui dise d'un instant à l'autre que le jeu est fini. En réponse à cette inquiétude de ne pas être à la hauteur, il fuit dans l'hyperactivité. Il trouve une garantie symbolique de sa valeur dans les efforts incontestables qu'il accomplit. L'épuisement lui apparaît comme un signal positif qu'il recherche activement. Il l'empêche de penser et le convainc qu'il ne peut aller plus loin dans le travail. Il peut toujours se dire que, même s'il n'est pas le meilleur, il est au moins le plus actif et le plus disponible. Il augmente sa quantité de travail sans se rassurer complètement. Il continue à se trouver paresseux, trop peu créatif et pas assez concerné par son entreprise. Il devra accepter de travailler sur sa confiance en lui, plutôt que sur sa productivité.

La seule manière de trouver sa vie réussie, libre et heureuse sera de se dégager de la culpabilité née de l'enfance. En prendre conscience est un temps important de la libération. Le reste est affaire de connaissance de soi et d'accession progressive aux émotions de son enfance.

Le moraliste romain de l'Antiquité Sénèque fait figure de pionnier quand il apprend à l'homme à se libérer du travail compulsif. Il faut, conseille-t-il à ses disciples, faire des promenades à la campagne pour que l'âme se retrempe et s'élève dans l'espace libre et au grand air. Les législateurs ont institué des jours de fête pour que les hommes se rassemblent et s'amusent. C'est un dosage indispensable qu'il faut combiner avec le travail. Sénèque nous raconte les techniques des grands hommes romains pour sortir du workaholisme. Ils s'accordent des congés à des jours déterminés. D'autres partagent chaque journée entre le loisir et le travail.

Certains s'interrompent au milieu du jour – étaient-ils déjà des amateurs de la sieste ? D'autres laissent pour les heures de l'après-midi les travaux les plus faciles. Sénèque poursuit en comparant notre créativité à un jardin. Il ne faut pas trop exiger des terrains fertiles. On les épuisera vite en voulant qu'ils produisent sans interruption. De même un travail incessant brise l'élan de l'esprit. D'un travail continuel naît une sorte d'émoussement et d'épuisement de la pensée.

Suivons encore Sénèque quand il nous apprend à ne pas trop travailler. J'ai souvent envie de faire apprendre ces phrases par cœur aux obsédés de l'ambition et de la per formance qui viennent me demander un conseil. Il ne faut pas travailler aux choses inutiles ni de façon inutile. C'est-à-dire qu'il ne faut pas désirer ce que nous ne pouvons pas atteindre. Le chagrin en effet vient presque toujours de ne pas réussir ou d'avoir honte de sa réussite. La vie de la plupart des gens ressemble – qui pourrait le nier ? – au mouvement d'une fourmi. Ils montent et descendent sans fin, dépendants de leur besoin d'activité et incapables de goûter le plaisir et la liberté de l'inaction. La conscience de cette agitation inutile commence à les faire sortir de leur « paresse sans repos » ou de leur agitation sans but.

LES CONSEILS DE CHAMFORT POUR NE PLUS ÊTRE DÉPENDANT DU TRAVAIL

À la question : « Pourquoi ne donnez-vous plus rien au public ? », le moraliste Chamfort donne des réponses que tous les dépendants du travail pourraient utiliser. Vous en admirerez la sagesse et la pertinence. Vous pourrez même vous en inspirer le jour où l'on vous assignera des tâches trop copieuses : « C'est que je ne dois pas troubler mon repos parce

que la compagnie prétend qu'il faut divertir la compagnie. »
« C'est qu'on me presse de travailler, par la même raison que quand on se met à sa fenêtre, on souhaite de voir passer dans les rues des singes ou des meneurs d'ours. »
« C'est parce que j'ai peur de mourir sans avoir vécu. »
« C'est que j'ai à travailler et que les succès perdent du temps. »
« C'est que je ne voudrais pas faire comme les gens... qui ressemblent à des ânes, ruant et se battant devant un râtelier vide. »
« C'est que j'aime mieux l'estime des honnêtes gens, et mon bonheur particulier que quelques éloges, quelques écus, avec beaucoup d'injures et de calomnies. »
« C'est que jamais... on n'a vu marcher ensemble la gloire et le repos. »
« C'est que j'ai connu presque tous les hommes célèbres de notre temps, et que je les ai vus malheureux par cette belle passion de célébrité et mourir, après avoir dégradé par elle leur caractère moral. »

Résister à un patron workaholique

Votre nouveau patron est un bourreau de travail. La rumeur qui le précédait vous l'avait annoncé. Vous n'osiez pas y croire mais maintenant vous en êtes sûr. Vous l'observez à l'œuvre et regrettez les accès de flemme de son prédécesseur. Il surveille en permanence ses employés. Il contrôle leur travail. Il refuse de déléguer. Il les pousse au maximum de leurs capacités et les conduit au bord du *burn-out*. Il ne comprend pas que l'on puisse être fatigué alors que lui est toujours en pleine forme. Inconscient des limites, il a des demandes inadaptées. Sous sa direction, on est obligé de travailler trop et trop longtemps. Ce genre de patron existe. Je suis sûr que vous en avez déjà rencontré de près ou de loin.

Il conduit l'entreprise au chaos en imposant des délais qui ne peuvent être tenus. Il a aussi des humeurs imprévisibles. Ses collaborateurs ne savent jamais à quoi s'attendre. Il crée un climat d'urgence et de tension permanente. Et, en plus, il vous fait perdre du temps. Il est toujours sur-occupé et injoignable. Certes, il se juge de manière impitoyable, mais il est également sans pitié pour ceux qui sont autour de lui. Il ne tolère pas la moindre erreur et part dans des colères qui maintiennent sa réputation de terreur. Il ne prend pas assez le temps d'écouter. Il pourrait apprendre de Marivaux qui disait dans *Le Paysan parvenu* : « Bien écouter, c'est presque répondre. »

Bryan Robinson vous donne des conseils pour vous adapter à un patron workaholique. Il faut d'abord poser des limites et savoir jusqu'où vous allez accepter les demandes émanant de votre univers professionnel. Vous devez éviter les réactions de colère et d'impatience que suscitera immanquablement chez vous l'attitude de votre patron. Vous devez aussi organiser régulièrement des rendez-vous avec votre supérieur pour savoir exactement ce qu'il attend de vous. C'est parfois possible.

Essayez enfin de faire un peu de thérapie, très prudente bien sûr, à votre patron. Apprenez-lui les dangers de son surmenage. Ce n'est bon ni pour son cœur ni pour sa famille. Trouvez-lui un reportage sur l'espérance de vie des karoshis. Montrez-lui discrètement que son impatience peut le rendre impulsif et de ce fait contre-productif. Il peut prendre des décisions prématurées, se montrer désagréable avec des clients importants ou des collègues. De manière paradoxale, son obsession du travail peut compromettre sa carrière et la réussite générale de l'entreprise. Les patrons les plus efficaces préservent des moments de rêve, d'inaction, d'errance. Les grands hommes politiques savaient perdre leur temps pour mieux se préparer à l'action. François Mitterrand avait élevé cet art au niveau du génie. Il lisait des poèmes d'Alphonse de Lamartine avant ses discours importants, il retrouvait la sérénité du Nil et gravissait la roche de Solutré. Il trouvait dans ce rythme une énergie qui terrassait ensuite ses adversaires trop rapides. Il savait mieux que quiconque – et il en avait fait un principe d'action – « donner du temps au temps ». Il aurait pu reprendre à son compte une autre formule politique prônant la force de l'inaction : « C'est une grande qualité de ne rien faire, encore faut-il ne pas en abuser ! »

LA MAIN DE SARTRE SUR LE PAPIER

« La vraie drogue de Sartre, écrit Bernard-Henri Lévy dans *Le Siècle de Sartre*, ce n'est ni la mescaline, ni la corydrane, c'est l'écriture... » Sartre ne lit pas beaucoup, il préfère écrire. Il écrit, en fait, tout le temps. Ses proches sont frappés par sa main folle, comme on le dit d'une patte folle. « Cette main, ajoute Bernard-Henri Lévy, court sur la feuille. Elle galope. Elle ne s'arrête jamais à l'effet produit ou à la formule. » Sartre convient lui-même de son obsession de l'écriture. Il raconte dans *Les Mots* comment sa plume va parfois si vite qu'il a mal au poignet. Son secrétaire Jean Cau compare son bras à celui d'un boxeur ou d'un ouvrier qui abaisse de lourds leviers. Sartre écrivait stylo tenu entre index et majeur, en utilisant, par kilos, des rames de papier ligné. Marcel Proust était, peut-être encore plus que Jean-Paul Sartre, un forçat de l'écriture. François Mauriac avait dit à son sujet qu'il n'était plus qu'une main qui écrit.

Libre dans son corps

> La beauté n'est que la promesse du bonheur.
>
> STENDHAL, *De l'amour*, XVII.

> On a dit que la beauté est une promesse de bonheur. Inversement la possibilité du plaisir peut être un commencement de beauté.
>
> Marcel PROUST, *À la recherche du temps perdu.*

Marilyn Monroe consacrait un temps considérable à se teindre en blond. Elle cherchait une couleur qui lui était personnelle et que seule sa coiffeuse personnelle pouvait trouver. Elle n'aurait jamais imaginé affronter une caméra sans avoir teint ses cheveux. Elle était dépendante d'une apparence qui n'était pas la sienne. Et quand elle avait fini, elle cherchait une robe digne de l'image que son public attendait d'elle. Même quand elle ne jouait pas, elle préparait chacune de ses sorties comme une entrée en scène ou une apparition surnaturelle. À des degrés divers, chacun dc nous fait sa Marilyn en présentant une image artificielle et améliorée de soi-même. Les plus tranquilles se contentent du maquillage et de quelques accessoires vestimentaires ; d'autres ont besoin de modifier leur corps plus en profondeur, de le tatouer ou de le piercer pour le supporter.

Les chirurgiens plasticiens voient arriver de nouveaux clients. Ce sont des hommes ou des femmes qui ne se supportent plus comme ils sont. Ils viennent demander une première puis une deuxième intervention de chirurgie plastique. Ces gestes sont parfois justifiés par des anomalies « objectives ». Dans d'autres cas, en proportion variable selon qu'ils sont étudiés par des chirurgiens ou des psychologues, la demande de chirurgie n'est pas justifiée. Elle révèle une incapacité à vivre avec soi-même et un besoin de changement de tout ou partie de son corps. Une nouvelle toxicomanie à la chirurgie esthétique est ainsi en train d'apparaître. Elle désigne des femmes ou des hommes normaux qui ont un besoin compulsif de se masquer ou de changer leur apparence.

Comment la chirurgie esthétique ou le Botox peuvent-ils devenir des drogues ?

Au XVIe siècle à Bologne, un chirurgien du nom de Gaspare Tagliacozzi avait mis au point une technique révolutionnaire de reconstruction du nez. Dès cette époque, le chirurgien italien se rendit compte qu'il faisait, en même temps que de la plastie, de la psychothérapie « sauvage » : « Nous réparons ces parties de la face que la nature a données mais que les circonstances de la vie ont enlevées, pas tellement pour le plaisir des yeux mais bien pour remonter le moral des patients qui en sont affligés. »

La demande de correction chirurgicale, surtout quand elle se répète sur un mode addictif, correspond à un désaccord entre l'individu et son image corporelle.

Certains pra ticiens qualifient cette chirurgie esthétique de chirurgie de l'âme. Le résultat des interventions est à la fois spectaculaire et secret. Il est spectaculaire dans le miroir, sur les photographies et aux yeux de l'entourage. Il est secret dans les conséquences réelles sur la vie personnelle de l'opéré. Il concerne le plus intime de la relation que l'on entretient avec soi-même. L'objectif est parfois de rentrer dans l'anonymat et de faire disparaître ce qui apparaissait disgracieux. Dans d'autres cas, l'appel à la chirurgie est un moyen de se faire reconnaître comme exceptionnellement beau ou séduisant. Le chirurgien est appelé à valoriser une silhouette ou un visage. Certains veulent retrouver leur âge réel et d'autres sont encore plus ambitieux, ils partent à la rencontre de leur jeunesse perdue.

Comment vivez-vous avec l'image de votre corps ?

Avant de décider d'un lifting ou de tout autre acte de chirurgie plastique, qui prend le temps de savoir si les motifs n'en sont pas avant tout psychologiques ? Essayez de comprendre à quel degré de satisfaction ou d'insatisfaction vous en êtes face à votre image. Tentez aussi de savoir si cette opinion repose sur des facteurs objectifs et anciens ou si une angoisse récente est venue troubler votre jugement. David Sarwer dirige en Pennsylvanie le Centre d'étude de l'apparence humaine. Il analyse les déterminants psychologiques des demandes de chirurgie esthétique. Il a établi des stades définissant les différentes relations possibles avec soi-même. Auquel des stades correspondez-vous le plus ?

Je suis satisfait de l'image de mon corps

J'ai une perception globalement positive de mon image. Même s'il y a en moi quelques aspects qui ne me plaisent pas, cela ne me met pas en grande difficulté. Il m'est arrivé de vouloir changer quelque peu mon apparence. Je ne m'imagine cependant pas rechercher un acte de chirurgie ou toute autre technique pour changer d'aspect.

Je ne suis pas satisfait de l'image de mon corps

Il peut y avoir une partie de mon corps qui ne me plaît pas, je vais demander qu'elle soit corrigée. Je peux aussi globalement ne pas me plaire. Si l'insatisfaction est limitée, elle conduit plus souvent à une demande d'esthétique.

Mon image de moi-même est perturbée

Je me crois obligé de me cacher. Il y a des parties de mon corps que je masque ou que je refuse de montrer aux autres. Je vérifie régulièrement l'aspect ou la consistance de certaines parties de mon visage ou de mon corps. Je suis prêt à tout pour modifier cet aspect qui ne me plaît pas. J'utilise les actes de chirurgie esthétique comme une sorte d'anxio lytique sauvage. Ils me permettent de faire la paix avec moi-même. Je me supporte d'autant moins que j'ai une faible estime de moi-même.

Vous aimez-vous assez comme vous êtes ?

Le psychologue anglais Heather Littleton vous propose de mesurer la relation que vous entretenez avec votre corps. Si vous répondez oui à plus des cinq questions suivantes, vous ne vous aimez pas ou du moins vous ne vous aimez pas assez. Vous avez du mal à cohabiter avec votre image. Vous seriez prêt, si vous n'apprenez pas à mieux vous supporter, à vous jeter dans des opérations esthétiques répétées et inutiles.

– Je ne suis pas satisfait de mon apparence.

– Je passe un temps important à m'examiner dans un miroir.

– J'ai l'impression que tout le monde remarque mes défauts physiques.

– Il y a des personnes que je n'ose pas aborder tellement je suis gêné par mon apparence.

– Je m'applique trop de maquillage dans l'espoir de masquer les traits de mon visage.

– Je cherche à être rassuré sur ce à quoi je ressemble.

– J'aurais très envie de changer l'aspect de certaines parties de mon corps.

– Je choisis des vêtements qui cachent le plus possible mes lignes.

– Je préfère rester chez moi pour ne pas me montrer.

– Je consulte des spécialistes de l'esthétique dans l'espoir de trouver unc solution miracle.

À quoi pensez-vous en vous rasant ou vous maquillant ?

Votre utilisation du miroir révèle votre degré de satis faction ou d'insatisfaction face à votre image. Ceux qui ne se supportent pas fuient leur reflet dans les miroirs ou alors ne regardent qu'une partie d'eux-mêmes. Ils ne se regardent pas en face et ne voient jamais toute leur silhouette. D'autres se regardent en permanence dans un miroir. C'est une attitude inverse mais qui n'est pas si différente. Ils espèrent qu'entre deux coups d'œil leur aspect aura changé. Ils tentent aussi, en s'examinant régulièrement, de s'habituer à une image qu'ils ont du mal à supporter. Les adolescents sont familiers de ce comportement. Ils s'enferment dans la salle de bains. Ils passent beaucoup de temps à se regarder. Ils arrangent leurs cheveux et ajustent leur maquillage. Il leur arrive même de croire que s'ils se contemplent suffisamment longtemps ils finiront par changer. Au passage, ils découvrent bien un point noir qu'ils tentent d'extirper ou un bouton qu'ils arrachent. Ils touchent leur peau et essaient de trouver une position de leur tête ou de leur corps qui les rend plus présentables. Tant pis si, ils perdent en spontanéité.

Une **thérapie du miroir** a été proposée à ceux qui ne cessent de se regarder. Quelques conseils les aident à affronter cette situation. Je propose ces pistes aux adolescents accros de la salle de bains et à tous ceux qui ne peuvent résister à cette dépendance à leur image :

– regardez-vous d'assez loin pour vous voir en entier ;

– ne vous fixez pas sur les détails de votre visage ou de votre corps ;
– essayez de fixer votre attention sur l'image objective renvoyée par le miroir plutôt que sur l'image subjective que vous avez de vous-même ;
– limitez le temps que vous passez à une activité ethétique précise, comme vous maquiller ou vous raser ;
– n'hésitez pas à changer l'éclairage de la pièce pour vous voir différemment ;
– n'utilisez pas de loupe ou de miroir grossissant. Vous trouveriez, et c'est bien normal, de nouvelles raisons de vous inquiéter.

Ces conseils ont été établis par David Veale et Suzan Riley, deux psychologues londoniens. Ils vous suggèrent aussi de vous pencher sur les certitudes qui sont les vôtres avant même de vous regarder dans le miroir. Quelles pensées vous traversent l'esprit ? À quoi vous attendez-vous ?

David Veale fait accepter à ces *miroiromanes* que l'image qu'ils voient est en fait celle qu'ils construisent. Elle est tout, sauf objective. Elle résulte d'une attention sélective portée à certains détails de leur corps. Elle est aussi nourrie par leur auto-perception, par leurs croyances internes. Cette image est le résultat des angoisses actuelles et passées, des espoirs et des déceptions. Elle se nourrit également des commentaires que l'on nous a faits précédemment dans notre vie.

Pourquoi refait-on son nez ?

Le même psychologue londonien David Veale a rencontré trente patients anglais qui avaient pris rendez-vous avec un chirurgien pour changer la forme de leur nez. Il a évalué leur angoisse et il a fait mesurer par un spécialiste leur degré objectif d'imperfection nasale.

ESSAYEZ LA DÉFENSE « CYRANO »

Vous avez un défaut physique. Pourquoi ne pas l'affronter, en faire un trait de caractère, une spécificité comme le nez de Cyrano ? Anticipez les remarques, appliquez à la partie de votre corps qui vous plaît le moins la tirade des nez de Cyrano. Si vous vous faites un reproche ou si quelqu'un vous fait une remarque, répondez comme Cyrano :

« Ah ! Non ! C'est un peu court, jeune homme !
On pouvait dire... Oh ! Dieu !... bien des choses en somme... [...]
Agressif : "moi, monsieur, si j'avais un tel nez,
Il faudrait sur-le-champ que je me l'amputasse !"
[...]
Gracieux : "aimez-vous à ce point les oiseaux
Que paternellement vous vous préoccupâtes
De tendre ce perchoir à leurs petites pattes ?"
...Pratique : "voulez-vous le mettre en loterie ?
Assurément, monsieur, ce sera le gros lot !" »

N'oubliez pas aussi de rappeler votre sens personnel de la tenue et de la beauté. Inspirez-vous encore du cher Cyrano :

« Moi c'est moralement que j'ai mes élégances.
Je ne m'attife pas ainsi qu'un freluquet,
Mais je suis plus soigné et je suis moins coquet ;
Je ne sortirai pas avec, par négligence,
Un affront pas très bien lavé, la conscience
Jaune encor de sommeil dans le coin de son œil,
Un honneur chiffonné ! Des scrupules en deuil.
Mais je marche sans rien sur moi qui ne reluise,
Empanaché d'indépendance et de franchise ;
Ce n'est pas une taille avantageuse, c'est
Mon âme que je cambre ainsi qu'en un corset. »

Les alexandrins d'Edmond Rostand valent bien une crème antirides pour commencer à s'apprécier tel que l'on est et faire partager cette opinion à ceux qui croisent notre chemin. Ils anticipent toutes les techniques d'affirmation de soi et de « positivation » mentale. Et si vous n'êtes toujours pas convaincu ou convaincant, mettez en avant votre singularité physique comme un indice de votre liberté :

« Et que faudrait-il faire ?
Chercher un protecteur puissant, prendre un patron,
Et comme un lierre obscur qui circonvient un tronc
Et s'en faire un tuteur en lui léchant l'écorce,
Grimper par ruse au lieu de s'élever par force ?
Non merci. »

Un quart environ a un nez à peu près normal. Le psychologue anglais ne s'attarde pas sur la définition d'un nez normal chez le Britannique. Je serais bien incapable de vous donner sur ce sujet davantage d'explications.

Les anxieux à nez normal qui consultaient un chirurgien étaient les plus jeunes des patients. Un an après, ils étaient moins satisfaits des résultats de l'intervention que ceux qui avaient un nez vraiment déformé. Leur demande de chirurgie était plus liée à l'idée qu'ils avaient d'eux-mêmes qu'à un défaut esthétique confirmé. Ils utilisaient la chirurgie comme une drogue dans l'espoir qu'elle les console. Ils pensaient qu'avec un nouveau nez, ils oseraient plus facilement sortir de chez eux. Ils pensaient que les autres changeraient leur regard. Ils espéraient aussi reprendre de l'assurance auprès de leurs amis, de leur famille et dans leur vie amoureuse. Ils éprouvaient enfin une envie irrépressible de chirurgie à la manière dont les acheteurs compulsifs ne peuvent s'empêcher de dépenser. Leur apaisement induit par la chirurgie ne durait pas très longtemps. Il y a fort à penser qu'ils ont demandé ensuite une autre opération, car ils n'avaient pas abordé leur vraie difficulté qui n'était pas extérieure mais intime.

Les psychothérapies qui rendent beau

Les psychothérapeutes s'intéressent aux accros de l'esthétique depuis plus d'un siècle. En 1903, le psychiatre français Pierre Janet décrivait ce complexe de la laideur sous le nom de « dysmorphophobie ». Il le comprenait comme une obsession de la honte du corps marquée par la peur d'être vu et la peur de paraître laid ou ridicule. Les dysmorphophobes ne peuvent résister au besoin de se maquiller, de se cacher sous des vêtements ou de prendre des attitudes censées rendre leur corps plus présentable. Ils pensent que la seule manière d'être acceptés auprès des autres est de changer leur apparence même de manière artificielle.

James Rosen travaille aux États-Unis dans le Vermont. Il est spécialisé dans la rééducation psychologique de la beauté. Il a exposé des principes de sa psychothérapie d'inspiration esthétique. Je n'ai pas encore pratiqué cette technique. Elle m'apparaît cependant sérieuse. Si l'on en croit James Rosen, elle est aussi très efficace. En l'absence d'anomalie objective, elle est bien sûr préférable aux interventions chirurgicales à répétition.

Les premières séances de psychothérapie consistent en une discussion informelle sur la question de la beauté. Les participants, souvent en groupe, expriment ce qu'ils considèrent comme un corps ou un visage normal et parlent aussi de leur vision de l'idéal.

Toute libération, qu'il s'agisse de la peur d'être laid ou

de l'excès d'alcool, commence par le fait d'accepter la possi bilité d'un changement. Il faut souvent beaucoup de temps à celui qui ne croit qu'aux pouvoirs du Botox pour commencer à se faire confiance et accepter ses capacités de changement psychologique. Vous doutez encore de vos charmes ? Que diriez-vous d'une pensée de Victor Hugo ? « Aucune grâce extérieure n'est complète si la beauté intérieure ne la vivifie. La beauté de l'âme se répand comme une lumière mystérieuse sur la beauté du corps. » Et pourquoi pas un détour chez La Rochefoucauld ? Il écrivait que l'on voit des femmes d'une beauté éclatante mais irrégulière qui en dépassent de plus véritablement belles.

Les thérapeutes de la beauté ne changent donc pas vos traits. Ils vous montrent plutôt l'importance de votre propre regard. Plus vous vous trouvez beau ou belle, plus vous laissez aux autres une impression agréable. Il suffit donc de travailler l'image que l'on a de soi pour commencer à être séduisant. Aurez-vous le courage de continuer ce travail sur vous-même ? Pourrez-vous essayer de savoir d'où vient votre sentiment de laideur ou de manque ? Ne date-t-il pas de votre enfance ? Avez-vous pris le temps d'apprendre à vous aimer, à cultiver votre charme pendant l'adolescence ? Êtes-vous et avez-vous été assez aimé pour ce que vous êtes vraiment ? Et si ce n'est pas le cas, comment pourriez-vous l'être davantage ? Vous devez chercher des occasions de recevoir des compliments. Vous pouvez essayer de compenser ainsi les manques de l'enfance.

Les psychologues de l'esthétique nous aident encore plus précisément. Ils distinguent l'image du corps et l'apparence physique. La première est fixée, il faut faire avec. La deuxième peut se corriger, s'améliorer, se travailler. Il suffit parfois de trouver l'apparence, ou le « look », adaptée à ses qualités ou à ses défauts pour redevenir séduisant.

Après avoir accepté l'idée qu'ils pouvaient changer de regard sur eux-mêmes, les drogués de l'esthétique font l'inventaire de leurs pensées. Ils notent les croyances et les idées qui traversent leur esprit. Ils identifient avec le plus de précision possible ce qui les gène dans leur apparence. Commencez à trouver vos propres pensées négatives. En voici quelques exemples pour vous inviter à en chercher d'autres :

– quand je parle à quelqu'un, j'ai l'impression qu'il fixe mon nez, mes lèvres ou toute autre partie de mon corps ;

– j'ai l'impression que tout le monde se dit à mon propos : « Il a un drôle d'air. Il doit avoir du mal à s'en sortir dans la vie avec un tel physique » ;

– je ne reste pas très longtemps en face de quelqu'un. J'ai peur de l'incommoder. J'essaie le plus possible de cacher mon visage ;

– je cache mes yeux derrière mes lunettes ;

– je ne me maquille pas. J'ai peur d'empirer la situation ;

– j'ai peur des relations sexuelles. Je n'ose pas montrer mon corps.

Les thérapies cognitives proposent ensuite de remplacer ces pensées négatives par des pensées plus neutres. Le principe est le même que celui que nous avons appris à propos de la dépendance au jeu. Chacun apprend à se décrire de manière plus tranquille et plus libre sans céder aux dévalorisations excessives qui l'empêchent de penser librement.

Ceux qui sont fâchés avec leur corps ne finiront pas par se trouver forcément très beaux. Mais ils s'accepteront et accepteront surtout de ne pas se moquer d'eux-mêmes et de ne plus se dénigrer en permanence. On peut, comme on fait de la gymnastique, faire des exercices d'image de soi pendant quelques minutes par jour en contrant chaque pensée négative qui nous traverse l'esprit.

Ce travail psychologique sur ses pensées actuelles n'empêche pas de se préoccuper des origines de l'image de soi. Pour le dire plus directement, je ne crois pas que l'aide apportée par un comportementaliste dans l'ici et maintenant dispense d'une psychanalyse qui permet de remonter vers le passé.

Une leçon de beauté qui nous vient de Chine

L'écrivain François Cheng vient de faire paraître *Cinq méditations sur la beauté*. Elles sont une réponse élégante et utile à l'obsession du Botox et du lifting. Il nous invite à ressembler à la plus belle femme du monde qui séduit par ce qu'elle est et de ce qu'elle montre. Elle s'appelle Monna Lisa. *La Joconde* inspire les touristes qui s'arrêtent en extase devant elle. D'où vient son pouvoir de séduction ? La beauté de Monna Lisa n'est pas une beauté objective. Elle ne se fonde pas seulement sur la combinaison de ses traits extérieurs. Elle est illuminée par son regard et son sourire. Son visage est beau, aussi, parce qu'il nous donne envie d'entendre sa voix. On aimerait l'entendre parler, la chère Monna Lisa. Apprenons à ce propos que lc visage et la forme du corps ne sont pas tout dans la séduction. La voix et ce que dit la voix déterminent la beauté et la séduction. Par la voix, nous exprimons des sensations et aussi, à en croire François Cheng, des nostalgies, des rêves et notre part de secret qui cherche à se transmettre. La beauté n'est pas seulement une victoire sur l'esthétique ou la physiologie. Elle est aussi une conquête de l'esprit. Elle repose sur ce que l'on montre et sur ce que l'on laisse deviner, que l'on suggère et que l'on promet.

François Cheng nous convie à un autre exercice de compréhension de la beauté. Pourquoi donc, demande-t-il avec une pointe de provocation, la Joconde nous paraît-elle plus belle que la femme des cavernes ? On pourrait répondre qu'elle a des traits plus fins et plus harmonieux. Mais cette explication n'est pas celle de l'académicien. Si Monna Lisa est plus belle, c'est parce qu'elle s'est libérée. Il y a eu entre les siècles un « saut qualitatif ». Chez la femme des cavernes se trouvait déjà toute la promesse de la beauté de l'être humain. Mais elle n'avait pas encore libéré son corps. Elle ne marchait pas avec assez d'assurance. La position debout a libéré ses mains. Elle a parlé et libéré sa glotte. Elle a commencé aussi à chanter. Elle a libéré son visage. Au lieu d'être une gueule comme celle de l'animal, elle a un visage qui bouge et communique. Son visage peut tourner avec aisance. Elle peut déplacer son regard, échanger un sourire, laisser affleurer ses émotions qui viennent de la profondeur de son esprit. Celui qui se trouve laid se prend pour un homme des cavernes. Il regarde ses traits et les trouve trop irréguliers. Il voit un défaut, réel ou imaginaire. Il lui suffit d'apprendre à bouger, à communiquer, à transmettre des émotions pour ne plus avoir besoin de cosmétiques. Il met en avant les caractéristiques de son visage et s'en sert pour exprimer sa vraie nature.

La beauté d'un visage vient moins de ses traits que des émotions qu'il peut nous transmettre. Tout visage de haine est laid. Tout visage de bonté est beau. Il est ce trésor unique que chacun offre à tout le monde, et en particulier à son prochain. La beauté est donc une question d'ouverture. Francois Cheng va encore plus loin. Il parle de la possibilité d'offrande que font naître certains visages.

La beauté est plus éthique que cosmétique

Le philosophe français Henri Bergson dit autrement l'importance de la beauté intérieure. Il parle d'une notion bien éloignée de la perfection esthétique : la grâce. Imaginez-vous attendre d'une intervention cosmétique qu'elle vous transmette de la grâce ? Ce ne serait pourtant pas inutile. Relisez ces quelques lignes de Bergson les jours où vous n'arrivez plus à cohabiter avec votre image : « C'est la grâce qui se lit à travers la beauté et c'est la bonté qui transparaît sous la grâce. Car la bonté, c'est la générosité infinie d'un principe de vie qui se donne. »

D'autres philosophes nous rappellent que la beauté est liée à l'amour et aussi à la sagesse. À les croire, il n'y a pas de beauté plus réelle que la sagesse que l'on voit en quelqu'un. Toute vraie beauté tient ainsi d'une forme d'harmonie ou se dirige vers elle. L'harmonie, explique encore François Cheng, n'est pas seulement ce qui se montre dans l'agencement des traits du visage ou des parties du corps. L'harmonie signifie que la beauté est contagieuse. Elle favorise partage et communication. Une femme ou un homme belle ou beau est celle ou celui à qui on a envie de parler et celle ou celui qui a envie de nous parler. « Il n'est pas exagéré de dire que beauté et bonté forment les deux faces d'une entité une, organique et opérante… La beauté irradie la bonté et la rend désirable. » Nous ne trouvons des personnes belles que si nous pouvons les aimer. Et nous les trouvons belles quand nous les aimons.

Fringales et régimes

Il en est de la nourriture comme des achats. Nous sommes poussés en permanence à la surconsommation. Il faut que nous ayons régulièrement des faims et des envies nouvelles pour que le système de la consommation continue à tourner. L'offre alimentaire opulente expose à deux grandes formes de perte de liberté : les fringales qui peuvent conduire à l'excès de poids et l'obsession du régime parfait.

Pourquoi avons-nous tellement faim ?

Nous subissons une incitation collective à manger de plus en plus. Il est presque aussi difficile de refuser un dessert qu'un verre d'alcool chez les amis qui vous invitent. Il faut essayer toutes leurs nouvelles recettes et goûter aux plats plus caloriques les uns que les autres.

La pression vient aussi de l'intérieur. J'entends les anxieux m'expliquer qu'ils mangent avant d'avoir faim. Ils ont tellement peur du manque et du petit désagrément que représente la faim qu'ils l'anticipent. Ils se sur-nourrissent pour calmer leurs angoisses. Les plus anxieux font des crises de boulimie. Leur faim prend des proportions impressionnantes. Ils dévorent en quelques heures ce que l'on mange normalement en un ou deux jours. Certains tentent ensuite de gommer l'effet de leur crise en se faisant vomir ou en s'astreignant à un jour de jeûne. Il est bien rare que mes patients, quel que soit leur motif de consultation, ne finissent pas par me raconter leurs accès de faim incontrôlables. Ils m'en parlent comme d'une vraie dépendance. Ils essaient d'y résister mais n'y arrivent pas. Ils éprouvent un désir comparable à celui des alcooliques ou des toxicomanes, sauf qu'il concerne un gâteau ou tout autre aliment rapidement consommable.

La dernière jeune femme boulimique que j'ai rencontrée était particulièrement svelte et élégante. « Je lutte, me dit-elle, contre la faim en permanence. Je craque très souvent. Je m'offre une soirée de régression. Je la prépare en remplissant mon réfrigérateur. Je dévore tout ce qui me fait plaisir en quelques heures. Je mange tout ce que je m'interdis d'habitude. »

PORTRAIT D'UNE BOULIMIQUE TYPIQUE

- C'est plus souvent une femme qu'un homme.
- Elle est âgée de 15 à 30 ans.
- Elle est très soucieuse de son poids et de sa ligne.
- Elle n'est pas obèse.
- Elle compense ses boulimies par des vomissements, des périodes de jeûne ou des exercices physiques intenses.
- Elle ne fait ces accès boulimiques que si elle est seule.
- Elle se cache et elle a honte.

Comment se libérer de ses fringales ?

Avant de sortir de la dépendance, il faut une fois encore abandonner la honte et le déni. Les accès de « grande bouffe » restent des conduites que l'on cache longtemps. Même ceux qui se consolent sur une tablette de chocolat n'osent pas en parler. Et pourtant quoi de plus naturel que de trouver dans un petit plaisir sucré une consolation facile ?

Les jeunes femmes qui vomissent ou prennent des laxatifs pour contrôler leur poids après une boulimie ne l'avouent ni à leur compagnon ni à leur médecin. Elles finissent même par ne plus se l'avouer à elles-mêmes. Elles oublient ou nient la réalité de leur conduite. Quand elles commencent à rechercher les causes de cette étrange addiction, elles les trouvent souvent dans leur enfance. Elles n'ont pas pu construire une image d'elles-mêmes suffisamment solide. Elles me racontent aussi des relations familiales difficiles autour de la nourriture avec peu de repas pris en commun et une inquiétude persistante sur le poids et le contrôle calorique. « Ma mère, me dit une jeune boulimique, ne mangeait jamais à table. Elle mangeait la nuit du chocolat et des gâteaux. Je crois bien qu'elle se faisait vomir mais elle ne m'en a pas parlé. » Je retrouve aussi chez les boulimiques un grand besoin de maîtrise. Elles veulent un corps parfait. Elles espèrent également contrôler leur vie amoureuse et leur travail.

Nous sortons de l'addiction et surtout du mensonge en notant le rythme des boulimies, les événements qui les déclenchent, et les pensées qui les accompagnent. Peu à peu, l'obsession du corps parfait est mise à distance.

En se restreignant moins, les boulimiques ne sont plus piégés par leurs envies d'aliments salés ou sucrés. Carla Perez, une spécialiste américaine de l'addiction, donne d'autres conseils. Ils sont pleins de bon sens et contribuent à rétablir une relation plus tranquille et plus libre à l'alimentation.

– Trouvez votre poids de forme, ni trop bas ni trop élevé, et restez-y.

– N'essayez pas en permanence de maigrir.

– N'emportez pas avec vous des aliments qui se consomment rapidement comme des gâteaux, des bonbons ou du chocolat.

– Acceptez l'idée que vous aurez faim à certains moments de la journée et trouvez des moyens de vous calmer sans vous gaver (par exemple en buvant des boissons sans calories).

– Écrivez le poids que vous voulez obtenir et essayez de vous y maintenir.

– Apprenez à reconnaître les émotions et les pensées qui déclenchent votre faim : est-ce la fatigue, l'angoisse, la colère, le sentiment d'être seul ?

– Essayez de savoir quels sont les moments ou les situations les plus à risque : est-ce le soir ? Est-ce quand vous revenez du travail ou plutôt en fin de semaine ? Arrivez-vous à contrôler ce que vous mangez quand vous êtes invité à déjeuner ou à dîner ? Mangez-vous plus quand vous êtes seul, quand vous êtes triste, ou quand vous êtes amoureux ?

En repérant ces situations à risque, vous pourrez les aborder avec plus de vigilance et choisir des stratégies qui vous protègent d'un accès de boulimie.

Carla Perez invite enfin à reconnaître les croyances qui entretiennent dans la dépendance alimentaire. Parmi ces croyances aliénantes, elle en identifie quelques-unes.

Je les retrouve, moi aussi, fréquemment chez les boulimiques qui me consultent.

– Je n'arrive pas à perdre du poids.

– Je devrais contrôler ce que je mange pendant toute ma vie.

– Je ne dois pas gâcher la nourriture alors autant finir les restes.

– Si je commence à manger un peu trop, alors autant me lâcher complètement, je n'ai plus rien à perdre.

Carla Perez propose des stratégies très simples pour rendre les accès de boulimie plus difficiles à mettre en œuvre. Lisez les recettes qu'elle propose et ajoutez-en d'autres peut-être plus adaptées à votre vie personnelle.

– Ne pas rentrer dans la cuisine quand on est seul chez soi le soir ou alors limiter le temps passé dans la cuisine à la préparation du repas.

– Ne pas manger dans la cuisine.

– Ne pas grignoter entre les repas.

– Augmenter ses activités en fin de semaine pour ne pas être tenté par une boulimie.

– Ne pas apporter chez soi de nourriture que l'on serait tenté de manger même sans faim (chocolat ou charcuterie).

– Ne pas goûter ce que l'on prépare quand on fait la cuisine pour des amis.

– Ne pas manger debout.

– Ne pas manger la nuit.

– Ne pas manger directement ce qui se trouve dans le réfrigérateur.

Ces conseils peuvent vous paraître un peu simplistes tant ils entrent dans les détails de la relation à l'alimentation. Ils n'en proposent pas moins un abord direct de l'hyper consommation. Rappelons à ceux qui en douteraient qu'ils ne représentent qu'un premier temps du changement. Ils peuvent et doivent même être suivis d'un travail sur soi plus prolongé et plus approfondi.

DENISE, UNE BOULIMIQUE À LA RETRAITE

Denise est une grand-mère boulimique. Elle a commencé sa carrière d'anorexique à 16 ans. Ses angoisses se sont calmées quelques mois après son mariage à 20 ans. Denise me dit qu'elle n'a mangé normalement que pendant ses grossesses et au moment où elle a allaité ses trois enfants. Juste après, elle était reprise par l'alternance entre les phases d'anorexie durant lesquelles elle ne mangeait presque rien et les crises de boulimie.
À 70 ans, Denise se raisonne. Elle se contrôle un peu plus. Elle limite ses boulimies mais n'a pu y renoncer complètement. Elle se garde une folie par mois. Elle s'enferme seule chez elle et mange près d'un kilo de chocolat. Elle se prive ensuite de repas pendant deux jours pour ne pas compromettre sa taille fine à laquelle elle tient beaucoup. « C'est mon petit secret, me dit-elle. Je vous en parle mais je ne veux rien changer. » J'ai respecté ce secret et je n'ai proposé à Denise aucune aide pour cette conduite à laquelle elle était si attachée. Je me suis souvenu d'une phrase de Michael Balint qui dit en substance que la médecine est la meilleure des écoles de la frustration et que les médecins les plus dangereux sont ceux qui veulent tout soigner.

Comme les alcooliques qui apprennent d'abord à refuser un verre et qui trouvent ensuite les causes de leur addiction, les boulimiques s'entraînent à dire non à l'excès de nourriture. Ils abordent ainsi une manière de manger plus libre et plus responsable. Carla Perez n'est vraiment pas en manque d'imagination pour aider ses boulimiques. C'est comme si elle s'installait à table avec vous et surveillait votre assiette. Je vous présente ses derniers conseils. Il est possible que l'un d'entre eux vous paraisse utile. Il est fort probable aussi que vous ne les appliquerez pas tous.

– Préparez à l'avance ce que vous allez manger. N'improvisez pas, vous risqueriez de retomber dans votre goût pour les sucreries ou les charcuteries.

– Présentez votre nourriture de manière plaisante même quand vous mangez seul.

– Prenez quelques instants pour vous détendre avant de commencer à manger.

– Faites la différence entre un repas normal et une virée dans le réfrigérateur à un moment où vous êtes fatigué, anxieuse, en colère ou triste.

– Concentrez-vous sur le goût des aliments et trouvez du plaisir à leur dégustation.

– Mangez doucement. La boulimie est une consommation rapide dans laquelle on ne prend pas le temps d'apprécier la saveur des aliments. Un repas normal est l'inverse.

– Ne mangez pas en lisant, en téléphonant ou en regardant la télévision. Quand vous êtes distrait, vous pouvez retomber dans vos tendances boulimiques.

– Si vous êtes en train de commencer une crise de bou limie sucrée, interrompez-la avec des aliments salés et engagez-vous dans une autre activité.

– Utilisez la boisson pour compenser vos besoins de consommation. Vous pouvez boire de l'eau, du thé ou des boissons sans calories.

Le dernier secret de Carla Perez renvoie à l'image de soi. J'en mesure à chaque consultation la justesse. Il est important de s'aimer comme on est pour ne pas chercher à maigrir ou à grossir et ne pas alterner les périodes de diète et de boulimie. Se réconcilier avec son image, ou tout au moins être capable de l'affronter, permet de réduire bien des fringales.

LA CHOCOLOMANIE EXISTE-T-ELLE ?

Le chocolat est l'aliment qui crée le plus d'addiction. Il est sucré, agréable et se mange vite et facilement. Le psychologue anglais Peter Rogers a décrit les signes de cette dépendance alimentaire. Les accros du chocolat éprouvent une envie irrépressible de leur friandise préférée. Ils se sentent en manque quand ils en sont privés. Ils ne font pas de vrai syndrome de sevrage, mais ils ressentent un véritable malaise. Le chocolat agit sur leur moral. Il crée un état d'euphorie et de bien-être. Cet effet n'est pas aussi constant qu'avec l'alcool ou d'autres drogues. Il n'en est pas moins reconnu. Le chocolat a d'autres actions encore plus étonnantes. Il stimule certains récepteurs du cerveau également activés par le cannabis. Le chocolat serait-il un équivalent sucré et en vente libre du cannabis ? Les chercheurs sérieux ne vont pas si loin. Ils montrent qu'il faudrait manger environ vingt-cinq kilos de chocolat pour retrouver un effet comparable à celui du haschich. Si le chocolat nous fait plaisir et crée un besoin, c'est plus par son goût et sa teneur en sucre. Il fait partie de ces petits plaisirs que l'on ne peut interrompre quand on les commence. Le même effet s'observe pour qui y est sensible avec les chips et les cacahuètes sans que l'on puisse là non plus parler de véritable drogue ou de véritable addiction. La vente de ces aliments n'est pas encore interdite aux mineurs et il n'y a pas encore de clinique spécialisée dans le traitement des chipsomanes.

Toujours au régime !

Vous voulez faire fortune facilement ? Inventez une nouvelle vitamine ou un complément alimentaire. Déclarez que cette pilule évite de vieillir, qu'elle donne plus de formes et qu'elle diminue les risques de dépression. Obsédés par leur santé, les dépendants du régime idéal seront vos premiers clients. Ils chercheront sur Internet ce traitement présenté comme miraculeux. Je rencontre de plus en plus souvent des hommes ou des femmes obsédés de la santé qui sont en quête sur Internet des traitements ou des adjuvants censés les faire aller encore mieux. Ils envisagent leur santé comme un capital qu'il faut faire fructifier en misant sur le poisson ou les radicaux libres. Comment les sortir de cette obsession sanitaire et leur faire retrouver le plaisir de manger sans se soigner ? Comment les faire décrocher des aliments-médicaments ? Je les accompagne pour qu'ils trouvent, eux-mêmes, les limites du principe de précaution appliqué à la nourriture. Ils acceptent progressivement qu'ils ne peuvent tout maîtriser. Ils identifient les raisonnements qui les ont conduits à investir à ce point les régimes.

La nutrition thérapeutique est une forme actuelle de dépendance au principe de précaution. « Dans les pays industrialisés, dit Guy Paillotin, président de l'Institut national de recherche agronomique, on attend aujourd'hui de l'alimentation bien autre chose qu'un simple apport de calories. On espère, et de nombreuses voix autorisées nous encouragent dans ce sens, qu'elle nous maintiendra en forme, qu'elle répondra à des besoins spécifiques (enfants, femmes enceintes, sportifs, personnes âgées…), qu'elle nous garantira une vieillesse autonome et heureuse, qu'elle jouera enfin un rôle préventif contre diverses pathologies (maladies coronariennes, cancer…). »

Cette utopie de la nutrition idéale est entretenue par la publicité. Le fait de manger devient un acte médical et contraint. On ne dit plus « J'aime » mais « C'est bon pour moi ». On sort de cette dépendance en acceptant les limites du principe de précaution. L'enjeu est aussi de se laisser guider par son plaisir et son goût. C'est à cette condition qu'un repas redevient ce qu'il n'aurait jamais dû cesser d'être : un moment d'agrément et de convivialité. Le psychanalyste Otto Fenichel suggère que l'on cherche à se soigner par des moyens dérivés comme la nourriture pour ne pas aborder des angoisses plus intimes et plus authentiques. Nous fuyons, sans nous le dire, notre peur de la mort en cherchant des vitamines à tout-va. Le complexe de la santé est un grand rideau servant à camoufler des peurs, plus anciennes et plus refoulées.

Le psychanalyste américain Arthur Barsky incite ceux qui veulent sortir de ce complexe sanitaire à revenir vers leur enfance. Si vous vous posez les questions suivantes, vous comprendrez peut-être la raison pour laquelle vous aimez tant les vitamines :

– Avez-vous grandi avec des parents, des frères ou des sœurs malades qui recevaient des traitements particuliers et une grande attention du fait de leur maladie ?

– Avez-vous eu l'impression que vos parents ne vous témoignaient de l'affection que quand vous étiez malade ?

– Étiez-vous réconforté quand vous étiez malade ?

– Recherchiez-vous les contacts médicaux comme des moments rassurants ?

Faut-il encore vous en convaincre ? On accède à la liberté par la connaissance de ses croyances et des événements de l'enfance qui les ont déterminées. C'est aussi vrai pour notre relation à la santé et aux régimes.

Sortir du virtuel

L'idée commence à faire son chemin. L'ordinateur n'est pas seulement une aide. Il peut créer une relation de dépendance. Le voyage dans le virtuel peut nous satelliser en dehors du monde réel. Je vois de plus en plus de parents me demander un avis médical sur la relation de leurs adolescents à l'informatique. Je vois aussi des femmes qui se plaignent d'être oubliées depuis que l'ordinateur est entré dans la maison. Nous avons besoin de critères pour faire la différence entre un usage normal de l'ordinateur et une perte de liberté.

À partir de quand est-on drogué d'Internet ?

Chez certains d'entre nous, Internet devient le principal centre d'intérêt de la vie. Les « internetomanes » partagent avec les autres dépendants nombre de symptômes. On retrouve comme indices de leur perte de liberté une tendance à la perte de contrôle, un temps important passé face à l'ordinateur et un sentiment de manque ou de malaise quand ils sont déconnectés. L'histoire de Sandra Hacker (c'est son vrai nom) a marqué les esprits aux États-Unis. Elle avait installé son ordinateur dans la pièce la plus confortable de son appartement et laissé dans une pièce humide son enfant de trois mois qui comptait moins pour elle que son ordinateur !

Michael O'Reilly au Canada a décrit les premiers cas d'excès de virtuel. Un premier groupe de dépendants entretient avec son ordinateur, la communication par mails, les forums et les sites Internet, une relation de trop grande fascination. Ils ne peuvent se passer de ce voyage immobile autorisé par leur ordinateur connecté à un réseau mondial sans cesse actif. Ils y trouvent un plaisir d'aventurier qu'ils ne croyaient pas possible. Ils goûtent la surprise d'une rencontre avec un cyber-correspondant ou la découverte d'un nouveau site qui paraît fait pour eux, tant son contenu ou ses utilisateurs leur ressemblent. Ils échangent des archives musicales, des photographies anciennes ou des lettres inédites de Voltaire sur un site britannique (le site existe vraiment).

LA BRIDGET JONES DU 18e ARRONDISSEMENT

Sophie trouve que sa vie ressemble de plus en plus à celle de Bridget Jones. Elle n'aime pas voir sa messagerie trop pleine. Elle redoute aussi d'être oubliée de ses amis. Elle laisse son profil sur de nombreux sites de rencontres tout en ayant peur des personnages qu'elle peut joindre à cette occasion. Elle surveille sur son ordinateur la météo pour anticiper ses vacances et la manière dont elle occupera ses fins de semaine. Rien ne se passe bien sûr comme elle l'imagine. Alors pour pouvoir maîtriser quelque chose, elle contrôle son poids. Elle se fait maigrir et craque régulièrement en s'achetant – en ligne bien sûr – des confiseries qui sont censées ne pas la faire grossir...

Ils aiment aussi leur ordinateur, lui fêtent son anniversaire et le gâtent en lui offrant un nouvel accessoire. D'autres se servent de l'ordinateur pour assouvir une passion différente. Ils font des achats, jouent de l'argent ou regardent des images pornographiques. L'usage des sites de Bourse en ligne fait craquer les derniers hésitants.

Quand ils sont en ligne, ils perdent la notion du temps, l'envie de manger, de dormir ou de sortir de chez eux. Les étapes de la vie quotidienne n'ont plus de sens. Seul compte le voyage qu'ils poursuivent dans le virtuel.

Quel internaute êtes-vous ?

Marc Pratarelli, un psychologue américain, a classé les internautes selon leur relation au virtuel. Il retrouve plusieurs profils. Vous vous reconnaîtrez certainement dans l'un de ceux-là, que vous aimiez ou non votre ordinateur.

Les raisonnables un peu méfiants

Ils n'utilisent Internet que modérément. L'ordinateur est un objet nécessaire, mais les nouvelles technologies ne les fascinent pas. Le développement rapide d'Internet les inquiète un peu. Ils ne sont pas rassurés à l'idée de voir les machincs prendre tant de place dans nos vies. Ils continuent à préférer les relations directes aux forums. Ils ne chercheront pas de compagnon ou de compagne en ligne. Ils trouvent qu'un mail ne remplacera jamais un dîner ou même un coup de téléphone.

Les drogués du Web

Ils entretiennent avec Internet une relation passionnée. Accrochés au monde virtuel, ils se coupent de la vraie vie, s'isolent, délaissent leurs amis, négligent leur famille, perdent l'appétit et le sommeil. Les moments les plus forts de leur existence se passent devant l'écran. Le premier regard matinal est pour l'ordinateur, le premier geste, la quête des mails. Leurs nuits sont peuplées de rêves de nouveaux sites. Ils seraient prêts à déménager si l'accès à Internet devenait impossible de chez eux pendant plusieurs jours. Ils cherchent quotidiennement de nouvelles applications aux technologies innovantes. Leur enthousiasme inquiète ceux qui ne sont pas aussi branchés qu'eux sur le Web.

Les accros du cybersexe

Ils ont perdu la liberté de ne pas se connecter parce qu'ils trouvent une excitation et un plaisir sexuels devant l'ordi nateur. Ils sont des habitués des sites pornographiques. Ils frôlent parfois l'illégalité quand ils poursuivent ces pratiques sur leur lieu de travail. L'utilisation sexuelle d'Internet n'est pas rare surtout chez les plus gros consommateurs. Elle correspond à 20 % des utilisateurs les plus réguliers. Cette cyber-addiction sexuelle n'est que rarement épanouie. Elle empêche de vivre des relations plus directes et entretient ses adeptes dans une sorte de timidité triste. Quand ils font des rencontres sexuelles réelles, c'est sur un mode furtif qui ne les empêche pas de retourner à leurs cyber-idylles. Ils sont plus voyeurs qu'acteurs et ne sont jamais très loin des perversions aux « goûts particuliers » qu'Internet propose.

Qui risque d'abuser d'Internet ?

On a maintenant identifié un profil d'utilisateur d'Internet présentant plus de risques que les autres de devenir dépendant du mode virtuel.

– C'est plus souvent un homme qu'une femme.

– Il est âgé de 30 ans ou moins.

– Il a fait des études au moins jusqu'au collège.

– Il possède un ordinateur depuis trois ans en moyenne.

– Il a commencé à utiliser Internet pour des raisons professionnelles.

– Il participe à des forums et s'inscrit dans des groupes de discussion.

– Il apprécie les jeux en ligne.

– Il passe en moyenne trente heures par semaine sur le Net.

– Il se sent excité, heureux et puissant quand il est connecté.

– Il se connecte de plus en plus souvent la nuit.

– Il reçoit de plus en plus de messages.

– Il se passe de repas ou de sorties pour continuer à se connecter.

– Il aime particulièrement l'anonymat que permet Internet.

– Il préfère les relations virtuelles aux rencontres dans la vraie vie.

Ce profil ne résume pas toutes les situations où l'on peut dépendre d'Internet. Je vois aussi des adolescents tomber dans le réseau en quelques mois. J'observe aussi une relation de dépendance chez des hommes ou des femmes plus âgés qui viennent de s'acheter un ordinateur et développent une relation passionnelle avec lui. Les retraités branchés représentent un dernier contingent de fanatiques d'Internet. Ils commencent par l'utiliser pour communiquer avec leurs enfants ou leurs petits-enfants. Ils finissent par aimer l'ordinateur pour lui-même et leur appétit de technologie laisse perplexe leur entourage. Si vous n'êtes pas vous-même un addict de l'informatique, vous êtes sûrement entouré de l'un de ces nouveaux drogués.

LA DÉPENDANCE À L'ACTUALITÉ EN LIGNE SELON LE JOURNALISTE WREN WALKER

Le témoignage de Wren Walker, diffusé aux États-Unis en 2001 sur Internet, illustre clairement la relation de dépendance à l'information : « Je le confesse bien volontiers. Je suis une droguée de l'info. Je suis addicte et je ne cherche pas vraiment à me désintoxiquer. Je ne me rappelle pas exactement quel jour a commencé ma dépendance. Je sais que je suis passée du zapping à l'obsession de l'infor mation. Même s'il existait un traitement pour cette curieuse addiction, je n'en voudrais pas. J'aime les médias et l'actualité. [...] J'entretiens avec ma télévision et mon ordinateur une relation d'amour et de haine. Les présentateurs déchaînent des passions. Je les critique, je les insulte, je maudis l'écran mais je ne manque aucun de mes rendez-vous avec eux. Les émissions de débat portant sur la politique ou la société sont d'autres délices auxquelles je ne résiste pas. Les participants n'ont bien sûr pas les mêmes opinions que moi. Je crie. Je mêle ma voix à celle des invités. Le temps d'une émission, j'ai l'impression de faire partie de l'actualité. Je trouve à mon addiction des justifications politiques. Je me dis qu'une citoyenne responsable d'un pays démocratique comme le mien doit savoir ce qui se passe autour d'elle. Si je vivais dans une dictature, je n'aurais pas la possibilité ni le plaisir de consommer autant d'informations que je le souhaite. La démocratie, c'est la profusion d'informations, la profusion des voix opposées et dissonantes. J'aime la confusion et le désordre des opinions qui illustrent la liberté d'expression. »

« Si je n'écoutais pas, dit encore Wren Walker, toutes les actualités et toutes les opinions, j'aurais l'impression de ne pas mériter ma vie. Je suis sûre que la connaissance de l'actualité est une forme de pouvoir à laquelle je ne suis pas prête à renoncer. La multiplicité des informations, même si elle prend du temps, est une bonne chose. Elle garantit ma liberté et celle de mes enfants. Tant pis si la démocratie ressemble peu à peu à un grand spectacle dont les électeurs sont plus des spectateurs que des acteurs. L'actualité me fait du bien et le manque de *news* me laisse sans force. Les *news* me font penser. Elles m'obligent à avoir une opinion et à remettre en question mes certitudes. Sans actualité, je n'aurais pas d'idéaux ou de croyances. Grâce à la permanence de l'actualité, je me sens plus forte et plus sûre de moi. Devant la télévision et sur le Net, je connais parfois des moments d'extase. Je me dis que je vis dans le plus beau pays du monde et que la démocratie médiatique est le système que je préfère et dont je ne saurais me passer. »

L'un de mes patients m'a longuement raconté sa relation d'amour avec sa machine. Il aime ranger son disque dur. Il ne peut se coucher avant d'avoir nettoyé ses fichiers. Il aime aussi classer, avant de s'endormir, les morceaux de musique et les images qu'il a téléchargés. L'ordinateur est un compagnon exigeant. Il lui apporte aussi bien des satisfactions. Il crée un univers qu'il peut contrôler et réorganiser à volonté. Il est rassuré par les relations qu'il noue sur Internet. Il se sent plus loquace et plus spirituel avec le clavier qu'en tête à tête.

Il peut, et il apprécie beaucoup cela, mettre fin aux discussions qui le gênent ou l'ennuient. Il communique en restant discret. Il ne montre pas son propre visage et cache sa véritable identité, s'il le souhaite, derrière un pseudonyme.

COMMENT LES INTERNETOMANES UTILISENT-ILS LA TOILE ?

Un psychiatre américain, Shapira, a rencontré vingt grands malades du virtuel. Il a pris le temps de connaître leurs centres d'intérêt. Ils sont connectés en moyenne 2,8 heures par jour pour des raisons professionnelles et 28 heures par semaine pour des raisons non professionnelles. Leurs principaux motifs de connexion non professionnelle sont :
- les forums de discussion : 17,7 % du temps ;
- les mails reçus et envoyés : 15,1 % du temps ;
- le surf sur de nouveaux sites : 14 % du temps ;
- la construction de pages Web : 9 % du temps ;
- l'accès à des images pornographiques : 8 % du temps ;
- la lecture de journaux en ligne : 7 % du temps.

Comment réintégrer le réel ?

Certains thérapeutes proposent des aides « en ligne » sur le modèle des Alcooliques anonymes. Ces groupes d'entraide reliés par Internet s'appellent eux-mêmes les « Netaholic Anonymous ». L'un des premiers était l'Internet Addiction Support Group (IASG) sous forme d'un forum destiné aux victimes de la Toile. Chaque jour, trois cents participants y partagent leurs difficultés dues à l'excès d'ordinateur. L'Internet Addiction

Support Group est un autre forum permettant de faire un auto-diagnostic et de recevoir des conseils d'utilisation du Net. Ces traitements en ligne ont été critiqués. « C'est comme si, écrivait un spécialiste de la question, les Alcooliques anonymes décidaient de se rencontrer dans un bar pour essayer de moins boire… »

Une approche préventive de l'addiction à Internet est maintenant proposée aux nouveaux arrivants sur la Toile. Elle n'est pas réalisée par les psychologues ou les psychiatres mais plus souvent par les formateurs en informatique travaillant dans les universités ou les entreprises. Ceux-ci insistent sur l'apprentissage d'un usage « raisonné » d'Internet dès les premières connexions. Leurs conseils s'inspirent largement des psychothérapies comportementales : évaluation de la relation à Internet et à l'ordinateur, repérage des émotions déclenchant l'envie de se connecter, des pensées et croyances erronées qui entretiennent l'idée de la toute-puissance du Net. Les stratégies de prévention sont simples mais efficaces :

– ne pas confondre l'usage privé et professionnel d'Internet ;
– ne pas se connecter la nuit ;
– ne pas céder à « l'ivresse des premières connexions ».

Que nous soyons ou non passionnés par Internet, nous devons donc mesurer son pouvoir addictogène et le risque d'aliénation que comportent ces nouvelles technologies.

LES ADOLESCENTS ET INTERNET

Jean-Yves Hayez est psychiatre à Bruxelles. Il travaille, à l'université catholique de Louvain, spécifiquement sur la relation entre les adolescents et Internet. Il identifie plusieurs situations différentes. Dans certains cas, les parents s'inquiètent à tort.

Ils estiment que leurs adolescents passent trop de temps devant leur ordinateur. En réalité c'est une question de culture et de génération. Jean-Yves Hayez repère aussi des consommations abondantes qu'il appelle des gourmandises d'Internet. Il n'y a pas de dépendance. L'adolescent garde un intérêt pour sa vie en dehors du virtuel. Dans la cyberdépendance, il cherche une sorte d'état second. Il trouve dans Internet de l'amusement, des sensations fortes dans les jeux d'action, le plaisir du rêve et de la contemplation, le plaisir de communiquer et le plaisir sexuel.

Jean-Yves Hayez donne l'exemple de Matthieu. Il est adepte de MSN, des courriels et d'un jeu multijoueurs : *World of Warcraft*. Il y consacre six heures par jour en semaine et huit à dix heures par jour en fin de semaine. Il parle avec d'autres joueurs. Il recherche une sensation de déconnexion et de rêve. Il y trouve une consolation à ses angoisses. Jean-Yves Hayez souligne que les adultes sont responsables de cette addiction. Ils peuvent aider l'adolescent à sortir du virtuel en rendant la vie réelle plus attractive. Une maison plus ouverte, plus gaie, communiquant plus facilement, donne moins envie à l'adolescent de se réfugier face à l'écran. Le dialogue quotidien avec les enfants et les adolescents est aussi une bonne prévention des conduites de dépendance. Il suscite chez l'adolescent devenu dépendant le désir de changer. Il fixe un niveau de consommation raisonnable.

Le psychologue américain David Greenfield s'est spécialisé dans le traitement des drogués du virtuel. Son dernier livre *Virtual Addiction* inspire la plupart des traitements et des préventions dans le domaine. David Greenfield vous propose de noter dans deux colonnes différentes les aspects positifs et les aspects négatifs d'Internet sur votre vie.

Comme exemples d'**aspects positifs** vous pouvez trouver :

– c'est un moyen rapide d'accéder aux informations ;

– c'est une technique facile d'accès ;

– Internet n'est pas cher ;

– il est disponible tout le temps, jour et nuit ;

– vous pouvez acheter des objets, trouver des informations qui ne sont pas disponibles ailleurs ;

– c'est intellectuellement stimulant ;

– Internet peut changer votre humeur et vous aider à vous sentir bien ;

– vous pouvez communiquer avec des amis, votre famille et votre travail.

Les **aspects négatifs** d'Internet sont, entre autres :

– quelquefois vous attendez longtemps avant de vous connecter ;

– naviguer peut être un cauchemar ;

– parfois la connexion se ralentit ;

– vous recevez de nombreuses informations indésirables comme des spams ;

– vous risquez d'en devenir dépendant ;

– les enfants ne sont pas assez protégés quand ils se connectent ;

– quand vous êtes sur Internet vous ne faites rien d'autre ;

– Internet peut mettre en péril votre mariage et vos relations avec vos amis ;

– Internet crée un paradoxe. Il élargit votre monde et il vous isole en même temps.

Faites, vous-même, deux colonnes dans lesquelles vous notez les aspects positifs et négatifs d'Internet. Vous verrez laquelle des deux est la plus remplie.

David Greenfield donne des conseils très précis pour décrocher d'Internet. Il vous incite à pratiquer certains des exercices que nous avons déjà décrits. Il vous suggère de prendre une semaine de vacances d'Internet. Tout ce que vous développez en dehors d'Internet est important.

– Vous pouvez assister un spectacle, aller voir un match ou rencontrer des amis.

– Faites de l'exercice physique pour améliorer votre relation avec votre corps. Cela vous procurera des plaisirs différents de ceux que vous ressentez lors de la connexion.

– Regardez moins la télévision ; l'abus de télévision, selon David Greenfield, fixe une relation à l'écran qui, elle-même, est déterminante dans le besoin de virtuel. Moins on regarde la télévision, moins on a besoin de son ordinateur.

On sort de l'addiction une fois encore par la communication. Vous avez compris le principe des thérapies d'énonciation. Elles s'appliquent particulièrement à cette action cachée et souvent nocturne qu'est le voyage dans le virtuel. Parlez à vos amis et à votre famille de votre difficulté à contrôler l'usage d'Internet. En en parlant vous sortez du secret et de la honte, vous arrivez à être aidé. Trouvez enfin de nouveaux amis qui ne soient pas liés au virtuel. Ne vous limitez pas aux seules personnes que vous avez rencontrées grâce aux sites.

Vous devez redonner de l'importance à tout ce qui ne passe pas par la technologie. Je propose par exemple aux accros de l'information en ligne de ne pas seulement prendre des nouvelles du monde qui va mal. Pourquoi ne pas aussi s'intéresser à ses enfants ou ses parents ? Pourquoi ne pas trouver une cause bien réelle dans laquelle on s'engage autrement qu'en déposant un commentaire sur un site de tchat ?

L'addiction intime et ultime : amours, enfants et famille

L'amour, tel qu'il existe dans la société, n'est que l'échange de deux fantaisies et le contact de deux épidermes.

CHAMFORT.

L'Amour, c'est offrir quelque chose que l'on n'a pas à quelqu'un qui n'en veut pas.

Jacques LACAN.

Chaque homme a trois caractères : celui qu'il a, celui qu'il montre et celui qu'il croit avoir.

Alphonse KARR, *Menus Propos*.

Une vie parfaitement libre mais sans amours ni passions ne serait pas très humaine. Il n'y a pas de drogués heureux. Il n'y a pas non plus d'ascètes épanouis surtout quand ils vivent seuls et se protègent de toutes les émotions. Nous ne nous libérons jamais de tout et surtout pas de ceux que nous aimons. Une fois que nous avons accepté de nous passer de tabac, de ne pas abuser de l'alcool ni du jeu, nous avons besoin de garder quelques liens de dépendance et de grandes amours. Ces servitudes volontaires sont les piliers de notre vie. Elles l'organisent et lui donnent son piment. Elles déterminent nos goûts et nos valeurs.

La passion, une forme de liberté

Gardez jalousement vos passions. Être libre c'est aussi se passionner pour l'homme ou la femme que l'on aime, pour ses enfants, pour le reste de sa famille et ses amis. C'est encore s'attacher passionnément à des valeurs qui trans cendent notre destin individuel. Nous avons besoin de ces engagements et de ces engouements même s'ils nous font éprouver des déceptions, des manques et des regrets. Nos projets, même contrariés, nos désirs inassouvis, notre impression d'inachèvement en amour, en amitié ou en famille nous aident à progresser vers la liberté et surtout vers le bonheur.

SE LIBÉRER DES IDENTITÉS IMPOSÉES PAR LA SOCIÉTÉ

Le sociologue François de Singly aurait fait un excellent « addictologue ». Il nous donne des leçons de libération. Nous nous libérons en refusant l'enfermement involontaire dans une identité qui nous est imposée. Nous avons à construire une identité ouverte et éclectique. Cette identité ouverte n'est figée ni au cours de la vie ni au cours de la journée. Isabelle, Esther, Fatima et Carys peuvent refuser d'être considérées d'abord comme des femmes quand elles travaillent. Elles peuvent, à d'autres moments de la journée, vouloir être avant tout des femmes. Elles mettent en œuvre librement des compétences qui n'ont pas à être codées en fonction de leur sexe ou de leur identité religieuse.
L'homme – ou la femme – libre a le droit de mettre en avant ou pas sa sensibilité politique, son âge, ses goûts littéraires ou sa religion. Il peut refuser

de confondre la vérité de son être avec des apparences ou des origines dont il n'a pas le contrôle. Il peut vouloir ne pas être d'abord un Noir ou un Blanc, un riche ou un pauvre, un juif ou un musulman, un homosexuel ou un hétérosexuel. Il choisit librement ce qu'il montre de lui, comme il choisit ses vêtements.

Les dérapages de l'amour

Notre passion « normale » pour celles et ceux que nous aimons donne parfois lieu à de petits dérapages. Nous croisons tous des parents auxquels on a envie de dire qu'ils pourraient détendre la relation qu'ils entretiennent avec leurs enfants. Ils ne les aimeraient que plus s'ils toléraient un peu de distance et quelques moments où ils se passent de leur présence. Il n'est pas facile pour un enfant de sentir que son existence est le seul déterminant du bonheur de ses parents. Il peut être aliénant à l'adolescence de s'apercevoir que ses caprices orientent toutes les décisions de ses parents. Les jeunes gens demandent, souvent à juste titre, que leurs parents les oublient de temps en temps, qu'ils ne sachent pas tout d'eux et qu'ils respectent leurs secrets et leurs angoisses.

Dans certains cas, ce sont les enfants qui dépendent des parents. Quand cette dépendance apparaît dans l'enfance, elle est à l'origine d'une peur de l'école et des séparations. Les grands enfants, mariés et pères ou mères de famille, peuvent rester dépendants de leurs parents. Ils imposent à leur conjoint les modèles familiaux qu'ils ont appris. Ils ne critiquent aucune des valeurs ou des opinions qui viennent de leurs parents ou de leurs grands-parents. Ils restent des fils ou des filles avant d'être des maris ou des femmes. Les réunions de famille sont des moments de communion qu'ils ne manqueraient sous aucun prétexte. Ils angoissent avant les fêtes de fin d'année et sont régulièrement déçus ou amers après. Ils abordent les anniversaires de manière infantile, se redécouvrant capricieux ou jaloux.

DES *CHILDFREE ZONES* ?

Les enfants seraient-ils en train de devenir une telle drogue que leur accès devrait être contrôlé ? L'écrivain Michel Houellebecq ose la pire des provocations en remettant en cause notre passion de l'enfance. Il se demande s'il ne faudrait pas généraliser la notion de *childfree zones* dans les résidences de standing. Ce seraient des lieux destinés à « des trentenaires décomplexés qui avouent sans ambages ne plus pouvoir supporter les hurlements, la bave, les excréments, enfin les inconvénients environnementaux qui accompagnent d'ordinaire la marmaille ». L'entrée de ces résidences serait interdite aux enfants de moins de 13 ans. Des sas sont prévus sous la forme d'établissements de restauration rapide pour permettre le contact avec les familles. Les propositions des compagnies aériennes rejoignent la fiction de Houellebecq. Certaines d'entre elles vendent des places – plus chères bien sûr – dans des zones dont les enfants sont exclus. Quel programme ! Cela paraît plus inquiétant que la passion parfois un peu excessive que peuvent susciter nos enfants.

La psychologue américaine Susan Peabody s'est spécialisée dans l'addiction à l'amour. Elle a identifié les raisons pour lesquelles un homme ou une femme peut s'engager dans une relation de dépendance. Écoutons les croyances des love addicts.

Il me rappelle mon premier amour

Il me fait penser à mon père, ma mère ou mon premier compagnon.

Les histoires qui commencent mal ne peuvent que finir par s'améliorer

J'insisterai assez longtemps pour que l'histoire débutée avec un homme ou une femme qui ne plaît pas se transforme en conte de fées.

J'ai peur de m'engager vraiment

Je préfère des hommes ou des femmes qui ne sont pas faits pour moi. Au moins avec eux, je n'engage pas toute mon existence.

Quand je suis amoureux, je deviens aveugle

Les *love addicts* perdent tout sens critique dès qu'il est question d'émotion. Ils ne réfléchissent plus. Ils peuvent ajouter à l'aveuglement le complexe du martyr et prendre un plaisir masochiste à une relation qui leur fait plus de mal que de bien. Ils n'osent et ne veulent y mettre fin.

Je ne pourrai jamais renoncer à mon attente du Prince charmant

Ceux-là continuent, contre toute évidence, à croire qu'on peut tomber amoureux en un instant. Ils pensent que tomber amoureux, c'est comme boire un philtre. Ils sont prêts à tout par amour et trouvent extrêmement élégant de souffrir dans leurs relations amoureuses. Les hommes dépendants de l'amour attendent leur Princesse et les femmes leur Prince charmant.

J'ai besoin de nouveauté en permanence

Il n'est pas possible de s'inscrire dans une relation libre tout en cherchant sans cesse de nouveaux coups de foudre. Molière l'a raconté dans *Dom Juan*. Susan Peabody identifie une « toxicomanie au premier dîner » dont il faut se désintoxiquer pour aimer librement. Certains, en effet, ne peuvent poursuivre une relation de manière durable tant ils ont besoin de sensations et d'expériences nouvelles.

Comment libérer vos amours ?

Améliorer sa vie amoureuse impose souvent de changer sa relation au monde et de faire la paix avec son passé. La psychanalyse reste une technique de choix pour cette redécouverte de soi-même. Avant une telle démarche à laquelle on n'est pas toujours prêt, je suggère à mes dépendants de l'amour de se poser quelques questions sur les causes de leur dépendance amoureuse. En se comprenant un peu mieux, ils commencent à se libérer.

Se désintoxiquer de la jalousie

La jalousie naît de l'insoutenable pensée du plaisir qu'une femme ou un homme aimé reçoit d'un autre. Roland Barthes avait justement remarqué que la jalousie est toujours une histoire à trois. On est jaloux de celui qui aime et de celui qui l'aime. On sau conjoint réputé infidèle et au rival imaginaire. La jalousie peut se comprendre et se traiter telle une dépendance. Il est possible de s'en désintoxiquer comme de son besoin de jouer ou de boire. Ainsi qu'il le fait pour les autres addictions, le thérapeute de la liberté aide le jaloux à repérer les situations ou les émotions qui font naître ses angoisses d'être trahi. Il l'accompagne ensuite dans un sevrage en l'encourageant à ne pas céder à toutes ses envies de surveiller son amoureux. Il réduit progressivement le nombre de lettres qu'il envoie, le nombre de coups de téléphone utilitaires ayant pour but de s'assurer de ce que fait le conjoint.

La psychologue de l'amour libre Susan Peabody donne d'autres conseils : traitez vos comportements de surveillance ou de vérification comme des compulsions dont vous allez diminuer le nombre et l'intensité.

– Commencez par ne pas appeler la personne que vous aimez autant de fois que vous en auriez envie. Vous changez ainsi vos habitudes et vous l'aidez à se détendre en diminuant la pression que vous faites porter sur lui ou sur elle.

– Trouvez une personne qui ne joue pas avec vos nerfs et accepte de vous rassurer sans malgré tout vous inciter à être en permanence en contact avec elle.

– Opposez aux accès de jalousie des pensées positives sur vous-même et votre relation amoureuse. Vous aurez d'autant moins peur d'être trompé que vous vous trouverez plus digne d'être aimé.

– Entrez dans le cercle vertueux de la liberté amoureuse : en surveillant moins votre compagnon, vous avez une meilleure image de vous-même et vous le rassurez.

Dépasser le besoin de crises

Combien d'hommes ou de femmes ont un besoin compulsif de crises suivies de réconciliations ? Il leur faut frôler le drame et la rupture pour avoir l'impression de vivre une vraie histoire d'amour. Quand la situation conjugale est calme, ils s'ennuient ou s'inquiètent. Ils trouvent le premier prétexte pour faire monter la pression. Comment sortir de cette obligation de répétition qui tient bien de la dépendance ? En appliquant, tout d'abord, quelques conseils de communication. Je les suggère souvent aux hommes et aux femmes qui sont piégés dans une relation de dépendance affective. Acceptez l'idée que votre compagnon – ou votre compagne – ne peut deviner vos désirs. Il ne lit pas dans vos pensées et ne peut savoir ce que vous ne dites pas. Quand vous vous sentez incompris – ou incomprise –, c'est souvent que vous n'avez pas pris la peine de vous faire entendre, clairement et sans agressivité. Apprenez à dire ce que vous voulez et ne voulez pas dans tous les domaines de votre vie de couple.

Un autre principe de communication consiste à ne pas faire payer à son compagnon actuel les échecs ou les angoisses de son enfance ou de son adolescence. On ne rattrape pas son passé par le présent. On ne guérit pas de ses blessures anciennes par la vengeance ou la tentation de consolation, mais en s'engageant dans un travail prolongé sur soi-même et ses origines.

Susan Peabody vous fait aussi travailler sur vos représentations de l'amour normal. N'êtes-vous pas pris dans une vision artificiellement romantique de l'amour ? Considérez-vous qu'une relation vraiment passionnée se vit dans les larmes, les cris et au bord du précipice ? Vous pourriez essayer d'inventer une nouvelle représentation de l'amour. Certains ont besoin de l'écrire, d'autres de l'énoncer à haute voix.

Cherchez, dit encore Susan Peabody, la manière dont vous dramatisez les événements les plus banals. Prenez une journée type et comptez le nombre de fois où vous avez eu besoin de créer une crise à partir d'un fait qui n'en valait pas la peine. Apprenez à faire rapidement retomber la pression et à interrompre les crises dans votre couple. Opposez à votre habitude de cris et de reproches des stratégies de communication avec l'être aimé et avec vous-même.

LE PLAISIR DE PARLER ET D'ÉCOUTER
MÊME DES INCONNUS
POUR SE LIBÉRER DE SA SOLITUDE

« J'ai une manie, écrit Marguerite Duras dans *La Vie matérielle*. C'est d'adresser la parole à mes voisins surtout en avion. Je parle pour qu'on me réponde. Si on me répond c'est qu'on est rassuré, donc je suis rassurée à mon tour. Je parle du paysage, ou des voyages en général et de ceux en avion aussi. Dans le train je parle pour parler avec des inconnus, je parle de ce qu'on voit, du paysage, du temps. J'ai souvent un désir de parler, très vif, très fort.

« Une fois, en avion, je suis tombée sur un monsieur qui ne me répondait pas, à aucune question, rien. J'ai abandonné. Je me suis dit que je ne lui étais pas sympathique. Il ne m'est pas venu à l'esprit qu'il ne me connaissait pas. Et quand il est parti il m'a dit: "Au revoir, Marguerite Duras." Donc c'était bien ça. Il n'avait pas voulu parler avec moi. »

Malgré toutes ces dérives possibles de l'amour vers la dépendance, malgré tous les excès d'amour et parfois de crises, je crois qu'il y a moins de dangers à vivre un certain degré de dépendance intime ou affective qu'à ne chercher que la solitude. Je vois plus souvent des dépendants de l'alcool ou de la dépense souffrir d'isolement que d'excès d'amour. Il est rare qu'ils se plaignent d'avoir une famille trop présente ou trop protectrice. Ils me parlent plutôt de leurs longues journées passées sans rencontrer personne.

Renoncer aux techniques inutiles

Nous avons vu bien des stratégies qui libèrent. Il est aussi important de se passer des faux remèdes. Ils ne guérissent d'aucune dépendance et augmentent notre sentiment de culpabilité. Passons-en quelques-uns en revue.

Les reproches

L'agressivité ne sert à rien pour sortir de la dépendance. Elle enferme celui qui est déjà bien assez gêné dans la contrainte de ses habitudes. Elle le conforte dans l'idée qu'il ne vaut rien et qu'il ne pourra jamais se libérer. C'est un grand principe de psychologie quotidienne : il est plus utile de féliciter, de complimenter, d'encourager que de faire des reproches. Les parents le savent bien quand ils tentent de motiver leurs enfants à changer une habitude ou une attitude gênante.

Les exemples lancés à tort et à travers

« Tu devrais arrêter de fumer. Ma sœur y est bien arrivée et pourtant elle n'a pas beaucoup de volonté ! » Montrer un exemple et demander à une autre personne de s'y conformer, c'est oublier que chaque chemin vers la liberté est une aventure individuelle. Certains spécialistes parlent même à propos des libérations d'une renaissance, d'un chemin qui conduit à retrouver sa propre identité. On est loin de l'application d'une recette ou d'un exemple. Les expériences se partagent mais les vies ne s'échangent pas. Les exemples terrifiants ne servent à rien non plus. Les fumeurs n'ont pas besoin qu'on leur rappelle des histoires de cancer. Aucune image de foie malade n'empêche un dépendant de l'alcool de boire. Ces messages de terreur augmentent la peur sans faire naître la motivation. Nous nous en défendons par la moquerie, en détournant le regard ou en voulant croire que notre situation échappe aux lois générales de la bonne santé. Nous pouvons convoquer des quantités illimitées de mauvaise foi pour nous sentir protégés des périls annoncés par les experts de la médecine.

La menace

« Si tu savais ce que tu risques à rester dans cet état. » Celui qui menace est intarissable. Il déroule un catalogue de catastrophes annoncées. Avec la meilleure conscience du monde, il nous agresse et ne dédaigne pas une pointe de sadisme. Là encore, l'effet obtenu n'est pas la libération. Nous nous refermons sur nous-mêmes. Nous nous défendons et plongeons encore plus profondément dans le déni.

La technique des petits pas

« Fume une cigarette de moins chaque jour et dans deux mois tu auras arrêté. » Le conseil est aussi généreux et sensé qu'inutile. Celui qui est dépendant est malade de son incapacité à arrêter. Les chapitres précédents ont essayé de vous l'expliquer. S'il pouvait se modérer, il ne serait pas dépendant. S'il pouvait diminuer progressivement ce qui le passionne, il ne serait pas vraiment passionné. Imaginez-vous que si vous passiez chaque jour un quart d'heure de moins avec l'homme ou la femme que vous aimez, vous l'en aimeriez davantage ?

QUATRIÈME PARTIE

Quelques échelles de liberté et de dépendance pour se tester soi-même

Calculez votre « score global de liberté »

Les questions qui suivent vous aideront à savoir si vous êtes ou non concerné par la dépendance. Elles permettent de mesurer votre niveau de liberté ou d'addiction. Comme toujours, plus les réponses sont sincères et immédiates, plus elles sont justes. Répondez sans trop réfléchir.

Êtes-vous à risque de dépendance ?

1. L'un de vos parents était-il dépendant de l'alcool ou du tabac ? OUI NON

2. Seriez-vous prêt à essayer les effets d'une nouvelle substance si on vous la propose ? OUI NON

3. Aimez-vous les sports à risque et toutes les expériences nouvelles qui procurent des sensations fortes ? OUI NON

4. Vous sentez-vous en manque quand on perturbe une de vos habitudes ? OUI NON

5. Votre entourage a-t-il remarqué votre tendance à boire ou fumer en excès ou à vous consacrer avec trop de passion à vos activités préférées ? OUI NON

6. Êtes-vous régulièrement insatisfait ou déçu par votre vie, votre apparence physique ou vos compétences ? OUI NON

7. Êtes-vous un consommateur compulsif de télévision, de chocolat ou de toute autre drogue ? OUI NON

8. Devenez-vous affectivement dépendant de votre compagnon ou de votre compagne à chaque fois que vous tombez amoureux ? OUI NON

9. Quand une activité vous plaît avez-vous tendance à la recommencer plusieurs fois par jour ? OUI NON

10. Êtes-vous allergique à l'ennui et recherchez-vous en permanence de nouveaux sujets de distraction ? OUI NON

Comment interpréter vos réponses ?

Si vous avez **moins de 3 réponses positives** à ces 10 questions, vous n'êtes vraiment pas à risque de dépendance. Vous prenez la vie sur un mode souple et léger. Vous ne vous accrochez ni aux drogues ni aux êtres qui vous entourent.

Si vous avez **entre 4 et 6 réponses positives**, vous avez du mal à vivre libre. Vous êtes en proie à des réactions de manque et vous devenez souvent dépendant.

Avec **plus de 6 réponses positives**, la liberté est un objectif auquel vous avez renoncé depuis longtemps. Votre existence est une suite d'accrochages et de réactions de manque. Continuez à repérer vos dépendances, la libération n'est pas loin.

Êtes-vous un consommateur compulsif ou un passionné excessif ?

Certains d'entre nous savent s'arrêter à temps, dans le domaine de la gourmandise ou de l'amour, du travail ou du sport. D'autres ne peuvent que s'enflammer. Ils vivent dans l'excès leurs relations et leurs activités. Les questions qui suivent évaluent cette tendance. Elles sont tirées d'un questionnaire nord-américain établi par Robert Anton, l'*Obsessive Drinking Scale*. Il mesure notre tendance à la compulsivité. Robert Anton a adapté ce questionnaire à la consommation d'alcool, à l'argent et au sport. Essayez de répondre spontanément aux questions suivantes.

1. Quelle part de votre temps est occupée par des idées, des pensées, ou des images relatives à ce qui vous passionne ou vous inquiète ?
– Jamais (0 point).
– Moins d'une heure par jour (1 point).
– De 1 à 3 heures par jour (2 points).
– De 4 à 8 heures par jour (3 points).
– Plus de 8 heures par jour (4 points).

2. À quelle fréquence ces pensées relatives à ce qui vous inquiète ou vous passionne surviennent-elles ?
– Jamais (0 point).
– Pas plus de 8 fois par jour (1 point).
– Plus de 8 fois par jour, mais pendant la plus grande partie de la journée je n'y pense pas (2 points).
– Plus de 8 fois par jour pendant la plus grande partie de la journée (3 points).
– Ces pensées sont trop nombreuses pour être comptées et il m'est rare de passer une heure sans que plusieurs de ces idées surviennent (4 points).

3. À quel point ces idées, pensées ou images relatives à ce qui vous inquiète ou vous passionne interfèrent- elles avec votre vie sociale ou professionnelle ? Existe-t-il quelque chose que vous ne faites pas ou ne pouvez pas faire à cause d'elles ? (Si vous ne travaillez pas actuellement, à quel point votre capacité serait-elle atteinte si vous travailliez ?)

– Les pensées n'interfèrent jamais. Je peux fonctionner normalement (0 point).

– Les pensées interfèrent légèrement avec mes activités sociales ou de loisir, mais mes performances globales n'en sont pas affectées (1 point).

– Les pensées interfèrent nettement avec mon fonctionnement, mais je peux m'en arranger (2 points).

– Les pensées interfèrent de façon marquée avec mes performances sociales et professionnelles (3 points).

– Les pensées bloquent complètement mon fonctionnement social et professionnel (4 points).

4. À quel point faites-vous des efforts pour résister à ces pensées ou détourner votre attention de ces pensées quand elles entrent dans votre esprit ?

– Mes pensées sont si minimes que je n'ai pas besoin d'y résister. Si j'ai de telles pensées, je fais l'effort de toujours y résister (0 point).

– J'essaie d'y résister la plupart du temps (1 point).

– Je fais quelques efforts pour y résister (2 points).

– Je m'abandonne à de telles pensées sans essayer de les contrôler, mais je le fais avec quelque répugnance (3 points).

– Je m'abandonne complètement et volontairement à toutes les idées de la sorte (4 points).

5. À quel point arrivez-vous à arrêter ces pensées ou à vous en détourner ?

– J'arrive complètement à arrêter ces pensées ou à m'en détourner (0 point).

– Je suis d'habitude capable d'arrêter ces pensées ou de me détourner d'elles avec quelques efforts de concentration (1 point).

– Je suis parfois capable d'arrêter ces pensées ou de me détourner d'elles (2 points).

– Je n'arrive que rarement à arrêter ces pensées et ne peux le faire qu'avec difficulté (3 points).
– Je n'arrive que rarement à me détourner de ces pensées même momentanément (4 points).

6. Si l'on vous empêchait de consommer votre drogue préférée ou d'accomplir votre activité préférée, à quel point seriez-vous anxieux ou énervé ?
– Je n'éprouverais ni anxiété ni irritation (0 point).
– Je ne deviendrais que peu anxieux et irrité (1 point).
– L'anxiété et l'irritation augmenteraient mais resteraient contrôlables (2 points).
– J'éprouverais une augmentation d'anxiété très importante et dérangeante (3 points).
– J'éprouverais une anxiété et une irritation très invalidantes (4 points).

7. À quel point faites-vous des efforts pour résister à la prise d'alcool, de tabac ou à tout comportement qui vous passionne quand l'envie se présente ? (Évaluez vos efforts à résister et non le succès ou l'échec de ceux-ci.)
– Mes comportements et mes pensées sont si contrôlés que je n'ai pas besoin d'y résister (0 point).
– J'essaie de résister la plupart du temps (1 point).
– Je fais quelques efforts pour y résister (2 points).
– Je m'abandonne à mes passions ou à mes drogues sans essayer de les contrôler, mais je le fais avec quelque répugnance (3 points).
– Je m'abandonne complètement et volontairement à mes passions et à mes drogues (4 points).

Comment interpréter vos réponses ?

Si vous avez **moins de 3 points** sur l'ensemble du questionnaire, vous êtes étonnamment libre. Vous ne vous enflammez jamais trop. Vous êtes capable de vous maîtriser même quand une activité ou une relation vous séduit. Ou alors peut-être n'avez-vous pas répondu de manière tout à fait honnête…

Si vous obtenez **entre 4 et 8 points,** il vous arrive de vous emporter mais vous finissez par retrouver votre liberté. Vous aimez frôler les dépendances sans y céder complètement.

Si vous avez **plus de 8 points,** il est vraiment difficile pour vous de rester libre face à l'alcool ou aux activités quotidiennes.

Faites le point sur votre relation à l'alcool

L'AUDIT (*Alcohol Use Disorders Inventory Test*) permet de mesurer son risque vis-à-vis de l'alcool. Avec dix questions, il vous offre un bilan complet de ce que vous buvez et du lien qui vous unit à l'alcool.

Les boissons contenant de l'alcool sont la bière, le vin, les alcools forts. Un verre standard correspond à un verre de bière, d'alcool, d'apéritif ou d'alcool fort. Nous vous demandons pour chaque question de cocher la proposition qui correspond le mieux à votre situation durant l'année passée.

	0	**1**	**2**	**3**	**4**
1. Combien fois par de fois avez-vous bu un verre de boisson alcoolisée ?	Jamais	Une fois par mois ou moins d'une fois par mois	2 à 4 fois par mois	2 à 3 fois par semaine	4 fois par semaine
2. Combien de verres contenant une boisson alcoolique buvez-vous de manière habituelle les jours où vous prenez de l'alcool ?	1 ou 2 verres	3 ou 4 verres	5 ou 6 verres	7, 8 ou 9 verres	10 verres ou plus

	0	1	2	3	4
3. Combien de fois avez-vous bu 6 verres ou plus de boisson alcoolique en une seule fois ?	Jamais	Moins d'une fois par semaine	Une fois par mois	Une fois par semaine	Tous les jours ou presque tous les jours
4. Combien de fois vous êtes-vous aperçu que vous ne pouviez pas vous arrêter de boire du moment que vous aviez commencé ?	Jamais	Moins d'une fois par semaine	Une fois par mois	Une fois par semaine	Tous les jours ou presque tous les jours
5. Combien de fois avez-vous été incapable de faire ce que vous deviez faire ou ce que vous aviez prévu de faire à cause de votre prise de boisson alcoolique ?	Jamais	Moins d'une fois par semaine	Une fois par mois	Une fois par semaine	Tous les jours ou presque tous les jours
6. Combien de fois avez-vous eu besoin d'un verre le matin pour démarrer après avoir bu beaucoup d'alcool la veille ?	Jamais	Moins d'une fois par semaine	Une fois par mois	Une fois par semaine	Tous les jours ou presque tous les jours

	0	1	2	3	4
7. Combien de fois avez-vous ressenti de la culpabilité, des remords, ou vous êtes-vous fait des reproches après avoir bu ?	Jamais	Moins d'une fois par semaine	Une fois par mois	Une fois par semaine	Tous les jours ou presque tous les jours
8. Combien de fois avez-vous été incapable de vous souvenir de ce qui s'était passé la veille à cause de ceque vous aviez bu ?	Jamais	Moins d'une fois par semaine	Une fois par mois	Une fois par semaine	Tous les jours ou presque tous les jours
9. Vous êtes-vous blessé ou avez-vous déjà blessé quel-qu'un à cause de votre consommation d'alcool ?	Jamais	Moins d'une fois par semaine	Une fois par mois	Une fois par semaine	Tous les jours ou presque tous les jours
10. Un ami, un proche, un parent, un médecin ou toute autre personne s'occupant de votre santé vous a-t-il conseillé de moins boire ou a-t-il essayé d'aborder avec vous la question de l'alcool ?	Jamais	Moins d'une fois par semaine	Une fois par mois	Une fois par semaine	Tous les jours ou presque tous les jours

Noter le score total

Comment interpréter vos réponses ?

– De **0 à 6** : risque nul ou très bas de dépendance.
– De **7 à 18** : risque modéré de perte de liberté.
– De **19 à 40** : risque élevé de perte de liberté.

Il est également possible de faire l'inventaire des situations dans lesquelles la consommation d'alcool est dangereuse pour la santé, que l'on soit ou non dépendant. Plus de deux réponses positives à ce questionnaire suggèrent que votre consommation d'alcool peut être à risque de perte de liberté. Répondez, vite et sincèrement comme toujours, à toutes les questions.

1. Prenez-vous régulièrement de l'alcool pour faciliter votre endormissement ?

2. Prenez-vous ou avez-vous déjà pris plus de trois verres d'alcool avant de conduire ?

3. Êtes-vous déjà (plus d'une fois) allé travailler alors que vous étiez sous l'effet de l'alcool ?

4. Utilisez-vous régulièrement l'alcool pour vous donner du courage dans les situations qui vous font peur (parler devant un groupe, aller à un rendez-vous professionnel ou amoureux important) ?

5. Utilisez-vous régulièrement l'alcool pour vous relaxer le soir après une journée de travail difficile ?

6. Prenez-vous de l'alcool pour vous consoler quand vous vous sentez triste ?

7. Avez-vous déjà été interpellé par la police pour conduite sous l'effet de l'alcool ?

8. Vous sentez-vous angoissé ou en manque quand vous ne pouvez pas boire pendant plusieurs jours de suite ?

9. (Pour les femmes :) Avez-vous bu de l'alcool plus d'une fois par semaine quand vous étiez enceinte ?

10. Vous arrive-t-il régulièrement de boire pour rechercher un état d'ivresse, d'euphorie ou de somnolence ?

Comment connaître sa propre dépendance au tabac ?

Le questionnaire de Fagerström fait autorité pour mesurer la dépendance. Ses six questions évaluent votre perte de liberté face au tabac. Les fumeurs les plus dépendants ont les scores les plus élevés. Ils fument dès le réveil. Ils se sentent en difficulté dans les lieux non-fumeurs comme les avions ou les salles de réunion. Ils fument même si une maladie les oblige à rester au lit. Sauf si vous n'êtes pas fumeur du tout, vous risquez quelques surprises.

Questionnaire de Fagerström

1. Combien de temps attendez-vous après le réveil pour fumer votre première cigarette ?

Moins de 5 minutes	3
6 à 30 minutes	2
31 à 60 minutes	1
Plus de 60 minutes	0

2. Trouvez-vous difficile de ne pas fumer dans les endroits interdits (cinéma, bus…) ?

Oui	1
Non	0

3. Quelle cigarette trouvez-vous la plus indispensable ?

La première	1

Une autre	0

4. Combien de cigarettes fumez-vous par jour ?

10 ou moins	0
11 à 20	1
21 à 30	2
31 ou plus	3

5. Fumez-vous de façon plus rapprochée dans la première heure après le réveil que pendant le reste de la journée ?

Oui	1
Non	0

6. Fumez-vous même si une maladie vous oblige à rester au lit ?

Oui	1
Non	0

Comment interpréter vos réponses ?

Si votre score est **supérieur ou égal à 7**, votre dépendance est forte.

Si votre score est compris **entre 5 et 6**, votre dépendance est moyenne.

Si votre score est **inférieur ou égal à quatre**, votre dépendance est faible. Rappelons-nous qu'une dépendance faible ne veut pas dire que l'on n'est pas à risque. Il est possible d'avoir une consommation de cigarettes dangereuse pour la santé malgré un faible niveau de dépendance.

L'échelle qui suit mesure la manière dont le tabac vous piège. Elle estime aussi les difficultés quc vous éprouvez quand vous arrêtez de fumer.

Échelle d'accrochage au tabac
(*Hooked* ou *Nicotine Check List*)
adaptée de Dr DiFranza *et al.*

1. Avez-vous déjà essayé d'arrêter de fumer sans y par venir ?

2. Continuez-vous à fumer parce qu'il est trop difficile d'arrêter ?

3. Pensez-vous être dépendant du tabac ?

4. Avez-vous de fortes envies de fumer ?

5. Vous est-il difficile de ne pas fumer dans les lieux publics comme le lycée ou le bureau ?

Les quatre questions qui suivent portent sur votre état quand vous n'avez pas fumé depuis longtemps. Elles ne vous concernent pas si vous ne fumez jamais ou alors de manière très épisodique.

1. Avez-vous du mal à vous concentrer ?

2. Vous sentez-vous plus irritable ?

3. Ressentez-vous un grand besoin de fumer ?

4. Êtes-vous nerveux, agité ou anxieux ?

Comment interpréter vos réponses ?

Comptez 1 point par réponse positive.

Si vous avez **plus de 4 réponses positives**, le tabac attaque votre liberté. Rappelez-vous pour finir qu'aucun usage du tabac ne peut être considéré comme normal. Toute consommation, même minime, augmente le risque de maladie et de passage vers une plus forte dépendance.

Le haschich et vous

Jan Copeland, chercheur australien, après avoir rencontré de nombreux étudiants consommant du cannabis lors de fêtes ou de manière plus régulière, a proposé un questionnaire pour tester la dépendance au cannabis. Il a inclus dans son questionnaire une évaluation des effets du cannabis sur la vie sociale, sur la santé. Il mesure également la sévérité du syndrome de dépendance.

Mesure de la dépendance au cannabis

1. Avez-vous déjà fumé plus que prévu ? OUI NON

2. Avez-vous été gêné à l'idée de revoir des personnes que vous aviez rencontrées sous l'effet du haschich ? OUI NON

3. Passez-vous plus de temps avec les amis qui fument du haschich qu'avec les autres amis ? OUI NON

4. Vos amis vous ont-ils reproché de trop fumer ? OUI NON

5. Avez-vous contracté des dettes ? OUI NON

6. Avez-vous déjà vendu des choses qui vous appartenaient pour acheter du cannabis ? OUI NON

7. Trouvez-vous des excuses pour expliquer que vous manquez d'argent ? OUI NON

8. Avez-vous eu des difficultés avec la police à cause du haschich ? OUI NON

9. Avez-vous été physiquement malade après le haschich ? OUI NON

10. Avez-vous eu mal dans la poitrine après avoir fumé ? OUI NON

11. Vous êtes-vous senti « paranoïaque » après avoir fumé ? OUI NON

12. Avez-vous perdu beaucoup de poids récemment ? OUI NON

13. Vous êtes-vous négligé physiquement ? OUI NON

14. Vous est-il arrivé pendant un certain temps de ne plus vous laver ? OUI NON

15. Vous êtes-vous senti déprimé pendant plus d'une semaine ? OUI NON

16. Avez-vous arrêté des loisirs qui vous faisaient plaisir pour fumer du haschich ? OUI NON

17. Avez-vous conduit intoxiqué par le haschich ? OUI NON

18. Vous sentez-vous plus énervé après avoir fumé ? OUI NON

19. Avez-vous du mal à rester en contact avec vos amis et votre famille du fait du haschich ? OUI NON

20. Êtes-vous gêné par une perte de motivation ? OUI NON

21. Vous sentez-vous isolé ou détaché des autres ? OUI NON

22. Êtes-vous souvent obligé de fumer du haschich le matin pour commencer la journée ? OUI NON

Comment interpréter vos réponses ?

Si vous avez **plus de 10 réponses positives,** il est plus que probable que vous soyez en grande difficulté avec le cannabis.

Dans les autres cas, vous êtes un fumeur « moins dépendant » ou dont les capacités souffrent moins de la prise de cannabis.

Plutôt dépensier ? Essayez ce questionnaire traitant d'achats compulsifs

Nous avons, avec Jean Adès, écrit un questionnaire pour faire la différence entre les acheteurs libres et les acheteurs compulsifs. Essayez de répondre à toutes les questions posées en cerclant « Oui » ou « Non ».

1. Vous arrive-t-il d'être saisi d'une irrésistible envie d'aller dépenser votre argent pour faire un achat quel qu'il soit ? OUI NON

2. Vous arrive-t-il d'acheter des objets qui vous paraissent inutiles ensuite ? OUI NON

3. Vous arrive-t-il de vous sentir énervé, agité ou irritable quand vous n'avez pas réalisé un achat ? OUI NON

4. Vous arrive-t-il d'éviter certains magasins de crainte d'acheter trop ? OUI NON

5. Proposez-vous à quelqu'un de vous accompagner dans vos courses seulement pour vous éviter d'acheter trop ? OUI NON

6. Avez-vous déjà caché des achats à votre entourage ? OUI NON

7. Une irrésistible envie d'acheter peut-elle vous amener à manquer une sortie avec des amis ? OUI NON

8. Vous êtes-vous déjà absenté de votre travail pour faire des achats ? OUI NON

9. Un ou plusieurs achats ont-ils pu provoquer des reproches de votre entourage ? OUI NON

10. Un ou plusieurs achats ont-ils pu provoquer une mésentente prolongée ou une séparation ? OUI NON

11. Est-il arrivé qu'un achat soit responsable de difficultés bancaires ? OUI NON

12. L'un de vos achats a-t-il été responsable de poursuites judiciaires ? OUI NON

13. Avez-vous continué à faire des achats malgré les difficultés (familiales ou financières) qu'ils provoquaient ? OUI NON

14. Regrettez-vous régulièrement vos achats ? OUI NON

15. Vos achats sont-ils précédés d'une impression de tension et de nervosité ? OUI NON

16. La réalisation de vos achats apaise-t-elle la tension ou la nervosité ? OUI NON

17. Existe-t-il des périodes d'achats multiples, excessifs, accompagnés d'un sentiment de générosité ? OUI NON

18. Vous arrive-t-il au moins
une fois par mois d'acheter quelque
chose sur un « coup de tête » sans
l'avoir prévu à l'avance ? OUI NON

19. Les achats « coups de tête »
ou excessifs, s'ils existent,
représentent-ils au moins un quart
de vos revenus ? OUI NON

Comment interpréter vos réponses ?

Comptez 1 point par réponse positive.

Si votre score est **inférieur à 3 points**, vous êtes parfaitement libre d'acheter ou de ne pas acheter ce qui vous plaît. Avec un score de **0**, vous pouvez même vous demander si vous n'êtes pas un peu trop économe.

Entre 3 et 5 points : vous avez une certaine tendance à la dépense. Il vous arrive d'acheter sur un coup de tête des objets qui sont loin de vous être indispensables. Vous gardez malgré tout le contrôle de vos dépenses. Vous n'êtes pas menacé de faillite personnelle.

Entre 6 et 8 points : votre tendance à l'achat est assez passionnelle. Faire des courses, dépenser de l'argent est une de vos grandes passions. Il peut vous arriver d'exagérer et de ne faire des achats que pour combler votre sentiment de manque.

Si votre score est **supérieur à 9 points**, vous vivez dans une relation de dépendance à l'argent. Les exemples et les exercices proposés dans ce livre pourraient vous aider à commencer à vous libérer de votre besoin de dépenses.

Êtes-vous un passionné de l'achat ?

Répondez, le plus spontanément possible, aux questions qui suivent. Elles mesurent votre degré de passion pour l'achat.

1. Vos achats sont-ils le plus souvent des cadeaux à vous-même ? OUI NON

2. Décidez-vous le plus souvent d'acheter quelque chose au moment où vous êtes dans le magasin ? OUI NON

3. Achetez-vous le plus souvent seul ? OUI NON

4. Considérez-vous la plupart de vos achats comme exceptionnels ? OUI NON

5. Considérez-vous la plupart de vos achats comme des occasions que vous avez peur de manquer ? OUI NON

6. Êtes-vous le plus souvent déçu par votre achat ? OUI NON

7. Avez-vous régulièrement tendance à utiliser moins que prévu les objets que vous achetez ? OUI NON

8. Faites-vous la plupart de vos achats pour impressionner les autres ? OUI NON

9. Vous sentez-vous valorisé par vos achats ? OUI NON

10. Vos achats sont-ils « imposés » par votre statut social ? OUI NON

11. Avez-vous régulièrement eu envie de rendre ou d'échanger ce que vous avez acheté ? OUI NON

12. Votre domicile est-il plein de paquets que vous n'avez jamais ouverts ? OUI NON

13. Avez-vous l'habitude d'acheter les objets qui vous plaisent en plusieurs exemplaires ? OUI NON

Comment interpréter vos réponses ?

Ce questionnaire mesure, comme le précédent, votre degré de dépendance vis-à-vis de la dépense et de l'achat. Comptez 1 point par réponse positive.

Si votre score est **inférieur à 5 points**, vous pouvez vous considérer comme relativement libre face au besoin d'achat.

À partir de 6 points, vous êtes sensible aux effets de consolation de la dépense et vous achetez moins les objets qui vous plaisent que ceux qui vous consolent ou renforcent l'estime de vous-même. Reportez-vous au chapitre « La fièvre des achats » pour avancer vers l'explication de votre comportement.

Le questionnaire mesurant votre tendance au jeu pathologique : le *South Oaks Gambling Screen Test* (SOGS)

Ce questionnaire a été établi par une psychiatre américaine. Il vous permet de connaître votre relation au jeu et de savoir si elle est ou non problématique.

1. Indiquez auxquels des jeux suivants vous avez déjà joué dans votre vie.

A. Jouer aux cartes pour de l'argent	Pas du tout	Moins d'une fois par semaine	Une fois ou plus par semaine
B. Parier de l'argent sur des courses de chevaux ou d'autres animaux (PMU, salles de jeu…)	Pas du tout	Moins d'une fois par semaine	Une fois ou plus par semaine
C. Parier sur des résultats sportifs (Loto sportif…)	Pas du tout	Moins d'une fois par semaine	Une fois ou plus par semaine
D. Jouer aux dés pour de l'argent	Pas du tout	Moins d'une fois par semaine	Une fois ou plus par semaine
E. Jouer dans un casino	Pas du tout	Moins d'une fois par semaine	Une fois ou plus par semaine

F. Jouer à une loterie (Loto…)	Pas du tout	Moins d'une fois par semaine	Une fois ou plus par semaine
G. Jouer au bingo et aux jeux de grattage	Pas du tout	Moins d'une fois par semaine	Une fois ou plus par semaine
H. Jouer de l'argent à la Bourse	Pas du tout	Moins d'une fois par semaine	Une fois ou plus par semaine
I. Jouer aux machines à sous	Pas du tout	Moins d'une fois par semaine	Une fois ou plus par semaine
J. Jouer aux boules, au billard ou au golf pour de l'argent	Pas du tout	Moins d'une fois par semaine	Une fois ou plus par semaine

2. Quelle est la somme la plus importante que vous ayez déjà jouée en une journée ?

– Je n'ai jamais joué
– Moins de 5 euros
– De 5 à moins de 10 euros
– De 10 euros à moins de 100 euros
– De 100 à moins de 1 000 euros
– De 1 000 à moins de 10 000 euros
– Plus de 10 000 euros

3. Certains membres de votre famille ont-ils eu des problèmes de jeu ?

– Père – Mère – Frère ou sœur
– Épouse ou concubin – Enfant(s) – Autres parents
– Grands-parents – Ami ou personne importante de ma vie

4. Quand vous jouez, retournez-vous jouer dès le lendemain pour essayer de gagner à nouveau l'argent perdu la veille ?

– Jamais
– Quelquefois (moins de la moitié des fois où j'ai perdu)
– La plupart des fois où j'ai perdu
– À chaque fois que j'ai perdu

5. Avez-vous déjà annoncé à tort que vous aviez gagné de l'argent, alors qu'en réalité vous n'aviez pas gagné ?
– Jamais (ou je n'ai jamais joué)
– Oui, moins de la moitié des fois où j'ai perdu
– Oui, la plupart des fois où j'ai perdu

6. Avez-vous actuellement ou avez-vous eu à un moment de votre vie des difficultés avec le jeu ?
– Non
– Oui, dans le passé mais pas maintenant
– Oui

7. Avez-vous déjà joué plus que vous ne l'aviez prévu ?
– Oui – Non

8. Les gens vous ont-ils déjà reproché de jouer ou vous ont-ils dit que vous aviez un problème avec le jeu, que cela soit vrai ou pas ?
– Oui – Non

9. Vous êtes-vous déjà senti coupable de la manière dont vous jouez ou des conséquences de votre jeu ?
– Oui – Non

10. Avez-vous déjà ressenti l'envie d'arrêter de jouer et avez-vous pensé que vous n'y arriveriez pas ?
– Oui – Non

11. Avez-vous déjà caché des jetons de casino, des tickets de loterie ou de PMU ou d'autres indices de jeu à votre épouse ou votre mari, vos enfants ou une autre personnc importante de votre vie ?
– Oui – Non

12. Vous êtes-vous déjà disputé avec votre compagne ou compagnon au sujet de la façon dont vous gérez l'argent ?
– Oui – Non

13. (Si vous avez répondu « Oui » à la question 12 :) Vous êtes-vous déjà disputé concernant l'argent que vous dépensez en jouant ?

– Oui – Non

14. Avez-vous déjà emprunté de l'argent à quelqu'un sans pouvoir le rembourser parce que vous aviez joué ?

– Oui – Non

15. Avez-vous déjà manqué des heures de travail ou de cours pour jouer de l'argent ?

– Oui – Non

16. Si vous avez déjà emprunté pour jouer ou payer des dettes de jeu, de quel argent s'agissait-il ?

a. L'argent de la maison – Oui – Non
b. L'argent de votre épouse ou mari – Oui – Non
c. L'argent d'un autre membre de la famille – Oui – Non
d. L'argent d'une banque ou d'une compagnie de crédit – Oui – Non
e. L'argent d'une carte de crédit – Oui – Non
f. L'argent de prêteurs sur gages – Oui – Non
g. L'argent provenant d'actions, de valeurs ou d'économies – Oui – Non
h. Le produit de la vente d'une propriété personnelle ou familiale – Oui – Non
i. Chèques sans provision – Oui – Non
j. Vous avez eu un crédit dans une salle de jeu ou un casino – Oui – Non

Calculez votre score

Le score global est obtenu en additionnant les points suivants :

Questions **1, 2** et **3** : non comptées.

Question **4**: 1 point pour les réponses « La plupart des fois où j'ai perdu » et « À chaque fois que j'ai perdu ».

Question **5**: 1 point pour les réponses « Oui, moins de la moitié des fois où j'ai perdu » et « Oui, la plupart des fois où j'ai perdu ».

Question **6**: 1 point pour les réponses « Oui, dans le passé mais pas maintenant » et « Oui ».

Questions **7, 8, 9, 10, 11, 12, 13, 14, 15, 16a, 16b, 16c, 16d, 16e, 16f, 16g, 16h, 16i**: 1 point pour « Oui ».

Questions **16j** : non comptées.

Total =

Comment interpréter vos réponses ?

Si votre score est de 0, vous n'avez aucun problème avec les jeux d'argent. Il peut vous arriver de jouer mais le jeu ne menace pas votre liberté.

Si votre score est compris entre 1 et 4, vous avez quelques problèmes avec le jeu. Vous pourriez correspondre aux situations appelées « le jeu à problèmes ». Les conseils de modération et de libération présentés au chapitre « Les malades du jeu d'argent » pourront vous aider.

Si votre score est supérieur à 5, vous entretenez ave le jeu une vraie relation de dépendance. Vous devez apprendre à arrêter complètement de jouer pour retrouver votre liberté.

Êtes-vous un « drogué du travail » ?

Bryan Robinson a établi un test, le WART (*Work Addiction Risk Test*) sous forme de questions permettant de mesurer notre tendance à utiliser le travail comme une drogue.

1. Je préfère faire les choses moi-même plutôt que de demander de l'aide. OUI NON

2. Je suis impatient quand je dois attendre que quelqu'un accomplisse une tâche que je lui ai demandée. OUI NON

3. Je me sens toujours en retard et c'est la course contre la montre. OUI NON

4. Je suis énervé quand on m'arrête au milieu d'une activité. OUI NON

5. Je reste tout le temps en action. OUI NON

6. Il m'arrive de faire deux ou trois choses en même temps comme manger et écrire ou manger et appeler un collègue au téléphone. OUI NON

7. Je me surinvestis dans le travail en acceptant plus de tâches que je ne peux en accomplir. OUI NON

8. Je me sens coupable quand je ne suis pas en train de travailler. OUI NON

9. J'ai besoin de voir le résultat concret de ce que je fais. OUI NON

10. Je suis plus intéressé par le résultat final que par les moyens d'y arriver. OUI NON

11. Je trouve que dans le travail rien ne va jamais assez vite. OUI NON

12. Je m'énerve quand tout ne va pas bien tout de suite. OUI NON

13. Il m'arrive de poser plusieurs fois la même question sans réaliser que je suis en train d'agacer celui à qui je la pose. OUI NON

14. Je passe beaucoup de temps à organiser les choses dans ma tête et à réfléchir à ce que je vais faire. OUI NON

15. Il m'arrive tout le temps de continuer à travailler alors que mes collègues sont déjà rentrés chez eux. OUI NON

16. Je m'énerve quand quelqu'un ne comprend pas mes exigences professionnelles. OUI NON

17. Je suis agacé par les situations que je ne peux pas contrôler. OUI NON

18. Je me mets de la pression en m'imposant des délais impossibles. OUI NON

19. J'ai du mal à me relaxer quand je ne travaille pas. OUI NON

20. Je passe plus de temps à travailler qu'à voir mes amis ou à profiter de mes loisirs. OUI NON

21. Je me plonge dans les projets très tôt pour prendre de l'avance. OUI NON

22. Je m'en veux énormément quand je fais la plus petite erreur. OUI NON

23. Je consacre plus de temps et plus d'énergie à mon travail qu'à ma famille, à mes amis ou à mon conjoint ou ma compagne. OUI NON

24. J'oublie, j'ignore ou je minimise l'importance des fêtes comme les anniversaires, les réunions de famille ou les vacances. OUI NON

25. Je prends des décisions rapides avant de disposer de tous les arguments pour choisir. OUI NON

Comment calculer votre indice de liberté face au travail ?

Si vous répondez **« oui » à moins de 6 questions,** votre relation au travail est normale. Vous ne vous inquiétez pas excessivement. Vous avez gardé votre liberté face aux contraintes qu'exerce votre environnement. Continuez et n'oubliez pas de cultiver des moments de paresse, de rêverie et d'activités inutiles.

Si vous répondez **« oui » à plus de 10 questions,** vous êtes relativement dépendant du travail. Les exercices proposés par Bryan Robinson vous seront utiles. Ils vous aideront à mesurer de manière plus objective le temps consacré à votre métier. Vous pourrez aussi essayer de changer certaines croyances qui ne vous permettent pas de reprendre votre liberté.

Si vous répondez **«oui» à plus de 20 questions,** vous n'êtes pas loin de l'épuisement professionnel. Il est possible que votre famille souffre de votre obsession du travail. Elle rêverait de vous voir prendre des vacances ou vous intéresser à autre chose qu'à votre bureau ou à votre ordinateur. Il vous est urgent de commencer les exercices destinés aux workaholiques. S'ils ne suffisent pas, vous aurez un travail sur vous-même à accomplir, non pas dans votre bureau mais chez un thérapeute, pour trouver les ressorts inconscients de votre besoin d'épuisement.

Êtes-vous libre dans votre corps ?

Chacun de nous est plus ou moins attentif à son image et aux réactions de son corps. Les plus attentifs utilisent pour se détendre les services de chirurgiens esthétiques ou de tout autre médecin. Le psychiatre américain Arthur Barsky a construit une échelle mesurant ce qu'il appelle le niveau d'amplification corporelle. Pour chacune des 10 questions, il vous invite à choisir une de ses 5 propositions.

Pour chaque question, choisissez la réponse qui vous convient le mieux :

1. Pas vrai du tout
2. Un peu vrai
3. Moyennement vrai
4. Assez vrai
5. Extrêmement vrai

1. Quand quelqu'un d'autre tousse, cela me fait tousser aussi.	1 2 3 4 5
2. Je ne peux pas supporter la fumée, le brouillard ou la pollution de l'air.	1 2 3 4 5
3. Je fais attention à tout ce qui arrive à mon corps.	1 2 3 4 5
4. Quand je me cogne je continue à percevoir la douleur pendant longtemps.	1 2 3 4 5

5. Les bruits imprévus et très forts me dérangent vraiment.	1 2 3 4 5
6. Je peux parfois entendre les battements de mon cœur.	1 2 3 4 5
7. Je déteste avoir trop froid ou trop chaud.	1 2 3 4 5
8. Je ressens de manière désagréable la faim au niveau de mon estomac.	1 2 3 4 5
9. Même un problème bénin comme une piqûre d'insecte me dérange vraiment.	1 2 3 4 5
10. J'ai une faible tolérance à la douleur.	1 2 3 4 5

Comment interpréter votre score ?

Si votre score est compris **entre 10 et 13 points,** vous avez tendance à ignorer votre corps. Vous êtes libre face aux manifestations physiques.

Si votre score est compris **entre 13 et 18 points,** vous êtes capable de percevoir les sensations corporelles. Vous vivez avec votre corps en bonne entente sans que ses messages et ses réactions vous obsèdent. Vous ne risquez pas de faire un usage addictif de la médecine ou des interventions esthétiques.

Si votre score est compris **entre 18 et 25 points,** vous avez tendance à être envahi par les sensations de votre corps, vous les amplifiez facilement.

Au-delà de 25 points, vous passez vos journées à vous écouter. Vous êtes un hypersensible dont le corps vibre à la moindre émotion. Êtes-vous aussi obsédé par les soins esthétiques ? Avez-vous tendance à trop consulter généralistes et spécialistes ?

Êtes-vous dépendant de votre ordinateur ?

Ce questionnaire mis au point par les spécialistes de la dépendance au virtuel vous aide à définir la relation que vous entretenez vis-à-vis de votre ordinateur et d'Internet. Vous y trouverez des questions auxquelles vous avez déjà répondu dans d'autres questionnaires.

1. Vous sentez-vous fréquemment préoccupé par Internet, même lorsque vous ne l'utilisez pas ? OUI NON

2. Ressentez-vous le besoin de vous connecter de plus en plus longtemps et de plus en plus souvent ? OUI NON

3. Êtes-vous incapable de limiter votre usage d'Internet ? OUI NON

4. Vous sentez-vous irritable et tendu lorsque vous tentez de réduire ou d'arrêter vos connexions à Internet ? OUI NON

5. Surfez-vous pour faire face à certains problèmes ou lorsque vous avez le cafard ? OUI NON

6. Cachez-vous à vos proches l'importance d'Internet dans votre vie ? OUI NON

7. L'usage d'Internet gêne-t-il vos relations avec les autres, menace-t-il votre travail ou votre carrière ? OUI NON

8. Continuez-vous de surfer alors même que vous dépassez votre forfait ? OUI NON

9. Vous sentez-vous déprimé ou anxieux quand vous n'êtes pas connecté ? OUI NON

10. Restez-vous en ligne plus longtemps que prévu ? OUI NON

Comment calculer votre score de liberté à l'ordinateur ?

Si vous n'avez **pas plus de 2 réponses positives**, votre relation à Internet est heureuse et libre.

À partir de 3 réponses positives, vous présentez des risques d'être piégé par le virtuel.

Au-delà de 5 réponses positives, il est temps de réinvestir dans votre vie les aspects les plus réels et de vous sevrer d'Internet.

Êtes-vous plus « virtuel » que « réel » ?

Ces 11 questions vous permettent de mesurer votre niveau de passion pour le virtuel. Si vous répondez « oui » à 5 ou plus des questions suivantes, vous préférez, d'une certaine manière, le virtuel au réel.

1. Perdez-vous le contrôle de vous-même quand vous êtes devant Internet ? OUI NON

2. Quand vous n'êtes pas sur Internet, passez-vous beaucoup de temps à penser à votre ordinateur ou à Internet ? OUI NON

3. Passez-vous de plus en plus de temps sur Internet pour ressentir des satisfactions comparables à celles que vous avez éprouvées quand vous avez utilisé pour la première fois votre ordinateur ? OUI NON

4. Cherchez-vous de plus en plus souvent des sites qui vous stimulent sexuellement ? OUI NON

5. Avez-vous essayé de manière répétée de réduire le temps consacré à Internet ? OUI NON

6. Vous sentez-vous énervé ou irritable quand vous essayez de vous connecter moins ? OUI NON

7. Utilisez-vous Internet pour fuir ou gommer des moments de découragement ou d'angoisse ? OUI NON

8. Après vous être promis d'essayer de vous connecter moins, « craquez-vous » dès le lendemain ? OUI NON

9. Mentez-vous à votre famille sur le temps que vous passez sur Internet ? OUI NON

10. Seriez-vous prêt à commettre des actes illégaux en relation avec Internet ? OUI NON

11. Avez-vous perdu des amis ou avez-vous compromis des situations professionnelles à cause de votre relation à Internet ? OUI NON

Êtes-vous un drogué de l'amour ?

Dans le domaine, certes un peu limité, de la dépendance amoureuse, les échelles de la psychologue américaine Susan Peabody font autorité. Ces questions sont tirées d'une échelle mesurant le degré d'obsession amoureuse.

Pour chacune des questions, Susan Peabody vous invite à choisir parmi trois réponses cotées entre 0 et 2 :

0 : jamais ou presque jamais

1 : parfois

2 : cette réponse s'applique à ma situation la plupart du temps

Tentez l'expérience pour connaître votre relation à l'amour. Vous aurez peut-être des surprises…

	0	**1**	**2**
1. Je peux tomber amoureux(sc) en une nuit.	Jamais ou presque jamais	Parfois	La plupart du temps
2. Quand je suis seul(e), je m'enflamme pour toutes celles (tous ceux) qui s'intéressent à moi.	Jamais ou presque jamais	Parfois	La plupart du temps
3. J'ai tendance à étouffer mes partenaires quand je suis amoureux(se).	Jamais ou presque jamais	Parfois	La plupart du temps

	0	1	2
4. Je tombe toujours amoureux(se) de celles (ceux) qui ne sont pas fait(e)s pour moi.	Jamais ou presque jamais	Parfois	La plupart du temps
5. Quand un amour se termine, j'ai l'impression que ma vie elle aussi est terminée.	Jamais ou presque jamais	Parfois	La plupart du temps
6. Quand un amour se termine, j'ai envie de me tuer.	Jamais ou presque jamais	Parfois	La plupart du temps
7. Je n'ai vraiment pas une bonne image de moi-même.	Jamais ou presque jamais	Parfois	La plupart du temps
8. Je n'arrive pas à rester seul(e), je me sens mal seul(e).	Jamais ou presque jamais	Parfois	La plupart du temps
9. Quand une relation amoureuse se termine, j'essaie d'en commencer une autre le plus vite possible.	Jamais ou presque jamais	Parfois	La plupart du temps
10. Je suis terrifié(e) à l'idée de ne jamais trouver quelqu'un d'exceptionnel à aimer.	Jamais ou presque jamais	Parfois	La plupart du temps
11. Je ne sais pas dire non à l'homme (ou la femme) que j'aime.	Jamais ou presque jamais	Parfois	La plupart du temps

	0	1	2
12. Je ferais n'importe quoi pour lui plaire.	Jamais ou presque jamais	Parfois	La plupart du temps
13. Je préfère souffrir plutôt que de mettre fin une relation.	Jamais ou presque jamais	Parfois	La plupart du temps à
14. J'aime maîtriser et contrôler les relations. Ce n'est qu'ainsi que je me sens bien.	Jamais ou presque jamais	Parfois	La plupart du temps
15. Je ne sais pas discuter calmement surtout quand je suis amoureux(se).	Jamais ou presque jamais	Parfois	La plupart du temps
16. Je réagis de manière excessive à tout ce qui m'apparaît comme	Jamais ou presque jamais un rejet.	Parfois	La plupart du temps

Maintenant, faites vos comptes

Si vous n'avez **aucun point**, vous n'êtes pas un(e) *love addict*. Mais avez-vous vraiment été sincère dans vos réponses ? N'avez-vous pas essayé de vous faire passer pour plus indépendant(e) que vous ne l'êtes en réalité ?

De 1 à 8 points : vous êtes très sensible en amour. Vous pourriez, si les circonstances s'y prêtent, devenir un(e) *love addict*, soyez prudent(e) quand vous vous engagez dans une nouvelle relation.

De 9 à 16 : vous êtes sur le point de devenir un(e) vrai(e) *love addict* avec toute la perte de liberté que cela implique.

Plus de 17 points : l'amour est pour vous une drogue. Il est urgent de changer votre relation à l'amour pour ne pas multiplier des aventures sentimentales vouées à l'échec parce que vous les prenez de manière trop dramatique. Ou alors peut-être arrivez-vous à vivre avec votre dépendance. Peut-être avez-vous trouvé un partenaire qui apprécie votre romantisme et n'en abuse pas. Vous vivez dans un état de servitude volontaire qui peut vous satisfaire complètement.

Bibliographie

ADÈS, Jean, LEJOYEUX, Michel, « Dépendances comportementales : achats compulsifs, addictions sexuelles, dépendance au travail, kleptomanie, pyromanie, trouble explosif intermittent, trichotillomanie », *EMC-Psychiatrie*, 37-396-A-20, 1999, 11 p.

ADÈS, Jean, LEJOYEUX, Michel, « Jeu pathologique », *EMC-Psychiatrie*, 37-396-A-25, Paris, Elsevier, 2000, 14 p.

ADÈS, Jean, LEJOYEUX, Michel, *Encore plus ! Jeu, sexe, travail*, Paris, Odile Jacob, 2001.

ADÈS, Jean, LEJOYEUX, Michel, *La Fièvre des achats. Le syndrome des achats compulsifs*, Paris, Les Empêcheurs de penser en rond, 1999 ; rééd. 2002.

ALAIN, *Propos sur le bonheur*, Paris, Gallimard, 1928.

ATLAN, Henri, *À tort et à raison. Intercritique de la science et du mythe*, Paris, Seuil, 1986.

BALZAC, Honoré de, *Traité des excitants modernes*, Paris, Mille et une nuits, 1997.

BALZAC, Honoré de, *Illusions perdues*, Paris, Pocket, 1999.

BATEL, Philippe, *Pour en finir avec l'alcoolisme, réalités scientifiques contre idées reçues*, Paris, INSERM-La Découverte, 2006.

BATRA, Anil, KLINGLER, Karl, LANDFELDT, Björn, FRIEDERICH, Hubertus M., WESTIN, Åke, DANIELSSON, Tobias, « Smoking reduction treatment with 4-mg nicotine gum : a double-blind, randomized, placebo-controlled study », *Clinical Pharmacology & Therapeutics*, n° 78, 2005, p. 689-696.

BRACONNIER, Alain, *Introduction à la psychopathologie*, Paris, Masson, coll. « Les Âges de la vie », 2006.

CHAKROUN, Nadia, DORON, Jack, SWENDSEN, Joël, « Fréquences de la consommation de substances psychoactives et de la psychopathologie chez de jeunes adultes en première année d'Université », *Annales médico-psychologiques*, 2005.

CHAMFORT, Nicolas de, *Maximes et pensées. Caractères et anecdotes*, Paris, Gallimard, 1970.

CHENG, François, *Cinq méditations sur la beauté*, Paris, Albin Michel, 2006.

CHOQUET, Marie, MORIN, Delphine, HASSLER, Christine, LEDOUX, Sylvie, « Is alcohol, tobacco, and cannabis use as well as polydrug use increasing in France ? », *Addictive Behaviors*, vol. 29, 2004, p. 607-614.

COPELAND, Jan, *et al.*, « The cannabis problems questionnaire : factor structure reliability and validity », *Drug and Alcohol Dependence*, 80, 2005, p. 313-319.

DIFRANZA, Joseph R., SAVAGEAU, Judith A., FLETCHER, Kenneth, *et al.*, « Recollections and repercussions of the first inhaled cigarette », *Addictive Behaviors*, vol. 29, 2004, p. 261-272.

DURAS, Marguerite, *La Vie matérielle*, Paris, P.O.L, 1987.

FABER, Ronald J., O'GUINN, Thomas C., « A clinical screener for compulsive buying », *Journal of Consumer Research*, vol. 19, 1992, p. 459-469.

FABER, Ronald J., CHRISTENSON Gary A., *et al.*, « Two forms of compulsive consumption : comorbidity of compulsive buying and binge eating », *Journal of Consumer Research*, vol. 22, 1995, p. 296-304.

FLAGEUL, Gérard, *et al.*, « La fonction thérapeutique de la chirurgie esthétique », *Annales de chirurgie plastique esthétique*, vol. 48, 2003, p. 247-256.

GREENFIELD, David, *Virtual Addiction. Help for Netheads, Cyberfreaks and Those Who Love Them*, New Harbinger Publications, Oakland, 1999.

HATSUKAMI, Dorothy K., RENNARD, Stephen, JORENBY, Douglas, *et al.*, « Safety and immunogenicity of a nicotine conjugate vaccine in current smokers », *Clinical Pharmacological Therapeutics*, vol. 78, 2005, p. 456-467.

HAYEZ, Jean-Yves, « Quand le jeune est scotché à l'ordinateur », *Neuropsychiatrie de l'enfance et de l'adolescence*, 54, 2006, 189-199.

HOUELLEBECQ, Michel, *La Possibilité d'une île*, Paris, Fayard, 2005.

KAHN, Axel, KAHN, Jean-François, *Comme deux frères. Mémoire et visions croisées*, Paris, Stock, 2006.

KALANT, Harold, « Adverse effects of cannabis on health : an update of the literature since 1996 », *Progress in Neuro- Psychopharmacology & Biological Psychiatry*, vol. 28, 2004, p. 849-863.

LADOUCEUR, Robert, *et al.*, « Group therapy for pathological gamblers : a cognitive approach », *Behaviour Research and Therapy*, vol. 41, 2003, p. 587-596.

LADOUCEUR Robert, « Perceptions among pathological and non-pathological gamblers », *Addictive Behaviors*, vol. 29, 2004, p. 555-565.

LAGRUE, Gilbert, « Traitement de la dépendance tabagique. Treatment of smoking addiction », *EMC-Cardiologie Angéiologie*, 2004, p. 443-455.

LAGRUE, Gilbert, *Arrêter de fumer ?*, Paris, Odile Jacob, 2006.

LEBARGY, François, *et al.*, « Épidémiologie du tabagisme. Aide à l'arrêt du tabac », *EMC-Médecine*, 2005, p. 171-190.

LEDGERWOOD David M., PETRY, Nancy M., « Psychological experience of gambling and subtypes of pathological gamblers », *Psychiatry Research*, vol. 144, 2006, p. 17-27.

LEJOYEUX, Michel, *Vaincre sa peur de la maladie*, La Martinière, coll. « Il n'est jamais trop tard », Paris, 2002 ; rééd. Pocket, 2004.

LEJOYEUX, Michel, *Overdose d'info. Guérir des névroses médiatiques*, Seuil, Paris, 2006.

LEJOYEUX, Michel, ADÈS, Jean, « Thérapie cognitivo-comportementale du jeu et des achats pathologiques », *Alcoologie et addictologie*, vol. 22, n° 4, 2000, p. 329-336.

LEJOYEUX, Michel, BAILLY, Florence, MOULA, Hervé, LOI,

Sabrina, Adès, Jean, « Study of compulsive buying in patients presenting obsessive-compulsive disorder », *Comprehensive Psychiatry*, vol. 46, 2005, p. 105-110.

Lejoyeux, Michel, Lequen, Valérie, Marinescu, Matéi, « Achats compulsifs », *in* Reynaud, Michel (dir.), *Traité d'addictologie*, Flammarion, Paris, 2006, p. 673-676.

Lejoyeux, Michel, Mathieu, Karine, Embouazza, Houcine, Huet, Françoise, Lequen, Valérie, « Prevalence of compulsive buying among consumers of a Parisian general store », *Comprehensive Psychiatry*, vol. 48, 2007, p. 42-46.

Littleton, Heather, Axsom, Danny, Pury, Cynthia, « Development of the body image concern inventory », *Behaviour Research and Therapy*, vol. 43, 2005, p. 229-241.

McElroy, Susan, *et al.*, « Compulsive buying : a report of 20 cases », *Journal of Clinical Psychiatry*, vol. 55, n° 6, 1994, p. 242-248.

Martin, Greg, Copeland, Jan, Swift, Wendy, « The adolescent cannabis check-up : feasibility of a brief intervention for young cannabis users », *Journal of Substance Abuse Treatment*, vol. 29, 2005, p. 207-213.

Maziak, Wasim, *et al.*, « Factors related to frequency of narghile (waterpipe) use : the first insights on tobacco dependence in narghile users », *Drug and Alcohol Dependence*, vol. 76, 2004, p. 101-106.

Mitchell, James, Burgard, Melissa, Faber, Ron, Crosby, Ross, De Zwaan, Martina, « Cognitive behavioral therapy for compulsive buying disorder », *Behaviour Research and Therapy*, vol. 44, 2006, p. 1859-1865.

Oberlé, Gérard, *Itinéraires spiritueux*, Paris, Grasset, 2006.

Ouaknin, Marc-Alain, Rotnemer, Dory, *La Bible de l'humour juif*, Paris, Ramsay, 1995.

Peabody, Susan, *Addiction to Love. Overcoming Obsession and Dependency in Relationships*, Berkeley, Toronto, Celestial Arts, 2005.

Pedraza, Jorge, « Le shopping d'Emma », *in* Alain Buisine (dir.), *Emma Bovary*, Paris, Autrement, coll. « Figures mythiques », 1997, p. 100-121.

PEREZ, Carla, *Getting off the Merry-Go-Round. You Can Live without Compulsive Habits*, San Luis Obispo (Californie), Impact Publishers, 1994.
PHAN, Olivier, *et al.*, « Abus et dépendance au cannabis à l'adolescence », *EMC-Psychiatrie*, 2005, p. 207-224.
RABELAIS, François, *Gargantua*, Paris, Pocket, 1998.
RIBOT, Théodule, *Essai sur les passions*, Paris, Librairie Félix Alcan, coll. « Bibliothèque de philosophie contemporaine », 1917.
ROBINSON, Bryan, *Chained to The Desk*, New York, New York University Press, 1998.
ROGERS, Peter, SMIT, Hendrik, « Food craving and food "addiction" : a critical review of the evidence from a biopsychosocial perspective », *Pharmacology Biochemistry and Behaviour*, vol. 66, n° 1, 2000, p. 3-14.
ROSEN, James, « The nature of body dysmorphic disorder and treatment with cognitive behaviour therapy », *Cognitive and Behavioural Practice*, vol. 2, 1995, p. 143-166.
ROSSET, Clément, « Entretien avec Michel Polac, Philippe Val et Raphaël Enthoven », *Charlie Hebdo*, 24 janvier 2007, p. 8-9.
SARWER, David, WADDEN, Thomas, PERTSCHUK, Michael, WHITAKER, Linton, « The psychology of cosmetic surgery : a review and reconceptualization », *Clinical Psychology Review*, vol. 18, n° 1, 1998, p. 1-22.
SÉNÈQUE, *De la constance du sage* suivi de *De la tranquillité de l'âme*, Paris, Gallimard, 1962.
SINGLY, François de, *L'individualisme est un humanisme*, La Tour d'Aigues, Éditions de l'Aube, 2007.
SORESI, Simona, *et al.*, « "Light" smoking and dependence symptoms in high-school students », *Respiratory Medicine*, vol. 99, 2005, p. 996-1003.
UEHLINGER, Claude, *Abstinence. Manuel du praticien pour l'aide à la prévention des rechutes alcooliques*, Genève, Médecine et Hygiène, 1996.
VANYUKOV, Michael, TARTER, Ralph, KIRISCI, Levent, *et al.*, « Liability to substance use disorders. Common mechanisms

and manifestations », *Neuroscience and Behavioural Reviews*, vol. 27, 2003, p. 507-515.

VEALE, David, RILEY, Susan, « Mirror, mirror on the wall, who is the ugliest of them all ? The psychopathology of mirror gazing in body dysmorphic disorder », *Behaviour Research and Therapy*, vol. 39, 2001, p. 1381-1393.

VEALE, David, *et al.*, « Cosmetic rhinoplasty in body dysmorphic disorder », *British Association of Plastic Surgeons*, vol. 56, 2003, p. 546-551.

WATZLAWICK Paul, WEAKLAND, John, FISCH, Richard, *Changements. Paradoxes et psychothérapie*, trad. Pierre Furlan, Paris, Seuil, 1975 ; rééd. « Points », 1981.

ZUCKERMAN, Marvin, « The psychophysiology of sensation-seeking », *Journal of Personality*, vol. 58, 1990, p. 313-339.

Remerciements

À mon maître et ami Jean Adès. Il m'a, entre autres enseignements, appris la notion d'addiction et m'a initié aux traitements que l'on peut proposer aux dépendants. Il m'a accueilli dans son service dès le début de mon internat, m'y a appris mon métier et m'a fait l'honneur de me confier les fonctions d'adjoint et de me faire accéder à l'Agrégation de Médecine.

À Hervé de La Martinière, pour la fidélité de son soutien et de son encouragement. Sa confiance renouvelée et son aide me sont précieuses pour ce troisième projet que nous conduisons ensemble.

À Florence Lécuyer qui a été à l'origine de ce texte et m'a convaincu de travailler sur les liens entre liberté et dépendance.

À Pierre Fourniaud, pour son aide et son travail d'édition aussi tranquille que pertinent.

À Muriel Hess qui m'a invité il y a quelques années à écrire pour le plus large public.

À Sylvie Dauverné qui a commencé à préparer ce manuscrit avec efficacité, bonne humeur et compétence.

À Laetitia Blondel qui a poursuivi cette tâche avec toute sa gentillesse et tout son professionnalisme.

À mon ami Jean-Claude Saada pour ses conseils avisés lors de nos promenades vespérales.

À l'équipe d'addictologie de Bichat et en particulier à Simone Guillermet, Micheline Claudon, Karine Sauvage et Annabelle Bétizeau.

Table

DEUXIÈME PARTIE

Les nouvelles addictions

TROISIÈME PARTIE

PRATIQUES DE LA LIBERTÉ : LES NOUVELLES THÉRAPIES

COMPOSITION : PAO EDITIONS DU SEUIL

CPI Bussière

Cet ouvrage a été imprimé en France par
CPI Bussière
à Saint-Amand-Montrond (Cher)
en mars 2009.
N° d'édition : 98782. - N° d'impression : 90335.
Dépôt légal : avril 2009.